Ten jeden dzień

Książki GAYLE FORMAN:

Zostań, jeśli kochasz

Wróć, jeśli pamiętasz

Ten jeden dzień

Ten jeden rok

W przygotowaniu kolejna książka.

GAYLE FORMAN

Ten jeden dzień

Przełożyła
Hanna Pasierska

NASZA KSIĘGARNIA

Tytuł oryginału angielskiego
Just one day

Projekt okładki *Marta Weronika Żurawska-Zaręba*

Zdjęcia okładkowe:
Wieża Eiffla © iStockphoto.com/william87
Para przy rowerze © iStockphoto.com/massimo colombo
Ulica © iStockphoto.com/zodebala
Dziewczyna © Mohamad Itani/Arcangel Images

Wszystkie cytaty z dzieł Williama Szekspira w przekładzie
Stanisława Barańczaka.

Grafika ze strony 86 © Foong Kok Leong/Shutterstock

Dla Tamar: mojej siostry,
która, tak się składa,
zdecydowała się poślubić
swojego Holendra

Cały świat to scena,
A ludzie na nim to tylko aktorzy.
Każdy z nich wchodzi na scenę i znika,
A kiedy na niej jest, gra różne role…

William Szekspir,
Jak wam się podoba

CZĘŚĆ PIERWSZA

Jeden dzień

Rozdział pierwszy

Sierpień

Stratford-upon-Avon, Anglia

A jeśli Szekspir się mylił?

Być albo nie być: oto jest pytanie. To z najsłynniejszego monologu Hamleta, a może i samego Szekspira. W drugiej klasie liceum musiałam wykuć go w całości na blachę i do tej pory pamiętam każde słowo. Wtedy nie zastanawiałam się nad nim głębiej. Chciałam tylko niczego nie pokręcić i zgarnąć piątkę. Co jednak jeśli Szekspir – i Hamlet – zadawali niewłaściwe pytanie? Co jeśli naprawdę brzmi ono nie c z y, ale j a k być?

Rzecz w tym, że nie wiem, czy zadałabym sobie to pytanie – j a k być – gdyby nie *Hamlet*. Może dalej byłabym tą samą Allyson Healey co kiedyś. Robiącą dokładnie to, czego się od niej oczekuje – w tym wypadku idącą do teatru na *Hamleta*.

* * *

– Boże, co za upał. Myślałam, że w Anglii nie bywa tak gorąco. – Moja przyjaciółka Melanie zwija blond włosy w kok i wachluje spoconą szyję. – O której właściwie zaczynają wpuszczać?

Zerkam na panią Foley, którą Melanie i prawie wszyscy inni przezywają za plecami Naszą Nieustraszoną Przywódczynią. Ale ona rozmawia z Toddem, jednym z magistrantów z historii pomagających w opiece nad naszą grupą, i pewnie robi mu za coś wymówki. W broszurze reklamowej imprezy *Kulturalny szał. Nastoletnie zwiedzanie!*, którą rodzice wręczyli mi dwa miesiące temu z okazji skończenia liceum, studentów takich jak Todd nazywano „konsultantami historycznymi", mającymi za zadanie zwiększyć „walory edukacyjne" wycieczki objazdowej. Jak dotąd jednak główny walor Todda polegał na zapewnianiu nam większego kaca, ponieważ praktycznie co wieczór zabierał nas na popijawy. Jestem pewna, że dziś wraz z resztą grupy zaszaleje szczególnie. Przecież to nasz ostatni przystanek, Stratford-upon-Avon, miasto przesycone k u l t u r ą! Co, jak się zdaje, przekłada się na nieproporcjonalnie wysokie stężenie pubów o nazwach inspirowanych Szekspirem, a nawiedzanych przez ludzi w olśniewająco białych tenisówkach.

Pani Foley, zmywająca aktualnie głowę Toddowi, też nosi białe jak śnieg tenisówki – oraz schludnie wyprasowane dżinsy i koszulkę polo z logo *Nastoletniego zwiedzania*. Wieczorami, kiedy pozostali bawią się na mieście, zwierza mi się czasem, że powinna zadzwonić do centrali i poskarżyć się na Todda. Ale najwyraźniej jeszcze się do tego nie posunęła. Pewnie częściowo dlatego, że podczas gdy ona go beszta, on flirtuje. Nawet z nią. Szczególnie z nią.

– Chyba wpuszczają od dziewiętnastej – odpowiadam Melanie. Patrzę na zegarek, kolejny prezent z okazji ukończenia liceum: złoty, z wyrytą na odwrocie maksymą „Dążyć przed siebie". Ciąży mi na spoconym nadgarstku. – Teraz jest osiemnasta trzydzieści.

– Raany, Brytole uwielbiają sterczeć w kolejkach. Albo w ogonkach. Czy jak oni to nazywają. Powinni wziąć przykład z Włochów, którzy po prostu się tłoczą. A może to Włosi powinni się uczyć od Brytyjczyków?

Obciąga skraj spódniczki – „bandażowej mini", jak ją nazywa – i poprawia top na ramiączkach.

– Boże, Rzym. Wydaje się, jakby to było przed rokiem.

Rzym? Minęło dopiero sześć dni? Czy szesnaście? Europa zmieniła się w rozmazany chaos lotnisk, autokarów, zabytkowych budowli i zestawów dnia z kurczakiem w rozmaitych sosach. Kiedy rodzice podarowali mi tę wycieczkę jako wspaniały prezent z okazji ukończenia szkoły średniej, trochę się obawiałam wyjazdu. Mama zapewniła jednak, że wszystko dokładnie sprawdziła. *Nastoletnie zwiedzanie* cieszy się świetną reputacją, jest cenione za wysokiej jakości wartości edukacyjne, ale także opiekę, jaką otacza uczestników. Miałam się znaleźć pod dobrą kuratelą. „Ani na chwilę nie zostaniesz sama" – obiecała mama. I naturalnie jechała ze mną Melanie.

Rodzice mieli rację. Wiem, że inni dają w kość pani Foley, ponieważ ciągle sprawdza obecność, ja jednak doceniam to, że co chwila nas przelicza, a nawet to, że krytycznie patrzy na wieczorne wypady do lokalnych barów, chociaż w Europie większość z nas może legalnie pić alkohol – co prawda tutaj i tak nikt się takimi rzeczami nie przejmuje.

Nie chodzę do barów. Zwykle zostaję w hotelu z Melanie i oglądamy telewizję w naszym pokoju. Prawie zawsze udaje się znaleźć takie same amerykańskie filmy, jakie w kraju oglądałyśmy razem w weekendy, w domu którejś z nas, pochłaniając hurtowe ilości popcornu.

– Usmażę się tutaj – jęczy Melanie. – Jakby ciągle było południe.

Podnoszę wzrok. Słońce praży, chmury przemykają po niebie. Podoba mi się, jak szybko płyną; nic nie stoi im na drodze. Po niebie można odgadnąć, że Anglia to wyspa.

– Przynajmniej nie leje jak wtedy, kiedy przyjechałyśmy.

– Masz spinkę do włosów? – pyta. – Nie, na pewno nie masz. Założę się, że jesteś zachwycona nową fryzurą.

Odruchowo sięgam dłonią do karku, który nadal wydaje się dziwnie odsłonięty. *Nastoletnie zwiedzanie* rozpoczęło się od Londynu i drugiego popołudnia dostaliśmy kilka godzin wolnego na zakupy, co pewnie kwalifikowało się jako kontakt z kulturą. W tym czasie Melanie namówiła mnie, żebym się ścięła na pazia. Stanowiło to część planowanej przemiany przed wyjazdem na studia, którą mi przedstawiła w samolocie: „Na uniwersytecie nikt nie będzie wiedział, że byłyśmy kujonkami zdającymi co się da na poziomie zaawansowanym. Rozumiesz, jesteśmy za ładne na mózgowców, a na studiach inteligentni są wszyscy. Czyli możemy być r ó w n o c z e ś n i e inteligentne i fajne. Te dwie rzeczy nie będą się już wykluczać".

W jej przypadku przemiana najwyraźniej oznaczała nową, ekstremalnie skąpą garderobę, na którą przepuściła w Topshopie połowę forsy przeznaczonej na wydatki, oraz skrócenie imienia z Melanie do Mel – o czym ciągle nie pamiętam, nieważne, ile razy mnie kopnie pod stołem. Co do mnie, chyba polegało to na ścięciu włosów, do czego mnie przekonała.

Kiedy się zobaczyłam w lustrze, zaczęłam świrować. Odkąd pamiętam, nosiłam włosy długie i bez grzywki, a dziewczyna gapiąca się na mnie w lustrze u fryzjera w niczym nie przypominała tamtej Allyson. Był dopiero drugi dzień objazdu, a już ssało mnie w brzuchu z tęsknoty za domem. Marzyłam, by się znaleźć w swoim pokoju o znajomych brzoskwiniowych ścianach, z moją kolekcją starych budzików. Zastanawiałam się, jakim cudem wytrwam na studiach, skoro łamię się już teraz.

Do fryzury jednak przywykłam, a tęsknota za domem niemal ustąpiła, a nawet jeśli nie, objazd praktycznie się kończy. Jutro pozostali wsiadają do autobusu jadącego prosto na lotnisko, skąd odlecą do kraju. Melanie i ja łapiemy pociąg do Londynu, żeby spędzić trzy dni u jej kuzynki. Melanie chce wrócić do salonu, gdzie się ścięłam, i zafundować sobie różowe pasemko, i mamy obejrzeć *Let it be* na West Endzie. W niedzielę wracamy do domu, a niedługo potem zaczynamy studia – ja pod Bostonem, ona w Nowym Jorku.

– Uwolnić Szekspira!

Podnoszę wzrok. Grupka licząca może tuzin osób wędruje wzdłuż kolejki, rozdając wielobarwne, neonowe ulotki. Już na pierwszy rzut oka widzę, że to nie Amerykanie – u żadnego z nich nie dostrzegam białych tenisówek ani szortów bojówek. Wszyscy są niemożliwie wysocy i chudzi, i wyglądają jakoś inaczej. Jakby nawet budowę szkieletu mieli zagraniczną.

– Och, poproszę jedną. – Melanie wyciąga rękę po ulotkę i wachluje sobie szyję.

– Co tam jest napisane? – pytam, patrząc na nieznajomych. Tutaj, w turystycznym Stratford-upon-Avon, wyróżniają się niczym płomienne maki na zielonej łące.

Melanie zerka na kartkę i marszczy nos.

– G u e r r i l l a W i l l? Will po partyzancku?

Podchodzi do nas dziewczyna z różowofioletowymi pasemkami, o jakich marzy Melanie.

– Szekspir dla mas.

Przyglądam się ulotce. Widnieje na niej: „Guerrilla Will. Szekspir bez barier. Szekspir wyzwolony. Szekspir za darmo. Szekspir dla wszystkich".

– Szekspir za darmo? – dziwi się Melanie.

– Aha – odpowiada po angielsku z lekkim akcentem dziewczyna o różowych włosach. – Nie dla kapitalistycznego zysku. Tak, jak chciałby Szekspir.

– Serio sądzisz, że nie zamierzał sprzedawać biletów i zarabiać na swoich sztukach? – Nie próbuję się mądrzyć, ale przypomina mi się film *Zakochany Szekspir* i to, że ciągle był komuś winien pieniądze.

Dziewczyna przewraca oczami, a mnie robi się głupio. Spuszczam wzrok. Pada na mnie cień, na chwilę osłaniając mnie przed palącym żarem. A potem słyszę śmiech. Zerkam w górę. Nie widzę faceta, który stoi przede mną, bo podświetla go od tyłu wciąż jaskrawe wieczorne słońce. Ale go słyszę.

– Myślę, że ona ma rację – mówi. – Bycie głodującym artystą nie jest chyba szczególnie romantyczne, kiedy głodujesz naprawdę.

Mrugam parę razy. Wzrok mi się adaptuje i zauważam, że gość jest wysoki, chyba o trzydzieści centymetrów wyższy ode mnie, i chudy. Włosy ma w stu odcieniach złota, a oczy tak bardzo brązowe, że prawie czarne. Muszę odchylić głowę, żeby na niego spojrzeć, a on pochyla twarz, by popatrzeć na mnie.

– Ale Szekspir nie żyje, w grobie nie odbierze tantiem. A my… my żyjemy. – Rozkłada ramiona, jakby chciał objąć cały świat. – Na co idziecie?

– Na *Hamleta* – odpowiadam.

– Ach, *Hamlet*. – Jego akcent jest tak lekki, że prawie niezauważalny. – Myślę, że wieczoru takiego jak dziś nie należy marnować na tragedię. – Patrzy na mnie, jakby to było pytanie. – Ani pod dachem. Wystawiamy *Wieczór Trzech Króli*. Na dworze. – Podaje mi ulotkę.

– Zastanowimy się – rzuca Melanie kokieteryjnym tonem.

Chłopak unosi ramię i przechyla głowę, tak że uchem prawie dotyka bardzo kanciastego barku.

– Jak sobie życzycie – odpowiada, ale patrzy na mnie.

Potem tanecznym krokiem przyłącza się do reszty trupy.

Melanie patrzy za nimi, gdy odchodzą.

– Uau, czemu nie ma ich w programie *Nastoletniego zwiedzania*? Taka kultura mnie kręci!

Też się na nich gapię, czując ukłucie dziwnej tęsknoty.

– Oglądałam już *Hamleta*, wiesz?

Spogląda na mnie, unosząc brwi, które wyskubała za bardzo, w cienkie kreski.

– Ja też. Leciał w telewizji, ale...

– Moglibyśmy pójść... na to. To znaczy, to coś innego. Doświadczenie kulturalne, a przecież po to rodzice nas wysłali na tę wycieczkę.

Melanie się śmieje.

– Kto by pomyślał: robi się z ciebie niegrzeczna dziewczynka! Ale co z Naszą Nieustraszoną Przywódczynią? Chyba właśnie się przymierza do kolejnego liczenia.

– Hm, upał strasznie dawał ci w kość... – zaczynam.

Wpatruje się we mnie chwilę, potem łapie. Oblizuje wargi, uśmiecha się szeroko i robi zeza.

– Jasne! Zdecydowanie dostałam udaru. – Zwraca się do Pauli, która pochodzi z Maine i pilnie studiuje przewodnik Fodora. – Paula, kręci mi się w głowie.

– Okropny gorąc – przyznaje dziewczyna, potakując ze współczuciem. – Powinnaś się nawodnić.

– Chyba robi mi się słabo. Widzę czarne plamy.

– Nie przesadzaj – szepczę.

– Muszę przygotować sobie grunt – odpowiada cicho, bawiąc się coraz lepiej. – Och, chyba zaraz zemdleję.

– Proszę pani! – wołam.

Pani Foley przestaje odhaczać nazwiska na liście i podnosi wzrok. Podchodzi z wyrazem takiego zaniepokojenia na twarzy, że ogarniają mnie wyrzuty sumienia, że kłamię.

– Zdaje się, że Melanie, to znaczy Mel, dostała udaru.

– Zrobiło ci się słabo? To nie powinno już długo potrwać. A wewnątrz jest rozkosznie chłodno.

Mówi dziwaczną kombinacją brytyjskiego słownictwa z akcentem ze Środkowego Zachodu, z czego wszyscy się śmieją, bo uważają, że to pretensjonalne. Ale ja myślę, że pani Foley po prostu pochodzi z Michigan i spędza sporo czasu w Europie.

– Czuję, że zaraz się porzygam – ciągnie Melanie. – A strasznie bym nie chciała tego zrobić w Swan Theatre.

Twarz opiekunki wykrzywia grymas niezadowolenia; nie wiem, czy na myśl o Melanie wymiotującej w Swan, czy ponieważ dziewczyna użyła słowa „rzygać" w pobliżu Royal Shakespeare Company.

– Och, lepiej odprowadzę cię do hotelu.

– Ja ją mogę zaprowadzić – proponuję.

– Naprawdę? Och, nie. Nie mogłabym. Powinnaś zobaczyć *Hamleta*.

– Nie, w porządku. Odprowadzę ją.

– Nie! To mój obowiązek. Po prostu nie mogłabym cię tym obarczyć. – Po jej ściągniętych rysach widzę, że walczy ze sobą.

– To żaden problem, proszę pani. Byłam już wcześniej na *Hamlecie*, a hotel jest po drugiej stronie placu.

– Naprawdę? Och, to byłoby bardzo miłe. Uwierzysz, że przez te wszystkie lata, kiedy prowadzę wycieczki, nigdy nie oglądałam *Hamleta* w interpretacji RSC?

Melanie jęczy cicho dla większego efektu dramatycznego. Lekko szturcham ją łokciem i uśmiecham się do opiekunki.

– Cóż, w takim razie zdecydowanie nie powinna pani opuścić przedstawienia.

Kiwa głową z powagą, jakbyśmy dyskutowały o doniosłych sprawach, sukcesji tronu albo czymś w tym guście. Potem ujmuje mnie za rękę.

– To była wielka przyjemność podróżować z tobą, Allyson. Będzie mi ciebie brakowało. Gdyby tylko więcej młodych ludzi było do ciebie podobnych. Jesteś taką... – Urywa na moment, szukając odpowiedniego słowa. – Taką porządną dziewczyną.

– Dziękuję – odpowiadam odruchowo.

Ale komplement nie robi na mnie wrażenia. Nie wiem, czy dlatego, że to najmilsze, co potrafiła o mnie powiedzieć, czy ponieważ w tej chwili wcale nie jestem taka znowu porządna.

– Porządna dziewczyna, akurat! – rechocze Melanie, kiedy zmywamy się z kolejki i nie musi dłużej udawać omdlewającej.

– Cicho bądź. Nie lubię oszukiwać.

– Cóż, jesteś w tym świetna. Moim skromnym zdaniem możesz mieć przed sobą obiecującą karierę aktorską.

– Nie pytam cię o zdanie. Okej, gdzie to miało być? – Zerkam na ulotkę. – Przy basenie kanałowym? Co to takiego?

Melanie wyciąga komórkę, która w odróżnieniu od mojej działa w Europie. Otwiera aplikację i wyświetla mapę.

– Zdaje się, że chodzi o basen na końcu kanału.

Parę minut później docieramy nad wodę. Atmosfera przypomina karnawał; kręci się tu mnóstwo ludzi. Przy brzegu stoją przycumowane barki i rozmaite łódki, na których można kupić wszystko, od lodów po obrazy. Nie widać tylko niczego, co przypominałoby teatr. Albo scenę. Albo krzesła. Albo aktorów. Spoglądam na ulotkę.

– Może na moście? – pyta Melanie.

Wracamy na łukowaty średniowieczny most, ale natykamy się jedynie na turystów jak my krążących pośród dusznej nocy.

– Powiedzieli, że to dzisiaj wieczorem? – upewnia się Melanie.

Myślę o tamtym chłopaku, o jego niesamowicie ciemnych oczach, gdy tłumaczył wyraźnie, że d z i s i e j s z y wieczór jest zbyt piękny na tragedię. Ale rozejrzawszy się, stwierdzam, że bez wątpienia nikt nie gra żadnej sztuki. Pewnie to był tylko dowcip – zrobić w konia głupią turystkę.

– Chodźmy na lody, żeby nie zaliczyć totalnej porażki – rzucam.

Gdy stoimy w kolejce, dochodzi nas pomruk gitar akustycznych i niosący się echem rytm bongosów. Nadstawiam uszu, włącza się mój sonar. Wdrapuję się na pobliską ławkę, by się rozejrzeć. Nie mogę powiedzieć, żeby magicznym sposobem pojawiła się scena, za to pod kępą drzew pojawia się całkiem spory tłum.

– Chyba się zaczyna – mówię, chwytając Melanie za rękę.

– Ale lody... – jęczy.

– Potem – mruczę, wlokąc ją w stronę zbiegowiska.

– Jeżeli miłość żywi się pokarmem muzyki – grajcie*.

Chłopak grający księcia Orsino nie przypomina żadnego szekspirowskiego aktora, jakiego widziałam w życiu, może nie licząc filmowej wersji *Romea i Julii* z Leonardem DiCaprio. Jest wysoki, z ciemnymi dredami, i wystrojony niczym gwiazda glam rocka w obcisłe lateksowe spodnie, buty ze szpiczastymi noskami oraz siatkowy podkoszulek bez rękawów, odsłaniający umięśniony tors.

– Och, podjęłyśmy b a r d z o słuszną decyzję – szepcze mi Melanie do ucha.

Kiedy Orsino wygłasza swój monolog przy dźwiękach gitar i bongosów, czuję dreszcz przebiegający po plecach.

Oglądamy pierwszy akt, wędrując za aktorami po całym nabrzeżu. Kiedy oni się przemieszczają, my też, przez co mamy wrażenie, że także uczestniczymy w sztuce. I chyba to robi tak wielką różnicę. Bo gdy oglądałam wcześniej Szekspira – na szkolnych przedstawieniach i kilka razy w Philadelphia Shakespeare Theatre – zawsze miałam wrażenie, jakbym słuchała

---

* William Szekspir, *Wieczór Trzech Króli,* Znak, Kraków 2008

obcego języka, którego nie znam zbyt dobrze. Musiałam się zmuszać, by nie odpłynąć myślami, i koniec końców przez połowę przedstawienia czytałam program, jakby to mogło mi pomóc w lepszym zrozumieniu.

Tym razem coś zaskoczyło. Jakby słuch mi się dostroił do dziwacznego języka, opowieść całkowicie mnie pochłania, jak przy oglądaniu filmu; zaczynam ją o d c z u w a ć. Kiedy Orsino wzdycha do chłodnej Oliwii, czuję ukłucie jak za każdym razem, gdy się podkochiwałam w chłopaku traktującym mnie niczym powietrze. Gdy Wiola opłakuje brata, czuję jej osamotnienie. A kiedy zakochuje się w Orsinie, uważającym ją za faceta, to naprawdę śmieszne i równocześnie wzruszające.

O n pojawia się dopiero w drugim akcie. Gra Sebastiana, brata bliźniaka Wioli, którego wszyscy uważają za zmarłego. Co ma pewien sens, bo zanim się pokaże, zaczynam sądzić, że nigdy naprawdę nie istniał, że go sobie wymarzyłam.

Biegnie przez trawnik, ścigany przez niezłomnie wiernego Antonia, a my pędzimy za nim. Po chwili zbieram się na odwagę.

– Podejdźmy bliżej – proszę Melanie.

Chwyta mnie za rękę i przeciskamy się na przód tłumu dokładnie w chwili, kiedy błazen Oliwii przychodzi po Sebastiana, spierają się, a potem Sebastian go odsyła. Wydaje mi się, że tuż przedtem przez ułamek sekundy patrzył mi w oczy.

Upalny dzień przechodzi łagodnie w zmierzch i zostaję wciągnięta głębiej w iluzoryczną krainę Ilirii; mam wrażenie, jakbym wkroczyła w przestrzeń nie z tego świata, gdzie wszystko może się wydarzyć, gdzie tożsamości można zmieniać niczym buty. Gdzie uznani za zmarłych żyją nadal. Gdzie każdy ma swoje „i żyli długo i szczęśliwie". Przyznaję, to trochę banalne, ale tu, gdzie powietrze jest łagodne i ciepłe, drzewa bujne i w pełni rozkwitu, grają koniki polne – wydaje się, jakby ten jeden jedyny raz mogło się to ziścić.

Sztuka kończy się zbyt szybko. Sebastian i Wiola się odnajdują. Wiola wyjaśnia Orsinowi, że naprawdę jest kobietą, i oczywiście on natychmiast chce się z nią ożenić. Oliwia odkrywa, że Sebastian nie jest tym, za kogo go uważała, biorąc go sobie za męża – ale nie dba o to, kocha go i tak. Muzyka odzywa się znowu, błazen wygłasza ostatni monolog. Potem aktorzy wychodzą, a gdy się kłaniają, każdy wykonuje jakiś drobny zabawny gest. Ktoś pstryka palcami. Ktoś gra na niewidzialnej gitarze. Kiedy Sebastian się kłania, przebiega wzrokiem po twarzach widzów i zatrzymuje się na mnie. Uśmiecha się swoim zabawnym półuśmiechem, wyjmuje z kieszeni monetę-rekwizyt i rzuca do mnie. Jest prawie ciemno, a pieniążek niewielki, ale go łapię i ludzie zaczynają teraz oklaskiwać także mnie – tak się zdaje.

Klaszczę z monetą w dłoni. Klaszczę, aż szczypie mnie skóra. Klaszczę, jakbym w ten sposób mogła przedłużyć wieczór, zmienić *Wieczór Trzech Króli* w wieczór sześciu króli. Klaszczę, żeby zatrzymać to wrażenie. Klaszczę, bo wiem, co się stanie, gdy przestanę: to samo, co wtedy, gdy wyłączam naprawdę dobry film – taki, w którym się całkowicie zatopiłam. To znaczy zostanę wrzucona z powrotem do własnego świata z uczuciem pustki w piersi. Czasem oglądam film jeszcze raz od nowa tylko dlatego, by ponownie odnieść wrażenie, że przeżywam coś autentycznego. To kompletnie nie ma sensu, wiem.

Ale dzisiejszego wieczoru nie da się powtórzyć. Tłum się rozprasza, aktorzy odchodzą. Zostaje jedynie para muzyków krążących wokół z kapeluszem na datki. Sięgam do portfela po banknot dziesięciofuntowy.

Stoimy z Melanie w milczeniu.

– O rany – mówi ona.

– Mhm. O rany – odpowiadam.

– To było naprawdę fajne. A ja nie znoszę Szekspira.

Kiwam głową.

– I czy mi się zdawało, czy ten przystojny koleś, którego widziałyśmy w kolejce, ten, co grał Sebastiana, ciągle się na nas gapił?

Na nas? Ale monetę rzucił m n i e. A może po prostu to ja ją złapałam? Czemu nie miałby się gapić na Melanie z jej blond włosami, w topie na ramiączkach? Mel 2.0, jak nazywa sama siebie, sto razy atrakcyjniejszą od Allyson 1.0.

– Nie mam pojęcia – mruczę.

– A p o z a t y m rzucił nam pieniążek! Niezły masz refleks, à propos. Może powinnyśmy ich poszukać. Pójść z nimi do jakiejś knajpy albo coś.

– Już się zwinęli.

– Fakt, ale ci wciąż tu są. – Wskazuje dwójkę zbierającą pieniądze. – Możemy spytać, gdzie się umówili.

Kręcę głową.

– Wątpię, czy mają ochotę spędzać czas z głupimi amerykańskimi nastolatkami.

– Nie jesteśmy głupie, a większość z nich nie wyglądała na dużo starszych.

– Nie. Poza tym pani Foley może do nas zajrzeć. Powinnyśmy wracać do hotelu.

Melanie przewraca oczami.

– Czemu zawsze to robisz?

– Co?

– Na wszystko mówisz nie. Jakbyś miała alergię na przygody.

– Nie zawsze odmawiam.

– Dziewięć na dziesięć razy. Lada moment zaczniemy studia. Pożyjmy trochę.

– Żyję aż za bardzo – ucinam. – A zresztą nigdy wcześniej ci to nie przeszkadzało.

Jesteśmy najlepszymi przyjaciółkami, odkąd jej rodzina wprowadziła się o dwa domy od naszego w wakacje przed drugą klasą podstawówki. Od tamtej pory wszystko robiłyśmy razem: w tym samym czasie straciłyśmy mleczne zęby, dostałyśmy pierwszego okresu, nawet chłopaków miałyśmy równocześnie. Zaczęłam chodzić z Evanem kilka tygodni po tym, kiedy ona zaczęła się spotykać z Alexem, najlepszym kumplem Evana; co prawda ona i Alex zerwali w styczniu, a my z Evanem dotrwaliśmy do kwietnia.

Spędzamy razem tyle czasu, że praktycznie dorobiłyśmy się własnego języka, złożonego z porozumiewawczych żartów i spojrzeń. Naturalnie bardzo często się też kłóciłyśmy. Byłyśmy tylko dziećmi, więc czasem zachowywałyśmy się niczym siostry. Kiedyś nawet podczas przepychanki stłukłyśmy lampę. Ale nigdy nie było tak jak teraz. Nie wiem nawet, j a k to nazwać, wiem tylko, że od początku wycieczki w towarzystwie Melanie czuję się, jakbym przegrywała wyścig, chociaż nawet nie wiedziałam, że w nim biorę udział.

– Przyszłam tu dzisiaj wieczorem – bronię się; głos mam napięty. – Nakłamałam pani Foley, żeby się udało.

– No widzisz? I tak świetnie się bawiłyśmy! Więc czemu nie pociągnąć tego dalej?

Kręcę głową.

Grzebie w torebce i wyjmuje komórkę, przegląda esemesy.

– *Hamlet* też właśnie się skończył. Craig pisze, że Todd zabrał wszystkich do pubu Pod Brudną Kaczką. Podoba mi się ta nazwa. Chodź z nami. Będzie odjazdowo.

Rzecz w tym, że raz się wybrałam z nią i całą resztą, pod koniec pierwszego tygodnia objazdu. Do tego czasu imprezowali już parę razy. I chociaż Melanie znała ich tylko tydzień – tyle samo co ja – dzieliła z nimi wszystkie prywatne żarciki, których ja nie rozumiałam. Siedziałam w tłumie wokół stołu, ściskając drinka i czując się jak nieszczęsny dzieciak, który dołączył do klasy w połowie roku.

Patrzę na zegarek, który zsunął mi się na ręce. Przesuwam go z powrotem w górę, żeby zasłonił brzydkie czerwone znamię na nadgarstku, dokładnie w miejscu, gdzie bije puls.

– Jest prawie jedenasta wieczorem, a jutro musimy wstać wcześnie, żeby zdążyć na pociąg. Więc jeśli nie masz nic przeciwko, zabiorę swój uczulony na przygody tyłek do hotelu.

Kiedy mówię takim nadętym tonem, brzmię zupełnie jak moja matka.

– W porządku. Odprowadzę cię, a potem idę do pubu.

– A jeśli pani Foley do nas zajrzy?

Melanie się śmieje.

– Powiedz jej, że dostałam udaru od słońca. A teraz jest ciemno. – Rusza pod górę z powrotem w kierunku mostu. – Co jest? Czekasz na coś?

Oglądam się na wodę, na barki pustoszejące po wieczornej ofensywie turystów. Na armię śmieciarzy. Dzień się kończy, już nie wróci.

– Nie, na nic.

Rozdział drugi

Jedziemy do Londynu pociągiem o ósmej piętnaście – to pomysł Melanie, żebyśmy miały maksymalnie dużo czasu na zakupy. Ale kiedy budzik zaczyna piszczeć o szóstej, Melanie nakrywa sobie głowę poduszką.

– Pojedźmy następnym – jęczy.

– Nie. Wszystko już ustalone. Możesz się przespać w wagonie. Zresztą obiecałaś, że zejdziesz do holu o wpół do siódmej, by się pożegnać ze wszystkimi.

Ja obiecałam się pożegnać z panią Foley.

Wywlekam Melanie z łóżka i wpycham pod nędzną hotelową namiastkę prysznica. Robię jej kawę rozpuszczalną i chwilę rozmawiam z mamą, która w Pensylwanii nie kładła się do pierwszej nad ranem, żeby zadzwonić. O szóstej trzydzieści spełzamy na dół. Pani Foley, jak zwykle w dżinsach i koszulce polo z logo *Nastoletniego zwiedzania*, ściska rękę Melanie. Potem tuli mnie w kościstym uścisku, wsuwa mi swoją wizytówkę i nalega, żebym dzwoniła bez wahania, gdybym czegoś potrzebowała w Londynie. Zaczyna następną turę w niedzielę i do tego czasu zostanie w mieście. Potem mówi, że na siódmą trzydzieści zamówiła taksówkę, która odwiezie nas na dworzec kolejowy; raz jeszcze pyta, czy ktoś nas odbierze w Londynie (tak, odbierze), powtarza, że jestem porządną dziewczyną... i ostrzega przed kieszonkowcami w metrze.

Pozwalam Melanie wrócić do łóżka na kolejne pół godziny, co oznacza, że opuszcza zwykłą sesję mizdrzenia się przed lustrem, i o siódmej trzydzieści pakuję nas do czekającej taksówki. Gdy zjawia się pociąg, ładuję do niego bagaże i znajduję dwa wolne miejsca. Melanie opada bezwładnie na fotel przy oknie.

– Obudź mnie, jak dojedziemy do Londynu.

Piorunuję ją wzrokiem, ale już się przytuliła do szyby i zamknęła oczy. Wzdycham, wsuwam jej torbę pod nogi i rzucam swój kardigan na sąsiedni fotel, by zniechęcić złodziei oraz lubieżnych dziadków. A potem ruszam do wagonu restauracyjnego. Ominęło mnie śniadanie w hotelu, więc teraz burczy mi w brzuchu, a w skroniach zaczyna pulsować.

Chociaż Europa to kraina pociągów, w czasie objazdu z nich nie korzystaliśmy – na większe dystanse wybieraliśmy samoloty, a na krótszych trasach woziły nas autokary. Gdy przechodzę z wagonu do wagonu, automatyczne drzwi otwierają się z zadowolonym sapnięciem, a podłoga kołysze się lekko pod moimi stopami. Na zewnątrz przemyka zielony krajobraz.

W restauracji przeglądam żałosną ofertę i w końcu zamawiam kanapkę z serem, herbatę oraz chipsy z solą i octem, od których się uzależniłam. Kupuję puszkę coli dla Melanie. Ustawiam wszystko na tekturowej tacce i właśnie zamierzam ruszyć z powrotem, kiedy zwalnia się jeden ze stolików przy samym oknie. Waham się moment. Powinnam wracać. Z drugiej strony Melanie śpi i nic jej nie obchodzi, siadam więc przy stoliku i gapię się przez okno. Okolica wydaje się angielska do szpiku kości: zielona, schludna i pocięta żywopłotami; puchate owce przypominają chmurki – odbicie tych na niebie, zawsze obecnych.

– Bardzo zakręcone śniadanie.

Ten głos. Słuchałam go wczoraj wieczorem przez cztery akty, więc poznaję natychmiast.

Podnoszę wzrok; chłopak stoi wprost przede mną, uśmiechając się tym leniwym półuśmieszkiem, przez który wygląda, jakby się dopiero co zbudził.

– Dlaczego zakręcone? – pytam.

Powinnam być zaskoczona, ale z jakiegoś powodu nie jestem. Muszę zagryźć wargę, żeby się nie uśmiechnąć od ucha do ucha.

Chłopak nie odpowiada. Idzie do baru i zamawia kawę. Potem, patrząc na mnie, wskazuje ruchem głowy mój stolik. Potwierdzam.

– Z wielu powodów – tłumaczy, siadając naprzeciw. – Przypomina ekspata z jet lagiem.

Spuszczam wzrok na swoją kanapkę, herbatę i chipsy.

– To ma być ekspat z jet lagiem? Skąd ten pomysł?

Dmucha na kawę.

– To oczywiste. Po pierwsze, nie ma jeszcze dziewiątej rano. Więc herbata ma sens. Ale kanapka i chipsy? To jedzenie na lunch. O coli nie będę nawet wspominał. – Stuka w puszkę. – Widzisz, zupełnie pomieszały ci się pory dnia. Twoje śniadanie ma jet laga.

Nie mogę się nie roześmiać.

– Pączki wyglądały obrzydliwie. – Wskazuję bar.

– Zdecydowanie. Dlatego ja przyniosłem śniadanie ze sobą.

Sięga do plecaka i zaczyna odwijać coś z pomiętego woskowanego papieru.

– Chwileczkę, to też podejrzanie przypomina kanapkę – mówię.

– Tylko przypomina. To chleb z *hagelslag*.

– Z hachel czym?

– Hach-el-slach.

Rozchyla kromki, żebym mogła zajrzeć. W środku jest masło i jakaś czekoladowa posypka.

– I ty nazywasz m o j e śniadanie zakręconym? A sam jesz na śniadanie deser.

– W Holandii to śniadanie. Bardzo typowe. Albo to, albo *uitsmijter*, czyli w zasadzie jajko sadzone z szynką.

– Tego nie będzie na teście, prawda? Nie umiałabym nawet powtórzyć.

– Aut-smy-ter. Możemy poćwiczyć później. To mnie jednak prowadzi do drugiego punktu. Twoje śniadanie jest jak ekspat. Śmiało, nie czekaj. Mogę mówić, kiedy będziesz jadła.

– Dzięki. Fajnie, że potrafisz robić dwie rzeczy naraz – odpowiadam.

A potem się śmieję. I to jest w tym wszystkim najdziwniejsze, bo dzieje się tak po prostu, naturalnie. Wygląda na to, że naprawdę flirtuję. Przy śniadaniu. O śniadaniu.

– A co to właściwie jest ekspat?

– Ktoś, kto mieszka poza krajem, w którym się urodził. Rozumiesz, zamówiłaś kanapkę. Bardzo amerykańską. I herbatę, bardzo angielską. Masz też chipsy, czyli *crisps*, czy jak tam chcesz je nazywać, które występują tu i tu, ale wybrałaś wersję z solą i octem, bardzo angielską, chociaż jesz je na śniadanie, a to się wydaje amerykańskie. Jak cola. Cola i chipsy, to jadacie na śniadanie w Ameryce?

– Skąd właściwie wiesz, że jestem z Ameryki? – rzucam wyzywająco.

– Pomijając to, że byłaś z amerykańską wycieczką objazdową i mówisz z amerykańskim akcentem?

Zjada kęs kanapki z hachu-czymśtam i popija kawą.

Zagryzam wargę, żeby znowu się nie uśmiechnąć.

– Właśnie. Pomijając to.

– Tak naprawdę to były jedyne wskazówki. W gruncie rzeczy nieszczególnie wyglądasz na Amerykankę.

– Serio?

Otwieram chipsy i w powietrzu rozchodzi się ostry aromat sztucznego octu. Częstuję chłopaka. Odmawia i znowu gryzie kanapkę.

– A jak powinna wyglądać Amerykanka?

Wzrusza ramionami.

– Blondynka – mówi. – Duże... – Pokazuje na migi piersi. – Miękkie rysy. – Macha ręką przed swoją twarzą. – Ładna. Jak twoja kumpela.

– Ja tak nie wyglądam?

Nie mam pojęcia, po co to robię. Wiem, jak wyglądam. Ciemne włosy. Ciemne oczy. Ostre rysy. Żadnych krągłości, niezbyt wiele w okolicach biustu. Nastrój trochę mi siada. Czyli tylko mi się podlizywał, żeby uderzyć do Melanie?

– Nie.

Przygląda mi się tymi swoimi oczami. Wczoraj wydawały się bardzo ciemne, ale teraz, z bliska, widzę, że mają w sobie najrozmaitsze odcienie – szary, brązowy, nawet złoto tańczące w ciemności.

– Wiesz, kogo przypominasz? Louise Brooks.

Gapię się na niego tępo.

– Nie znasz jej? Tej gwiazdy niemego kina?

Kręcę głową. Nieme kino nigdy mnie nie interesowało.

– Była bardzo sławna w latach dwudziestych minionego wieku. Amerykanka. Niesamowita aktorka.

– I nie blondynka. – Miał to być żart, ale tak nie zabrzmiał.

Chłopak odgryza jeszcze kawałek kanapki. Malutki okruch posypki przykleja mu się w kąciku ust.

– Mamy w Holandii multum blondynek. Widzę blond codziennie w lustrze. Louise Brooks była ciemnowłosa. Miała niesamowite, smutne oczy i bardzo wyraziste rysy, i takie same włosy jak ty. – Dotyka własnej czupryny, równie zmierzwionej, jak wczoraj wieczorem. – Bardzo ją przypominasz. Powinienem cię nazywać po prostu Louise.

L o u i s e. Podoba mi się.

– Nie, nie Louise. Lulu. Używała tego zdrobnienia.

L u l u. To mi się podoba jeszcze bardziej.

Wyciąga rękę.

– Witaj, Lulu, jestem Willem.

Dłoń ma ciepłą, uścisk mocny.

– Miło cię poznać, Willemie. Chociaż mogłabym cię nazywać Sebastianem, skoro przybieramy nowe tożsamości.

Kiedy się śmieje, wokół jego oczu rozkwitają drobne zmarszczki.

– Nie. Wolę Willema. Sebastian jest trochę... jak to powiedzieć po angielsku... pasywny, jeśli się nad tym zastanowić. Żeni się z Oliwią, która tak naprawdę chce być z jego siostrą. U Szekspira często się to zdarza. Kobiety dostają to, do czego dążyły, a mężczyźni kończą wrobieni w różne sytuacje.

– Czy ja wiem? Podobało mi się, że dla każdego z bohaterów wszystko skończyło się dobrze.

– Och, to ładna bajka, lecz tylko bajka. Uważam, że Szekspir jest winien szczęśliwe zakończenia bohaterom swoich komedii, bo w tragediach traktuje ich bardzo okrutnie. Weźmy *Hamleta* albo *Romea i Julię*. To prawie sadyzm. – Kręci głową. – Sebastian jest w porządku, tylko właściwie nie kieruje własnym losem. Szekspir oddaje ten przywilej Wioli.

– Rozumiem, że ty kierujesz swoim losem? – pytam.

I znowu słyszę siebie i ledwie mogę uwierzyć własnym uszom. W dzieciństwie chodziłam na lodowisko w sąsiedztwie. W wyobraźni zawsze potrafiłam robić piruety i skoki, ale gdy wychodziłam na lód, ledwie umiałam utrzymać łyżwy równolegle. Kiedy podrosłam, tak samo było z ludźmi: w myślach jestem śmiała i bezpośrednia, ale słowa i gesty, na które rzeczywiście potrafię się zdobyć, wydają się okropnie potulne i uprzejme. Nawet z Evanem, moim chłopakiem w trzeciej i prawie całej czwartej klasie liceum, nigdy nie potrafiłam się stać tą śmigającą na łyżwach, wirującą i skaczącą osobą, którą, jak podejrzewałam, mogłabym być. Dzisiaj najwyraźniej mi się to udaje.

– Och, nic podobnego. Podążam, dokąd popchnie mnie wiatr. – Urywa, żeby się nad tym zastanowić. – Może nie bez powodu gram Sebastiana.

– A dokąd popycha cię wiatr? – pytam z nadzieją, że zostanie w Londynie.

– Z Londynu łapię kolejny pociąg do Holandii. Wczoraj wieczorem sezon się dla mnie skończył.

Uchodzi ze mnie całe powietrze.

– Och.

– Nie zjadłaś kanapki. Uważaj, oni tutaj chleb z serem smarują masłem. I to chyba takim sztucznym.

– Wiem.

Zdejmuję smutne, przywiędłe plasterki pomidora i serwetką ściągam nadmiar masła czy też margaryny.

– Z majonezem smakowałaby lepiej – zauważa Willem.

– Pod warunkiem że byłby w niej indyk.

– Nie, majonez bardzo pasuje do sera.

– Brzmi obrzydliwie.

– Tylko jeśli nigdy nie próbowałaś przyzwoitego majonezu. Słyszałem, że to, co macie w Ameryce, nie jest zbyt przyzwoite.

Śmieję się tak bardzo, że herbata tryska mi nosem.

– Co się stało? – pyta Willem.

– P r z y z w o i t y majonez – odpowiadam pomiędzy salwami śmiechu. – Wyobraziłam sobie, jakby, no wiesz, istniał niegrzeczny majonez, co to się źle prowadzi i kradnie, oraz grzeczny majonez, przyzwoity i siadający zawsze ze skrzyżowanymi kostkami, a mój problem polegał na tym, że nie zostałam przedstawiona temu właściwemu.

– Dokładnie w tym rzecz – odpowiada Willem. A potem także wybucha śmiechem.

Rechoczemy oboje, kiedy do wagonu restauracyjnego wchodzi Melanie, niosąc swój bagaż plus mój sweter.

– Nie mogłam cię znaleźć – burczy nadąsana.

– Chciałaś, żeby cię zbudzić w Londynie.

A potem patrzę przez okno. Śliczne angielskie krajobrazy ustąpiły miejsca brzydkim, szarym przedmieściom.

Melanie przenosi wzrok na Willema i otwiera szeroko oczy.

– Więc jednak się nie utopiłeś – zwraca się do niego.

– Nie – odpowiada chłopak, ale patrzy na mnie. – Nie złość się na Lulu. To moja wina. Ja ją tutaj zatrzymałem.

– L u l u?

– Tak, od Louise. Moje nowe alter ego, M e l.

Patrzę na nią, błagając wzrokiem, żeby mnie nie wydała. Podoba mi się bycie Lulu. Nie jestem gotowa porzucić jej już teraz.

Melanie przeciera oczy, jakby mówiła: „Czy ja wciąż jeszcze śnię?". Potem wzrusza ramionami i opada na siedzenie obok Willema.

– W porządku. Bądź sobie, kim chcesz. Ja bym chciała być kimś z nową głową.

– Nie przywykła do kaca – wyjaśniam chłopakowi.

– Zamknij się – warczy Melanie.

– Co, wolisz, żebym powiedziała, że to dla ciebie nie nowina?

– Strasznie jesteś wyszczekana dzisiaj rano.

– Proszę. – Willem sięga do plecaka po niewielki biały pojemniczek i wytrząsa jej na dłoń kilka białych kulek. – Włóż pod język, żeby się rozpuściły. Za chwilę poczujesz się lepiej.

– Co to takiego? – pyta dziewczyna podejrzliwie.

– Zioła.

– Na pewno nie jakieś pigułki gwałtu?

– Jasne. Zależy mu, żebyś odleciała na oczach całego pociągu – wtrącam.

Willem pokazuje Melanie etykietkę.

– Moja matka jest lekarzem medycyny naturalnej. Używa ich na ból głowy. Raczej nie po to, by mnie zgwałcić.

– Hej, mój tato też jest doktorem – mówię.

Chociaż zajmuje się czymś wręcz przeciwnym niż ziołolecznictwo. Jest pulmonologiem, stuprocentowym przedstawicielem medycyny zachodniej.

Melanie przez sekundę patrzy na pigułki, ale w końcu wkłada je pod język. Kiedy dziesięć minut później pociąg wjeżdża na stację, czuje się trochę lepiej.

Za sprawą milczącego porozumienia wszyscy troje wysiadamy razem: Melanie i ja z wypchanymi walizkami na kółkach, Willem z małym plecakiem. Przepychamy się na peron w palącym już letnim słońcu, a potem zanurzamy się we względny chłód dworca Marylebone.

– Veronica esemesowała, że się spóźni – mówi Melanie. – Pisze, żebyśmy na nią zaczekały obok WHSmitha. Cokolwiek to jest.

– Księgarnia – wyjaśnia Willem, wskazując przeciwny kraniec holu.

Budynek dworca jest ładny, z czerwonej cegły, ale czuję się rozczarowana, że to nie jedna z tych wytwornych stacji z rozkładami z grzechoczących listewek, na co liczyłam. Zamiast nich wisi zwykły monitor wyświetlający odjazdy. Podchodzę, żeby na niego spojrzeć. Nazwy nie brzmią zbyt egzotycznie: High Wycombe albo Banbury, które naturalnie mogą być bardzo sympatycznymi miejscami. To naprawdę głupie. Dopiero co objechałam największe europejskie miasta – Rzym, Florencję, Pragę, Wiedeń, Budapeszt, Berlin, Edynburg, a teraz znowu Londyn – przez większą część czasu odliczając dni do powrotu do kraju. Nie rozumiem, czemu teraz nagle ogarnia mnie żądza podróżowania.

– O co chodzi? – pyta Melanie.

– Och, liczyłam po prostu, że zobaczę jedną z tych wielkich tablic odjazdów jak na niektórych lotniskach.

– Mamy taką na dworcu centralnym w Amsterdamie – rzuca Willem. – Zawsze lubiłem stawać przed nią i wyobrażać sobie, że mogę wybrać dowolne miejsce i tam pojechać.

– Prawda? Ja też!

– W czym problem? – pyta Melanie, patrząc na monitory. – Co ci się nie podoba w Bicester North?

– Nie brzmi tak ekscytująco jak Paryż – wyjaśniam.

– Och, daj spokój. Ciągle jeszcze masz doła z tego powodu? – Melanie zwraca się do Willema. – Po Rzymie mieliśmy w planach Paryż, ale zastrajkowali kontrolerzy i loty odwołano, a było za daleko, by pojechać autokarem. A ona nadal jest o to wkurzona.

– We Francji co chwila strajkują, żeby coś uzyskać – przytakuje Willem, kiwając głową.

– Zamiast do Paryża wysłali nas do Budapesztu – wyjaśniam. – I Budapeszt mi się podobał, ale nie mogę uwierzyć, że jestem tak blisko Paryża i tam nie pojadę.

Chłopak patrzy na mnie w skupieniu. Owija wokół palca sznurek od plecaka.

– To pojedź – mówi.

– Dokąd?

– Do Paryża.

– Nie mogę. Odwołali lot.

– Pojedź teraz.

– Wycieczka się skończyła. A zresztą pewnie strajk trwa nadal.

– Możesz się wybrać pociągiem. Z Londynu to dwie godziny. – Patrzy na wielki zegar na ścianie. – Zdążyłabyś na lunch. A skoro o tym mowa, mają tam znacznie lepsze kanapki.

– Ale... ale nie znam francuskiego. Nie mam przewodnika. Nie mam nawet francuskich pieniędzy. Używają tam euro, tak?

Wyliczam powody, jakbym to p r z e z n i e nie mogła jechać, lecz w gruncie rzeczy Willem równie dobrze mógłby mi proponować wypad na Księżyc. Wiem, że Europa jest mała i że niektórzy ludzie robią takie rzeczy. Ale nie ja.

Wciąż na mnie patrzy z głową przechyloną lekko na bok.

– Nic by z tego nie wyszło – kończę. – Zupełnie nie znam Paryża.

Chłopak zerka na zegar. I naraz, uderzenie serca później, zwraca się do mnie:

– Ale ja znam.

Moje serce zaczyna wykonywać zupełnie niedorzeczne podskoki, ale racjonalny umysł wciąż generuje kontrargumenty.

– Nie wiem, czy mi starczy pieniędzy. Ile kosztują bilety?

Sięgam do torebki, by przeliczyć resztę gotówki. Mam trochę funtów na przetrwanie weekendu, kartę kredytową na nieprzewidziane wydatki i banknot studolarowy, który mama dała mi na sytuacje absolutnie ekstremalne, gdyby karta nie zadziałała. Ale trudno to uznać za sytuację ekstremalną. A gdybym użyła karty, zaalarmowałabym rodziców.

Willem sięga do kieszeni, wyciąga garść różnych zagranicznych walut.

– Tym się nie przejmuj. To było dobre lato.

Gapię się na banknoty. Naprawdę by to zrobił? Zabrał mnie do Paryża? D l a c z e g o?

– Mamy bilety na *Let it be* na jutrzejszy wieczór – wtrąca Melanie, wcielając się w głos rozsądku. – A w sobotę wylatujemy. Twoja mama zacznie świrować. Serio, zamordowałaby cię.

Patrzę na Willema, ale wzrusza ramionami, jakby nie mógł odmówić temu racji.

Już mam się wycofać, podziękować za propozycję, gdy nagle wydaje się, jakby Lulu przejęła dowodzenie, bo zwracam się do Melanie:

– Nie zamorduje, jeśli się nie dowie.

Dziewczyna prycha.

– T w o j a mama? Dowie się.

– Nie, jeśli mnie będziesz kryła. – Ponieważ milczy, ciągnę dalej: – Proszę. Ja kryłam ciebie mnóstwo razy podczas tej wycieczki.

Wzdycha dramatycznie.

– Ale wtedy chodziło o pub, a nie o inny kraj.

– Dopiero co marudziłaś, że nigdy nie robię takich rzeczy.

Tu ją mam. Zmienia taktykę.

– Jak mam cię kryć, skoro dzwoni na moją komórkę, kiedy chce się z tobą skontaktować? Na pewno znów to zrobi. Wiesz, że tak.

Mama wpadła w furię na wieść, że mój telefon tu nie funkcjonuje. Zapewniano ją, że będzie, a kiedy okazało się to nieprawdą, roztrzęsiona zadzwoniła do operatora, lecz podobno nic się nie dało poradzić; chodziło o jakieś problemy z zakresami. Wydrukowała sobie naszą trasę, wiedziała więc, kiedy mnie może złapać w hotelu, a jeśli akurat była wtedy zajęta, dzwoniła na komórkę Melanie.

– Może mogłabyś wyłączyć aparat, żeby od razu uruchamiała się poczta głosowa? – podsuwam.

Zwracam się do Willema, nadal stojącego z pękiem banknotów wysypujących się z dłoni.

– Jesteś *pewien*? Myślałam, że wracasz do Holandii.

– Też tak myślałem. Ale chyba wiatry popychają mnie w innym kierunku.

Spoglądam na Melanie. Wszystko zależy teraz od niej. Patrzy na Willema, mrużąc zielone oczy.

– Zabiję cię, jeśli zgwałcisz albo zamordujesz moją przyjaciółkę.

Chłopak cmoka z dezaprobatą.

– Wy, Amerykanie, jesteście tacy brutalni. Pochodzę z Holandii. Najgorsze, co mógłbym zrobić, to ją przejechać rowerem.

– Będąc na haju! – dodaje Melanie.

– Okej, to możliwe – przyznaje Willem.

Potem patrzy na mnie, a ja czuję dreszcz, jakby coś we mnie trzepotało. Naprawdę zamierzam to zrobić?

– No, Lulu? Co powiesz? Chcesz jechać do Paryża? Tylko na jeden dzień?

To totalne szaleństwo. Nawet go nie znam. Rodzice mogą mnie nakryć. Zresztą co można zobaczyć w Paryżu przez zaledwie jeden dzień? Istnieje wielkie prawdopodobieństwo, że wszystko skończy się potężną katastrofą. Wszystko to prawda. Wiem o tym. Ale i tak chcę jechać.

Więc tym razem zamiast powiedzieć „nie", próbuję czegoś innego.

Mówię „tak".

Rozdział trzeci

Eurostar to ubłocony żółty skład z perkatym nosem; kiedy do niego wsiadamy, jestem spocona i zdyszana. Od pożegnania z Melanie, gdy już pośpiesznie wymieniłyśmy informacje, ustalając plany i miejsce jutrzejszego spotkania, oboje z Willemem nieustannie biegliśmy. Ze stacji Marylebone zatłoczonymi londyńskimi ulicami do metra, gdzie stoczyłam coś na kształt pojedynku z bramką, która nie chciała się przede mną otworzyć trzy razy, a gdy w końcu to zrobiła, przycięła mi walizkę, posyłając identyfikator *Nastoletniego zwiedzania* pod automat z biletami.

– Wygląda na to, że zostałam włóczęgą na całego – zażartowałam.

Na przepastnej stacji St. Pancras Willem pokazał mi tablice odjazdów klekoczące jak należy, a potem popędził nas do kolejki po bilety na Eurostar, gdzie czarując kasjerkę, zdołał wymienić swoją rezerwację do kraju na bilet do Paryża, a następnie wydał stanowczo zbyt wiele banknotów funtowych, żeby kupić drugi dla mnie. Później błyskawicznie przeszliśmy odprawę, pokazując dokumenty. Przez sekundę obawiałam się, że Willem zobaczy mój paszport należący nie do Lulu, lecz do Allyson – i to nie tej obecnej, tylko piętnastoletniej Allyson w okresie największych problemów z trądzikiem. Nie zobaczył jednak i zeszliśmy na dół, do futurystycznej hali odjazdów, akurat w samą porę, żeby zaraz wrócić na górę do pociągu.

Dopiero kiedy zajmujemy miejsca, łapię oddech i uświadamiam sobie, co zrobiłam. Jadę do Paryża. Z nieznajomym. Z *tym* nieznajomym.

Udając, że manipuluję przy walizce, zerkam na niego ukradkiem. Jego twarz przywodzi na myśl te kreacje, które potrafią stworzyć tylko niektóre dziewczyny obdarzone wyczuciem stylu: przypadkowe elementy, z osobna nieciekawe, jakimś sposobem tworzą harmonijną całość. Rysy ma wyraziste, prawie kanciaste, ale wargi jak czerwone poduszeczki, a policzki tak jabłkowo rumiane, że można by z nich upiec szarlotkę. Wydaje się zarazem stary i młody; doświadczony życiem i delikatny. Nie jest przystojny w taki sposób jak Brent Harper, który w czwartej klasie liceum został uznany w głosowaniu za największego przystojniaka – to znaczy: przewidywalnie. Ale nie mogę oderwać od niego oczu.

Wyraźnie nie jestem jedyna. Przejściem między fotelami zbliża się para dziewczyn z plecakami; oczy mają ciemne i senne, mówiące: „Żywimy się seksem". Jedna, przechodząc, uśmiecha się do Willema i rzuca coś po francusku. Chłopak odpowiada jej w tym samym języku i pomaga włożyć bagaż na półkę nad fotelem. Dziewczyny siadają po przeciwnej stronie przejścia rząd za nami; niższa coś mówi i wszyscy troje się śmieją. Chcę zapytać, o co chodzi, ale naraz czuję się niewyobrażalnie młoda i nie na swoim miejscu; posadzona przy dziecinnym stoliku podczas Święta Dziękczynienia.

Gdybym tylko uczyła się francuskiego w liceum... Chciałam, ale na początku dziewiątej klasy rodzice namówili mnie jednak na chiński. „Ten wiek będzie należał do Chin; znając język, zyskasz przewagę w rywalizacji" – orzekła mama. „W rywalizacji o co?" – zastanawiałam się. Jednak przez ostatnie cztery lata uczyłam się chińskiego i od przyszłego miesiąca będę kontynuować naukę na studiach.

Czekam, aż Willem usiądzie, ale zamiast tego patrzy na mnie, a potem na Francuzki, które już się rozlokowały i kołyszącym się krokiem ruszają przejściem.

– W pociągu robię się głodny. A ty nie zjadłaś w końcu kanapki – mówi. – Pójdę do restauracyjnego po więcej zapasów. Na co masz ochotę, Lulu?

Lulu pewnie poprosiłaby o coś egzotycznego. Truskawki w czekoladzie. Ostrygi. Allyson to dziewczyna, która lubi raczej kanapki z masłem orzechowym. Nie wiem, na co mam apetyt.

– Coś dobrego.

Patrzę za nim, gdy się oddala. Wyjmuję czasopismo z kieszeni na fotelu i przebiegam wzrokiem informacje na temat pociągu: Tunel pod kanałem La Manche ma długość pięćdziesięciu kilometrów. Otwarto go w roku 1994, budowa trwała sześć lat. Maksymalna prędkość składów Eurostar to trzysta kilometrów, czyli sto osiemdziesiąt sześć mil na godzinę. Gdybym wciąż była na wycieczce, właśnie tego rodzaju quizowymi mądrościami karmiłaby nas ze swych wydruków pani Foley. Odkładam gazetkę.

Pociąg rusza tak płynnie, że dopiero widząc peron sunący w tył, jakby to on się przemieszczał, a nie my, uświadamiam sobie, że jedziemy. Słyszę sygnał. Za oknem wspaniałe łuki dworca St. Pancras skrzą się na pożegnanie, a potem nurkujemy w tunel. Rozglądam się po wagonie. Wszyscy wyglądają na szczęśliwych i zajętych: czytają gazety albo bębnią w laptopy, wysyłają esemesy, rozmawiają przez telefon albo z towarzyszami podróży. Zerkam nad oparciem fotela, ale Willema ani śladu. Francuzki też jeszcze nie wróciły.

Znowu sięgam po czasopismo i czytam recenzję jakiejś restauracji, ale nic do mnie nie dociera. Upływają kolejne minuty. Pociąg jedzie szybciej, arogancko omijając brzydkie londyńskie magazyny. Kierownik zapowiada pierwszy przystanek, zjawia się konduktor po mój bilet.

– Ktoś tu siedzi? – pyta, wskazując pusty fotel obok.

– Tak.

Ale rzeczy zabrał ze sobą. Nie mam żadnego dowodu, że tu w ogóle był.

Zerkam na zegarek. Dziesiąta czterdzieści trzy. Prawie kwadrans, odkąd opuściliśmy Londyn. Kilka minut później wjeżdżamy na Ebbsfleet, lśniącą, nowoczesną stację. Do środka wlewa się tłum ludzi. Starszy mężczyzna z aktówką przystaje obok miejsca Willema, jakby chciał usiąść, potem jednak zerka na swój bilet i rusza dalej przejściem. Odzywa się sygnał, drzwi się zamykają i ruszamy znowu. Miejski krajobraz Londynu ustępuje miejsca zieleni. W oddali widzę zamek. Pociąg żarłocznie pochłania okolicę; wyobrażam sobie, że zostawia za sobą bruzdę zrytej ziemi. Chwytam się poręczy fotela, wbijając w nie paznokcie, jakby to był pierwszy nieskończenie stromy podjazd na trasie jednej z tych wywołujących mdłości kolejek górskich, na które Melanie uwielbia mnie zabierać. Mimo klimatyzacji włączonej na cały regulator na moim czole perli się pot.

Nasz pociąg z nagłym hukiem mija się z innym składem. Podrywam się z miejsca. Dwie sekundy później skład znika, ale mam przedziwne wrażenie, że to właśnie w nim znajduje się teraz Willem. Choć to niemożliwe. Musiałby przeskoczyć w czasie naprzód do następnej stacji, żeby go złapać.

To jednak nie znaczy, że jest w t y m pociągu.

Patrzę na zegarek. Minęło dwadzieścia minut, odkąd Willem wyruszył do wagonu restauracyjnego. Staliśmy wtedy jeszcze na peronie. Mógł wysiąść przed odjazdem z tamtymi dziewczynami. Albo na ostatniej stacji. Może o tym właśnie rozmawiali. „Czemu nie zostawisz tej nudnej Amerykanki i nie zabawisz się z nami?".

Nie ma go tutaj.

Pewność uderza mnie z hukiem nadjeżdżającego pociągu. Willem zmienił zdanie. Co do Paryża. Co do mnie.

Wycieczka ze mną była jak impulsywny zakup, jak wrzucenie do koszyka jednego z tych bezużytecznych gadżetów, które wystawiają w sklepach przy kasie, żeby człowiek zorientował się dopiero po wyjściu, jaki szajs wybrał.

Wtedy jednak uderza mnie inna myśl: „A jeśli to element większego planu? Znaleźć najbardziej naiwną Amerykankę, zwabić ją do pociągu, porzucić i wysłać... bo ja wiem... paru karków, żeby ją capnęli?". Mama nagrała mi odcinek programu »20/20« o tego rodzaju wypadku. A jeśli to d l a t e g o przypatrywał mi się wczoraj wieczorem, d l a t e g o odszukał mnie dzisiaj rano w pociągu ze Stratford-upon-Avon? Czy mógłby wybrać łatwiejszą zdobycz? Obejrzałam dość dużo filmów o zwierzętach na Animal Planet, by wiedzieć, że lwy zawsze atakują najsłabsze gazele.

Lecz niezależnie od tego, jak mało realistyczna jest ta możliwość, kryje w sobie odrobinę brutalnej pociechy. Przywraca wszystkiemu sens. Wyjaśnia, dlaczego j a znalazłam się w t y m pociągu.

Na mojej głowie ląduje coś miękkiego i trzeszczącego, ale ogarnięta paniką aż się podrywam.

Znowu. Sięgam po pocisk: paczkę chipsów z solą i octem firmy Walker.

Podnoszę wzrok. Willem krzywi się w skruszonym uśmiechu włamywacza, z trudnością taszcząc łupy: batonik, trzy kubki rozmaitych gorących napojów; butelkę soku pomarańczowego pod jedną pachą i puszkę coli pod drugą.

– Przepraszam, że tyle czekałaś. Wagon restauracyjny jest na drugim końcu składu i otwarli go dopiero, kiedy ruszyliśmy z St. Pancras, więc już się zrobiła kolejka. Potem nie byłem pewien, czy wolisz kawę, czy herbatę, więc wziąłem jedno i drugie. Ale potem przypomniałem sobie, że kupowałaś colę, więc po nią wróciłem. A potem w drodze powrotnej potknąłem się o jakiegoś bardzo niestabilnego Belga i cały oblałem się kawą, więc musiałem skręcić do klopa, ale chyba tylko pogorszyłem sprawę.

Wyładowuje dwa małe tekturowe kubki i puszkę coli na rozkładany stolik przede mną. Wskazuje gestem swoje dżinsy, na których widnieje wielka wilgotna plama.

Nie należę do ludzi, których bawią żarty o puszczaniu wiatrów albo obrzydliwe dowcipy. Kiedy Jonathan Spalicki puścił bąka na fizjologii w zeszłym roku i pani Huberman musiała nas wcześniej puścić, bo klasa dostała histerii ze śmiechu, wręcz mi podziękowała, że ja jedna wykazałam samokontrolę.

Dlatego to niepodobne do mnie, żebym zaczęła się zaśmiewać z powodu mokrej plamy.

Kiedy jednak otwieram usta, by poinformować Willema, że w zasadzie nie lubię napojów gazowanych, a cola była dla Melanie na kaca – wydobywa się ze mnie kwiknięcie. A na dźwięk mojego własnego głosu tama pęka. Rechoczę tak bardzo, że nie mogę złapać powietrza. Łzy paniki, które o mały włos nie popłynęły mi z oczu, mają teraz bezpieczną wymówkę, by pociec strugami po twarzy.

Willem przewraca oczami i patrzy na swoje spodnie, jakby mówił „okej, okej". Łapie garść serwetek z tacy.

– Nie sądziłem, że jest a ż t a k źle. – Osusza dżinsy. – Czy kawa zostawia plamy?

To wywołuje u mnie kolejne paroksyzmy. Willem uśmiecha się ironicznie, cierpliwie. Jest wystarczająco dorosły, by znieść żarty na swój temat.

– Prze-praszam – sapię. – To. Nie. Z. Twoich. Majtek.

Pants! Podczas wykładu o różnicach między brytyjską i amerykańską angielszczyzną pani Foley wyjaśniła, że Anglicy mówią *„pants”* na bieliznę, a spodnie nazywają *„trousers”*, więc powinniśmy się pilnować, by uniknąć krępujących nieporozumień. Mówiąc to, aż się zaczerwieniła.

Teraz dosłownie zginam się wpół. Kiedy udaje mi się usiąść prosto, zauważam wracającą przejściem jedną z Francuzek. Przeciskając się obok Willema, opiera dłoń na jego ramieniu; nie od razu ją cofa. Potem rzuca coś po francusku i wślizguje się na swoje miejsce.

Willem nawet na nią nie patrzy. Zwraca się z powrotem do mnie. W ciemnych oczach ma wielkie znaki zapytania.

– Myślałam, że wysiadłeś z pociągu.

Wyznanie wyrywa mi się na fali musującej jak szampan ulgi.

O mój Boże. Naprawdę to powiedziałam? Pod wpływem wstrząsu chichot milknie jak ucięty nożem. Boję się podnieść wzrok. Bo jeśli wcześniej Willem nie zamierzał mnie zostawić w pociągu, teraz go do tego przekonałam.

Czuję, jak siedzisko się ugina, gdy zajmuje miejsce obok, a kiedy zbieram się na odwagę i zerkam, zauważam z zaskoczeniem, że nie wydaje się zszokowany ani oburzony. Ma na twarzy ten swój konfidencjonalny, leniwy uśmieszek.

Zaczyna rozpakowywać śmieciowe jedzenie i wyciąga z plecaka krzywą bagietkę. Rozkłada wszystko na stolikach, po czym patrzy prosto na mnie.

– A czemu miałbym wysiadać z pociągu? – pyta w końcu lekkim, prowokującym tonem.

Mogłabym coś zmyślić. Bo o czymś zapomniał. Albo się zorientował, że mimo wszystko musi wracać do Holandii, a nie miał czasu mi powiedzieć. Albo coś zabawnego, a przy tym mniej obciążającego. Lecz tego nie robię.

– Bo zmieniłeś zdanie.

Czekam na oburzenie, szok, współczucie z jego strony, nadal jednak wydaje się rozbawiony, a teraz chyba też trochę zaintrygowany. A ja czuję nagłego kopa, jakbym łyknęła prochy; moje własne prywatne serum prawdy. Wyrzucam więc z siebie całą resztę:

– Ale potem przyszło mi do głowy, że może to jakieś oszustwo i planujesz mnie sprzedać jako niewolnicę seksualną albo coś.

Patrzę na niego, zastanawiając się, czy nie przesadziłam. On jednak się uśmiecha, gładząc podbródek.

– Jak miałbym to zrobić? – pyta.

– Nie wiem. Musiałbyś mnie pozbawić przytomności albo coś. Czego tacy goście używają? Chloroformu? Zwilżają chusteczkę, przykładają ci do nosa i odlatujesz.

– Myślę, że tylko w kinie. Pewnie łatwiej by było dodać coś do twojego napoju, jak się obawiała twoja kumpela.

– Ale przyniosłeś trzy różne, w tym jeden nieotwarty. – Unoszę puszkę. – Przy okazji, nie piję coli.

– Więc mój plan zawiódł. – Wzdycha teatralnie. – Wielka szkoda. Na czarnym rynku dostałbym za ciebie kupę forsy.

– Ile jestem warta, jak sądzisz? – pytam zaskoczona, jak szybko mój koszmar zmienił się w temat do żartów.

Willem oceniająco mierzy mnie wzrokiem od stóp do głów.

– Hm, to zależy od różnych czynników.

– Na przykład?

– Wieku. Ile masz lat?

– Osiemnaście.

Kiwa głową.

– Wymiary?

– Pięć stóp cztery cale. Sto piętnaście funtów. Nie znam systemu metrycznego.

– Zniekształcone części ciała, blizny, protezy kończyn?

– To ma znaczenie?

– Fetyszyści. Płacą ekstra.

– Nie, żadnych protez ani nic. – Ale wtedy przypominam sobie o znamieniu, które jest prawie takie brzydkie jak blizna, więc zwykle ukrywam je pod zegarkiem. Jest coś dziwnie kuszącego w tym, by je odsłonić; by odsłonić siebie. Zsuwam zegarek. – Mam jednak to.

Przygląda się, kiwając głową. Potem pyta swobodnie:

– I jesteś dziewicą?

– To podnosi czy obniża wartość?

– Zależy od rynku.

– Wygląda na to, że sporo o tym wiesz.

– Dorastałem w Amsterdamie – odpowiada, jakby to wszystko wyjaśniało.

– Więc ile jestem warta?

– Nie odpowiedziałaś na wszystkie pytania.

W tym momencie ogarnia mnie przedziwne wrażenie, jakbym trzymała pasek od szlafroka i mogła go zawiązać ciaśniej... albo puścić.

– Nie, nie jestem. Dziewicą.

Willem przytakuje ruchem głowy i patrzy w sposób, który mnie wytrąca z równowagi.

– Borys na pewno będzie rozczarowany – dodaję.

– Kto to Borys?

– Ukraiński mięśniak od brudnej roboty. Ty byłeś tylko przynętą.

Teraz to Willem wybucha śmiechem, odchylając głowę na długiej szyi. W przerwie dla złapania oddechu rzuca:

– Zwykle pracuję z Bułgarami.

– Drwij sobie, ile chcesz, ale było o tym w telewizji. A nie mogę powiedzieć, że cię z n a m.

Milczy chwilę, patrząc na mnie, a następnie recytuje:

– Dwadzieścia. Metr dziewięćdziesiąt. Siedemdziesiąt pięć kilo, kiedy ostatnio sprawdzałem. To... – Wskazuje zygzakowatą szramę na stopie. Potem spogląda mi prosto w oczy. – I nie.

Potrzebuję minuty, by do mnie dotarło, że odpowiedział na te same cztery pytania, które zadał mnie. A kiedy dociera, czuję, jak w górę po mojej szyi zaczyna się skradać rumieniec.

– Poza tym zjedliśmy razem śniadanie. Zwykle znam doskonale ludzi, z którymi jadam śniadania.

Rumieniec oblewa mnie z impetem fali przypływu. Próbuję wymyślić jakąś błyskotliwą ripostę. Ale trudno być błyskotliwym, kiedy ktoś tak na ciebie patrzy.

– Naprawdę sądziłaś, że bym cię zostawił w pociągu? – pyta Willem.

Jego słowa dziwnie rażą po żartach o czarnym rynku i seksualnym niewolnictwie. Zastanawiam się. Czy n a p r a w d ę sądziłam, że by to zrobił?

– Nie wiem – odpowiadam. – Może tylko ogarnęła mnie lekka panika, bo takie impulsywne decyzje nie są w moim stylu.

– Naprawdę? – pyta. – Przecież jesteś tutaj.

– Jestem tutaj – powtarzam.

I jestem. Tutaj. W drodze do Paryża. Z nim. Patrzę na niego. Na ten jego uśmieszek, jakbym miała w sobie coś nieskończenie zabawnego. I może dlatego albo przez kołysanie pociągu, albo ponieważ nigdy więcej go nie zobaczę po tym jednym dniu, albo dlatego, że gdy raz się otworzy wentyl uczciwości, nie ma odwrotu. Albo po prostu dlatego, że tak chcę. W każdym razie pozwalam, by szlafrok opadł na podłogę.

– Sądziłam, że wysiadłeś z pociągu, bo trudno mi było uwierzyć, że w ogóle się w nim znajdowałeś. Ze mną. Bez jakichś niskich motywów.

I to właśnie jest prawda. Bo mogę mieć dopiero osiemnaście lat, ale już znakomicie zdaję sobie sprawę, że świat dzieli się na dwie kategorie ludzi: tych, którzy robią różne rzeczy, i tych, co tylko patrzą. Ludzi, którym przydarzają się różne przygody, i nas, pozostałych, którzy po prostu brną przez życie. Ludzi w typie Lulu i tych w typie Allyson.

Nawet nie przyszło mi na myśl, że u d a j ą c Lulu, mogę się przekraść do tej drugiej kategorii, choćby tylko na jeden dzień.

Zwracam się do Willema, by się przekonać, co na to powie, zanim jednak zdąży odpowiedzieć, pociąg wpada w ciemność i wjeżdżamy do tunelu pod kanałem La Manche. Jeśli wierzyć przeczytanym przeze mnie informacjom, za niecałych dwadzieścia minut znajdziemy się w Calais, a potem, godzinę później, w Paryżu. W tej chwili jednak mam wrażenie, że pociąg wiezie mnie nie tyle do Paryża, ile w jakieś zupełnie nowe miejsce.

Rozdział czwarty

Paryż

Problemy zaczynają się od pierwszej chwili. Przechowalnia w podziemiach dworca okazuje się zamknięta; strajkują pracownicy obsługujący maszyny prześwietlające bagaż przed oddaniem. Wskutek tego wszystkie samoobsługowe skrytki zdolne pomieścić moją walizkę są zajęte. Willem mówi, że niedaleko jest inna stacja, gdzie mogłabym spróbować, ale skoro bagażowi strajkują, pewnie napotkamy ten sam problem.

– Mogę ją po prostu powlec ze sobą. Albo cisnąć do Sekwany – żartuję, choć faktycznie jest coś pociągającego w myśli, by porzucić dowody na istnienie Allyson.

– Mam znajomą w nocnym klubie niezbyt daleko stąd...

Willem sięga do plecaka i wyciąga zniszczony skórzany notes. Już chcę zażartować, że to jego mała czarna książeczka – widzę nabazgrane w środku nazwiska, numery i adresy mejlowe, a on dodaje: „Prowadzi rachunkowość, więc zwykle tam bywa po południu" – kiedy sobie uświadamiam, że to rzeczywiście mały, czarny notesik.

Chłopak znajduje potrzebny numer, wyciąga starożytną komórkę i kilka razy wciska guzik, by ją włączyć.

– Bateria padła. Twój telefon działa?

Kręcę głową.

– W Europie jest bezużyteczny. Chyba że jako aparat fotograficzny.

Wracamy do ruchomych schodów. Zanim miniemy automatyczne drzwi, Willem spogląda na mnie i pyta:

– Gotowa na Paryż?

W stresie wywołanym problemami z bagażem niemal zapomniałam, że celem tego wszystkiego był Paryż. Nagle robię się trochę nerwowa.

– Mam nadzieję – odpowiadam słabo.

Wychodzimy od frontu i zanurzamy się w migoczący upał. Mrużę oczy, jakby przygotowując się na oślepiające rozczarowanie. Bo prawda jest taka, że jak dotąd rozczarowało mnie praktycznie każde miejsce, które zwiedzaliśmy. Może oglądam zbyt wiele filmów. Naprawdę pragnęłam przeżyć w Rzymie to samo, co Audrey Hepburn w *Rzymskich wakacjach*, ale wokół fontanny di Trevi kłębił się tłum, u stóp Schodów Hiszpańskich zobaczyłam McDonalda, a ruiny cuchnęły sikami gnieżdżących się tam dzikich kotów. To samo w Pradze, gdzie chciałam poczuć odrobinę nastroju bohemy w stylu *Nieznośnej lekkości bytu*. Ale nie, nie spotkałam słynnych artystów, żadnego mężczyzny choćby mgliście podobnego do Daniela Day-Lewisa. Jeden tajemniczy facet czytał w kawiarni Sartre'a, ale potem zadzwoniła jego komórka i odebrał z hałaśliwym, nosowym teksaskim akcentem.

I Londyn. Obie z Melanie, chcąc odwiedzić Notting Hill, kompletnie pogubiłyśmy się w metrze, ale zobaczyłyśmy jedynie luksusową, kosztowną dzielnicę pełną ekskluzywnych sklepów. Żadnych urokliwych księgarenek, żadnych grupek sympatycznych przyjaciół, z którymi chciałabym zjeść kolację. Jak się zdaje, istniał bezpośredni związek między liczbą obejrzanych filmów o danym mieście i stopniem mojego rozczarowania. A o Paryżu widziałam ich mnóstwo.

Paryż, który mnie wita za drzwiami Gare du Nord, to nie Paryż z filmów. Nie widać wieży Eiffla ani luksusowych sklepów z *haute couture*. Wychodzimy po prostu na zwykłą ulicę z kilkoma hotelami i kantorami, zakorkowaną samochodami i autobusami.

Rozglądam się wokół. Widzę niekończące się szeregi starych, szarobrązowych kamienic. Są jednakowe, dosłownie stapiają się ze sobą – wszędzie takie same otwarte przeszklone drzwi i wylewające się ze skrzynek kwiaty. Dokładnie naprzeciw dworca jedna przy drugiej mieszczą się dwie kawiarnie. Żadna nie wygląda wytwornie, ale obie są pełne – ludzie siedzą przy okrągłych szklanych stolikach, pod markizą i parasolami. Jest to zarazem całkiem normalne i kompletnie egzotyczne.

Ruszamy z Willemem naprzód. Przechodzimy przez ulicę i mijamy jedną z kawiarni. Przy stoliku siedzi samotna kobieta, pijąc różowe wino i paląc papierosa; przy jej stopach sapie mały buldożek. Na nasz widok psiak zrywa się i zaczyna obwąchiwać mi spódnicę, zaplątując w smycz siebie i mnie.

Kobieta musi być mniej więcej w wieku mojej mamy, ale nosi mini i espadryle na wysokich koturnach, wiązane na zgrabnych kostkach. Karci psa i odwija smycz. Schylam się, żeby go podrapać za uszami, a kobieta mówi po francusku coś, co prowokuje Willema do śmiechu.

– Co powiedziała? – pytam, kiedy się oddalamy.

– Że jeśli chodzi o piękne dziewczyny, jej pies jest jak świnia na trufle.

– Serio? – Czuję, że się rumienię z zadowolenia. Co jest trochę głupie, bo przecież to pies, i ponieważ nie jestem całkiem pewna, co to takiego „świnia na trufle".

Idziemy wzdłuż kwartału pełnego sex-shopów oraz biur podróży, potem skręcamy za róg w jakiś *boulevard* o niewymawialnej nazwie i pierwszy raz dociera do mnie, że „bulwar" to tak naprawdę francuskie słowo i że wszystkie duże ulice nazywane bulwarami w kraju to w rzeczywistości zwykłe ruchliwe arterie. Bo prawdziwy bulwar widzę tutaj: rzekę życia, wspaniałą, szeroką i rwącą, z pasażem przez środek oraz wdzięcznymi drzewami, które wyginają się, pochylając się ku sobie nad naszymi głowami.

Gdy czekamy na czerwonym świetle, sympatyczny facet w obcisłym garniturku, jadący na skuterze, przystaje i mierzy mnie wzrokiem od stóp do głów, aż samochód za nim trąbi, żeby ruszał.

Okej, to dwa razy w ciągu pięciu minut. Jasne, za pierwszym razem chodziło o psa, ale i tak fakt wydaje się znaczący. Przez ostatnie trzy tygodnie to Melanie prowokowała gwizdy – jak zakładałam złośliwie, z powodu blond włosów i ubrań wołających: „SPÓJRZ NA MNIE!". Raz czy dwa napomknęłam krytycznie o przedmiotowym traktowaniu kobiet, ale Melanie przewróciła oczami i burknęła, że nic nie rozumiem.

Na fali euforii zastanawiam się, czy nie miała racji. Może nie chodzi o to, żeby wyglądać sexy dla facetów, tylko czuć się zauważanym; wiedzieć, że dane miejsce puszcza do ciebie oko, że cię akceptuje. Dziwne, bo sądziłabym, że ze wszystkich ludzi we wszystkich miastach świata właśnie dla paryżan będę niewidzialna – tymczasem nic podobnego. Najwyraźniej w Paryżu nie tylko potrafię jeździć na łyżwach, ale praktycznie kwalifikuję się na olimpiadę!

– To oficjalna wiadomość – oznajmiam. – Kocham Paryż!

– Szybko się decydujesz.

– Kiedy się coś wie, to się wie. Właśnie został moim ulubionym miastem świata.

– Często tak działa.

– Szczerze mówiąc, nie miał wielkiej konkurencji, skoro tak naprawdę nie podobała mi się większość miejsc podczas objazdu.

I znowu: tak po prostu mi się to wymyka. Najwyraźniej kiedy ma się tylko jeden dzień, można powiedzieć wszystko i to przeżyć. W y c i e c z k a o k a z a ł a s i ę k l a p ą. Jakie to przyjemne uczucie w końcu się do tego przyznać. Nie mogłam przecież powiedzieć tego rodzicom, którzy zapłacili za tę, jak wierzyli, Podróż Życia. Ani Melanie, dla której to naprawdę była Podróż Życia. Ani pani Foley, której płacono za zapewnienie mi Podróży Życia. Ale taka właśnie jest prawda. Przez ostatnie trzy tygodnie starałam się mieć frajdę – i ciągle nie wychodziło.

– Być może podróżowanie to talent, jak umiejętność gwizdania albo tańca – ciągnę. – I niektórzy ludzie go mają… ty chyba tak. To znaczy, od jak dawna jesteś w drodze?

– Dwa lata – odpowiada Willem.

– Dwa lata z przerwami?

Kręci głową.

– Dwa lata, odkąd byłem w Holandii.

– Naprawdę? I miałeś wracać dzisiaj? Po dwóch latach?

Wyrzuca ręce w powietrze.

– Co znaczy jeden dzień więcej po dwóch latach?

Podejrzewam, że dla niego niewiele. Ale dla mnie bardzo dużo.

– To tylko dowodzi, że mam rację. Posiadasz talent do podróży. Co do mnie, nie jestem pewna. W kółko słucham, jak to podróże poszerzają horyzonty. Nie wiem nawet za bardzo, jak to rozumieć, ale mnie niczego nie rozszerzyły, bo zupełnie się do tego nie nadaję.

Willem milczy prawie cały czas, kiedy przechodzimy po długim moście nad plątaniną szyn kolejowych; wszędzie widać graffiti. Potem odpowiada:

– Podróżowanie to nie jest coś, do czego się nadajesz. To coś, co robisz. Jak oddychanie.

– Nie sądzę. Z oddychaniem nie mam problemów.

– Na pewno? Zastanawiałaś się nad tym kiedyś?

– Pewnie częściej niż większość ludzi. Mój tato jest pulmonologiem. Lekarzem od płuc.

– Chodzi mi o to, czy kiedykolwiek się zastanawiałaś, j a k to się dzieje, że oddychasz? W dzień i w nocy? Kiedy śpisz. Kiedy jesz. Kiedy rozmawiasz.

– Nie za bardzo.

– Więc pomyśl teraz.

– Jak można myśleć o oddychaniu?

Lecz nagle to robię. Zaczynam rozmyślać o oddechu, o jego mechanice; jak to się dzieje, że moje ciało pamięta o nim, nawet gdy śpię albo płaczę, albo mam czkawkę. Co by się stało, gdyby z jakiegoś powodu zapomniało? I oczywiście mój oddech staje się trochę wysilony, jakbym szła pod górę, chociaż schodzimy z mostu.

– Okej, to było dziwaczne.

– Widzisz? Myślałaś zbyt intensywnie. To samo dotyczy podróżowania. Kiedy starasz się za bardzo, masz wrażenie, że to ciężka praca. Trzeba się poddać chaosowi. Wypadkom.

– Mam wskoczyć pod autobus, by poczuć, że się dobrze bawię?

Willem chichocze.

– Nie o takie wypadki chodzi. O drobne wydarzenia, które cię spotykają. Czasami nic nieznaczące, kiedy indziej zmieniające wszystko.

– Jasne. A Moc będzie z tobą... Możesz mówić konkretniej?

– Chłopak podrywa autostopowiczkę w dalekim kraju. Rok później jej kończą się pieniądze i zjawia się na jego progu. Pół roku później biorą ślub. Wypadki.

– Ożeniłeś się z autostopowiczką czy jak?

Jego uśmiech rozwija się jak żagiel.

– Podaję przykład.

– Więc podaj p r a w d z i w y.

– Skąd wiesz, że ten nie był? – pyta prowokująco. – Okej, mnie się przytrafiło to: w zeszłym roku w Berlinie uciekł mi pociąg do Bukaresztu, więc złapałem stopa na Słowację. Ludzie, z którymi się zabrałem, należeli do trupy teatralnej. Jeden z jej członków złamał nogę w kostce i potrzebowali zastępstwa. Podczas sześciogodzinnej podróży do Bratysławy nauczyłem się jego roli. Zostałem z trupą, aż tamtemu chłopakowi się poprawiło, a jakiś czas potem poznałem ludzi z zespołu Guerrilla Will, którzy właśnie rozpaczliwie potrzebowali kogoś umiejącego zagrać Szekspira po francusku.

– I ty potrafiłeś?

Kiwa głową.

– Jesteś jakimś geniuszem językowym?

– Po prostu Holendrem. Dołączyłem więc do zespołu. – Pstryka palcami. – I zostałem aktorem.

To mnie zaskakuje.

– Sprawiałeś wrażenie, jakbyś się tym zajmował od dawna.

– Nie. To tylko przypadkowe, tymczasowe. Póki następny wypadek nie pośle mnie w inne miejsce. Takie jest życie.

W mojej piersi coś trzepocze.

– Naprawdę uważasz, że to tak działa? Że życie może się zmienić ot tak, po prostu?

– Myślę, że nieustannie zdarzają się rozmaite rzeczy, ale jeśli nie staniesz im na drodze, to cię ominą. Podróżując, ustawiasz się na ich kursie. Nie zawsze jest wspaniale. Czasem kończy się okropnie. Ale czasami... – Wzrusza ramionami i wskazuje gestem Paryż, a potem zerka na mnie z ukosa. – Bywa nieźle.

– O ile nie potrąci cię autobus – rzucam.

Śmieje się. Po czym przyznaje mi rację.

– O ile nie potrąci cię autobus – powtarza.

Rozdział piąty

Docieramy do klubu, gdzie pracuje jego znajoma; wydaje się zamknięty na głucho, ale kiedy Willem wali w drzwi, otwiera nam wysoki mężczyzna o niebieskawoczarnej skórze. Willem rozmawia z nim po francusku i po chwili zostajemy wpuszczeni do wielkiego, wilgotnego pomieszczenia z małą sceną, wąskim barem i mnóstwem stolików, na których ustawiono odwrócone krzesła. Willem i Olbrzym konferują jeszcze chwilę po francusku, potem chłopak zwraca się do mnie:

– Céline nie lubi niespodzianek. Chyba będzie lepiej, jeśli pójdę przodem.

– Jasne. – W ciszy i półmroku mój głos brzmi bardzo głośno i uświadamiam sobie, że znów się denerwuję.

Willem rusza do schodów w głębi klubu. Mężczyzna wraca do odkurzania butelek za barem. Najwidoczniej nie dotarła do niego wiadomość, że Paryż mnie kocha. Siadam na wysokim stołku. Obraca się tak jak te w lodziarni Whipple's, dokąd chodziłam z dziadkami. Olbrzym mnie ignoruje, więc kręcę się na stołku w tę i we w tę. A potem robię to chyba trochę zbyt energicznie, bo wywijam piruet i siedzisko spada z podstawy.

– O, cholera! Au!

Olbrzym podchodzi do mnie rozciągniętej na podłodze. Jest uosobieniem zblazowania. Podnosi stołek, przykręca siedzisko i wraca za bar. Przez chwilę zostaję na ziemi, zastanawiając się, co jest bardziej upokarzające: leżeć tak dalej czy wrócić na stołek.

– Jesteś Amerykanką?

Co mnie zdradziło? Niezdarność? Czy Francuzi nigdy nie bywają niezdarni? W rzeczywistości mam sporo wdzięku. Osiem lat tańczyłam w balecie. Powinnam mu poradzić, żeby naprawił stołek, zanim ktoś go pozwie. Nie, jeśli tak zrobię, zdecydowanie zabrzmię jak Amerykanka.

– Skąd wiesz?

Nie wiem, czemu w ogóle pytam. Od momentu kiedy nasz samolot wylądował w Londynie, czuję, jakbym miała nad głową neon z migającym napisem: „TURYSTKA, AMERYKANKA, OBCA". Powinnam do tego przywyknąć. Tylko że od przyjazdu do Paryża miałam wrażenie, jakby ów neon odrobinę zbladł. Widocznie jednak nie.

– Twój przyjaciel mi mówił – wyjaśnia barman. – Mój brat mieszka w Roché Estair.

– O? – Powinnam wiedzieć, gdzie to jest? – To pod Paryżem?

Śmieje się donośnie, dudniąco, z głębi brzucha.

– Nie. W stanie Nowy Jork. Koło wielkiego jeziora.

„Roché Estair?".

– Och, Rochester!

– Właśnie. Roché Estair – powtarza. – Bardzo zimno tam na północy. Bardzo dużo śniegu. Mój brat nazywa się Aliou Mjodi. Może go znasz?

Kręcę głową.

– Mieszkam w Pensylwanii, to sąsiedni stan.

– Dużo śniegu w Peniswanii?

Tłumię chichot.

– Całkiem sporo. W Pensylwanii – przytakuję, wymawiając wyraźnie. – Ale nie aż tyle, ile w Rochester.

Wzdryga się.

– Za zimno. Szczególnie dla nas. Mamy w żyłach senegalską krew, chociaż obaj urodziliśmy się w Paryżu. Ale teraz mój brat jedzie studiować komputery w Roché Estair, na uniwersytecie. – Olbrzym wygląda na bardzo dumnego. – On nie lubi śniegu. I mówi, latem komary są takie wielkie jak w Senegalu.

Śmieję się.

Twarz Olbrzyma rozpęka się w uśmiechu; wygląda teraz jak dynia na Halloween.

– Jak długo w Paryżu?

Patrzę na zegarek.

– Jestem tu od godziny i zostanę jeden dzień.

– Jeden dzień? Czemu tu jesteś? – Wskazuje bar.

Ja wskazuję walizkę.

– Potrzebujemy ją gdzieś przechować.

– Zabierz na dół. Nie wolno marnować jednego dnia tutaj. Kiedy słońce świeci, niech świeci na ciebie. Śnieg zawsze czeka.

– Willem prosił, żebym tu została. Céline…

– Pff… – przerywa, machając ręką. Wychodzi zza baru i bez wysiłku zarzuca sobie walizkę na ramię. – Chodź, zniosę ci ją na dół.

U stóp schodów znajduje się ciemny korytarz zagracony głośnikami, wzmacniaczami, przewodami i reflektorami. Z góry dolatuje stukanie do drzwi i Olbrzym wraca w paru susach, każąc mi zostawić walizkę w biurze.

Widzę dwoje drzwi, więc podchodzę do pierwszych i pukam. Otwierają się na niewielkie pomieszczenie z metalowym biurkiem, starym komputerem i stosem papierów. Leży tam plecak Willema, ale chłopaka nie widać. Wracam na korytarz i słyszę jakąś kobietę paplającą szybko po francusku, a potem Willema odpowiadającego coś ospale.

– Willem?! – wołam. – Halo?!

Mówi coś, ale nie rozumiem.

– Co?

Rzuca coś jeszcze, wciąż niewyraźnie, uchylam więc drzwi i widzę niewielką graciarnię zastawioną pudłami, a w niej Willema stojącego tuż obok dziewczyny – Céline – która nawet w półmroku, widzę to, jest piękna urodą, jakiej ja nigdy nawet nie potrafiłabym naśladować. Mówi coś gardłowym głosem, próbując ściągnąć mu podkoszulek przez głowę. Willem oczywiście się śmieje.

Zatrzaskuję drzwi z hukiem i wracam do schodów, w pośpiechu potykając się o walizkę.

Dolatuje mnie grzechot.

– Lulu, otwórz drzwi. Zablokowały się.

Oglądam się. Walizka utkwiła pod klamką. Podbiegam szybko, by ją wykopnąć, i znowu ruszam do schodów, kiedy drzwi się otwierają.

– Co ty wyprawiasz? – pyta Willem.

– Wychodzę.

Trudno powiedzieć, że jesteśmy sobie bliscy, ale mimo wszystko. Zostawił mnie na górze, by skoczyć na dół na szybki numerek?

– Wracaj.

Słyszałam dużo o Francuzach. Obejrzałam mnóstwo francuskich filmów. Wiele z nich było zmysłowych, niektóre – perwersyjne. Chcę być Lulu, ale nie do *tego* stopnia.

– Lulu! – Głos Willema brzmi stanowczo. – Céline nie zgodziła się przechować twojej walizki, jeśli się nie przebiorę – wyjaśnia. – Twierdzi, że wyglądam jak obleśny staruch po wizycie w sex-shopie. – Wskazuje swoje krocze.

Zrozumienie, o co mu chodzi, zajmuje mi całą minutę, a wtedy oblewam się rumieńcem.

Céline dodaje coś i Willem wybucha śmiechem. W porządku, może nie chodziło o to, co myślałam. Ale i tak jest właściwie oczywiste, że w c z y m ś przeszkodziłam.

Chłopak zwraca się znowu do mnie:

– Zgodziłem się zmienić dżinsy, ale wszystkie inne koszulki mam równie brudne, więc ona mi czegoś poszuka.

Céline w dalszym ciągu nadaje po francusku, jakbym w ogóle nie istniała.

W końcu znajduje to, czego szukała: wrzosowoszary T-shirt z olbrzymim napisem SOS. Willem bierze go i zdejmuje własny podkoszulek. Céline mówi coś dalej i sięga, żeby rozpiąć mu pasek od spodni. On unosi ręce z rezygnacją, a potem sam odpina guziki. Dżinsy opadają na podłogę i Willem paraduje jak gdyby nigdy nic tylko w obcisłych bokserkach – całe mile i mile Willema.

– *Excusez-moi* – rzuca, przeciskając się tak blisko mnie, że nagim torsem muska moje ramię.

W korytarzu panuje półmrok, ale jestem praktycznie pewna, że Céline zauważyła mój rumieniec i policzyła go jako punkt przeciw mnie. Po paru sekundach Willem wraca z plecakiem. Grzebie, szukając wymiętej, ale niepoplamionej pary dżinsów. Staram się nie gapić, gdy je wciąga i przewleka przez szlufki zniszczony pas z brązowej skóry, a następnie wkłada T-shirt. Céline zerka na mnie; odwracam wzrok, jakby mnie na czymś przyłapała. Co jest prawdą. Obserwowanie go podczas ubierania wydaje się bardziej nieprzyzwoite, niż patrzenie, gdy się rozbierał.

– *D'accord?* – zwraca się do dziewczyny. Ona mierzy go wzrokiem z rękami na biodrach.

– *Mieux* – odpowiada, brzmiąc jak kotka. Miau.

– Lulu? – pyta Willem.

– Ładnie.

Céline wreszcie zauważa moje istnienie. Mówi coś, gestykulując dziko, po czym milknie.

Kiedy nie odpowiadam, jedna z jej brwi wygina się w idealny łuk, podczas gdy druga pozostaje nieruchoma. Widziałam kobiety od Florencji po Pragę stosujące tę sztuczkę. To musi być umiejętność, której uczą w europejskich szkołach.

– Pyta, czy słyszałaś o Sous ou Sur – tłumaczy Willem, wskazując napis na podkoszulku. – To słynna kapela rapcore'owa z mocnymi tekstami o sprawiedliwości.

Kręcę głową, czując się jak podwójna sierota, ponieważ nie znam modnego francuskiego anarcho-cośtam zaangażowanego składu.

– Przykro mi, nie mówię po francusku.

Céline spogląda z pogardą. Kolejna głupia Amerykanka, której nie chciało się uczyć języków.

– Mówię trochę po chińsku – deklaruję pełna nadziei, ale to nie robi wrażenia.

Céline z wielką łaską przechodzi na angielski:

– Ale twoje imię… Lulu to po francusku, *non*?

Następuje krótka pauza jak podczas koncertu między utworami. Idealny moment, by wyjaśnić całkowicie swobodnie: „W zasadzie mam na imię Allyson".

W tym momencie Willem odpowiada za mnie:

– To zdrobnienie od Louise.

I puszcza oko.

Céline wskazuje moją walizkę wymanikiurowanym fioletowym paznokciem.

– To ten bagaż?

– Tak. Ten.

– Strasznie duży.

– Nie aż t a k i duży.

Przypominam sobie walizy, które niektóre dziewczyny zabrały na wycieczkę; suszarki do włosów, adaptery do wtyczek, po trzy zmiany ubrania na dzień. Patrzę na Céline w czarnej siatkowej tunice sięgającej ud oraz króciutkiej spódniczce, za którą Melanie dałaby każde pieniądze, i dochodzę do wniosku, że ta informacja nie zrobiłaby na niej wrażenia.

– Może stać w składziku, nie w moim biurze.

– W porządku. Jeśli tylko jutro będę mogła ją odebrać.

– Sprzątacz przychodzi na dziesiątą. Proszę, dali nam tyle nadliczbowych, że możesz też jedną dostać – mówi, podając mi taki sam T-shirt jak Willema, tylko przynajmniej o numer większy.

Zamierzam otworzyć walizkę i wepchnąć podkoszulek do środka, gdy staje mi przed oczami jej zawartość: praktyczne, proste spódnice i podkoszulki kupione przez mamę. Dziennik podróżny z zapiskami, które miały być pełnymi zachwytu relacjami z przygód, a brzmią niczym telegramy: „Dzisiaj poszliśmy do zamku w Pradze. Stop. Potem obejrzeliśmy *Czarodziejski flet* w Operze Narodowej. Stop. Na kolację jedliśmy kotlety z kurczaka. Stop". Pocztówki ze Słynnych Miast Europejskich, puste, bo po wysłaniu kilku obowiązkowych do rodziców i babci nie miałam już do kogo pisać. Oraz zasuwana plastikowa torebka z samotną kartką w środku. Przed podróżą mama przygotowała spis wszystkich moich rzeczy, a potem zrobiła kopie, po jednej na każdy przystanek, żebym mogła odhaczyć każdy przedmiot i mieć pewność, że niczego nie zapomniałam. Została jedna kartka na ostatni przewidziany postój w Londynie.

Wpycham T-shirt do torby na ramię.

– Wezmę go ze sobą. Będę miała w czym spać dzisiaj w nocy.

Brew Céline znowu wystrzeliwuje w górę. Ona pewnie nigdy nie sypia w podkoszulkach. Pewnie obywa się bez niczego nawet w najchłodniejsze zimowe noce. Staje mi przed oczami wizja jej śpiącej nago obok Willema.

– Dzięki. Za T-shirt. Za przechowanie walizki – mówię.

– *Merci* – odpowiada Céline i zastanawiam się, za co mi dziękuje, póki do mnie nie dociera, że to pouczenie, bym się wyraziła po francusku. Więc powtarzam za nią, tylko w moim wykonaniu brzmi to jak *mercy*, „litości".

Wracamy na górę. Céline trajkocze jak szalona do Willema. Zaczynam rozumieć, jakim sposobem tak świetnie opanował francuszczyznę. I jakby już to nie świadczyło dostatecznie jasno, że ona gra tu pierwsze skrzypce, bierze go pod ramię i odprowadza wolno do wyjścia. Mam ochotę zamachać rękami, wołając: „Halo! Pamiętacie o mnie?".

Podczas gdy oni odprawiają rytuał, dwa razy dotykając się policzkami i cmokając, czuję, jak wyparowuje ze mnie znaczna część wcześniejszej ekscytacji. Przy Céline – w wysokich na milę szpilkach, z czarnymi włosami rozjaśnionymi na końcach na blond oraz idealnie symetryczną twarzą, zarazem zeszpeconą i upiększoną przez liczne kolczyki – czuję się niska jak karlica i pospolita niczym mop. I kolejny raz się zastanawiam: „Po co on mnie tu przywiózł?".

A potem przypomina mi się Shane Michaels.

Przez całą drugą klasę liceum szaleńczo się kochałam w Shanie z ostatniej klasy. Trzymaliśmy się razem, flirtował ze mną, zapraszał mnie w różne miejsca i nawet za mnie płacił, i zwierzał mi się z różnych osobistych problemów – owszem, między innymi opowiadał o dziewczynach, z którymi się umawiał. Ale te związki nigdy nie trwały dłużej niż kilka tygodni, a ja powtarzałam sobie, że stajemy się sobie coraz bliżsi i w końcu się we mnie zakocha. Po całych miesiącach, kiedy do niczego między nami nie doszło, Melanie orzekła, że jestem bez szans. „Cierpisz na syndrom kumpla" – stwierdziła. W tamtym czasie posądzałam ją o zazdrość, ale oczywiście miała rację. Teraz uderza mnie, że pomimo epizodu z Evanem to może być przypadłość na całe życie.

Czuję, jak nastrój mi siada, jak znika ten życzliwy Paryż, którym zostałam obdarowana wcześniej – o ile w ogóle istniał. Głupotą było sądzić, że pies obwąchujący mi krocze i przelotne zerknięcie przypadkowego faceta coś znaczą. Paryż kocha dziewczyny takie jak Céline. Prawdziwe Lulu, nie podróbki.

Ale wtedy, gdy znajdujemy się tuż przy drzwiach, Olbrzym wychodzi zza baru, ujmuje mnie za rękę i z beztroskim „*À bientôt!*" całuje w oba policzki.

Zalewa mnie ciepła fala wdzięczności. Pierwszy raz w czasie tej wycieczki miejscowy spontanicznie okazał mi życzliwość – bo chciał, a nie ponieważ mu za to zapłaciłam. I nie umyka mojej uwagi, że Willem nie patrzy już na Céline, tylko obserwuje mnie z dziwnym wyrazem rozświetlającym twarz. Nie jestem pewna, czy to dlatego, czy z jeszcze innego powodu ów pocałunek – który, jak rozumiem, był czysto platoniczny, przyjacielski; odpowiednik uścisku ręki – nagle wydaje mi się niezwykle doniosły. Jak pocałunek od całego Paryża.

Rozdział szósty

– Lulu, musimy bardzo poważnie porozmawiać.

Willem patrzy na mnie serio, a ja czuję, jak mój żołądek wywraca się na lewą stronę z obawy przed kolejną przykrą niespodzianką.

– O czym? – pytam, starając się ukryć zdenerwowanie.

Krzyżuje ręce na piersi i gładzi podbródek. Planuje mnie odesłać? Nie! Z tego powodu już raz dzisiaj świrowałam.

– No o czym? – dopytuję znowu; mimo wszelkich wysiłków mój głos brzmi wyżej.

– We Francji czas jest przesunięty o godzinę, więc minęła już czternasta. Pora lunchu. A to Paryż. I mamy tylko dzisiejszy dzień. Musimy zatem rozważyć tę kwestię bardzo poważnie.

– Och. – Oddycham z ulgą. Więc teraz próbuje mnie podpuszczać? – Nieważne. Wszystko byle nie chleb z czekoladą, proszę. Może to twoje podstawowe pożywienie, ale nie wydaje się szczególnie francuskie – rzucam ostro.

Nie bardzo wiem, co mnie tak wkurzyło – pomijając to, że chociaż oddaliliśmy się o kilka przecznic od klubu Céline, mam wrażenie, jakby jakimś sposobem wciąż nam towarzyszyła.

Willem udaje urażonego.

– Chleb i czekolada to nie jest moje podstawowe pożywienie. – Szczerzy zęby. – Nie wyłącznie. I jest bardzo francuskie. Croissanty z czekoladą? Możemy je sobie kupić jutro na śniadanie.

Śniadanie. Jutro. Po dzisiejszej nocy. Céline wydaje się naraz odleglejsza.

– Chyba że wolisz frytki – ciągnie. – Albo naleśniki. To po amerykańsku. A może frytki z naleśnikami?

– Nie jadam na śniadanie frytek. A naleśniki czasami jadam na kolację. Pod tym względem jestem buntowniczką.

– *Crêpes* – oznajmia, pstrykając palcami. – Zjemy *crêpes*. Bardzo francuskie. I będziesz mogła się dalej buntować.

Idziemy ramię w ramię, oglądając karty dań mijanych kafejek, aż u zbiegu trzech spokojnych uliczek znajdujemy taką, gdzie podają *crêpes*. Menu nabazgrano odręcznie po francusku, ale nie proszę Willema o tłumaczenie. Po aferze z Céline moja nieznajomość języka zaczyna się wydawać zawadą. Przedzieram się więc przez menu, aż docieram do *citron*, co prawie na pewno oznacza cytrynę, pomarańczę albo jakiś inny cytrus. Decyduję się na *citron crêpe* oraz *citron pressé* do picia, licząc, że to coś w rodzaju lemoniady.

– Co bierzesz? – pytam.

Drapie się w podbródek. Ma na nim niewielką kępkę złotego zarostu.

– Zastanawiałem się nad *crêpe* z czekoladą, ale to prawie jak chleb z czekoladą, więc się boję, że straciłabyś dla mnie szacunek. – Błyska tym swoim leniwym półuśmieszkiem.

– Bez obaw. Straciłam dla ciebie szacunek, kiedy cię przyłapałam na striptizie dla Céline w jej biurze – żartuję.

I znowu ten wyraz twarzy: zaskoczenie, rozbawienie.

– To nie było jej biuro – odpowiada wolno, przeciągając słowa. – I powiedziałbym, że raczej ona rozbierała mnie.

– Och, w takim razie wszystko okej. Zdecydowanie bierz czekoladę.

Posyła mi długie spojrzenie.

– Nie. W ramach pokuty zamówię naleśnika z nutellą.

– Też mi pokuta. Nutella to praktycznie czekolada.

– Robią ją z orzechów.

– I czekolady! Obrzydlistwo.

– Mówisz tak, bo jesteś Amerykanką.

– To nie ma nic do rzeczy! Ty, jak się zdaje, masz nieustanny apetyt na chleb i czekoladę, a nie zakładam, że ma to związek z twoją narodowością.

– Czemu byś miała zakładać?

– Holenderskie kakao? Trzymacie łapę na światowych zasobach.

Willem się śmieje.

– Myślę, że pomyliłaś nas z Belgami. A ja odziedziczyłem pociąg do słodyczy po matce, która nawet nie jest Holenderką. Twierdzi, że przez całą ciążę miała apetyt na czekoladę i dlatego ja też ją uwielbiam.

– Jasne. Obwiń o wszystko kobietę.

– Kto tu kogo wini?

Podchodzi kelnerka z napojami.

– A więc, Céline... – zaczynam. Wiem, że powinnam odpuścić, lecz jakoś nie potrafię. – Jest tak jakby księgową? W klubie.

– Tak.

Jestem podła, ale sprawia mi przyjemność, że ma taką nudną robotę. Dopóki Willem nie uściśla:

– Choć właściwie nie księgową. Angażuje kapele, więc zna wszystkich muzyków. – I jakby to nie było wystarczająco okropne, dodaje: – Czasem też projektuje plakaty.

– Och. – Tracę rezon. – Musi być bardzo zdolna. Znasz ją z trupy teatralnej?

– Nie.

– Em, więc jak się poznaliście?

Bawi się opakowaniem od mojej słomki.

– Rozumiem – mówię, zastanawiając się, czemu zadaję sobie trud, by pytać o coś, co jest boleśnie oczywiste. – Byliście parą.

– Nie, nie w tym rzecz.

– Och. – Zaskoczenie. I ulga.

Po czym oświadcza jak gdyby nigdy nic:

– Po prostu kiedyś byliśmy w sobie zakochani.

Upijam łyk *citron pressé* – i się krztuszę. Okazuje się, że to nie tyle lemoniada, ile sok cytrynowy z wodą. Willem podaje mi kostkę cukru i serwetkę.

– Kiedyś? – powtarzam, kiedy dochodzę do siebie.

– Jakiś czas temu.

– A teraz?

– Zostaliśmy dobrymi kumplami. Jak widziałaś.

Nie jestem pewna, czy to właśnie widziałam.

– Więc już jej nie kochasz? – Przeciągam palcem po krawędzi szklanki.

Willem patrzy na mnie.

– Nie powiedziałem, że ją kochałem.

– Dopiero co stwierdziłeś, że kiedyś byłeś w niej zakochany.

– Owszem.

Gapię się na niego zbita z tropu.

– Istnieje olbrzymia różnica, Lulu, pomiędzy zakochaniem się w kimś i kochaniem kogoś.

Czuję, jak twarz robi mi się gorąca i nie bardzo rozumiem czemu.

– Czy to nie sekwencja: B wynika z A?

– Musisz się zakochać, żeby kogoś kochać, ale zakochanie się to nie to samo, co kochanie kogoś. – Zerka na mnie spod rzęs. – Byłaś kiedyś zakochana?

Evan i ja zerwaliśmy dzień po tym, jak wpłacił depozyt na czesne za studia. Nie zaskoczyło mnie to. Właściwie nie. Wcześniej uzgodniliśmy, że rozstaniemy się przed wyjazdem na studia, jeśli nie trafimy w te same strony. On wybierał się do St. Louis. Ja do Bostonu. Nie spodziewałam się konkretnego terminu. Evan zdecydował, że lepiej będzie „szybko zerwać plaster", i zostawił mnie nie w czerwcu, po skończeniu liceum, i nie w sierpniu, gdy wyjeżdżaliśmy na studia, tylko w kwietniu.

Prawdę mówiąc jednak, jeśli nie liczyć upokorzenia z powodu plotek, że mnie rzucił, i rozczarowania, że nie pójdę na bal maturalny, właściwie nie żałowałam, że t r a c ę E v a n a. Czułam zdumiewającą obojętność na myśl o zerwaniu z moim pierwszym chłopakiem. Jakbym go w ogóle nie miała. Nie tęskniłam za nim, a Melanie szybko zapełniła luki, jakie po nim pozostały w moim rozkładzie tygodnia.

– Nie – odpowiadam. – Nigdy nikogo nie kochałam.

W tej samej chwili kelnerka przynosi *crêpes*. Mój naleśnik jest złotobrązowy, roztacza cierpko-słodki aromat cytryny i cukru. Skupiam na nim całą uwagę, odkrawam kawałek i wrzucam sobie do ust. Roztapia się na czubku mojego języka jak ciepła, słodka śnieżynka.

– Nie o to pytałem – odpowiada Willem. – Pytałem, czy byłaś z a k o c h a n a?

Kpiarski ton w jego głosie jest niczym swędzące miejsce, w które nie mogę się podrapać. Patrzę na niego, zastanawiając się, czy zawsze tak drobiazgowo analizuje znaczenia słów.

Odkłada nóż i widelec.

– T o jest zakochanie.

Nabiera na palec odrobinę nutelli ze swojego naleśnika i dotyka wewnętrznej strony mojego nadgarstka. Krem jest gorący i gęsty, zaczyna się topić na mojej lepkiej skórze, ale zanim zdąży spłynąć, Willem zwilża kciuk, ściera smugę i szybko oblizuje palec. Wszystko błyskawicznie, niczym jaszczurka chwytająca muchę.

– A to jest miłość.

Ujmuje mnie za drugi nadgarstek, ten na którym noszę zegarek, i przesuwa bransoletkę, aż znajdzie to, czego szukał. Znowu zwilża kciuk. Tym razem jednak pociera znamię, mocno, jakby próbował je zetrzeć.

– Miłość to znamię? – żartuję, cofając rękę.

Ale głos mi drży, a wilgotny odcisk jego kciuka jak gdyby płonął, wysychając na mojej skórze.

– To coś, co nigdy nie zniknie, nieważne jak bardzo byś chciała.

– Porównujesz miłość do... piętna?

Odchyla się do tyłu tak mocno, że nogi jego krzesła ze zgrzytem odrywają się od ziemi. Wygląda na bardzo zadowolonego: z jedzenia czy z siebie, nie jestem pewna.

– Właśnie tak.

Myślę o plamie z kawy na jego dżinsach. Myślę o lady Makbet i jej: „Przeklęta plamo, precz!"*, kolejnym monologu, którego uczyłam się na angielskim.

– „Piętno" wydaje się brzydkim określeniem miłości – mówię.

Willem wzrusza jedynie ramionami.

– Może tylko po angielsku. Po niderlandzku to *vlek*. Po francusku *tache*. – Kręci głową ze śmiechem. – Nie, dalej paskudnie.

– W ilu językach zostałeś napiętnowany?

Znowu oblizuje kciuk i sięga przez stół do mojego nadgarstka, gdzie pozostała niewielka smuga nutelli. Tym razem ściera ją do czysta.

---

* William Szekspir, *Makbet*, akt V, scena 1., W drodze, Poznań 1992

– W żadnym. Zawsze schodziło.

Zgarnia resztę naleśnika i pakuje do ust, a potem tępą stroną noża zeskrobuje krem z talerza. Następnie przeciąga palcem wzdłuż krawędzi, zbierając nutellę do czysta.

– Jasne – odpowiadam. – Po co dać się napiętnować, skoro o tyle zabawniej puszczać się na prawo i lewo.

Czuję w ustach smak cytryny i zastanawiam się, gdzie się podziała cała słodycz.

Willem nie odpowiada. Popija kawę.

Do kafejki wchodzą trzy kobiety. Są niemożliwie wysokie, prawie tak wysokie jak Willem, i chude, z nogami sięgającymi, jak się zdaje, biustów. Przypominają dziwną rasę ludzi żyraf. Modelki. Nigdy wcześniej nie widziałam ich na swobodzie, ale jest oczywiste, że to one. Jedna, w króciuteńkich szortach i sandałach na platformach, mierzy wzrokiem Willema, a on posyła jej nieznaczny półuśmiech, ale potem tak jakby się otrząsa i patrzy z powrotem na mnie.

– Wiesz, jak to dla mnie brzmi? – pytam. – Brzmi, jakbyś po prostu lubił się pieprzyć. Co jest okej. Tylko przyznaj to sam przed sobą. Nie wymyślaj fałszywych rozróżnień między zakochiwaniem się i kochaniem.

Słyszę własny głos. Brzmię jak panna przemądrzała, cnotliwa i świętoszkowata. Kompletnie niepodobna do Lulu. Nie rozumiem, czemu się tak wściekam. Co mnie obchodzi, czy on wierzy w miłość będącą czymś innym niż zakochanie, czy uważa ją za coś, co Zębowa Wróżka wkłada pod poduszkę?

Kiedy podnoszę wzrok, Willem ma półprzymknięte oczy i uśmiecha się, jakbym była dworskim trefnisiem służącym jego osobistej rozrywce. Czuję się jak zachłanny maluch gotowy zrobić awanturę, bo mu odmówiono czegoś niedorzecznego – kucyka – którego nie może dostać.

– Pewnie nawet nie wierzysz w miłość – kończę nadąsana.

– Wierzę. – Jego głos jest cichy.

– Naprawdę? Zdefiniuj miłość. Jak to wygląda – robię w powietrzu cudzysłów i przewracam oczami – kiedy ktoś „jest napiętnowany"?

Nie namyśla się nawet przez moment.

– Jak Yael i Bram.

– Kto to? Jakaś holenderska Brangelina? To się nie liczy, bo skąd wiadomo, jak naprawdę układa się między nimi?

Widzę, że stadko modelek znika w głębi kafejki, gdzie bez wątpienia zafundują sobie ucztę z kawy i powietrza. Wyobrażam je sobie za jakiś czas tłuste i zwyczajne. Bo nic tak pięknego nie może trwać wiecznie.

– Kto to jest Brangelina? – pyta w roztargnieniu Willem.

Sięga do kieszeni po monetę i balansuje nią na kostkach dłoni, a potem przerzuca między palcami.

Obserwuję pieniądz, obserwuję jego dłonie. Są duże, ale o delikatnych palcach.

– Nieważne.

– Yael i Bram to moi rodzice – wyjaśnia cicho.

– Twoi r o d z i c e?

Kończy zabawę monetą i podrzuca ją w powietrze.

– Napiętnowani. Podoba mi się, jak to nazwałaś. Yael i Bram: napiętnowani przez dwadzieścia pięć lat. – Mówi to zarazem z czułością i ze smutkiem, aż coś mnie ściska w żołądku. – Twoi rodzice też są tacy? – pyta cicho.

– Wciąż są małżeństwem po dwudziestu pięciu latach, ale napiętnowani? – Mimo woli wybucham śmiechem. – Nie wiem, czy kiedykolwiek byli. Zostali sobie podsunięci na randce w ciemno na studiach. Zawsze przypominali nie tyle papużki nierozłączki, ile sympatycznych partnerów w firmie, której jedynym produktem jestem ja.

– Jedynym. Więc jesteś sama?

Sama? Pewnie chciał powiedzieć: j e d y n a c z k ą. Nigdy nie bywam sama, nie z mamą i jej kolorowym kalendarzem na lodówce. Każda wolna chwila zostaje wypełniona, a każdy aspekt mojego życia jest efektywnie zarządzany. Tylko że po krótkim namyśle przypomina mi się, co czuję, siedząc w domu przy kolacji z mamą i tatą mówiącymi do mnie, a nie rozmawiającymi ze mną; w szkole z gromadą ludzi, którzy nigdy tak naprawdę nie zostali moimi przyjaciółmi – i odkrywam, że nawet jeśli przypadkiem, Willem dobrze trafił.

– Tak – mówię.

– Ja też.

– Nasi rodzice wycofali się, póki byli do przodu – powtarzam zwrot, którego mama i tato zawsze używają, gdy ktoś pyta, czy mają więcej dzieci. „Wycofaliśmy się, póki byliśmy do przodu".

– Nigdy nie zrozumiałem niektórych angielskich powiedzonek – odpowiada chłopak. – Skoro jesteś do przodu, jaki sens się wycofywać?

– Zdaje się, że to termin hazardowy.

Ale Willem kręci głową.

– Myślę, że to leży w ludzkiej naturze, by kontynuować za wszelką cenę, kiedy ci idzie dobrze. Wycofujesz się, kiedy masz tyły. – Patrzy na mnie znowu i jakby uświadamiając sobie, że mógł mnie obrazić, dodaje pośpiesznie: – W twoim wypadku na pewno wyglądało to inaczej.

Kiedy byłam mała, rodzice starali się o kolejne dzieci. Z początku metodami naturalnymi, potem leczyli się na bezpłodność i mama przeszła serię okropnych zabiegów, które nie dały rezultatu. Później zastanawiali się nad adopcją i właśnie byli w trakcie wypełniania dokumentów, kiedy mama zaszła w ciążę. Czuła się taka szczęśliwa. Chodziłam wtedy do pierwszej klasy. Odkąd pamiętam, mama pracowała, ale po porodzie zamierzała wziąć długi urlop w firmie farmaceutycznej, potem może wrócić jedynie na pół etatu. Straciła dziecko w piątym miesiącu. To wtedy postanowili razem z tatą wycofać się, póki są do przodu. Tak powiedzieli. Ale chyba już wtedy wiedziałam, że to kłamstwo. Marzyli o kolejnych dzieciach, zostali jednak skazani tylko na mnie. Dlatego musiałam być na tyle udana, by mogli twierdzić, że wcale nie przegrali.

– Może masz rację – mówię teraz do Willema. – Może nikt się nie wycofuje, kiedy naprawdę jest do przodu. Moi rodzice zawsze tak powtarzali, ale w rzeczywistości poprzestali na mnie tylko dlatego, że nie mogli mieć więcej dzieci. Nie dlatego, że im wystarczałam.

– Jestem pewien, że im wystarczałaś.

– A ty? – pytam.

– Może aż za bardzo – rzuca tajemniczo.

Zabrzmiało to pyszałkowato, ale on wcale nie wygląda, jakby się chwalił.

Znowu powtarza tę sztuczkę z monetą. Siedzę w milczeniu, obserwując pieniążek, i czuję, jak w moim brzuchu narasta napięcie, gdy się zastanawiam, czy Willem pozwoli mu spaść. Nie pozwala. Przekłada go dalej. A kiedy kończy, podrzuca go w powietrze i rzuca do mnie, tak samo jak wczorajszego wieczoru.

– Mogę cię o coś spytać? – odzywam się po chwili.

– Tak.

– To element przedstawienia?

Przechyla głowę na bok.

– To znaczy, rzucasz monetę jakiejś dziewczynie po każdym występie, czy byłam wyjątkiem?

Wczoraj po powrocie do hotelu długi czas uważnie oglądałam pieniążek, który złapałam. Była to czeska korona warta jakieś pięć centów. Jednak i tak włożyłam ją do osobnej przegródki w portfelu, nie tam, gdzie resztę zagranicznych pieniędzy. Wyjmuję ją teraz. Lśni w jaskrawym popołudniowym słońcu.

Willem też na nią patrzy. Nie jestem pewna, czy jego odpowiedź jest prawdziwa, czy tylko irytująco niejednoznaczna, a może i to, i to. Ponieważ właśnie tak odpowiada:

– Może i to, i to.

Rozdział siódmy

Po wyjściu z kafejki Willem pyta mnie o godzinę. Przekręcam zegarek na ręce. Wydaje się cięższy niż kiedykolwiek, skóra, przez ostatnie trzy tygodnie ukryta pod solidnym kawałkiem metalu, swędzi i jest blada. Nie zdjęłam go ani razu.

To podarunek od obojga rodziców, chociaż wręczyła mi go mama w wieczór zakończenia roku szkolnego, po przyjęciu we włoskiej restauracji z rodziną Melanie, na którym nam powiedzieli o wycieczce.

– Co to jest? – spytałam. Siedzieliśmy przy stole w kuchni, relaksując się po całym dniu. – Przecież dostałam już prezent na zakończenie szkoły.

Uśmiechnęła się.

– Kupiłam ci jeszcze coś.

Otworzyłam pudełeczko, zobaczyłam zegarek, przesunęłam palcem po ciężkich złotych ogniwach. Przeczytałam wygrawerowany napis.

– To za dużo. – I tak było. Pod każdym względem.

– Czas nie czeka na nikogo – odparła mama, uśmiechając się trochę smutno. – Zasługujesz na dobry czasomierz, żeby mu dotrzymać kroku. – Potem zapięła mi bransoletkę, dodając, że kazała zamocować dodatkowy zatrzask dla bezpieczeństwa, i zwracając uwagę, że zegarek jest wodoszczelny. – Nigdy nie spadnie. Więc możesz go zabrać do Europy.

– Och, nie. Jest zbyt cenny.

– Nie szkodzi. Ubezpieczyłam go. Poza tym wyrzuciłam twojego swatcha.

– Naprawdę? – Nosiłam pasiastego jak zebra swatcha przez całą szkołę średnią.

– Jesteś już dorosła. Potrzebny ci dorosły zegarek.

Patrzę na tarczę. Dochodzi szesnasta. Gdybym wciąż była na wycieczce, odetchnęłabym z ulgą, bo kończyłaby się najbardziej intensywna część dnia. Zwykle około piątej mieliśmy odpoczynek, a o ósmej wieczorem siedziałam już w swoim pokoju hotelowym, oglądając film.

– Pewnie należałoby się wziąć do zwiedzania zabytków – oznajmia Willem. – Wiesz, na co masz ochotę?

Wzruszam ramionami.

– Możemy zacząć od Sekwany. To ona, prawda?

Wskazuję betonowe nabrzeże, wzdłuż którego płynie rzeka.

Chłopak się śmieje.

– Nie, to kanał.

Podczas gdy schodzimy brukowaną ścieżką, Willem wyjmuje gruby przewodnik Rough Guide po Europie. Otwiera na małej mapce Paryża i pokazuje, gdzie się mniej więcej znajdujemy – w okolicy zwanej Villette.

– Sekwana jest tutaj – mówi, przesuwając palcem po mapie.

– Och.

Patrzę na barkę tkwiącą właśnie między wielkimi podwójnymi wrotami; przestrzeń wokół niej napełnia się wodą. Willem wyjaśnia, że to śluza – w zasadzie coś na kształt windy do transportu łodzi w kanałach różnej głębokości.

– Skąd to wszystko wiesz?

Śmieje się.

– Jestem Holendrem.

– To znaczy, że jesteś geniuszem?

– Tylko jeśli chodzi o kanały. Powiadają: „Bóg stworzył świat, ale Holandię stworzyli Holendrzy".

Po czym opowiada, że znaczna część kraju została wydarta morzu i jak można jeździć na rowerze między niskimi wałami, chroniącymi przed zalaniem. Że to akt wiary: pedałować wzdłuż nich, widząc sięgające wyżej głowy tamy, i mając świadomość, że chociaż znajdujesz się pod poziomem morza, jakimś sposobem nie jesteś pod wodą. Gdy o tym mówi, wydaje się taki młody, że prawie go widzę jako blond dzieciaka gapiącego się szeroko otwartymi oczami na ciągnące się w nieskończoność kanały i dumającego, dokąd prowadzą.

– Może moglibyśmy popłynąć jedną z tych łodzi? – pytam, wskazując barkę, którą przed momentem obserwowaliśmy, jak pokonywała śluzę.

Willemowi rozjaśniają się oczy; przez sekundę widzę znowu tamtego chłopca.

– Nie wiem. – Zagląda do przewodnika. – W zasadzie nie docierają w tę okolicę.

– Możemy spytać?

Chłopak zwraca się do kogoś po francusku i otrzymuje bardzo skomplikowaną odpowiedź uzupełnioną gestami. Patrzy na mnie wyraźnie podekscytowany.

– Miałaś rację. Z basenu odpływają statki wycieczkowe.

Idziemy brukowaną ścieżką prowadzącą do dużego jeziora, po którym pływają canoe. Po jednej stronie przy betonowym nabrzeżu stoi parę przycumowanych łodzi. Gdy jednak podchodzimy bliżej, okazuje się, że to prywatne jednostki. Turystyczne już odpłynęły.

– Możemy się wybrać łódką po Sekwanie – proponuje Willem. – Są znacznie popularniejsze i pływają cały dzień.

Unika mojego wzroku. Widzę, że czuje się rozczarowany, jakby mnie zawiódł.

– Och, to nic takiego. Nie zależy mi.

On jednak patrzy smętnie na wodę i widzę, że to jemu zależy. I chociaż go nie znam, mogłabym przysiąc, że tęskni za domem. Za łódkami, kanałami i wszystkim, co ma związek z wodą. Zastanawiam się przez sekundę, jak to jest przebywać poza krajem przez dwa lata i opóźnić swój powrót o kolejny dzień. Bo zrobił to. Dla mnie.

Szereg przycumowanych łodzi i barek podskakuje na falach wywołanych podmuchem wiatru. Patrzę na Willema; melancholijna mina uwydatniła bruzdy na jego twarzy. Oglądam się raz jeszcze na łodzie.

– Tak naprawdę mam wielką ochotę – oznajmiam. Sięgam do torebki po portfel i po studolarowy banknot złożony w środku. Unoszę go w powietrze i wołam głośno: – Szukam kogoś, kto nas przewiezie po kanałach! I mogę zapłacić!

Willem gwałtownie zwraca do mnie głowę.

– Lulu, co ty wyprawiasz?

Ja jednak oddalam się w przeciwnym kierunku.

– Czy ktoś miałby ochotę przewieźć nas po kanałach?! – wołam. – Płacę porządnymi, starymi zielonymi.

Ospowaty facet o ostrych rysach i z nędzną kozią bródką wskakuje na burtę barki z niebieską markizą.

– Ile zielonych? – pyta z bardzo silnym francuskim akcentem.

– Wszystkie!

Bierze banknot i ogląda z bliska, a potem wącha.

Najwyraźniej pieniądze pachną, jak należy, bo odpowiada:

– Jeśli moi pasażerowie się zgodzą, zabiorę was do Arsenału, niedaleko Bastylii. Tam cumujemy na noc.

Wskazuje gestem rufę, gdzie wokół małego stolika zebrał się siwowłosy kwartet grających w brydża albo coś podobnego. Woła do jednego z pasażerów.

– *Aye*, kapitanie Jacku – odpowiada mężczyzna.

Ma pewnie koło sześćdziesiątki, białe jak mleko włosy i twarz spaloną na czerwono od słońca.

– Mamy autostopowiczów, chcą wejść na pokład.

– Umieją grać w pokera? – pyta jedna z kobiet.

Grywałam w pokera w otwarte karty na pięciocentówki z dziadkiem, zanim umarł. Twierdził, że świetnie blefuję.

– Nie muszą. Oddała mi wszystkie pieniądze – odpowiada kapitan.

– Ile z ciebie zdarł? – pyta jeden z mężczyzn.

– Zaproponowałam mu sto dolców – odpowiadam.

– Za trasę dokąd?

– Po kanałach.

– Dlatego przezywamy go „kapitanem Jackiem" – wyjaśnia jeden z mężczyzn. – To pirat.

– Nie. Dlatego że na imię mi Jacques i że jestem waszym kapitanem.

– Sto dolarów, Jacques? – pyta kobieta z długim siwym warkoczem i zaskakująco błękitnymi oczami. – To trochę za dużo nawet jak na ciebie.

– Tyle zaproponowała. – Wzrusza ramionami. – Zresztą teraz będę miał więcej forsy, by ją przegrać do was.

– Aaa, chyba że tak – ustępuje kobieta.

– Odpływamy zaraz? – pytam.

– Niedługo.

– Co to znaczy „niedługo"?

Jest po czwartej. Dzień mknie jak szalony.

– Nie można przyśpieszać takich spraw. – Porusza dłonią w powietrzu. – Czas jest jak woda. Płynny.

Mnie wcale nie wydaje się płynny. Wydaje się namacalny, żywy i twardy jak skała.

– Chodzi mu o to – wyjaśnia facet z kucykiem – że podróż do Arsenału trochę potrwa, a właśnie mieliśmy otworzyć butelkę bordo. Dawaj, kapitanie, odbijamy. Za sto dolców możesz przełożyć popijawę na później.

– Dopijemy ten świetny francuski gin – dodaje dama z warkoczem.

Kapitan wzrusza ramionami i chowa moją studolarówkę do kieszeni. Odwracam się do Willema z szerokim uśmiechem. Potem kiwam głową Jacques'owi. Wyciąga rękę, by pomóc mi wejść na pokład.

Czwórka pasażerów się przedstawia. Są Duńczykami na emeryturze i co roku, jak nam opowiadają, wynajmują barkę, by przez cztery tygodnie krążyć po europejskich krajach. Agnethe nosi warkocz, Karin – krótkie, nastroszone włosy. Bert ma bujną białą czuprynę, Gustav – łysinę oraz kucyk cienki jak szczurzy ogonek i szpanuje ponadczasowym zestawieniem skarpetek z sandałami. Willem mówi, jak mu na imię, a ja niemal odruchowo przedstawiam się jako Lulu. Prawie jakbym się nią stała. I może tak jest. Allyson nigdy, przenigdy nie zrobiłaby tego, co ja przed momentem.

Kapitan Jack i Willem odwiązują cumę; już mam oświadczyć, że chyba powinnam dostać z powrotem część pieniędzy, skoro chłopak ma robić za pierwszego oficera – ale wtedy zauważam, jak świetnie się bawi, śmigając po pokładzie. Wyraźnie zna się na żegludze.

Barka z sapaniem opuszcza rozległy basen i otwiera się przed nami szeroka panorama na zabytkowy budynek z białymi kolumnami oraz drugi, współcześniejszy, ze srebrną kopułą. Duńczycy wracają do gry w pokera.

– Nie przepuśćcie wszystkich pieniędzy! – woła do nich kapitan Jack. – Bo nie będziecie mieli czego przegrać do mnie.

Wymykam się na dziób i podziwiam mijane widoki. Tutaj, w kanałach, pod wąskimi łukowatymi mostkami dla pieszych, jest chłodniej. Zapach też jest inny. Starszy, stęchły, jakby w wilgotnych ścianach przechowały się całe generacje opowieści. Dumam, jakie tajemnice zdradziłyby te mury, gdyby umiały mówić.

Docieramy do pierwszej śluzy i Willem wdrapuje się na burtę, by mi pokazać jej działanie. Prastare z wyglądu metalowe wrota, zardzewiałe tak, że zlewają się z barwą słonawej wody, zamykają się za nami; woda umyka spod kila, kolejne wrota otwierają się na niżej położony odcinek.

Ten odcinek kanału jest tak wąski, że barka zajmuje niemal całą jego szerokość. Strome nabrzeża wznoszą się ku ulicom, a wyżej topole i wiązy tworzą nad głową kapitana Jacka sklepienie, dając wytchnienie od prażącego popołudniowego słońca.

Powiew wiatru wstrząsa drzewami i na pokład opada kurtyna z liści.

– Zanosi się na deszcz – oświadcza Jack, węsząc w powietrzu jak królik.

Patrzę w górę, a potem zerkam na Willema i przewracam oczami. Niebo jest bez chmurki; w tej części Europy nie padało od dziesięciu dni.

Nad nami Paryż pędzi przed siebie zajęty własnymi sprawami. Matki popijają kawę, czujnie obserwując dzieci śmigające na hulajnogach po chodniku. Sprzedawcy z ulicznych kramów zachwalają owoce i warzywa. Zakochani obejmują się, nie bacząc na upał. Stojący na mostku muzyk wygrywa wszystkim serenadę na klarnecie.

Podczas wycieczki prawie nie robiłam zdjęć. Melanie docinała mi z tego powodu, na co odpowiadałam za każdym razem, że wolę coś przeżyć, zamiast obsesyjnie wszystko utrwalać. Ale tak naprawdę w odróżnieniu od niej (która chciała zapamiętać sprzedawcę butów i mima, i przemiłego kelnera, i wszystkich innych ludzi poznanych w trakcie wyjazdu), w gruncie rzeczy nic nie miało dla mnie znaczenia. Z początku pstrykałam fotki zabytkom. Koloseum. Pałac Belwederski. Plac Mozarta. Potem dałam sobie spokój. Nigdy nie wychodziły zbyt dobrze, a przecież można było kupić pocztówki.

Nie ma jednak pocztówek ukazujących to jedno — życie.

Robię zdjęcie łysemu jegomościowi prowadzącemu na spacer cztery bardzo kudłate psy. Małej dziewczynce w absurdalnie falbaniastej spódniczce, obrywającej płatki kwiatu. Parze bezwstydnie pieszczącej się na sztucznej plaży nad wodą. Duńczykom ignorującym to wszystko, ale bawiącym się szampańsko.

– Och, pozwól, że zrobię fotkę wam obojgu – prosi Agnethe, wstając nieco chwiejnie od gry. – Wyglądacie tak promiennie. – Odwraca się do stolika. – Bert, czy ja też byłam równie promienna?

– Nadal jesteś, kochana.

– Jak długo jesteście małżeństwem? – pytam.

– Byliśmy przez trzynaście lat – odpowiada, a ja zastanawiam się, czy też są napiętnowani, gdy dodaje: — I oczywiście od dziesięciu jesteśmy rozwiedzeni.

Zauważa zmieszanie na mojej twarzy.

– Nasz rozwód okazał się bardziej udany niż większość małżeństw.

Zwracam się do Willema:

– To też piętno? – szepczę, a on się śmieje właśnie w chwili, kiedy Agnethe pstryka zdjęcie.

W oddali słychać kościelny dzwon. Kobieta oddaje mi komórkę, a wtedy robię fotkę jej i Bertowi.

– Wyślesz mi ją? I wszystkie pozostałe?

– Jasne. Jak tylko odzyskam zasięg. – Patrzę na Willema. – Tobie też, jeśli mi dasz swój numer.

– Mój aparat to taki staroć, że nie wyświetla zdjęć.

– Więc po powrocie do domu przerzucę je na kompa i wyślę ci mejlem – proponuję, chociaż właśnie zdaję sobie sprawę, że będę musiała wykombinować, jak ukryć fotki przed mamą. Byłoby całkiem w jej stylu przejrzeć zawartość mojej komórki albo komputera. Chociaż, dociera do mnie, jeszcze tylko przez miesiąc. Potem będę wolna. Tak jak jestem wolna dzisiaj.

Willem długą chwilę wpatruje się w jedno ze zdjęć. Potem patrzy na mnie.

– Przechowam cię tutaj. – Stuka się w skroń. – Tu mi nie zginiesz.

Zagryzam wargę, by ukryć uśmiech, i udaję, że odkładam telefon, ale kiedy kapitan Jack woła na Willema, by potrzymał ster, bo sam idzie na dziób, biorę komórkę znowu i przewijam zdjęcia, zatrzymując się na tym przedstawiającym nas dwoje, które zrobiła Agnethe. Złapała mnie z profilu, z otwartymi ustami. Willem się śmieje. Ciągle się śmieje. Przesuwam kciukiem po jego twarzy, prawie się spodziewając, że będzie promieniować ciepłem.

Chowam aparat i patrzę, jak Paryż przepływa obok; czuję się odprężona, niemal odurzona senną radością. Po chwili Willem wraca. Siedzimy w milczeniu, słuchając plusku fal, paplaniny Duńczyków. Chłopak wyjmuje monetę i robi swoją sztuczkę, przerzucając pieniążek z kostki na kostkę. Przyglądam się, zahipnotyzowana ruchami jego dłoni, łagodnym kołysaniem. Jest spokojnie, póki Duńczycy nie zaczynają się głośno spierać. Willem tłumaczy: najwyraźniej debatują gorąco, czy jakaś słynna francuska aktorka zagrała w filmie pornograficznym.

– Duński też znasz? – pytam.

– Nie, po prostu jest podobny do niderlandzkiego.

– W ilu językach mówisz?

– Płynnie?

– Och, Boże. Przepraszam, że zapytałam.

– W czterech płynnie. Dogadam się też po niemiecku i hiszpańsku.

Kręcę głową z podziwem.

– Okej, ale ty wspomniałaś, że mówisz po chińsku.

– Nie nazwałabym tego mówieniem, raczej kaleczeniem. Nie mam słuchu muzycznego, a w chińskim wszystko się opiera na tonach.

– Powiedz coś.

Patrzę na niego.

– *Ni zhen shuai.*

– Jeszcze.

– *Wo xiang wen ni.*

– Teraz słyszę. – Łapie się za głowę. – Przestań. Zaraz mi krew pójdzie z uszu.

– Zamknij się albo rzeczywiście tak się to skończy. – Udaję, że go popycham.

– Co to znaczy? – pyta.

Patrzę na niego. Mowy nie ma, żebym się przyznała.

– Na pewno coś zmyśliłaś.

Wzruszam ramionami.

– Nigdy się nie dowiesz.

– Co to znaczyło?

Szczerzę zęby.

– Sprawdź sobie w słowniku.

– Potrafisz też pisać? – Wyciąga swoją małą czarną książeczkę i otwiera na pustej stronie pod koniec. Znowu grzebie w plecaku. – Masz coś do pisania?

Mam wymyślny długopis podwędzony tacie, z napisem: „ODDYCHAJ SWOBODNIE DZIĘKI PULMOCLEAR". Rysuję symbole słońca, księżyca, gwiazd. Willem kiwa głową z podziwem.

– I zobacz, to mój ulubiony. Podwójne szczęście. Widzisz? Jest symetryczny.

囍

– Podwójne szczęście – powtarza chłopak, wodząc palcem wskazującym po kreskach.

– To popularny symbol. Spotyka się go na szyldach restauracji i różnych przedmiotach. Zdaje się, że ma związek z pomyślnością. W Chinach podobno bardzo często pojawia się na ślubach. Pewnie ze względu na legendę o jego powstaniu.

– Mianowicie?

– Pewien młody człowiek, chcąc zostać ministrem, wybrał się do miasta na bardzo ważny egzamin. Podczas swojej podróży rozchorował się w górskiej wiosce. Zaopiekował się nim miejscowy lekarz, a kiedy młodzieniec odzyskiwał siły, poznał córkę gospodarza, w której zakochał się z wzajemnością. Tuż przed rozstaniem dziewczyna wyrecytowała mu fragment poezji. Chłopak pojechał do stolicy na egzamin i doskonale sobie poradził. Cesarz był pod wielkim wrażeniem, ale żeby go dodatkowo sprawdzić, zacytował linijkę pewnego wiersza. Oczywiście chłopak natychmiast rozpoznał w tajemniczym wersie drugą połowę dwuwiersza usłyszanego od dziewczyny i powtórzył jej słowa. Podziw cesarza wzrósł jeszcze bardziej i młodzieniec otrzymał stanowisko. Potem wrócił do wioski i poślubił dziewczynę. Wiesz, Chińczycy przywiązują wielką wagę do pomyślności.

Willem kręci głową.

– Myślę, że podwójne szczęście jest wtedy, gdy dwie połówki znajdą się nawzajem. Jak z tym dwuwierszem.

Nigdy się nad tym nie zastanawiałam, ale oczywiście ma rację.

– Pamiętasz go? – pyta chłopak.

Kiwam głową.

– „Zielone drzewa na tle nieba w wiosennym deszczu, gdy niebo podkreśla niewyraźne kształty wiosennych drzew. Czerwone kwiaty usiały ziemię w pościgu za wiatrem, gdy ziemia oblała się czerwienią od pocałunku".

* * *

Ostatni odcinek kanału biegnie tunelem pod ziemią. Jest sklepiony i tak niski, że mogę sięgnąć w górę i dotknąć śliskich, wilgotnych cegieł. Tu, w dole, panuje atmosfera niesamowitości, rozbrzmiewającej echem ciszy. Nawet niesforni Duńczycy milkną. Willem i ja siedzimy z nogami zwieszonymi za burtę, kopiąc ścianę, kiedy się da.

Szturcha mnie stopą w kostkę.

– Dziękuję.

– Za co?

– Że to załatwiłaś. – Wskazuje barkę.

– Cała przyjemność po mojej stronie. Dzięki za załatwienie t e g o. – Wskazuję w górę, gdzie Paryż bez wątpienia krząta się wokół swoich spraw.

– Zawsze do usług. – Rozgląda się dokoła. – Podoba mi się. Kanał. – Patrzy na mnie. – Ty.

– Założę się, że powtarzasz to wszystkim kanałom. – Ale rumienię się w dusznej, gęstej ciemności.

Siedzimy tak przez resztę rejsu, machając nogami za burtą, słuchając przypadkowych urywków paryskiego śmiechu i muzyki przenikających pod ziemię. Tu, pod ziemią, ma się wrażenie, jakby miasto zwierzało się nam ze swoich tajemnic, dostępnych tylko tym, którzy mają dość rozumu, by słuchać.

Rozdział ósmy

Marina przy Arsenale przypomina parking dla łodzi, ciasno ściśniętych wzdłuż betonowych pirsów po obu bokach basenu. Willem pomaga kapitanowi Jackowi wprowadzić barkę na wąskie miejsce cumownicze, wyskakuje na brzeg, by zamotać cumy w skomplikowane węzły. Żegnamy się z nieźle już zalanymi Duńczykami, a ja biorę od Agnethe numer komórki, obiecując wysłać jej zdjęcia najszybciej, jak się da.

Przy zejściu z pokładu kapitan Jack ściska nam dłonie.

– Czuję się trochę nie w porządku, że wziąłem od was pieniądze – mówi.

– Niepotrzebnie.

Przypomina mi się wyraz twarzy Willema, tunel. Już samo to było warte stu dolców.

– Szybko cię od nich uwolnimy! – woła Gustav.

Jacques wzrusza ramionami. Całuje mnie w rękę, a potem pomaga zejść z łodzi i praktycznie bierze w objęcia Willema.

Kiedy się oddalamy, chłopak klepie mnie w ramię.

– Zwróciłaś uwagę, jak się nazywa barka?

Nie. Napis na rufie wyryto niebieskimi literami obok francuskiej flagi z pionowych pasów – czerwonego, białego i niebieskiego. *Viola. Deauville.*

– Viola? Z Szekspira?

– Nie. Jacques chciał, żeby się nazywała Voilà, ale jego kuzyn zrobił błąd, a ponieważ kapitanowi imię się spodobało, zarejestrował ją jako Violę.

– Okeeej… trochę to niesamowite – mówię.

Willem jak zwykle się uśmiecha.

– Wypadki? – I natychmiast dziwny dreszczyk przebiega mi po kręgosłupie.

Chłopak kiwa głową niemal poważnie.

– Wypadki – przytakuje.

– Ale co to oznacza? Że było nam pisane wybrać właśnie tę łódź? Czy też że przydarzyłoby się nam coś lepszego albo gorszego, gdybyśmy jej nie wybrali? Czy wynajęcie tej łodzi zmieniło bieg naszego życia? Czy życie naprawdę jest takie przypadkowe?

Wzrusza tylko ramionami.

– Albo może to znaczy, że kuzyn Jacques'a nie zna ortografii? – kończę.

Śmieje się znowu. Dźwięk jest czysty i mocny jak dzwon; napełnia mnie radością i mam wrażenie, jakbym pierwszy raz w życiu zrozumiała, że t a k i jest cel śmiechu: rozsiewać radość.

– Czasami nie można tego wiedzieć, póki się nie dowiesz – stwierdza Willem.

– Bardzo pomocne.

Znowu wybucha śmiechem i patrzy na mnie długą chwilę.

– Wiesz, sądzę, że mimo wszystko możesz mieć talent do podróży.

– Serio? Niemożliwe. Dzisiejszy dzień to totalna anomalia. Byłam okropnie nieszczęśliwa podczas wycieczki. Wierz mi, nie machnęłam na ani jedną łódź. Ani na taksówkę. Ani nawet na rower.

– A wcześniej?

– Niewiele podróżowałam, a podczas tych wyjazdów... nie było wielu okazji do wypadków.

Unosi pytająco brew.

– Jeździłam w różne miejsca. Na Florydę. Na narty. I do Meksyku, ale nawet to brzmi bardziej egzotycznie, niż wyglądało w rzeczywistości. Co roku jeździmy do ośrodka wakacyjnego na południe od Cancún. Ma przypominać olbrzymią świątynię Majów, ale przysięgam, jedyna wskazówka, że nie jesteś w Stanach, to kolędy w wykonaniu mariachi puszczane przy zjeżdżalni obok sztucznej rzeki. Mieszkamy zawsze w tym samym segmencie. Chodzimy na tę samą plażę. Jadamy w tych samych restauracjach. Praktycznie nie wychodzimy poza teren ośrodka, a jeśli, to tylko po to, by zwiedzić ruiny; co rok te same. Zrywasz kartki z kalendarza, lecz poza tym nic się nie zmienia.

– To samo, ale inne – mówi Willem.

– Raczej to samo, ale takie samo.

– Kiedy następnym razem pojedziesz do Cancún, możesz się wymknąć do prawdziwego Meksyku – sugeruje. – Skusić los. Zobaczyć, co się stanie.

– Możliwe – ustępuję, wyobrażając sobie reakcję mamy na propozycję, byśmy się wybrali pozwiedzać na własną rękę.

– Może wybiorę się do Meksyku pewnego dnia – rzuca Willem. – Wpadnę na ciebie i uciekniemy w interior.

– Myślisz, że to możliwe? Żebyśmy przypadkiem na siebie wpadli?

Unosi ręce w powietrze.

– Musiałby to być kolejny wypadek. I to nadzwyczajny.

– Czyli uważasz mnie za wypadek?

Jego uśmiech jest jak płynny karmel.

– Zdecydowanie.

Pocieram stopą o krawężnik. Myślę o torebce z listą rzeczy. O kolorowym planie licznych zajęć przyklejonym na lodówce, odkąd miałam, bo ja wiem, osiem lat? Myślę o schludnych teczkach z dokumentami potrzebnymi, by się dostać na studia. Wszystko uporządkowane. Wszystko zaplanowane. Patrzę na Willema, stanowiącego całkowite przeciwieństwo tego porządku oraz mnie, i o dzisiejszym dniu, równie nietypowym.

– To chyba jedna z najpochlebniejszych rzeczy, jakie usłyszałam w całym życiu. – Milknę. – Tylko nie jestem pewna, jak o mnie świadczy.

– Świadczy, że niewystarczająco cię chwalono.

Kłaniam się i wykonuję zamaszysty gest, który oznacza: ależ nie krępuj się, mów dalej.

Willem przystaje i patrzy na mnie, jakby w oczach miał skanery. Odnoszę takie samo wrażenie, jak wcześniej w pociągu: że mnie ocenia, tylko tym razem nie pod względem wyglądu i wartości czarnorynkowej, lecz czegoś innego.

– Nie powiem, że jesteś ładna, bo tamten psiak mnie uprzedził. I nie powiem, że jesteś zabawna, bo przez ciebie śmieję się nieustannie, odkąd cię poznałem.

Evan zawsze powtarzał, że jesteśmy „tacy dobrani", jakby podobieństwo do niego stanowiło najwyższą formę pochwały. „Ładna i zabawna" – Willem mógłby na tym poprzestać i by wystarczyło.

Ale nie poprzestaje.

– Myślę, że należysz do osób, które jeśli znajdą na ulicy banknot, zaczynają nim machać w powietrzu i dopytywać, czy ktoś go nie zgubił. Myślę, że płaczesz na filmach, które nawet nie są smutne, bo masz czułe serce, chociaż się do tego nie przyznajesz. Myślę, że robisz różne rzeczy mimo strachu, i to świadczy, że jesteś odważniejsza od tych uzależnionych od adrenaliny gości skaczących z mostów na bungee.

A potem milknie. Otwieram usta, by coś powiedzieć, lecz nic się z nich nie wydobywa; ściska mnie w gardle i przez jedną króciutką chwilę boję się, że się rozpłaczę.

Bo liczyłam na błyskotki, świecidełka, błahostki: „Masz miły uśmiech. Masz ładne nogi. Jesteś sexy".

A tymczasem to, co powiedział... Kiedyś oddałam czterdzieści dolarów znalezione w kafeterii ochronie galerii. Płakałam na wszystkich filmach o Jasonie Bournie. Jeśli chodzi o ostatnie, co powiedział Willem, to nie wiem, czy to prawda. Ale mam wielką nadzieję, że tak.

– Powinniśmy się zbierać – mówię i odchrząkuję. – Jeśli chcemy zdążyć do Luwru. To daleko stąd?

– Kilka kilometrów. Ale rowerem szybko dotrzemy.

– Mam na jakiś machnąć? – żartuję.

– Nie, weźmiemy véliba. – Willem rozgląda się i rusza do stojaka z szarymi rowerami. – Słyszałaś o Białym Rowerze? – pyta.

Kręcę głową, więc zaczyna opowiadać, jak na krótki czas w latach sześćdziesiątych w Amsterdamie rozstawiono białe rowery dostępne dla wszystkich za darmo. Jeśli potrzebowałeś gdzieś podjechać, po prostu go brałeś, a po dotarciu na miejsce go zostawiałeś. Ale pomysł upadł, bo bicykli było za mało i ludzie je kradli.

– W Paryżu można pożyczyć rower za darmo na pół godziny, ale trzeba go z powrotem przypiąć, inaczej płacisz karę.

– Och, niedawno czytałam, że chcą wprowadzić coś podobnego u nas w kraju. Więc to darmowe?

– Wystarczy wpłacić kaucję kartą kredytową.

Nie mam karty – to znaczy takiej, która nie byłaby przypisana do konta rodziców, ale Willem ma bankomatową, chociaż nie wie, czy jest na niej wystarczająco dużo pieniędzy. Przeciąga ją przez czytnik i jeden z rowerów zostaje odblokowany, gdy jednak próbuje z drugim – karta zostaje odrzucona. Nie czuję się szczególnie rozczarowana. Jazda rowerem po Paryżu bez kasku wydaje mi się pomysłem z lekka samobójczym.

Willem jednak nie odstawia roweru na miejsce. Podprowadza go do miejsca, gdzie stoję, i podnosi siodełko. Patrzy na mnie, a potem je klepie.

– Chwila! Chcesz, żebym ja pojechała na rowerze?

Kiwa głową.

– A ty co? Będziesz biegł obok?

– Nie. Dosiądę się do ciebie. – Jego brwi wystrzeliwują w górę, a ja czuję, że się rumienię. – Na ramę – wyjaśnia.

Wdrapuję się na szerokie siodełko. Chłopak wsuwa się przede mnie.

– Jak niby zamierzasz jechać? – pytam.

– Spokojna głowa. Po prostu siądź wygodnie – odpowiada.

Jakby to było możliwe w sytuacji, gdy parę cali od twarzy mam jego plecy – tak blisko, że czuję bijące od nich ciepło, tak blisko, że dolatuje mnie zapach nowości unoszący się z jego T-shirtu i lekko piżmowa woń jego potu. Stawia nogę na pedale. Ogląda się z chochlikowatym uśmieszkiem na twarzy.

– Ostrzeż mnie, jak zobaczysz policję. To nie całkiem legalne.

– Zaczekaj, co nie jest legalne?

Ale już ruszył z miejsca. Zamykam oczy. To wariactwo. Zginiemy oboje i wtedy rodzice rzeczywiście mnie zamordują.

Po przejechaniu kwartału ciągle żyjemy. Uchylam powiekę. Willem, pochylając się nad kierownicą, pedałuje bez wysiłku, ja tymczasem siedzę odchylona w tył, z nogami zwieszonymi po obu stronach tylnego koła. Otwieram drugie oko, rozluźniam zwilgotniałe dłonie zaciśnięte na skraju jego podkoszulka. Marina została daleko w tyle; znajdujemy się na normalnej ulicy, na drodze rowerowej, sunąc wśród innych szarych rowerów.

Skręcamy w zakorkowaną przecznicę, przy której coś budują, z połową pasa zastawioną przez rusztowania i zatarasowaną, i podziwiam liczne graffiti; zauważam SOS nabazgrane takim samym stylem, jak nazwa kapeli Sous ou Sur. Zamierzam pokazać napis Willemowi, ale zerkam w przeciwną stronę i widzę Sekwanę. I Paryż. Paryż z pocztówki! Paryż z *Francuskiego pocałunku* i z *O północy w Paryżu*, i z *Szarady*, i ze wszystkich innych filmów, jakie oglądałam. Gapię się na taflę wody zmarszczoną wiatrem i połyskującą w świetle wczesnego wieczoru. Sekwanę spina szereg łukowatych mostów udrapowanych niczym kosztowne bransolety na wytwornym nadgarstku. Willem wskazuje wznoszącą się na wyspie pośrodku rzeki katedrę Notre Dame, tak po prostu, jak gdyby nigdy nic. Jakby to był dzień jak każdy inny i jakby to nie była chrzaniona Notre Dame! Mijamy kolejną budowlę, weselny tort, który w sam raz nadawałby się dla rodziny królewskiej. Ale nie, to tylko ratusz.

Zabawne, że podczas wycieczki często widywaliśmy podobne widoki przez okna autokaru. Pani Foley stała na przedzie z mikrofonem w dłoni, recytując informacje o danej katedrze albo budynku opery. Czasami zatrzymywaliśmy się i wpadaliśmy do środka, ale mając jeden lub dwa dni na miasto, najczęściej oglądaliśmy je tylko zza szyby.

Teraz też przejeżdżam obok. Ale z jakiegoś powodu wrażenie jest inne. Jakbym tutaj, pod otwartym niebem, na siodełku roweru, z wiatrem we włosach, dźwiękami rozbrzmiewającymi w uszach i wytrząsając tyłek na kilkusetletnich kocich łbach, niczego nie traciła. Wręcz przeciwnie: wdycham te widoki, wchłaniam, przyswajam.

Nie jestem pewna, jak wytłumaczyć tę zmianę – wszystkie zmiany dzisiejszego dnia. Czy to zasługa Paryża? Czy Lulu? A może Willema? Czy jego bliskość uczyniła miasto tak oszałamiającym, czy to miasto sprawia, że bliskość chłopaka staje się tak nieodparta?

Głośny gwizd przerywa moje rojenia na jawie; hamujemy raptownie.

– Koniec przejażdżki – oznajmia Willem.

Zeskakuję, a on dalej prowadzi rower ulicą.

Nadbiega policjant z cienkim wąsikiem i wyrazem twarzy, jakby cierpiał na zatwardzenie. Gestykulując, zaczyna wrzeszczeć na Willema, mnie grozi palcem. Twarz mu czerwienieje, a gdy wyjmuje notes i wskazuje nas oboje, zaczynam się denerwować. Sądziłam, że Willem żartował, gdy wspomniał, że to nielegalne.

Wtedy Willem mówi coś, co ucina tyradę policjanta jak nożem.

Potem mężczyzna znowu coś trajkocze; nie rozumiem ani słowa, lecz jestem prawie pewna, że zawołał: „Szekspir!", unosząc palec, jakby mówił: „Wiem!". Willem przytakuje i ton mężczyzny łagodnieje. Grozi nam palcem, ale notes chowa do raportówki. Muska daszek swojej śmiesznej czapeczki i odchodzi.

– Czy przed momentem zacytowałeś mu Szekspira? – pytam.

Kiwa głową.

Nie wiem, co jest bardziej obłąkane: że to zrobił czy że miejscowi policjanci znają Barda.

– Który fragment?

– *La beauté est une enchantresse, et la bonne foi qui s'expose à ses charmes se dissout en sang* – wyjaśnia. – To z *Wiele hałasu o nic.*

– Co to znaczy?

Posyła mi to swoje spojrzenie, oblizuje wargi i się uśmiecha.

– Sprawdź sobie w słowniku.

Idziemy wzdłuż rzeki, a potem skręcamy w główną ulicę pełną restauracji, galerii sztuki i ekskluzywnych butików. Willem odstawia rower na stojak; pieszo maszerujemy wzdłuż długiego portyku, potem skręcamy kilka razy między budynkami, w których sądząc z wyglądu, powinna się mieścić rezydencja prezydenta albo królewski pałac, Wersal czy coś w tym guście, takie są wielkie i wspaniałe. Naraz zauważam szklaną piramidę pośrodku dziedzińca i już wiem, że dotarliśmy do Luwru.

Jest oblegany. Tysiące ludzi wylewają się z budynków, jakby zarządzono ewakuację, wszyscy ściskają tekturowe tuby z plakatami oraz wielkie czarno-białe torby pełne zakupów. Niektórzy są pełni energii, gadatliwi, lecz znacznie liczniejsi wydają się oszołomieni, znużeni, ze szklistym wzrokiem po całym dniu spędzonym na łykaniu epickich porcji k u l t u r y. Znam to spojrzenie. W broszurze reklamowej tak zachwalano *Nastoletnie zwiedzanie*: „Oferuje młodym ludziom sposobność pełnego zanurzenia się w Europę! Zapewnimy Waszemu nastolatkowi kontakt z maksymalną liczbą kultur w rekordowym czasie, poszerzając jego wiedzę o historii, języku, sztuce, dziedzictwie i kuchni". Miało to nas oświecić, ale w większości jedynie nas wyczerpało.

Kiedy więc przekonujemy się, że Luwr jest zamknięty, tak naprawdę czuję ulgę.

– Przykro mi – mówi Willem.

– Och, a mnie nie. – Nie mam pewności, czy to się kwalifikuje jako wypadek; tak czy inaczej, jestem uszczęśliwiona.

Robimy w tył zwrot, przechodzimy przez most i ruszamy wzdłuż przeciwnego brzegu rzeki. Na nabrzeżu najrozmaitsi handlarze sprzedają książki, stare czasopisma, świeżutkie numery „Paris Match" z Jackie Kennedy oraz używane paperbacki o krzykliwych okładkach z tytułami zarówno po francusku, jak i po angielsku. Na jednym z kramów wystawiono rozmaite bibeloty, stare wazony, sztuczną biżuterię, a w pudełku z boku –

kolekcję zakurzonych budzików. Przeglądam je i natrafiam na staroświecki, bakelitowy egzemplarz marki SMI.

– Dwadzieścia euro – oświadcza sprzedawczyni w chuście.

Próbuję zachować pokerową twarz. Dwadzieścia euro to około trzydziestu dolarów. Zegarek spokojnie wart jest dwieście.

– Chcesz go? – pyta Willem.

Mama oszalałaby ze szczęścia, gdybym go przywiozła, a wcale nie musiałaby wiedzieć, gdzie go kupiłam. Kobieta nakręca budzik, by pokazać, że działa, ale tykanie przypomina mi słowa Jacques'a o płynności czasu. Patrzę na Sekwanę, płonącą teraz różem, odbijającą barwy nadciągających chmur. Odkładam budzik do pudła.

Oddalamy się od nabrzeża i zagłębiamy w labirynt krętych, wąskich uliczek; Willem wyjaśnia, że to Quartier Latin, gdzie mieszkają studenci. Ta dzielnica wygląda inaczej. Nie ma tylu wspaniałych alej i bulwarów, raczej podobne do pasaży uliczki, szerokie ledwie na tyle, by mogły się minąć śmigające wszędzie malutkie, dwuosobowe smarty o supernowoczesnym wyglądzie. Malutkie kościółki, ukryte zakątki, zaułki. To zupełnie inny Paryż, lecz równie olśniewający.

– Wpadniemy na drinka? – pyta Willem.

Potakuję ruchem głowy.

Wychodzimy na zatłoczoną aleję z mnóstwem kin, kafejek pod otwartym niebem pełnych klientów i z małymi hotelikami, niezbyt drogimi, sądząc po cenach wywieszonych na rozstawionych tablicach. Na większości widnieje napis *„complet"*, co prawie na pewno znaczy „brak wolnych miejsc", ale nie wszędzie, a na niektóre pokoje byłoby nas stać, gdybym wymieniła resztę gotówki, około czterdziestu funtów.

Nie umiałam poruszyć z Willemem kwestii dzisiejszego noclegu, tego, gdzie się zatrzymamy. Nie wydawało się, by szczególnie go niepokoiła, więc ja z kolei zaczęłam się niepokoić, czy nie zamierza w razie czego zatrzymać się u Céline. Mijamy kantor. Mówię, że chcę wymienić pieniądze.

– Ja mam jeszcze trochę – odpowiada. – A ty dopiero co zapłaciłaś za łódź.

– Ale nie mam przy sobie ani jednego euro. A jeśli zechcę, bo ja wiem, kupić pocztówkę? – Przystaję i obracam stojak pełen kartek. – Poza tym będą jeszcze drinki i kolacja, i musimy gdzieś, gdzieś… – milknę, bo nie mam odwagi skończyć. – Na dzisiejszą noc. – Czuję, jak szyję oblewa mi gorąca fala.

Mam wrażenie, że ostatnie słowa zawisają w powietrzu, kiedy czekam na odpowiedź; jakąś wskazówkę, co wymyślił. On jednak patrzy w kierunku kawiarenki, gdzie grupka dziewczyn chyba daje mu znaki od stolika. Wreszcie zwraca się do mnie.

– Słucham? – pyta.

Dziewczyny nadal machają. Jedna przywołuje go gestem.

– Znasz je?

Spogląda w stronę kafejki, potem znowu na mnie, i raz jeszcze na dziewczyny.

– Możesz tu zaczekać chwilę?

Żołądek zjeżdża mi w pięty.

– Jasne, nie ma sprawy.

Zostawia mnie przy sklepiku z pamiątkami, skąd go obserwuję, przeglądając pocztówki na stojaku. Podchodzi do dziewczyn i odprawia rytuał z dotykaniem się policzkami i cmokaniem – lecz trzy razy, nie dwa jak z Céline. Siada obok dziewczyny, która do niego machała. Jest jasne, że się znają, ona co chwila kładzie mu rękę na kolanie. On rzuca niespokojne spojrzenia w moim kierunku; czekam, by mnie zawołał, ale tego nie robi, wreszcie po niekończących się pięciu minutach obmacująca go panna zapisuje coś na kawałku papieru i mu podaje. Willem wpycha skrawek głęboko do kieszeni. Wstaje, znowu robi policzek-policzek, cmok-cmok i wraca do miejsca, w którym udaję głębokie zainteresowanie reprodukcją Toulouse-Lautreca.

– Idziemy – rzuca, chwytając mnie za łokieć.

– Twoje kumpele? – pytam, podbiegając, by nadążyć za jego długimi krokami.

– Nie.

– Ale je znasz?

– Znałem kiedyś.

– I przypadkiem na nie wpadłeś?

Obraca się do mnie, pierwszy raz tego dnia zirytowany.

– To Paryż, Lulu, najbardziej turystyczne miasto świata. To się zdarza.

„Wypadki" – myślę. Lecz czuję się zazdrosna nie tylko o dziewczynę – której telefon, jak podejrzewam, ma teraz w kieszeni na biodrze, jeśli nie przepisał go już do swojej małej czarnej książeczki – lecz także o wypadki. Bo byłam pewna, że dzisiaj należą się wyłącznie nam.

Willem łagodnieje.

– To po prostu znajome z Holandii.

Coś w jego zachowaniu się zmieniło; przypomina żarówkę, która ciemnieje, zanim się przepali. Dopiero wtedy zauważam, jakim przybitym, pokonanym tonem wypowiada słowo „Holandia", i uświadamiam sobie, że przez cały dzień ani razu nie wspomniał, że wraca d o d o m u. A potem uderza mnie kolejna myśl. Miał dzisiaj wrócić do domu – czy też do Holandii, skąd pochodzi – pierwszy raz po dwóch latach.

Ja wracam do kraju za trzy dni i na lotnisku będzie czekał tłum. W domu zastanę powitalny transparent oraz uroczystą kolację, której pewnie nie zjem wymęczona jet lagiem. Po zaledwie trzech tygodniach wycieczki, podczas której byłam obwożona niczym kucyk na pokazach, zostanę powitana jak bohaterka.

Jego nie było d w a l a t a. Dlaczego jemu nikt nie urządza powitania godnego bohatera? Czy w ogóle ktoś na niego czeka?

– Kiedy byliśmy u Céline – pytam – dzwoniłeś gdzieś?

Zwraca się do mnie ze ściągniętymi brwiami, ze zmieszaniem w ciemnych oczach.

– Nie. Czemu?

Skąd więc będą wiedzieć, że przyjedzie później? Skąd będą wiedzieć, że należy przełożyć powitanie bohatera do jutra?

– Nikt na ciebie nie czeka? – pytam.

Na najdrobniejszy ułamek sekundy coś dzieje się z jego twarzą. Zsuwa się beztroska maska; nawet nie wiedziałam, że jest maską, póki nie zobaczyłam, jaki zmęczony, jaki niepewny, jak podobny do mnie jest pod spodem.

– Wiesz, co myślę? – pyta.

– Co?

– Że powinniśmy się zgubić.

– Mam dla ciebie niespodziankę: przez cały dzień dzisiaj czuję się zgubiona.

– To co innego. Chodzi o to, żeby się zgubić celowo. Robię tak, kiedy pierwszy raz przyjeżdżam do nowego miasta. Wsiadam w metro albo w tramwaj, na chybił trafił wybieram przystanek, a potem ruszam przed siebie.

Wiem, o co chodzi. Zmienia scenerię, zmienia temat. I rozumiem, że w pewien sposób musi tak zrobić. Więc mu pozwalam.

– Taka podróżnicza wersja gry w przyczepianie ogona osłu?

Patrzy pytająco. Mówi po angielsku znakomicie, więc czasem zapominam o różnicach kulturowych.

– Czy to ma związek z wypadkami? – uściślam.

Patrzy na mnie i na ułamek sekundy maska znika znowu. Ale potem jak gdyby nigdy nic wraca na miejsce. Nieważne. Zsunęła się, a ja to zauważyłam. I zrozumiałam. Willem jest sam – podobnie jak ja. W mojej piersi jak pęknięcie otwiera się ból – nie umiem rozróżnić: jego czy mój.

– Zawsze chodzi o wypadki – przytakuje.

Rozdział dziewiąty

Trafiam nadzwyczajnie.

Tak jak w zabawie w doczepianie ogona osłu zamykam oczy i obracam się przed mapą metra, a potem celuję palcem w dobrodusznie brzmiący Château Rouge.

Po wyjściu z metra odnajdujemy jeszcze inny Paryż, choć w zasięgu wzroku nie ma żadnego zamku, czerwonego czy nie. Uliczki są wąskie jak w Dzielnicy Łacińskiej, ale bardziej charakterystyczne. Ze sklepowych witryn ryczy ogłuszająca, blaszana muzyka mocno podbita bębnami i atakuje nas taki nawał zapachów, że mój nos nie wie, co wdychać najpierw: woń curry dolatującą z *pâtisseries*, metaliczny odór krwi od olbrzymich zwierzęcych tusz przetaczanych ulicą, słodki i egzotyczny aromat dymiących kadzidełek, spaliny samochodów i motocykli, wszechobecną woń kawy – chociaż nie ma tu wielu dużych kawiarni zajmujących cały narożnik, raczej mrowie małych, prowizorycznych, ze stolikami wystawionymi na chodnik. I wszystkie są pełne mężczyzn palących papierosy. Kobiety – niektóre osłonięte czernią od stóp do głów, tak że przez szparę widać jedynie oczy, inne w barwnych sukniach, ze śpiącymi dziećmi przywiązanymi na plecach – krzątają się, wchodząc i wychodząc ze sklepów. Jesteśmy jedynymi turystami w okolicy i ludzie gapią się na nas – nie groźnie, po prostu ciekawie, jakbyśmy się zgubili. Bo tak właśnie jest. Dokładnie z tego powodu, będąc sama, nigdy, przenigdy bym tego nie zrobiła.

Willemowi jednak bardzo się tutaj podoba. Próbuję zatem wziąć z niego przykład, odprężam się i gapię na ten Paryż skrzyżowany z Bliskim Wschodem skrzyżowanym z Afryką.

Mijamy meczet, potem strzelisty kościół składający się z samych iglic i przypór, sprawiający wrażenie, jakby trafił w tę okolicę takim samym sposobem jak my. Skręcamy i zawracamy, aż trafiamy na coś w rodzaju parku: prostokąt trawy ze ścieżkami i boiskami do gry w piłkę ręczną wciśnięty pomiędzy budynki mieszkalne. Gęsto tu od dziewczyn w chustach bawiących się w jakąś odmianę gry w klasy, chłopaków trenujących na boiskach, ludzi spacerujących z psami, grających w szachy i takich, którzy przysiedli na papierosa pod koniec letniego popołudnia.

– Masz pojęcie, gdzie jesteśmy? – pytam Willema.

– Jestem tak samo zagubiony jak ty.

– No to przechlapane. – Ale śmieję się przy tym. To całkiem przyjemne uczucie zgubić się razem.

Kładziemy się pod kępą drzew w spokojnym zakątku, pod muralem przedstawiającym dzieci bawiące się wśród chmur. Zdejmuję sandały. Na stopach mam brązowe paski brudu i potu.

– Zdaje się, że popsuły mi się nogi.

Willem zrzuca z nóg japonki. Na jego lewej stopie widzę zygzakowatą bliznę.

– Mnie też.

Wyciągamy się na plecach; słońce co chwila wynurza się spomiędzy chmur, które rzeczywiście zaczynają się gromadzić, gnane chłodniejącym wiatrem, przynosząc ze sobą naładowany elektrycznością zapach deszczu. Może Jacques mimo wszystko miał rację.

– Która godzina? – pyta Willem.

Zamykam oczy i wyciągam rękę, żeby sobie sprawdził.

– Nie mów mi. Nie chcę wiedzieć.

Ujmuje moją dłoń i odczytuje godzinę. Ale potem nie puszcza. Przygląda się uważnie nadgarstkowi, przekręcając go w jedną i drugą stronę niczym jakiś rzadki przedmiot; pierwszy nadgarstek, jaki zobaczył w życiu.

– Bardzo ładny zegarek – stwierdza na koniec.

– Dziękuję – odpowiadam posłusznie.

– Nie podoba ci się?

– Nie. Nie w tym rzecz. Rozumiesz, to bardzo drogi prezent od rodziców, którzy podarowali mi już wycieczkę. – Zamykam usta. To Willem, więc coś mnie popycha, by mu wyznać prawdę. – Nie, tak naprawdę mi się nie podoba.

– Czemu?

– Nie wiem. Jest ciężki. Poci się pod nim ręka. I tyka głośno, jakby ciągle próbował mi przypomnieć, że czas ucieka. Żebym nigdy nie mogła o tym zapomnieć.

– Więc dlaczego go nosisz?

Takie proste pytanie. Dlaczego noszę zegarek, którego nie lubię? Nawet tutaj, tysiące mil od domu, kiedy nikt nie widzi – czemu nadal to robię? Bo rodzice, kupując mi go, mieli najlepsze intencje. Bo nie mogę ich zawieść.

Znowu czuję na skórze lekki nacisk palców Willema. Zapięcie się otwiera i zegarek zsuwa się, pozostawiając biały, widmowy odcisk. Czuję, jak odświeżająca bryza łaskocze moje znamię.

Willem uważnie ogląda zegarek, wyryty napis „Dążyć przed siebie".

– Dokąd dokładnie się wybierasz?

– Och, no wiesz. Do Europy. Na uniwersytet. Na medycynę.

– Na medycynę? – W jego głosie słychać zdumienie.

Kiwam głową. Taki jest plan od ósmej klasy, kiedy w restauracji zafundowałam manewr Heimlicha facetowi, który zakrztusił się udźcem jagnięcym przy sąsiednim stoliku. Tato wyszedł na zewnątrz, bo zadzwonił ktoś z pracy, a ja zauważyłam, że facet obok nas fioletowieje. Wstałam więc, spokojnie objęłam go ramionami na wysokości przepony i nacisnęłam, aż z ust wyleciał mu kawałek mięsa, którym się zadławił. Zrobiło to ogromne wrażenie na mamie. Zaczęła rozpowiadać, że zostanę lekarzem jak tato. Po jakimś czasie sama zaczęłam w to wierzyć.

– Czyli się mną zaopiekujesz?

W jego głosie słychać zwykły prowokujący ton; rozumiem, że żartuje, ale nagle zalewa mnie fala emocji. Bo kto zajmuje się nim teraz? Patrzę na niego. Wydaje się beztroski, ale pamiętam tamto wcześniejsze wrażenie – pewność – że jest sam.

– Kto się tobą opiekuje?

W pierwszej chwili nie jestem pewna, czy powiedziałam to na głos, a jeśli tak, to czy usłyszał, bo milczy długo. Ale w końcu odpowiada:

– Sam się sobą opiekuję.

– A gdy to niemożliwe? Jeśli zachorujesz?

– Nie choruję.

– Wszyscy chorują. Co się dzieje, jeśli będąc w drodze, dostaniesz grypy albo coś?

– Choruję. A potem zdrowieję – odpowiada, zbywając pytanie machnięciem.

Podpieram się na łokciu. Z winy dziwnego pęknięcia, które otwarło się w mojej piersi, oddycham płytko, a słowa tańczą jak rozsypane liście:

– Ciągle myślę o historii o podwójnym szczęściu. Tamten młodzieniec podróżował samotnie i zachorował, ale ktoś się nim zajął. Czy tak bywa z tobą, jeśli poczujesz się źle? Czy też leżysz samotnie w jakimś koszmarnym pokoju hotelowym?

Próbuję sobie wyobrazić Willema w górskiej wiosce, ale wciąż mam przed oczami wizję obskurnego pokoiku. Myślę o tym, jak ja się czuję, gdy jestem chora; o głębokim smutku, o nagłym poczuciu osamotnienia – a przecież mam mamę, która się mną zajmuje. A co z nim? Czy ktoś mu przynosi zupę? Czy ktoś mu opowiada o zielonych drzewach na tle nieba w wiosennym deszczu?

Willem milczy. W oddali słyszę stuk piłki odbijającej się od muru, kokieteryjny kobiecy śmiech. Myślę o Céline. O dziewczynach z pociągu. O modelkach z kawiarni. O skrawku papieru w jego kieszeni. Pewnie nie brak gotowych zabawić się w jego pielęgniarki. Czuję dziwne łaskotanie w żołądku. Popełniłam błąd, jakbym zjeżdżając na nartach, przypadkiem zboczyła na czarną trasę najeżoną muldami.

– Przepraszam – mówię. – Pewnie po prostu odzywa się we mnie przyszła lekarka. Albo żydowska mama.

Patrzy na mnie dziwnie. Kolejny błąd. Ciągle zapominam, że w Europie praktycznie nie ma Żydów, więc nikt nie rozumie tego rodzaju dowcipów.

– Jestem Żydówką, a to podobno oznacza, że jest mi przeznaczone w przyszłości zamartwiać się o zdrowie wszystkich dokoła – wyjaśniam pośpiesznie. – O to chodzi z „żydowską matką".

Willem kładzie się na plecach i unosi mój zegarek do oczu.

– Dziwne, że przypomniałaś opowieść o podwójnym szczęściu. Czasem rzeczywiście choruję i rzygam w toalecie jakiegoś squatu, co jest nieszczególnie przyjemne.

Krzywię się na tę myśl.

– Ale raz się zdarzyło, że jadąc z Maroka do Algierii autobusem, złapałem czerwonkę, naprawdę ciężką. Tak ciężką, że musiałem wysiąść w zabitej dechami dziurze — mieścinie na obrzeżach Sahary niewymienionej w żadnym przewodniku. Byłem odwodniony, chyba miałem halucynacje i gdy ledwo trzymając się na nogach, rozglądałem się za jakimś miejscem na nocleg, zobaczyłem hotel i restaurację o nazwie Saba. Tak zawsze wołałem na dziadka. To było niczym znak, który mówił do mnie: „Idź tam". W restauracji nie znalazłem nikogo, więc poszedłem prosto do ubikacji i znowu zwymiotowałem. Po powrocie zastałem mężczyznę z krótką siwą brodą w długiej dżellabie. Poprosiłem o herbatę i imbir, bo moja matka zawsze ich używa na problemy żołądkowe. Pokręcił głową i odparł, że jestem teraz na pustyni, więc muszę stosować pustynne lekarstwa. Zniknął w kuchni i wrócił z przeciętą na pół grillowaną cytryną. Posolił ją i polecił, bym wycisnął sobie sok do ust. Byłem pewien, że znowu zwymiotuję, ale w ciągu dwudziestu minut mój żołądek się uspokoił. Mężczyzna dał mi jakiś obrzydliwy wywar smakujący korą i posłał mnie na piętro, gdzie przespałem pewnie z osiemnaście godzin. Codziennie schodziłem na dół, a on pytał, jak się czuję, a potem przygotowywał posiłek odpowiedni do mojego stanu. Później rozmawialiśmy, tak samo jak rozmawiałem w dzieciństwie z Sabą. Zostałem tam tydzień, w miasteczku na marginesie mapy, o którym nie wiem nawet, czy istnieje naprawdę. To bardzo przypomina twoją opowieść.

– Tyle tylko, że on nie miał córki – zauważam. – Inaczej już byłbyś żonaty.

Leżymy zwróceni twarzami do siebie, tak blisko, że czuję bijące od niego ciepło, tak blisko, że mam wrażenie, jakbyśmy oddychali tym samym powietrzem.

– Ty bądź córką. Powiedz mi jeszcze raz tamten dwuwiersz – prosi Willem.

– „Zielone drzewa na tle nieba w wiosennym deszczu, gdy niebo podkreśla niewyraźne kształty wiosennych drzew. Czerwone kwiaty usiały ziemię w pościgu za wiatrem, gdy ziemia oblała się czerwienią od pocałunku".

Ostatnie słowo, „pocałunek", zawisa w powietrzu.

– Jak zachoruję następnym razem, możesz mi to wyrecytować. Możesz zostać moją dziewczyną z gór.

– Okej – przyrzekam. – Będę twoją górską dziewczyną i zaopiekuję się tobą.

Uśmiecha się, jakby to był kolejny żart, jedna więcej zalotna riposta, więc w odpowiedzi także się uśmiecham, chociaż mówiłam poważnie.

– A ja w zamian za to uwolnię cię od brzemienia czasu. – Zapina mój zegarek na swoim kościstym nadgarstku, gdzie bransoletka nie przypomina tak bardzo więziennych kajdan. – Chwilowo czas przestaje istnieć. Jest, jak to powiedział kapitan Jacques?... Płynny?

– Płynny – powtarzam jak zaklęcie.

Bo skoro czas może być płynny, to jeden dzień może trwać bez końca.

Rozdział dziesiąty

Zasypiam. A potem się budzę i wszystko wydaje się inne. W parku jest teraz cicho. Echo śmiechów i odgłosy gry w piłkę rozpłynęły się w długim, półmrocznym zmierzchu. Utuczone, szare deszczowe chmury objęły w posiadanie ciemniejące niebo.

Zmieniło się coś jeszcze, mniej wymiernego, a zarazem w jakiś sposób bardziej elementarnego. Czuję to, gdy tylko odzyskuję świadomość; atomy i cząsteczki przeorganizowały się i cały świat zmienił się nieodwracalnie.

I wtedy zauważam dłoń Willema.

On też zasnął; jego długie ciało otacza mnie wygięte w znak zapytania. Nie dotykamy się, nie licząc tej jednej ręki, ułożonej w zagłębieniu mojego biodra niezobowiązująco jak upuszczony szalik, jakby przywiał ją tutaj lekki powiew snu. A jednak odkąd się tu znalazła, mam wrażenie, jakby to było jej miejsce. Od zawsze.

Leżę zupełnie nieruchomo, słuchając wiatru szeleszczącego wśród drzew, cichego, rytmicznego oddechu Willema. Skupiam się na jego ręce. Mam wrażenie, jakby z czubków jego palców płynął prąd elektryczny do miejsca w moim wnętrzu, którego istnienia aż dotąd nawet nie podejrzewałam.

Chłopak zmienia pozycję przez sen i zastanawiam się, czy on też to poczuł. Jak mógłby nie poczuć? Napięcie jest tak rzeczywiste, tak namacalne, że gdyby ktoś przysunął miernik, wskazówka wychyliłaby się poza skalę.

Willem porusza się znowu i wbija czubki palców w delikatny punkt w zagłębieniu mojego biodra, posyłając impuls oraz energię tak rozkosznie przeszywającą, że aż się wzdrygam, odruchowo potrącając jego nogę.

Przysięgam: jakimś cudem czuję, jak jego rzęsy trzepoczą, gdy otwiera oczy, a potem owiewa mnie gorąco jego oddechu na karku.

– *Goedemorgen* – mówi głosem wciąż łagodnym od snu.

Odwracam się twarzą do niego, wdzięczna, że nie cofnął dłoni. Na jego rumianych policzkach widzę niewielkie odgniecenia od trawy jak plemienne blizny inicjacyjne. Chcę ich dotknąć, poczuć wgłębienia na jego gładkiej poza tym skórze. Chcę dotknąć każdej części jego ciała. Jakby było olbrzymim słońcem obdarzonym własną siłą przyciągania.

– Podejrzewam, że to znaczy „miłego ranka", chociaż formalnie ciągle jest wieczór.

Moje słowa brzmią zduszone. Zapomniałam mówić i oddychać równocześnie.

– Zapominasz, że czas przestał istnieć. Oddałaś mi go.

– Oddałam ci go – powtarzam.

W tych słowach brzmi rozkoszne poddanie i czuję, jak ukradkiem przysuwam się do Willema. Jakaś część osobowości ostrzega mnie przed tym. To tylko jeden dzień. Jestem tylko jedną z dziewczyn. Obudziłam się jednak ostatecznie wyzwolona od tego fragmentu mnie samej, który umiałby się oprzeć, który m ó g ł b y się oprzeć.

Willem mruga do mnie, oczy ma ciemne, leniwe i zmysłowe. Czuję już smak naszych pocałunków. Czuję dotyk jego warg na całym ciele. Nacisk jego ostrych kości biodrowych. Park jest niemal zupełnie pusty. Kilka młodych dziewczyn w dżinsach i chustach na głowach rozmawia z chłopakami. Ale znajdują się kawałek od nas, w osobnym zakątku. A ja nie dbam już o przyzwoitość.

Moje myśli muszą być niczym film wyświetlony na ekranie. Willem widzi je doskonale. Odgaduję to z jego porozumiewawczego uśmieszku. Cal za calem przysuwamy się do siebie. Poprzez ćwierkanie cykad niemal słyszę buczenie pulsującej między nami energii, podobne do brzęczenia przewodów wysokiego napięcia.

Nagle jednak słyszę coś jeszcze. W pierwszej chwili nie wiem, co to takiego, tak silnie kontrastuje z dźwiękami w naszej bańce elektrycznego napięcia. Potem jednak rozbrzmiewa ponownie, zimny i szarpiący, otrzeźwiająco wyraźny, i wiem doskonale, co to. Strachu nie trzeba tłumaczyć. Krzyk brzmi tak samo w każdym języku.

Willem zrywa się na nogi. Ja też.

– Zostań tu! – rozkazuje.

I zanim się zorientuję, co się stało, odbiega już na tych swoich długich nogach, pozostawiając mnie rozdartą między pożądaniem i zgrozą.

Krzyk słychać znowu. Dziewczęcy. A potem wydaje się, jakby wszystko przyhamowało, jak sekwencja filmowa w zwolnionym tempie. Widzę dziewczyny – te w chustach, są dwie, lecz jedna z nich nie ma już nakrycia głowy. Hidżab leży na ziemi, odsłaniając wodospad czarnych włosów, rozczochranych i naelektryzowanych, jak gdyby one też były przerażone. Dziewczyna tuli się do koleżanki, jakby próbowała się ukryć przed wzrokiem chłopaków. Którzy, jak teraz widzę, wcale nie są chłopakami, tylko mężczyznami – z tych, co się strzygą na zero i noszą mundury z demobilu oraz wielkie czarne glany. Uderza mnie natychmiast absolutne niedopasowanie tych mężczyzn do tych dziewczyn w spokojnym parku. Podnoszę plecak, który Willem po prostu porzucił, i podkradam się bliżej.

Słyszę cichy dziewczęcy płacz i gardłowy rechot mężczyzn. Potem znowu coś mówią. Nie miałam pojęcia, że francuski może brzmieć tak odrażająco.

Właśnie gdy się zastanawiam, gdzie zniknął Willem, on wchodzi pomiędzy mężczyzn a dziewczyny i zaczyna coś tłumaczyć. Mówi cicho, ale słyszę go ze swojego miejsca, pewnie za sprawą jakiejś aktorskiej sztuczki. Przeszedł na francuski, więc go nie rozumiem. W każdym razie przyciągnął uwagę skinheadów. Odpowiadają mu donośnym staccato, niosącym się echem po pustych boiskach do piłki ręcznej. Głos Willema jest spokojny i cichy niczym powiew; wytężam wszystkie siły, by pojąć choć jedno słowo, ale bezskutecznie.

Wymiana zdań się przeciąga; dziewczyny wykorzystują pretekst – zgodnie z zamierzeniami Willema – i się wymykają. Skinheadzi nawet tego nie zauważają. Albo nie dbają o to. To Willem ich teraz interesuje. W pierwszej chwili myślę, że jego urok osobisty nie zna granic. Że zaprzyjaźnił się nawet ze skinheadami. Ale potem mój słuch dostraja się do tonu jego głosu zamiast do słów. I go rozpoznaję, bo słuchałam go cały dzień. Willem drażni się z nimi. Wydrwiwa ich i nie jestem nawet pewna, czy zdają sobie z tego sprawę. Bo ich jest trzech, a on jeden, więc gdyby pojmowali, nie staliby wciąż, rozmawiając.

Czuję mdlący, słodkawy odór gorzały oraz ostry smród adrenaliny i nagle w y c z u w a m, co zamierzają zrobić Willemowi. Wyczuwam, jakby chcieli to zrobić mnie. Powinno mnie to sparaliżować strachem, lecz tak się nie dzieje. Zamiast tego budzi się we mnie coś gorącego i czułego, i bezlitosnego.

„Kto się tobą opiekuje?".

Bez namysłu sięgam do plecaka Willema, chwytam najgrubszą rzecz, jaką udaje mi się wymacać – przewodnik Rough Guide – i ruszam w ich kierunku. Nikt nie widzi, że się zbliżam, nawet Willem, więc mam po swojej stronie element zaskoczenia. Oraz najwyraźniej sporo siły wyzwolonej przez odruch walki lub ucieczki. Bo kiedy ciskam przewodnikiem w faceta stojącego najbliżej Willema, tego z butelką w ręce, książka trafia go z taką siłą, że upuszcza piwo. A gdy unosi rękę do czoła, wykwita na nim krwawa smuga jak czerwony kwiat.

Wiem, że powinnam się bać, ale się nie boję. Czuję się dziwnie spokojna, szczęśliwa, że znów jestem w towarzystwie Willema po sekundach rozstania, które zdawały się nieskończonością. On jednak gapi się na mnie z wytrzeszczonymi oczami i opadniętą szczęką. Skinheadzi przeczesują wzrokiem park za moimi plecami, jakby nie mogli uwierzyć, że to ja ich zaatakowałam.

Ten moment dezorientacji nas ocala. Bo w tej samej chwili ręka Willema odnajduje moją. I rzucamy się do ucieczki.

Przez park, obok kościoła i z powrotem przez szaloną, chaotyczną dzielnicę, obok herbaciarni i kafejek, i zwierzęcych tusz. Przeskakujemy nad przelewającymi się rynsztokami, mijamy gromadę motorowerów i rowerów, uskakujemy przed ciężarówkami dostawczymi wypluwającymi z siebie wieszaki ubrań przybranych hojnie brokatem i cekinami.

Mieszkańcy dzielnicy przystają, by na nas spojrzeć, rozstępują się, by nas przepuścić, jakbyśmy startowali w jakiejś widowiskowej konkurencji, na olimpiadzie – w Szaleńczym Polowaniu Białych Ludzi.

Powinnam być przerażona. Ścigają mnie przecież wściekli skinheadzi, a dotąd jedyną osobą, która mnie goniła, był mój ojciec podczas joggingu. Słyszę łomot ich butów rozbrzmiewający w jednym rytmie z biciem mojego serca. Ale się nie boję. Czuję, jak moje nogi wydłużają się magicznym sposobem, bym mogła dorównać długim krokom Willema. Czuję, jak grunt fałduje się pod naszymi stopami, jakby nam sprzyjał. Czuję, jakbyśmy ledwie muskali ziemię, jakbyśmy lada moment mogli się poderwać w niebo i pobiec po paryskich dachach, gdzie nikt nas nie dosięgnie.

Słyszę, jak za nami krzyczą. Słyszę brzęk pękającego szkła. Słyszę, jak coś ze świstem przelatuje mi obok ucha, a potem czuję na szyi coś wilgotnego, jakby moje gruczoły potowe ocknęły się nagle i uaktywniły wszystkie naraz. A potem znów słyszę śmiech i ciężkie kroki nagle milkną.

Ale Willem pędzi dalej. Wlecze mnie przez wąziutkie, jak wycięte laubzegą uliczki, aż trafiamy na szeroki bulwar. Śmigamy przez ulicę, kiedy zmienia się światło, mijając wóz policyjny. Robi się tłoczno. Mam niemal pewność, że nikt nas nie ściga. Jesteśmy bezpieczni. Willem biegnie jednak dalej, szarpiąc mnie to w tę, to w inną stronę przez serię mniejszych, spokojniejszych uliczek, aż – niczym tajemna skrytka w biblioteczce z książkami – w miejskim krajobrazie ukazuje się szpara: zaopatrzona w szyfrowy zamek brama do wytwornego apartamentowca. Jakiś staruszek z torbą na kółkach wychodzi z wewnętrznego dziedzińca i dokładnie w tej samej chwili Willem ślizgiem wpada do środka. Nasza prędkość spada z setki do zera, gdy zderzamy się z kamienną ścianą, i w tej samej chwili drzwi zatrzaskują się za nami.

Stoimy ramię w ramię, w odległości niespełna jednego cala od siebie. Czuję szybki, równy łomot jego serca, zdyszany oddech. Widzę strumyczek potu ściekający po jego szyi. Czuję pulsowanie własnej krwi niczym rzeki gotowej lada moment wystąpić z brzegów. Jak gdyby własne ciało nie mogło mnie dłużej pomieścić. W jakiś sposób je przerosłam.

– Willem – zaczynam.

Tak wiele chcę mu powiedzieć.

Sięga do mojej szyi i milknę; jego dotyk jest zarazem uspokajający i elektryzujący. Ale potem Willem cofa palec i widać na nim krew. Unoszę dłoń, dotykam własnej skóry. Własnej krwi.

– *Godverdomme!* – klnie chłopak półgłosem.

Drugą ręką wyjmuje z plecaka bandanę i równocześnie zlizuje krew z palca do czysta.

Przyciska mi chustkę do szyi. Bez wątpienia krwawię, ale nie mocno. Nie bardzo nawet wiem, co się stało.

– Rzucili w ciebie rozbitą butelką. – W głosie Willema słyszę czystą furię.

Wcale jednak nie boli. Nie jestem ranna. Nie poważnie. To tylko niewielkie skaleczenie.

Chłopak stoi teraz tuż przy mnie, delikatnie przyciskając bandanę do mojej szyi. I naraz ranka nie jest już punktem ujścia krwi, lecz punktem wniknięcia tej dziwnej elektryczności wibrującej pomiędzy nami.

Pragnę go, całego. Chcę smakować jego usta, te usta, które dopiero co smakowały moją krew. Opieram się o niego.

On jednak mnie odpycha, odsuwa się. Cofa i opuszcza rękę. Bandana pokryta teraz skrzepniętą krwią zwisa swobodnie.

Podnoszę wzrok, patrzę mu w oczy. Znikły z nich wszystkie kolory i wydają się po prostu czarne. Ale bardziej niepokojące jest to, co w nich dostrzegam, coś natychmiast rozpoznawalnego: strach. I pragnę ze wszystkich sił powiedzieć coś, co go wymaże. Bo powinnam się bać. Ale dzisiaj się nie boję.

– Wszystko w porządku – zaczynam. – Nic mi się nie stało.

– Coś ty sobie w y o b r a ż a ł a? – przerywa mi lodowato jak obcy człowiek.

I może dlatego, a może po prostu pod wpływem ulgi mam nagle ochotę się rozpłakać.

– Chcieli cię skrzywdzić – mówię. Głos mi się załamuje. Patrzę na niego, by sprawdzić, czy rozumie, ale jego rysy stwardniały, gdy do strachu dołączył bliźniaczy brat: gniew. – A przecież obiecałam.

– Co obiecałaś?

W mojej głowie wyświetla się powtórka: nie doszło do bójki. Nie rozumiałam nawet, co mówili, lecz z a m i e r z a l i mu zrobić krzywdę. Czułam to w kościach.

– Że się tobą zaopiekuję – odpowiadam cicho, niepewnie.

– Że się mną zaopiekujesz? To ma być opieka? – Otwiera dłoń poplamioną moją krwią.

Odsuwa się o krok; w gęstniejącym półmroku nagle sobie uświadamiam, jak całkowicie b ł ę d n i e wszystko zrozumiałam. Nie skręciłam na czarną trasę narciarską: runęłam z urwiska. Prośba, żeby się nim zaopiekować, to był ż a r t. Czy kiedykolwiek w życiu opiekowałam się kimś? A on na pewno nigdy nie powiedział, że tego potrzebuje.

Stoimy w zastygającym wokół nas milczeniu. Gasną ostatnie promienie słońca, a potem zaczyna padać deszcz, niemal jakby czekał, by się zakraść pod osłoną ciemności. Willem patrzy na niebo, zerka na zegarek – mój zegarek – wciąż zapięty na nadgarstku.

Myślę o czterdziestu funtach, które mi zostały. Wyobrażam sobie cichy, czysty pokój hotelowy. I nas – nie tak jak sobie wyobrażałam przed godziną w parku, lecz po prostu milczących, słuchających deszczu. „Proszę – błagam bez słów. – Po prostu pójdźmy gdzieś i niech znowu wszystko się ułoży".

W tym właśnie momencie Willem sięga do plecaka po rozkład pociągów Eurostar, a potem odpina zegarek. I uświadamiam sobie, że oddaje mi czas. Co znaczy, że tak naprawdę mi go odbiera.

Rozdział jedenasty

Tego wieczoru są jeszcze dwa pociągi powrotne do Londynu. Willem mówi, że minęła dwudziesta pierwsza, więc pewnie nie uda mi się wymienić biletu i złapać najbliższego, ale spokojnie zdążę na ostatni. A ponieważ wracając do Anglii, zyskuję godzinę, powinnam dotrzeć do Londynu, tuż zanim przestanie kursować metro. Tłumaczy to wszystko przyjacielskim, życzliwym tonem, jakbym była spotkaną na ulicy obcą osobą, która zapytała go o drogę. A ja kiwam głową, jakbym rzeczywiście była kimś, kto sam jeździ metrem w dzień czy w nocy.

Dziwnie oficjalny uchyla przede mną drzwi na ulicę, jakby wypuszczał psa na wieczorne siusiu. Jest późny wieczór, nocny kraniec długiego letniego zmierzchu, a Paryż, w który się zanurzam, wydaje się zupełnie odmienny od tego, jaki opuściłam przed półgodziną – i znów wiem: to nie z powodu deszczu ani zapalonych świateł. Coś się zmieniło. Albo wróciło do poprzedniego stanu. A może w ogóle nie było żadnej zmiany i tylko się oszukiwałam.

Na widok tego nowego Paryża w oczach stają mi łzy, zmieniając powódź świateł w wielką czerwoną szramę. Wycieram twarz wilgotniejącym kardiganem, ciągle ściskając w dłoni zwrócony zegarek. Z jakiegoś powodu nie potrafię go założyć na rękę. Staram się iść kilka kroków przed Willemem, oddalić się od niego.

– Lulu! – woła za mną.

Nie odpowiadam. To nie ja. Nigdy nią nie byłam.

Podbiega, żeby się ze mną zrównać.

– Zdaje mi się, że Gare du Nord jest w tamtą stronę.

Bierze mnie za łokieć, więc spinam się, przygotowując na ukłucie energii, ale podobnie jak przy zastrzyku jedynie pogarsza to sprawę.

– Powiedz mi tylko, jak tam dotrzeć.

– Zdaje się, że powinnaś iść tą ulicą, minąć kilka przecznic i skręcić w lewo. Najpierw jednak musimy pójść do klubu Céline.

Jasne. Céline. Zachowuje się teraz tak normalnie – nie normalnie w stylu Willema, tylko normalnie w porównaniu z tym, co robił przed dwudziestoma minutami; strach zniknął z jego oczu zastąpiony czymś w rodzaju ulgi. Ulgi, że się mnie pozbywa. Zastanawiam się, czy od początku taki miał plan. Odstawić mnie na dworzec i wrócić na nocną zmianę do Céline. Albo może do tej drugiej dziewczyny, której numer przechowuje bezpiecznie w kieszeni na biodrze. Mając tyle możliwości, dlaczego miałby wybrać mnie?

„Dobry z ciebie dzieciak". Tak mi powiedział mój ukochany Shane Michaels, kiedy byłam o włos od wyznania mu swoich uczuć. „Dobry z ciebie dzieciak". Cała ja. Shane często trzymał mnie za rękę, flirtując i prawiąc słodkie słówka. Sądziłam, że to coś znaczy. Ale później odszedł z inną dziewczyną i z nią robił rzeczy, które n a p r a w d ę coś znaczyły.

Idziemy szerokim bulwarem z powrotem w kierunku dworca, lecz po kilku kwartałach ponownie skręcamy w węższe uliczki. Rozglądam się za klubem, ale to nie jest dzielnica przemysłowa, tylko mieszkalna z mnóstwem kamienic; kwiaty w skrzynkach ociekają wodą, tłuste koty drzemią zadowolone za zamkniętymi oknami. Na rogu jest restauracja, przez zaparowane szyby bije blask. Zza ulicy dolatuje śmiech i brzęk sztućców. Ludzie, którym jest sucho i ciepło, rozkoszują się czwartkową paryską kolacją.

Deszcz pada teraz mocniej. Mój sweter przemókł na wylot. Ściągam rękawy na zaciśnięte pięści. Zaczynam szczękać zębami; zaciskam je, żeby nie było słychać, lecz drżenie przenosi się tylko na resztę ciała. Zdejmuję bandanę z szyi. Rana przestała krwawić, ale jestem umazana krwią zmieszaną z potem.

Willem patrzy z przerażeniem lub może z odrazą.

– Musisz się umyć.

– W walizce mam czyste rzeczy.

Ogląda moją szyję i się krzywi. Potem bierze mnie pod rękę, prowadzi przez ulicę i otwiera drzwi restauracji. W środku migoczą płomienie świec, oświetlając butelki wina ustawione wzdłuż cynkowanego baru oraz menu nabazgrane na niewielkich tabliczkach. Zatrzymuję się na progu. To nie miejsce dla nas.

– Możemy tutaj oczyścić ranę. Zapytam, czy mają apteczkę.

– Zrobię to w pociągu.

Naturalnie mama zapakowała mi zestaw pierwszej pomocy.

Stoimy tak, zwróceni twarzami do wyjścia. Zjawia się kelner. Spodziewam się, że nas zwymyśla, bo wpuszczamy do środka zimne powietrze albo ponieważ wyglądamy jak brudni, zakrwawieni menele. On jednak prowadzi mnie w głąb, jakby był gospodarzem przyjęcia, a ja honorowym gościem. Na widok mojej rany otwiera szeroko oczy. Willem wyjaśnia coś po francusku i mężczyzna od razu kiwa głową, wskazując stolik w kącie.

W restauracji jest ciepło, w powietrzu unoszą się ostry aromat cebuli i słodka woń wanilii, a ja nie czuję się na siłach, by się im oprzeć. Osuwam się na krzesło, zasłaniając ranę dłonią. Druga ręka rozluźnia się i zegarek opada na biały obrus, gdzie tyka złowróżbnie.

Kelner wraca z małą apteczką oraz menu na tabliczce. Willem otwiera pojemnik i wyjmuje nasączone środkiem odkażającym waciki, ale wyrywam mu je z ręki.

– Poradzę sobie! – oświadczam.

Smaruję ranę maścią i zakrywam zbyt dużym opatrunkiem. Kelner wraca, by obejrzeć moje dzieło. Kiwa głową z aprobatą. Potem mówi coś do mnie po francusku.

– Pyta, czy chcesz powiesić sweter w kuchni, żeby wysechł – tłumaczy Willem.

Muszę zwalczyć pokusę, by wtulić twarz w długi, wykrochmalony biały fartuch i rozpłakać się z wdzięczności za dobroć mężczyzny. Zamiast tego oddaję mu przemoczony sweter. Wilgotny T-shirt lepi mi się do ciała; przy dekolcie widać plamy krwi. Mam podkoszulek od Céline z logo nieznanej, przefajnowanej kapeli, taki sam jak ten, który nosi Willem, ale wolałabym paradować w samym biustonoszu, niż go włożyć. Willem mówi po francusku coś jeszcze i parę chwil później na naszym stoliku zjawia się duża karafka czerwonego wina.

– Sądziłam, że muszę złapać pociąg.

– Zdążysz zjeść coś niewielkiego. – Nalewa wina do kieliszka i mi podsuwa.

Formalnie w Europie jestem pełnoletnia i mogę pić alkohol, ale tego nie robiłam, nawet kiedy wino oferowano w zestawie lunchowym i niektórzy uczestnicy wycieczki pociągali ukradkiem za plecami pani Foley. Dziś wieczorem się nie waham. Wino w blasku świec połyskuje odcieniem krwi; jego wypicie jest jak transfuzja. Ciepło płynie z mojego gardła do żołądka, przepędza chłód, który zaląpł się w kościach. Jednym haustem opróżniam pół kieliszka.

– Ostrożnie – ostrzega Willem.

Wlewam w siebie resztę i wysuwam kieliszek niczym środkowy palec. Chłopak przez moment taksuje mnie wzrokiem, potem nalewa do pełna.

Kelner wraca i urządza oficjalne przedstawienie, podsuwając nam menu na tabliczce oraz koszyk z chlebem i niewielką srebrną miseczką.

– *Et pour vous, le pâté.*

– Dziękuję – odpowiadam. – To znaczy, *merci*.

Uśmiecha się.

– *De rien.*

Willem odłamuje kawałek chleba, smaruje brązową pastą i mi podsuwa. Patrzę z wściekłością.

– Lepsze niż nutella – prowokuje niemal śpiewnym tonem.

Czy sprawia to wino, czy perspektywa pozbycia się mnie, ale Willem – ten Willem, z którym spędziłam cały dzień – wraca. I to z jakiegoś powodu doprowadza mnie do furii.

– Nie mam ochoty – oświadczam, chociaż w rzeczywistości umieram z głodu. Od tamtego naleśnika nie miałam nic w ustach. – A to wygląda jak żarcie dla psa – dodaję na dokładkę.

– Spróbuj tylko.

Podsuwa mi do ust chleb z pasztetem. Wyrywam mu kromkę z ręki i odgryzam malutki kawałek. Smak jest zarazem subtelny i intensywny, przypomina pastę mięsną. Ale nie dam mu satysfakcji, nie pokażę, jak bardzo mi smakuje. Skubię odrobinę i wykrzywiam twarz. Potem odkładam chleb.

Kelner wraca, widzi prawie pustą karafkę, wskazuje ją gestem. Willem przytakuje. Mężczyzna wraca z pełną.

– Sola jest... jest *finis* – oznajmia po angielsku, ścierając danie z tablicy. Patrzy na mnie. – Zmarzłaś i straciłaś trochę krwi – mówi, jakbym miała krwotok albo coś. – Polecam coś k r z e -

piącego. – Zaciska pięść. – *Boeuf bourguignon* jest wyśmienity. Mamy też *pot-au-feu* z ryby, bardzo dobry.

– Proszę tylko dolewać – mówię, wskazując wino.

Marszczy lekko brwi i spogląda na mnie, potem na Willema, jakby w jakiś sposób obaj byli za mnie odpowiedzialni.

– Czy mogę zaproponować na przystawkę sałatkę ze szparagami i wędzonym łososiem?

Mój zdradziecki żołądek burczy. Willem kiwa głową i zamawia obie rekomendowane potrawy. Nawet nie zadaje sobie trudu, by spytać, na co mam ochotę. Co jest w porządku, bo w tej chwili mam ochotę tylko na wino. Sięgam po nie, ale zasłania dłonią wylot karafki.

– Najpierw coś zjedz – mówi. – To kaczka, nie świnia.

– Więc? – Wpycham do ust cały kawałek bagietki z pasztetem i żuję wyzywająco i hałaśliwie, ukrywając przyjemność, jaką mi to w rzeczywistości sprawia. Potem wyciągam rękę po kieliszek.

Willem patrzy na mnie przeciągle. Nagradza mnie jednak dolewką, a następnie leniwym półuśmiechem. Wystarczył jeden dzień, bym się zakochała w tym uśmiechu. Lecz teraz chętnie bym go starła.

Siedzimy w milczeniu, aż kelner wraca i stawia sałatkę zamaszystym gestem stosownym dla tak pięknego dania: martwa natura z różowego łososia, zielonych szparagów, żółtego sosu musztardowego i trójkątnych grzanek rozsypanych na brzegu talerza niczym kwiaty. Ślina napływa mi do ust i mam wrażenie, jakby moje ciało zaczęło machać białą flagą, przekonując, bym się poddała, wycofała, póki jestem do przodu, zaakceptowała wspaniały dzień, jaki przeżyłam – bo serio otrzymałam znacznie więcej, niż miałam prawo oczekiwać. Jakaś część mnie wciąż jednak jest głodna – nie tylko jedzenia, ale wszystkiego, co mi dziś pokazano. I w imieniu tej wygłodniałej dziewczyny odmawiam sałatki.

– Ciągle się tym martwisz – zauważa Willem. – Ale nie wygląda tak źle, jak się obawiałem. Nie zostanie nawet blizna.

Owszem, zostanie. Nawet jeśli rozcięcie się zagoi w ciągu tygodnia, zostanie szrama, choć może nie taka, jaką on ma na myśli.

– Sądzisz, że martwię się tym? – Dotykam opatrunku na szyi.

Nie patrzy na mnie. Wie cholernie dobrze, że nie.

– Po prostu coś zjedzmy, okej?

– Odsyłasz mnie. Rób, jak chcesz, ale nie wymagaj, żebym była szczęśliwa z tego powodu.

W tańczącym blasku świec widzę uczucia przemykające po jego twarzy jak szybko sunące chmury: zaskoczenie, rozbawienie, irytacja i czułość – a może współczucie.

– Zamierzałaś wracać jutro, więc co to za różnica?

Zmiata okruchy chleba z obrusa.

„Co za różnica, Willemie? Różnicą jest noc".

– Nieważne – brzmi moja genialna odpowiedź.

– Nieważne? – pyta. Przesuwa palcem po krawędzi kieliszka; szkło wydaje niski dźwięk jak syrena przeciwmgielna. – Myślałaś, co będzie dalej?

Myślałam wyłącznie o tym i wyłącznie o tym starałam się nie myśleć: co się wydarzy dzisiejszej nocy.

Lecz znowu błędnie zrozumiałam.

– Pomyślałaś, co się mogło stać, gdyby nas dogonili? – ciągnie.

Wyczuwałam, co mu chcieli zrobić. Czułam smak ich agresji we własnych ustach.

– Dlatego rzuciłam w nich książką; zamierzali cię skrzywdzić – tłumaczę. – Co im powiedziałeś, że tak się wkurzyli?

– Już byli wściekli – odpowiada wymijająco. – Ja tylko podsunąłem im inny powód.

Ale z tych słów i z wyrazu jego twarzy odgaduję, że się nie pomyliłam. Że chcieli go skrzywdzić. Że przynajmniej to, co wyczułam wtedy, było prawdą.

– A gdyby nas dogonili? Ciebie? – Głos Willema jest tak cichy, że muszę się nachylić, by go usłyszeć. – Zobacz, co zrobili.

Sięga, jakby chciał dotknąć mojej szyi, ale cofa rękę.

Na fali adrenaliny wywołanej pościgiem i dziwnej euforii, która mnie ogarnęła potem, nie pomyślałam, że mogliby m n i e złapać. Chyba nie wydawało się to prawdopodobne. My mieliśmy skrzydła u stóp, oni – ołowiane buty. Teraz jednak, tutaj – z Willemem siedzącym naprzeciw z dziwnym, poważnym wyrazem twarzy, z jego zmiętą w kulę, zakrwawioną bandaną leżącą na skraju stołu – słyszę, jak kroki w ciężkich butach się przybliżają, słyszę ich łomot, trzask kości.

– Ale nas nie dogonili.

Spłukuję drżenie we własnym głosie kolejnym łykiem wina.

Willem opróżnia swój kieliszek i przez moment gapi się w puste szkło.

– Nie po to cię tu przywiozłem.

– Więc po co mnie przywiozłeś?

Bo mi tego nie powiedział. Ani razu nie przyznał, czemu poprosił, bym z nim przyjechała do Paryża na jeden dzień.

Pociera powieki wierzchem dłoni. Kiedy opuszcza ręce, wygląda jakoś inaczej. Nagi, pozbawiony wszystkich masek.

– Nie po to, by sprawy wymknęły się spod kontroli.

– Cóż, trochę na to za późno.

Zbieram resztki osobowości Lulu, starając się, by zabrzmiało to nonszalancko. Ale kiedy wypowiadam te słowa, ich prawda uderza mnie niczym cios w żołądek. My, a w każdym razie ja dawno minęłam punkt bez powrotu.

Patrzę na Willema. Jego spojrzenie zwiera się z moim. Prąd zaczyna płynąć znowu.

– Pewnie masz rację – odpowiada.

Rozdział dwunasty

Może Jacques się nie mylił i czas rzeczywiście jest płynny. Bo kiedy jemy, wydaje się, jakby mój leżący na stole zegarek wyginał się i wykrzywiał niczym ten z obrazu Salvadora Dalego. A potem w którymś momencie, gdzieś między *boeuf bourguignon* a *crème brûlée*, Willem sięga po niego, patrzy na mnie długą chwilę i z powrotem zakłada go sobie na rękę. Czuję przenikające mnie do głębi uczucie ulgi. Nie tylko dlatego, że nie zostanę dziś wieczorem odesłana do Londynu, lecz ponieważ Willem znowu bierze odpowiedzialność za czas. Moje poddanie jest teraz zupełne.

Jest późno, kiedy wychodzimy na ulicę, i Paryż przybiera odcienie sepii. Za późno, by szukać hotelu albo hostelu, zresztą nie mamy już pieniędzy. Oddałam mu resztę gotówki, moje czterdzieści funtów, by się dołożyć do kolacji. Kelner protestował, kiedy płaciliśmy – nie dlatego że wcisnęliśmy mu garść euro i funtów, tylko ponieważ dostał od nas w przeliczeniu dwadzieścia pięć dolarów napiwku. „To za dużo" – przekonywał. „Akurat w sam raz" – pomyślałam.

Teraz jednak jestem w kropce. Bez pieniędzy. Bez noclegu. Mogłoby się zdawać, że to najgorszy koszmar. Tymczasem wcale się nie przejmuję. Zabawne, są rzeczy, których się boimy, póki się nam nie przydarzą, a wtedy wcale nie okazują się straszne.

No więc spacerujemy. Ulice są ciche. Jakbyśmy zostali tylko my i zamiatacze w jaskrawozielonych kombinezonach, z odblaskowymi zielonymi miotłami, które wyglądają jak zrobione z gałązek zerwanych w zaczarowanym lesie. Błyskają reflektory, kiedy mijają nas samochody i taksówki, rozpryskując wodę z kałuż pozostałych po wcześniejszej ulewie, która zmieniła się w mglistą mżawkę.

Idziemy wzdłuż spokojnych kanałów, a potem obok parku z jeziorem, skąd wcześniej tego dnia pożyczyliśmy rower. Przechodzimy pod wiaduktem kolejowym.

W końcu natrafiamy na niewielką chińską dzielnicę. Wszystko pozamykane na noc, ale szyldy się świecą.

– Patrz… – Pokazuję Willemowi. – Podwójne szczęście.

Zatrzymuje się i przypatruje symbolom. Twarz ma piękną nawet w jaskrawym blasku neonów.

– Podwójne szczęście. – Uśmiecha się, a potem bierze mnie za rękę.

Moje serce wywija fikołka.

– Dokąd idziemy?

– Nie obejrzałaś żadnego dzieła sztuki.

– Jest pierwsza nad ranem.

– To Paryż!

Zanurzamy się głębiej w chińską dzielnicę, przecinając uliczki tu i tam, aż chłopak znajduje to, czego szukał: rząd wysokich, zaniedbanych budynków z zakratowanymi oknami. Wyglądają identycznie z wyjątkiem pierwszego z prawej; pokrywa go czerwone rusztowanie, na którym zawieszono szereg bardzo nowoczesnych, bardzo zdeformowanych portretów. Drzwi wejściowe giną pod barwnymi graffiti i ulotkami.

– Co to za miejsce?

– Squat artystyczny.

– Czyli?

Willem opowiada mi o squatach, opuszczonych budynkach przejętych przez artystów, muzyków albo punkowców.

– Zwykle można u nich przenocować. Nie próbowałem tego, ale kiedyś byłem w środku i wydawali się bardzo sympatyczni.

Gdy jednak próbuje otworzyć ciężkie, stalowe drzwi wejściowe, okazuje się, że są zaryglowane i zamknięte na łańcuch od zewnątrz. Cofa się, by popatrzyć w okna, lecz budynek, podobnie jak najbliższa okolica, śpi w najlepsze.

Patrzy na mnie przepraszająco.

– Myślałem, że ktoś tu będzie dzisiaj w nocy. – Wzdycha. – Możemy iść do Céline.

Ale nawet on nie wydaje się zachwycony tą perspektywą.

Kręcę głową. Wolałabym raczej spacerować do rana w ulewnym deszczu. A zresztą deszcz ustał. Cienki skrawek księżyca pojawia się i znika wśród chmur. Wygląda tak stuprocentowo parysko, zawieszony nad pochyłymi dachami; aż nie chce się wierzyć, że ten sam księżyc dziś wieczorem będzie zaglądał przez okno mojej sypialni w domu. Willem podąża za moim wzrokiem i też patrzy w niebo. Potem jego spojrzenie na coś natrafia.

Podchodzi znowu do budynku, a ja wędruję za nim. Na jednym rogu rusztowanie sięga gzymsu prowadzącego do otwartego okna. Firanka wydyma się w lekkim wietrze.

Willem patrzy na okno. Potem na mnie.

– Dasz radę się wspiąć?

Wczoraj powiedziałabym, że nie. Za wysoko. Zbyt niebezpiecznie. Ale dzisiaj odpowiadam:

– Mogę spróbować.

Przerzucam torbę przez ramię i staję na drabince ze splecionych dłoni Willema. Podnosi mnie pół drogi w górę; znajduję oparcie dla stopy w wyżłobieniu w tynku i wspierając się o rusztowanie, winduję się na gzyms. Nie wiem, jak mi się to udaje, ale prześlizguję się po nim na brzuchu, chwytam się spiralnej balustradki przy oknie i wpełzam do środka głową naprzód.

– Wszystko okej! – wołam. – Dałam radę.

Wystawiam głowę przez okno. Willem stoi tuż pode mną. Znowu ma na twarzy ten swój charakterystyczny półuśmieszek. A potem zwinnie jak wiewiórka podciąga się, staje wyprostowany na gzymsie, przechodzi po nim, balansując rozłożonymi rękami jak linoskoczek, ugina kolana i wskakuje przez okno.

Dopiero po minucie wzrok przyzwyczaja mi się do ciemności, ale kiedy się to dzieje, wszędzie widzę biel: białe ściany, białe regały, białe biurko, białe rzeźby z gliny.

– Ktoś nam zostawił klucz – mówi Willem.

Milczymy oboje. Podoba mi się myśl, że to moment dziękczynienia dla przezorności wypadków.

Willem wyciąga małą latarkę.

– Rozejrzymy się?

Kiwam głową. Rozpoczynamy od obejrzenia rzeźby wyglądającej, jakby ją zrobiono z pianek ślazowych, serii czarno-białych zdjęć nagich grubych dziewczyn, serii obrazów olejnych nagich chudych dziewczyn. Willem błyska latarką wokół olbrzymiej, bardzo futurystycznej instalacji z metalu i rur, powyginanych i pozakręcanych jak artystyczna wizja stacji kosmicznej.

Schodzimy po skrzypiących schodach do pokoju z czarnymi ścianami i ogromnymi zdjęciami ludzi unoszących się w głębokiej błękitnej wodzie. Stojąc tam, niemal czuję jej łagodny dotyk, pieszczotę fal jak w Meksyku, kiedy czasem wymykam się popływać w nocy, by uniknąć tłumów.

– I co powiesz? – pyta chłopak.

– Lepsze niż Luwr.

Wracamy na piętro. Willem gasi latarkę.

– Wiesz? Pewnego dnia któraś z nich może trafić do Luwru – zauważa. Dotyka eliptycznej białej rzeźby, niemal jarzącej się w mroku. – Sądzisz, że Szekspirowi przyszło do głowy, że za czterysta lat Guerrilla Will będzie wystawiał jego sztuki? – Śmieje się lekko, ale w jego głosie słychać niemal szacunek. – Nigdy nie wiadomo, co przetrwa.

To samo powiedział wcześniej o wypadkach: że nigdy nie wiemy, czy któryś z nich jest tylko drobną przeszkodą w podróży, czy punktem zwrotnym. Nie wiemy, że nasze życie się zmienia, póki nie jest po fakcie.

– Myślę, że czasem w i a d o m o – odpowiadam i mój głos wzbiera emocją.

Odwraca się do mnie, dotyka palcem paska mojej torby. Przez sekundę nie mogę się poruszyć. Nie mogę oddychać. Zdejmuje mi torbę z ramienia i upuszcza na podłogę. Wzbija się obłoczek kurzu łaskoczącego mnie w nosie. Kicham.

– *Gezondheid* – mówi chłopak.

– *Hagelslag* – odwzajemniam się.

– Zapamiętałaś to?

– Pamiętam cały dzisiejszy dzień. – Ściska mnie w gardle, kiedy sobie uświadamiam, jak bardzo jest to prawdziwe.

– Co zapamiętasz?

Rzuca swój plecak obok mojej torby. Tulą się do siebie niczym starzy kumple z wojska.

Opieram się o stojący za mną stół roboczy. Błyskają mi przed oczami sceny z całego dnia: żartobliwy głos Willema przy śniadaniu w pierwszym pociągu; uniesienie, kiedy zdobyłam się przed nim na pierwsze dziwaczne wyznanie w następnym; sympatyczny pocałunek Olbrzyma w klubie; chłodna lepkość śliny Willema na moim nadgarstku w kafejce; szmer sekretów pod ulicami Paryża; ulga, jaką poczułam, pozbywając się zegarka; elektryczny impuls, który mnie przeszył pod dotknięciem Willema; rozdzierający strach na krzyk tamtej dziewczyny; odważna i błyskawiczna reakcja Willema; nasza ucieczka przez Paryż, która wydawała się lotem; jego oczy: to, jak mnie obserwują, prowokują, sprawdzają – i tak, w jakiś sposób rozumieją.

To właśnie widzę, gdy myślę o tym dniu.

Ma to związek z Paryżem, ale przede wszystkim z człowiekiem, który mnie tu sprowadził. I z osobą, jaką pozwolił mi się tutaj stać. Jestem tym wszystkim zbyt zaabsorbowana, by to wyjaśnić, więc wypowiadam jedno jedyne słowo zawierające w sobie wszystko:

– Ciebie.

– A to?

Dotyka opatrunku na mojej szyi. Czuję wstrząs niemający nic wspólnego z raną.

– Nie dbam o to – szepczę.

– Ale ja tak – odpowiada równie cicho.

Czego Willem nie wie – czego nie może wiedzieć, bo zna mnie dopiero od dzisiaj – to że to nie ma najmniejszego znaczenia.

– Nie byłam dzisiaj w niebezpieczeństwie – wyjaśniam zdławionym głosem. – Dzisiaj uciekłam przed niebezpieczeństwem.

I to prawda. Uciekłam nie tylko przed skinheadami. Mam wrażenie, jakby cały ten dzień był elektrycznym wstrząsem – jakby ktoś przyłożył elektrody wprost do mojego serca i wyrwał mnie z trwającego całe życie odrętwienia, z którego nawet nie zdawałam sobie sprawy.

– Uciekłam – powtarzam.

– Uciekłaś.

Podchodzi bliżej, więc góruje nade mną. Przywieram plecami do stołu roboczego i serce zaczyna mi walić, bo przed tym nie ma ucieczki. Bo przed tym nie chcę uciec.

Moja ręka, jakby pozbawiona kontaktu z resztą ciała, unosi się do jego policzka. Zanim go jednak dotknie, dłoń Willema podrywa się i chłopak chwyta mnie za nadgarstek. Przez jedną pełną zmieszania sekundę sądzę, że znowu błędnie odczytałam sygnały, że zostanę odtrącona.

Długą chwilę ściska moją rękę, przyglądając się znamieniu. Potem unosi ją do ust. I chociaż wargi ma miękkie, a pocałunek jest delikatny, wrażenie jest takie, jakby ktoś wbił nóż w gniazdko elektryczne. Jakby w tym momencie poraził mnie prąd.

Willem całuje mój nadgarstek, potem przesuwa wargami coraz wyżej po wewnętrznej stronie ręki, do wrażliwego zgięcia łokcia, do pachy – do miejsc, o których nawet nie sądziłam, że zasługują na pocałunki. Mój oddech staje się urywany, kiedy jego usta muskają mój bark, zatrzymują się, by się napić z zagłębienia obojczyka, po czym się koncentrują na mojej szyi, skórze wokół opatrunku, potem delikatnie na samym opatrunku. Przez części ciała, z których istnienia nie zdawałam sobie sprawy, zaczyna płynąć prąd, włączają się kolejne obwody.

Kiedy na koniec całuje mnie w usta, następuje moment niesamowitej ciszy, jak pauza pomiędzy błyskawicą a grzmotem. Missisipi raz. Missisipi dwa. Missisipi trzy. Missisipi cztery. Missisipi pięć.

Bum.

Całujemy się ponownie. Drugi pocałunek jest z tych, które otwierają niebo. Zapiera, a potem przywraca mi oddech. Pokazuje, że wszystkie dotychczasowe pocałunki w moim życiu były tylko namiastką.

Wplątuję palce we włosy chłopaka i przyciągam go do siebie. Willem sięga dłonią do mojego karku, przesuwa nią po niewielkich wzniesieniach kręgów. Ping. Ping. Ping. Przeskakują ładunki elektryczne.

Obejmuje mnie w talii i podsadza na stół, tak że znajdujemy się teraz twarzą w twarz, całując się zapamiętale. Opada mój kardigan. Mój T-shirt. Potem jego. Pierś ma gładką i rzeźbioną; wtulam w nią twarz, całując zagłębienie biegnące pośrodku. Rozpinam mu pasek, szarpię w dół dżinsy z zapamiętałością, której nie poznaję.

Oplatam go nogami w pasie. Jego dłonie są wszędzie, migrują w dół, w zagłębienie powyżej biodra, gdzie spoczywały, kiedy spaliśmy. Dźwięk, który wydaję, nie brzmi, jakby pochodził ode mnie.

Pojawia się prezerwatywa. Moja bielizna zsuwa się w dół, przez stopy w sandałach, spódnica zostaje podwinięta wokół talii. Bokserki Willema opadają. Podnosi mnie ze stołu. I wtedy sobie uświadamiam, że pomyliłam się wcześniej. Dopiero teraz moje poddanie jest całkowite.

Po wszystkim osuwamy się na podłogę, Willem na plecach, ja oparta obok niego. Gładzi palcami moje znamię, co odczuwam jak iskrzenie. Ja muskam jego nadgarstek; włoski wydają się niezwykle delikatne obok ciężkiej bransoletki zegarka.

– Więc to t a k się chcesz mną opiekować? – żartuje, wskazując czerwony ślad na swojej szyi, gdzie go chyba ugryzłam.

Jak wszystko inne, zmienił moją obietnicę w żart, jeszcze jeden powód do docinków. Lecz mnie nie jest do śmiechu, nie teraz, nie z tego, nie po tym.

– Nie – odpowiadam. – Nie tak.

Jakaś część mnie chętnie wyparłaby się wszystkiego. Ale się nie wyprę. Bo zapytał, czy się nim zajmę, i nawet jeśli żartował, ja obiecałam to zrobić – i to nie był żart. Mówiąc, że będę jego dziewczyną z gór, wiedziałam, że nie spotkam go więcej. Nie o to chodziło. Chciałam, by wiedział, że jeśli poczuje się samotny gdzieś w świecie... ja też tam będę.

To jednak działo się wczoraj. Ze skurczem w piersi pozwalającym rzeczywiście zrozumieć, co mają na myśli ludzie mówiący o pękniętym sercu, myślę przelotnie, że może to nie jego przyszła samotność mnie martwi.

Willem przesuwa palcami po delikatnej warstewce białego glinianego pyłu, który pokrył moje ciało.

– Wyglądasz jak duch – zauważa. – Niedługo znikniesz.

Mówi to lekko, ale kiedy próbuję spojrzeć mu w oczy, unika mojego wzroku.

– Wiem.

W gardle czuję kulę. Jeśli szybko nie zmienimy tematu, przejdzie w szloch.

Willem ściera odrobinę pyłu i ukazuje się moja ciemniejsza, opalona po wycieczce skóra. Inne rzeczy, uświadamiam sobie nagle, nie zejdą równie łatwo. Ujmuję w dłonie jego podbródek i zwracam jego twarz ku swojej. Delikatne światło lamp ulicznych zarazem cieniuje i podkreśla płaszczyzny i kanty jego twarzy. A potem Willem patrzy na mnie, naprawdę na mnie patrzy z wyrazem smutku i tęsknoty, czułości i pragnienia, który zdradza wszystko, co powinnam wiedzieć.

Ręka mi drży, kiedy ją unoszę do ust. Liżę kciuk, a potem pocieram nim o nadgarstek, o znamię. I jeszcze raz. Podnoszę wzrok, spoglądam Willemowi prosto w oczy ciemne jak ta noc, która powinna trwać bez końca.

Jego rysy przebiega drgnienie, potem poważnieje jak po ucieczce przed skinheadami. Sięga i pociera moje znamię. „To nie zejdzie" — oto co chce powiedzieć.

– Ale ty jutro wyjedziesz – mówi.

Słyszę, jak bicie serca pulsuje echem w moich skroniach.

– Nie muszę wyjeżdżać.

Przez ułamek sekundy wydaje się zmieszany.

– Mogę zostać jeszcze dzień – wyjaśniam.

Jeszcze dzień. Tylko o to proszę. Tylko o jeden dzień *więcej*. Później wszystko by się skomplikowało. Lot może się opóźnić. Rodzice mogą wpaść w furię. Ale jeden dzień więcej. Jeden dzień więcej zdołam wytargować bez wielkiego kłopotu, nie zawracając głowy nikomu prócz Melanie. Która zrozumie. Z czasem.

Jakaś część mnie pojmuje, że jeden dzień więcej niczego nie zmieni, odsunie tylko w czasie ból złamanego serca. Ale inna część jest przekonana o czymś jeszcze. Rodzimy się w jeden dzień. Umieramy w jeden dzień. W jeden dzień możemy się zmienić. I w jeden dzień możemy się zakochać. Wszystko może się zdarzyć w ciągu zaledwie jednego dnia.

– Co na to powiesz? – pytam Willema. – Na jeszcze jeden dzień?

Nie odpowiada. Zamiast tego zmienia pozycję, tak że teraz ja znajduję się pod spodem. Przywieram do cementowej podłogi, poddając się jego ciężarowi. Naraz coś ostrego dźga mnie w plecy.

– Au!

Willem sięga pode mnie i wyciąga niewielkie metalowe dłutko.

– Powinniśmy poszukać innego miejsca – mówię. – Nie u Céline.

– Ćśś. – Ucisza mnie pocałunkiem.

Później, kiedy już bez pośpiechu zbadaliśmy każdy ukryty załomek swoich ciał, gdy całowaliśmy się i muskaliśmy językiem, szeptaliśmy i śmialiśmy się, gdy nasze nogi i ręce ogarnęła ociężałość, a niebo na zewnątrz sfioletowiało w świetle przedświtu, Willem nakrywa nas brezentem.

– *Goeienacht*, Lulu – mówi; powieki trzepocą mu z wyczerpania.

Przesuwam palcami po zmarszczkach na jego twarzy.

– *Goeienacht*, Willemie – odpowiadam. Nachylam się do jego ucha, odgarniam na bok splątane zarośla włosów i szepczę: – Allyson. Mam na imię Allyson.

Ale on już śpi. Opieram głowę w zagłębieniu między jego ręką a barkiem i kreślę litery mojego prawdziwego imienia na jego przedramieniu, gdzie, jak sobie wyobrażam, ich zarysy pozostaną do rana.

Rozdział trzynasty

Po dziesięciu dniach upału przywykłam się budzić spocona, ale ze snu wyrywa mnie chłodny powiew wpadający przez otwarte okno. Sięgam po koc, lecz zamiast miękkiego i lekkiego materiału natrafiam na coś szorstkiego i sztywnego. Brezent. I w zamglonej przestrzeni pomiędzy jawą a snem wszystko sobie przypominam. Gdzie jestem. Z kim jestem. Poczucie szczęścia rozgrzewa mnie od środka.

Sięgam po Willema, ale nie ma go obok. Otwieram oczy, mrużąc je w szarym świetle odbitym od białych ścian pracowni.

Odruchowo chcę spojrzeć na zegarek, ale mój nadgarstek jest nagi. Podchodzę boso do okna, osłaniając piersi spódnicą. Ulice wciąż są spokojne, sklepy i kafejki nadal zamknięte. Wciąż jest wcześnie.

Chcę zawołać Willema, ale panuje cisza jak w kościele i zakłócić ją wydaje się czymś niestosownym. Musi być na dole, może w łazience. Właściwie mnie też przydałaby się toaleta. Wciągam ubranie i schodzę na paluszkach na dół. Willema nie ma również w łazience. Szybko robię siku, spryskuję twarz wodą i piję, by odpędzić nadciągającego kaca.

Na pewno ogląda pracownie w świetle dziennym. Albo może wrócił na górę. „Uspokój się – mówię sobie. – Pewnie w tej chwili jest już z powrotem na piętrze".

– Willem?! – wołam.

Żadnej odpowiedzi.

Wbiegam po schodach do pomieszczenia, gdzie spaliśmy. Panuje w nim bałagan. Na podłodze leży moja torba, zawartość wysypuje się na zewnątrz. Ale jego plecak, jego rzeczy – wszystko zniknęło.

Serce zaczyna mi walić. Podbiegam do torby i przetrząsam ją, sprawdzając, czy mam portfel i paszport, minimalną ilość gotówki. Zaraz jednak czuję się jak idiotka. Zapłacił, żebym tu mogła przyjechać. Przecież by mnie nie okradł. Przypominam sobie, w jaką histerię wpędziłam się wczoraj w pociągu.

Biegam w górę i w dół po schodach, wołając go po imieniu. Ale wraca do mnie tylko echo: „Willem, Willem!", jakby ściany wyśmiewały się ze mnie.

Pojawia się panika. Próbuję odsunąć ją od siebie za pomocą logicznych argumentów. Wyszedł kupić nam coś do jedzenia. Znaleźć miejsce do spania.

Staję przy oknie i czekam.

Paryż się budzi. Kraty sklepowe się podnoszą, chodniki zostają zamiecione. Zaczynają trąbić klaksony, dzwonią rowery, mnożą się odgłosy kroków na wilgotnych po deszczu chodnikach.

Skoro sklepy są otwarte, musi być dziewiąta? Dziesiąta? Niedługo zjawią się artyści. Co zrobią, gdy zastaną mnie skuloną w swoim squacie niczym Złotowłosą?

Postanawiam zaczekać na zewnątrz. Wkładam sandały, przerzucam torbę przez ramię i ruszam do otwartego okna. Lecz w zimnym świetle dnia, bez dodającego odwagi wina i bez pomagającego mi Willema, odległość do ziemi wydaje się okropnie wielka.

„Weszłaś na górę, dasz radę zejść" – strofuję sama siebie. Ale kiedy wdrapuję się na gzyms, a potem sięgam do rusztowania, ręka mi się ześlizguje i dostaję zawrotu głowy. Wyobrażam sobie rodziców dostających wiadomość, że zabiłam się, wypadając z budynku w Paryżu. Staczam się do wnętrza pracowni, gdzie hiperwentyluję w złożone dłonie.

„Gdzie on jest? Gdzie on jest, do cholery?". Mój umysł jak kula bilardowa odbija się pomiędzy racjonalnymi wytłumaczeniami nieobecności chłopaka. Poszedł wybrać pieniądze. Poszedł po moją walizkę. A jeśli spadł, wychodząc przez okno? Podrywam się z makabrycznym optymizmem, że zobaczę go rozciągniętego obok rynny, rannego, ale przytomnego, a wtedy będę mogła spełnić obietnicę i się nim zaopiekować. Pod oknem nie widać jednak nic prócz kałuży brudnej wody.

Osuwam się z powrotem na podłogę pracowni, dusząc się ze strachu o zupełnie innej wartości w skali Richtera niż tamten drobny lęk w pociągu.

Czas mija. Obejmuję ramionami kolana, dygocząc w wilgotnym poranku. Przekradam się na dół. Próbuję otworzyć drzwi wejściowe, ale są zaryglowane od zewnątrz. Mam wrażenie, że zostanę tu uwięziona na zawsze, że się zestarzeję, zmarnieję i umrę zamknięta w tym squacie.

Jak długo sypiają artyści? Która jest godzina? Nie potrzebuję jednak zegarka, by wiedzieć, że Willema nie ma zbyt długo. Wyjaśnienia, które nieustannie generuję, z każdą upływającą minutą brzmią coraz bardziej fałszywie.

W końcu dolatuje mnie brzęk łańcucha, dzwonienie kluczy w kłódkach, gdy jednak drzwi się otwierają, widzę przed sobą kobietę z dwoma długimi warkoczami trzymającą pęk zrolowanych płócien. Patrzy na mnie i zaczyna coś mówić po francusku, lecz bez słowa przebiegam obok.

Znalazłszy się na zewnątrz, rozglądam się za Willemem, ale go nie ma. Wydaje się, że nie mógłby się tu znaleźć, w tak brzydkiej okolicy pełnej tanich chińskich restauracji, warsztatów samochodowych i bloków – szarych w szarym deszczu. Jak mogłam kiedykolwiek uważać to miejsce za piękne?

Wybiegam na ulicę. Samochody trąbią na mnie; klaksony brzmią dziwnie, zagranicznie, jakby nawet one mówiły w obcym języku. Obracam się w miejscu bez najmniejszego pojęcia, gdzie się znajduję, dokąd powinnam się skierować – i rozpaczliwie pragnąc być w domu. We własnym łóżku. Bezpieczna.

Chociaż przez łzy trudno cokolwiek zobaczyć, potykając się, pokonuję jakoś ulicę i ruszam chodnikiem, rykoszetując od przecznicy do przecznicy. Tym razem nikt mnie nie ściga. Ale tym razem się boję.

Przebiegam kilka kwartałów, a potem wspinam się po schodach na coś w rodzaju placyku ze stojakiem dla szaro-białych rowerów, agencją nieruchomości, apteką i kafejką, przed którą zauważam budkę telefoniczną. Melanie! Mogę zadzwonić do Melanie. Biorę kilka głębokich oddechów, przełykam szloch i z pomocą instrukcji wystukuję zagraniczny numer. Natychmiast zostaję przekierowana na pocztę głosową. Oczywiście. Melanie wyłączyła komórkę, żeby uniknąć telefonów od mojej matki.

Zgłasza się operatorka, by poinformować, że nie mogę nagrać wiadomości, bo to rozmowa na koszt abonenta. Zaczynam płakać. Kobieta pyta, czy wezwać policję. Dławiąc się czkawką, jąkam, że nie, pyta więc, czy chciałabym zadzwonić do kogoś innego. Wtedy przypomina mi się wizytówka od pani Foley.

Odbiera z dziarskim: „Pat Foley". Operatorka musiała ją pytać trzy razy, czy zgadza się zapłacić za rozmowę, bo na dźwięk głosu opiekunki rozpłakałam się głośniej, tak że nic nie mogła dosłyszeć.

– Allyson. Allyson. Co się stało? Jesteś ranna? – pyta jej głos w słuchawce.

Czuję się zbyt przerażona, zbyt odrętwiała, by odczuwać ból. To przyjdzie później.

– Nie – odpowiadam ledwie dosłyszalnie. – Potrzebuję pomocy.

Pani Foley wydobywa ze mnie podstawowe fakty. Że pojechałam do Paryża z chłopakiem poznanym w pociągu. Że utknęłam zagubiona, bez pieniędzy, bez pojęcia, gdzie się znajduję.

– Proszę – błagam ją. – Chcę tylko wrócić do domu.

– Wykombinujmy, jak cię ściągnąć do Anglii, okej? – mówi spokojnie. – Masz bilet?

Willem kupił mi bilet powrotny – chyba. Grzebię w torebce i wyjmuję paszport. Złożony porządnie bilet wciąż tkwi w środku.

– Chyba tak – odpowiadam drżącym głosem.

– Na kiedy masz rezerwację?

Patrzę na wydruk. Cyfry i daty zlewają się ze sobą.

– Nie wiem.

– Lewy górny róg. Będzie zapisany po wojskowemu, w systemie dwudziestoczterogodzinnym.

Wtedy widzę.

– Trzynasta trzydzieści.

– Trzynasta trzydzieści – powtarza pani Foley swoim krzepiąco zaradnym tonem. – Doskonale. Czyli pierwsza trzydzieści. W Paryżu jest teraz parę minut po dwunastej, więc zdążysz złapać ten pociąg. Dasz radę dostać się na dworzec kolejowy? Albo do metra?

Nie mam pojęcia jak.

– Nie.

– A taksówka? Złapiesz taksówkę na Gare du Nord?

Kręcę głową. Nie mam euro, żeby zapłacić za kurs. Mówię o tym pani Foley. W jej milczeniu słyszę dezaprobatę. Jak gdyby nic, co powiedziałam wcześniej, nie mogło mnie skompromitować w jej oczach – ale przyjechać do Paryża bez wystarczających funduszy? Wzdycha.

– Mogę zamówić ci taksówkę stąd i opłacić z góry kurs na dworzec.

– Zrobiłaby to pani?

– Powiedz tylko, gdzie jesteś.

– Nie wiem! – ryczę.

Wczoraj nie zwracałam najmniejszej uwagi, dokąd prowadzi mnie Willem. Uległam mu.

– Allyson! – Jej głos jest niczym policzek; odnosi zamierzony skutek. Przestaję się mazać. – Uspokój się. A teraz odłóż na chwilę słuchawkę i idź spisać nazwę najbliższego skrzyżowania.

Sięgam do torebki po długopis, ale zniknął. Odkładam słuchawkę i utrwalam sobie w pamięci nazwy ulic.

– Avenue Simon Bolivar i rue de l'Equerre. – Zarzynam prawidłową wymowę. – Przed apteką.

Pani Foley powtarza informacje, potem każe mi zostać na miejscu. Mówi, że taksówkarz zjawi się w ciągu pół godziny i żebym zadzwoniła jeszcze raz, gdyby nie przyjechał. Jeśli nie dostanie ode mnie wiadomości, uzna, że przyjeżdżam pociągiem o pierwszej trzydzieści na dworzec St. Pancras, więc będzie czekać w Londynie na peronie o drugiej czterdzieści pięć. Bez niej mam się nie ruszać z dworca.

Kwadrans później do rogu podjeżdża czarny mercedes. Kierowca unosi tabliczkę, a kiedy widzę swoje nazwisko – Allyson Healey – ogarnia mnie równocześnie ulga i poczucie opuszczenia. Lulu, skądkolwiek się wzięła, znika na dobre.

Wślizguję się na tylne siedzenie i wyruszamy w – jak się okazuje – raptem dziesięciominutową podróż na dworzec. Pani Foley ustaliła, że kierowca zaprowadzi mnie do środka i pokaże dokładnie, gdzie mam wsiąść. W oszołomieniu przemierzam dworzec i dopiero gdy siedzę skulona na swoim miejscu i widzę pasażerów ciągnących bagaże przejściem między fotelami, uświadamiam sobie, że zostawiłam walizkę w klubie. Są w niej wszystkie moje ubrania i pamiątki z podróży. Lecz nie robi to na mnie wrażenia. Straciłam w Paryżu coś znacznie cenniejszego.

Trzymam się, dopóki pociąg nie wjedzie w tunel pod kanałem La Manche. A potem – może dlatego że czuję się bezpiecznie w ciemności, a może na wspomnienie wczorajszego podziemnego rejsu – tak czy inaczej, kiedy opuszczamy Calais i okna ciemnieją, znowu zaczynam cicho szlochać; moje łzy są słone i niewyczerpane jak morze nad naszymi głowami.

Na dworcu St. Pancras pani Foley eskortuje mnie do kawiarni, sadza przy stoliku w rogu i kupuje mi herbatę, która stygnie w kubku. Opowiadam o wszystkim: o undergroundowym przedstawieniu Szekspira w Stratford-upon-Avon. O spotkaniu z Willemem w pociągu. Wyprawie do Paryża. Wspaniałym dniu. Tajemniczym zniknięciu chłopaka dzisiaj rano, którego wciąż nie mogę zrozumieć. O mojej panicznej ucieczce.

Spodziewam się z jej strony surowości – dezaprobaty, że ją oszukałam, że jednak nie okazałam się porządną dziewczyną – tymczasem okazuje mi współczucie.

– Och, Allyson – wzdycha.

– Po prostu nie rozumiem, co mu się mogło stać. Czekałam i czekałam przynajmniej kilka godzin i okropnie się wystraszyłam. Spanikowałam. Nie wiem, może należało poczekać dłużej.

– Mogłabyś czekać do przyszłego Bożego Narodzenia i nie sądzę, by wynikło z tego coś dobrego – rzuca.

Patrzę na nią. Wiem, że moje oczy mają błagalny wyraz.

– To aktor, Allyson. A k t o r. Tacy są najgorsi.

– Myśli pani, że to wszystko było grą? Udawaniem? – Kręcę głową. – Wczorajszy dzień nie był udawaniem.

Mówię z naciskiem, chociaż nie jestem już pewna, kogo próbuję przekonać.

– Zapewne w tamtym momencie wszystko wydawało się prawdziwe – odpowiada, starannie dobierając słowa. – Ale mężczyźni różnią się od kobiet. Ich uczucia są zmienne. A aktorzy potrafią je włączać i wyłączać na zawołanie.

– To nie było udawane – powtarzam, ale już bez przekonania.

– Spałaś z nim?

Przez sekundę czuję go na sobie. Odpycham tę myśl, patrzę na panią Foley, kiwam głową.

– Więc dostał, czego chciał. – Słowa są rzeczowe, lecz niepozbawione życzliwości. – Zapewne od początku zakładał, że to będzie numerek na jedną noc. Ostatecznie właśnie tyle ci zaproponował.

I tak było. Do momentu, kiedy przestało tak być. Wczorajszej nocy wyznaliśmy sobie nawzajem uczucie. Już mam o tym powiedzieć pani Foley, nagle jednak się powstrzymuję. Czy coś sobie wyznaliśmy? A może jedynie roztarłam sobie na skórze własną ślinę?

Myślę o Willemie. Tak poważnie. Co właściwie o nim wiem? Znam tylko garść faktów – ile ma lat, wzrostu, ile waży, jakiej jest narodowości – chociaż nie wiem nawet tego, bo wspomniał, że jego matka nie jest Holenderką. Podróżuje. A raczej się włóczy. O jego życiu decydują wypadki.

Nie wiem, kiedy ma urodziny. Jaki jest jego ulubiony kolor, ulubiona książka albo rodzaj muzyki. Ani czy miał w dzieciństwie jakieś zwierzę. Nie wiem, czy coś sobie złamał. Skąd się wzięła blizna na jego stopie ani czemu nie był w kraju tyle czasu. Nie wiem nawet, jak ma na nazwisko! A to i tak więcej niż on wie na mój temat. On nie zna mojego imienia!

W brzydkiej, ciasnej kafejce, z dala od romantycznego blasku Paryża ukazującego wszystko w różowych barwach, zaczynam dostrzegać prawdę: Willem zaprosił mnie do Paryża na jeden dzień. Nigdy nie obiecywał niczego więcej. Wczoraj wieczorem próbował mnie nawet odesłać do domu. Wiedział, że Lulu to nie moje prawdziwe imię, lecz nie podjął absolutnie żadnej próby dowiedzenia się, kim jestem naprawdę. Kiedy wspomniałam, że wyślę mu na komórkę albo mejlem nasze wspólne zdjęcie, sprytnie się wymigał od podania danych kontaktowych.

I wcale mnie nie okłamywał. Wyjaśnił, że był zakochany wiele razy, ale nigdy nikogo nie kochał. Przyznał, że taki jest. Myślę o dziewczynach z pociągu, o Céline, modelkach, dziewczynie z kawiarni. A wszystko to tylko w czasie jednego spędzonego razem dnia. Ile nas jest w sumie? Zamiast jednak pogodzić się ze swoim losem, nacieszyć się swoim jednym dniem i niczym się nie przejmować, ja się zaparłam. Wyznałam mu, że go kocham. Że chcę się nim opiekować. Błagałam o jeszcze dzień, zakładając, że on też tego pragnie. On jednak nie odpowiedział. Tak naprawdę nigdy się nie zgodził.

Och, mój Boże! Wszystko nabiera teraz sensu. Jak mogłam być tak naiwna? Zakochać się? W ciągu jednego dnia? Wszystko wczoraj, wszystko było udawaniem. Fałszem. Gdy dociera do mnie prawda, robi mi się tak niedobrze ze wstydu i upokorzenia, że aż kręci mi się w głowie. Ukrywam twarz w dłoniach.

Pani Foley wyciąga rękę i głaszcze mnie po głowie.

– No już, już, skarbie. Wypłacz się. To przewidywalne, fakt, ale i tak bolesne. Mógł cię przynajmniej odprowadzić na dworzec, pomachać ci i nigdy więcej nie dać znaku życia. Zachować się odrobinę bardziej cywilizowanie. – Ściska mnie za rękę. – To także minie. – Milknie na chwilę, nachyla się bliżej. – Co ci się stało w szyję, skarbie?

Podrywam rękę do szyi. Opatrunek odpadł i pokryte strupem rozcięcie zaczyna swędzieć.

– Nic – odpowiadam. – To był... – Już chcę powiedzieć „wypadek", ale się powstrzymuję. – To było drzewo.

– A gdzie twój piękny zegarek? – pyta.

Spuszczam wzrok na nadgarstek. Widzę znamię, brzydkie, nagie, rażące. Szarpię rękaw swetra, żeby je zakryć.

– On go wziął.

Pani Foley cmoka.

– Niekiedy tak robią. Zbierają różne drobiazgi niczym trofea. Jak seryjni mordercy. – Z siorbnięciem dopija herbatę. – Więc jak, odwieziemy cię do Melanie?

Podaję jej skrawek papieru z adresem Veroniki. Opiekunka wyciąga książkowy plan Londynu, by zaplanować trasę. W metrze zasypiam; wypłakałam wszystkie łzy i teraz moją jedyną pociechą jest zobojętnienie. Pani Foley budzi mnie potrząśnięciem przed stacją Veroniki i prowadzi do wiktoriańskiego domu z czerwonej cegły, gdzie znajduje się jej mieszkanie.

Melanie w podskokach podbiega do drzwi, wystrojona na wieczorną wyprawę do teatru. Twarz ma rozświetloną oczekiwaniem, spodziewa się usłyszeć naprawdę świetną historię. Potem jednak zauważa panią Foley i wyhamowuje. Nic nie wiedząc, wie wszystko: wczoraj na dworcu żegnała się z Lulu, a dostaje z powrotem Allyson niczym uszkodzony towar. Ledwie zauważalnie kiwa głową, jakby wcale jej to nie zaskoczyło. Potem zrzuca szpilki i otwiera ramiona na moje przyjęcie, a ja pozwalam się objąć, upokorzona i ze złamanym sercem osuwam się na kolana. Melanie także opada na podłogę, tuląc mnie mocno. Słyszę za plecami oddalające się kroki pani Foley. Pozwalam jej odejść, nie odzywając się ani słowem. Nie dziękując. I wiem, że nigdy tego nie zrobię – co jest nie w porządku, biorąc pod uwagę jej wielką życzliwość. Jeśli jednak mam przetrwać, nie mogę nigdy, przenigdy wrócić do tego dnia.

CZĘŚĆ DRUGA

Jeden rok

Rozdział czternasty

Wrzesień

Uniwersytet

– Allyson. Allyson. Jesteś tam?

Nakrywam głowę poduszką i zaciskam powieki, udając, że śpię.

Klucz obraca się w zamku i Kali, moja koleżanka z pokoju, otwiera drzwi.

– Wolałabym, żebyś nie zamykała drzwi na klucz, kiedy tu jesteś. I wiem, że nie śpisz. Udajesz tylko nieżywą. Jak Buster.

Buster to jej pies rasy lhasa apso. Jego fotki znajdują się wśród dziesiątek zdjęć, którymi obkleiła ścianę. W lipcu zeszłego roku, w czasie naszej pierwszej, zapoznawczej rozmowy telefonicznej opowiedziała mi o nim wszystko. Wtedy uważałam, że „Buster" brzmi słodko i że to zabawne, iż dziewczyna dostała imię na cześć swojego rodzinnego stanu, a jej sposób mówienia – jakby wymierzała pięścią cios każdemu słowu – zdawał mi się uroczy.

– Okeej, Allyson. W porządku. Nie odpowiadaj, ale słuchaj, mogłabyś się odezwać do swoich rodziców? Twoja matka dzwoniła na moją komórkę, próbując cię złapać.

Otwieram oczy pod poduszką. Ciekawiło mnie, jak długo mogę nie ładować telefonu, zanim nastąpi reakcja. Otrzymałam już tajemniczą paczkę UPS-em. Prawie się spodziewałam gołębia pocztowego. Ale wydzwaniać do moich koleżanek?

Ukrywam się pod poduszką, podczas gdy Kali przebiera się do wyjścia, maluje i spryskuje perfumami o zapachu wanilii, którymi przesiąkło już wszystko. Po jej wyjściu zrzucam poduszkę z głowy i siadam na łóżku. Odsuwam na bok podręcznik do chemii ze wsuniętym między kartki zakreślaczem – bez skuwki, wciąż pełnym nadziei, że zostanie użyty, zanim wyschnie z zaniedbania. Lokalizuję padniętą komórkę w szufladzie ze skarpetkami i przekopuję brudne rzeczy w szafie w poszukiwaniu ładowarki. Kiedy aparat podładowuje się i wraca do życia, poczta głosowa informuje, że w skrzynce czekają dwadzieścia dwie nowe wiadomości. Przewijam nieodebrane połączenia. Osiemnaście od rodziców. Dwa od babci. Jedno od Melanie i jedno z sekretariatu.

„Cześć, Allyson, tu twoja mama. Dzwonię tylko, by sprawdzić, jak leci. Zadzwoń do mnie".

„Cześć, Allyson. Mówi mama. Dostałam nowy katalog Bodena i są w nim fajne spódnice. I ciepłe sztruksy. Zamówię kilka par i przywiozę na Weekend z Rodzicami. Oddzwoń!".

Potem jedna od taty. „Matka chce wiedzieć, w której restauracji zarezerwować miejsce na Weekend z Rodzicami: włoskiej, francuskiej czy japońskiej. Powiedziałem, że będziesz wdzięczna za każdą. Nie wyobrażam sobie, żeby jedzenie w akademiku poprawiło się aż tak przez dwadzieścia pięć lat".

Wracamy do mamy: „Allyson, zepsuł ci się telefon? Proszę, powiedz, że tego też nie zgubiłaś. Czy mogłabyś, proszę, odmeldować się w bazie? Chcę zaplanować Weekend z Rodzicami. Pomyślałam, że mogłabym iść z tobą na zajęcia...".

„Cześć, Ally, tu babcia. Zarejestrowałam się na Facebooku. Nie bardzo się orientuję, jak to działa, więc dodaj mnie do swoich znajomych. Albo mogłabyś zadzwonić. Ale chcę funkcjonować tak jak wy, dzieciaki".

„Allyson, mówi tato. Zadzwoń do mamy. Próbujemy zdobyć rezerwację w Prezzo...".

„Allyson, jesteś chora? Bo nie potrafię znaleźć żadnego innego wyjaśnienia dla tej ciszy w eterze...".

Od tego momentu wiadomości brzmią coraz bardziej rozpaczliwie; mama zachowuje się, jakby od naszej ostatniej rozmowy telefonicznej minęły trzy miesiące, a nie trzy dni. W końcu kasuję ostatnią partię, nawet ich nie przesłuchując. Robię wyjątek tylko dla chaotycznego sprawozdania Melanie na temat uczelni, świetnych facetów z nowojorskiego City oraz wyższości tamtejszej pizzy.

Sprawdzam godzinę na aparacie. Szósta po południu. Jeśli zadzwonię do domu, może mamy nie będzie i nagram się na automatyczną sekretarkę. Nie bardzo wiem, co porabia teraz całymi dniami. Kiedy miałam siedem lat, zrezygnowała z pracy, chociaż ostatecznie nie wzięła wtedy urlopu macierzyńskiego. Zamierzała wrócić do zawodu, gdy pójdę na studia, ale na razie nic z tego nie wyszło.

Odbiera po drugim sygnale.

– Allyson, gdzie ty się podziewasz? – Jej głos jest natarczywy, lekko zniecierpliwiony.

– Uciekłam do sekty. – Następuje krótka pauza, jakby rzeczywiście rozważała taką możliwość. – Studiuję, mamo. Jestem zajęta. Próbuję się przystosować do nawału nowych obowiązków.

– Jeśli sądzisz, że teraz ci ciężko, pomyśl, co będzie na medycynie. Nie mówiąc o rezydenturze! Twojego ojca prawie nie widywałam.

– Więc nie powinnaś się dziwić.

Mama milknie. Drażliwość to u mnie coś nowego. Tato twierdzi, że od powrotu z Europy cierpię na spóźniony syndrom koszmarnej nastolatki. Nigdy wcześniej taka nie byłam, teraz jednak podobno mam humory, brzydką fryzurę i skłonność do nieodpowiedzialnych zachowań, czego dowodzi fakt, że zgubiłam nie tylko walizkę z całą zawartością, lecz także zegarek otrzymany na zakończenie szkoły. Chociaż wedle historyjki, jaką opowiedziałyśmy z Melanie, walizka z zegarkiem w środku zostały skradzione z pociągu, co teoretycznie powinno mnie oczyścić z winy, ale nie oczyszcza. Może dlatego, że nie jestem niewinna.

Mama zmienia temat.

– Dostałaś paczkę? Mnie możesz ignorować, ale babcia byłaby wdzięczna za kartkę.

Rozgrzebuję nogą zmięte, śmierdzące ubrania, szukając paczki z UPS. Z folii bąbelkowej wynurza się zabytkowy budzik z Betty Boop oraz pudełko czarno-białych ciasteczek ze Shriner'sa, piekarni w naszym miasteczku. Na żółtej karteczce przyklejonej do pudełka widnieje napis: „To od Babci".

– Pomyślałam, że budzik będzie idealny do twojej kolekcji.

– Mhm.

Patrzę na wciąż nierozpakowane pudła w mojej szafie, w których tkwią zegarki oraz wszystkie rzeczy z domu prócz najpotrzebniejszych.

– Zamówiłam ci też trochę nowych ubrań. Przysłać je czy po prostu zabrać ze sobą?

– Raczej zabierz.

– A skoro już mowa o Weekendzie z Rodzicami, dopinamy plany. Na kolację w sobotę wieczorem spróbujemy zdobyć rezerwację w Prezzo. W niedzielę brunch, później, przed odlotem do domu, ojciec ma imprezę dla absolwentów, więc pomyślałam, że zafunduję nam obu wizytę w spa. A, i w sobotę rano, przed lunchem, idę na kawę z matką Kali, Lynn. Mejlowałyśmy ze sobą.

– Po co wymieniałaś mejle z matką mojej koleżanki z pokoju?

– A czemu nie?

Głos mamy jest oschły, jakbym nie miała prawa o to pytać, a za to ona miała prawo wtrącać się w każdy najdrobniejszy aspekt mojego życia.

– Hm, mogłabyś nie dzwonić na komórkę Kali? To trochę nienormalne.

– To trochę nienormalne, że własna córka przez cały tydzień nie daje znaku życia.

– Przez trzy dni, mamo.

– Więc też liczyłaś. – Robi pauzę, dopisując punkt dla siebie. – Gdybyś pozwoliła sobie założyć telefon stacjonarny, nie byłoby problemów.

– Nikt już nie korzysta ze stacjonarnych. Wszyscy mają komórki. I własne numery. Proszę, nie dzwoń na jej numer.

– Więc odbieraj komórkę, Allyson.

– Dobrze. Po prostu zgubiłam ładowarkę – kłamię.

Pełne bólu westchnienie na drugim końcu linii uświadamia mi, że wybrałam niewłaściwe kłamstwo.

– Zdaje się, że powinniśmy przywiązywać ci twoje ruchomości sznurkiem do nogi – rzuca.

– Po prostu pożyczyłam ją koleżance z pokoju i wsadziła ją gdzieś ze swoimi rzeczami.

– Chodzi o Kali?

Ja i Kali nie pożyczyłyśmy sobie nawet kostki mydła.

– Właśnie.

– Nie mogę się doczekać, żeby poznać ją i jej rodziców. Wydają się uroczy. Zaprosili nas do La Jolli.

Omal nie pytam, czy poważnie ma ochotę się zaprzyjaźnić z ludźmi, którzy nazwali córkę na cześć stanu Kalifornia.

Mama ma świra na punkcie imion; nienawidzi zdrobnień. Kiedy byłam nastolatką, niczym jakaś faszystka zabraniała wszystkim wołać na mnie Ally albo Al. Babcia ją olała, ale pozostali, nawet nauczyciele w szkole, grzecznie się podporządkowali. Nigdy nie zrozumiałam czemu – skoro to dla niej taki problem – nie nadała mi po prostu imienia, którego nie da się skrócić, nawet jeśli Allyson było przekazywane w naszej rodzinie. Trzymam jednak język za zębami w sprawie Kali, bo jeśli się zacznę czepiać, nadszarpnę wizerunek Szczęśliwej Studentki. A moja matka – której rodziców nie było stać, by ją posłać na wymarzony kierunek, i która musiała pracować oraz uczyć się równocześnie, a potem utrzymywać tatę, gdy studiował medycynę – postanowiła nieugięcie, że mam nią być.

– Muszę lecieć – mówię. – Wychodzimy na wieczór z kumpelami z akademika.

– Och, wspaniale! Dokąd się wybieracie?

– Na imprezkę.

– Z alkoholem?

– Może do kina.

– Widziałam świetny film z Kate Winslet. Powinnaś go obejrzeć.

– Okej, tak zrobię.

– Zadzwoń do mnie jutro. I nie wyłączaj telefonu.

– Wykładowcy się wkurzają, kiedy komórki dzwonią podczas zajęć. – Drażliwość znowu daje o sobie znać.

– Jutro jest sobota. I znam twój rozkład, Allyson. Wszystkie lekcje masz rano.

J a s n e, że zna mój plan. Praktycznie sama go ułożyła. Wyłącznie poranne zajęcia – bo, oświadczyła, będą mniej oblegane, więc nauczyciele poświęcą mi więcej uwagi, no i reszta dnia zostanie mi na naukę. Albo, jak się okazało, na spanie.

Kiedy się rozłączamy, wpycham budzik do pudełka w szafie, a ciastka zanoszę do saloniku, gdzie moje współmieszkanki rozpijają sześciopaka. Wszystkie są wystrojone i gotowe do wyjścia.

Od pierwszego dnia studiów były niesamowicie przejęte. Prawdziwe Szczęśliwe Studentki. Jenn upiekła ekologiczne brownies, Kendra zrobiła wizytówkę na drzwi z naszymi imionami i hasłem „Bajeczna Czwórka" powyżej. Kali ze swojej strony sprezentowała nam zniżkowe kupony do solarium, by oddalić groźbę nieuniknionej depresji jesiennej.

Teraz, po miesiącu, we trzy stanowią już zgraną paczkę. A ja tylko psuję im zabawę. Chcę powiedzieć Kendrze, że nie mam nic przeciwko temu, by zdjęła tabliczkę albo zastąpiła ją inną, z napisem w rodzaju: „Bajeczna Trójka plus Allyson".

Powłócząc nogami, wchodzę do saloniku.

– Proszę. – Podaję ciasteczka Kali, chociaż wiem, że ogranicza węglowodany, i chociaż to moje ulubione. – Strasznie przepraszam za moją matkę.

Kendra i Jenn cmokają ze współczuciem, ale Kali mruży oczy.

– Nie chciałabym być w r e d n a ani nic, ale wystarczająco muszę się nagimnastykować, żeby trzymać na dystans s w o i c h starych, okeej?

– Cierpi na syndrom pustego gniazda. – Tato wciąż mi to powtarza. – Nie zrobi tego więcej – dodaję z przesadną pewnością siebie.

– Moja matka w dwa dni po moim wyjeździe przerobiła moją sypialnię na pokój do robótek – mówi Jenn. – Za tobą przynajmniej tęsknią.

– Mhm.

– Co to za ciastka? – pyta Kendra.

– Czarno-białe.

– Całkiem jak my – żartuje Kendra.

Jest czarna; nigdy nie pamiętam, czy nie należy przypadkiem mówić „Afroamerykanka", a ona używa obu określeń.

– Ciasteczkowa harmonia rasowa – odpowiadam.

Jenn i Kendra się śmieją.

– Powinnaś się wybrać z nami dzisiaj wieczorem – proponuje Jenn.

– Idziemy na imprezkę do Hendersona, a potem do tego baru przy Central, gdzie podobno mają bardzo liberalne zasady co do wpuszczania nieletnich – dodaje Kendra; zwija świeżo wyprostowane włosy w kok, potem zmienia zdanie i je rozpuszcza. – Masa atrakcyjnych okazów płci męskiej.

– Oraz żeńskiej, jeśli wolisz – uzupełnia Jenn.

– Nie wolę. To znaczy, ani jednych, ani drugich.

Kali uśmiecha się wrednie.

– Myślę, że wybrałaś niewłaściwy uniwersytet. Zdaje się, że w Bostonie mają szkołę klasztorną.

Coś w moim żołądku zwija się w kłębek.

– Nie przyjmują żydów.

– Odpuśćcie obie – wtrąca się Kendra, wieczna rozjemczyni. Zwraca się do mnie. – Czemu nie wyskoczysz na kilka godzin?

– Chemia. Fizyka.

W pokoju zapada cisza. Wszystkie wybrały jako przedmioty kierunkowe humanistykę albo biznes, więc powołanie się na Nauki Ścisłe zamyka im usta.

– Cóż, muszę wracać do siebie. Mam randkę z trzecią zasadą termodynamiki.

– Brzmi gorąco – zauważa Jenn.

Uśmiecham się, by pokazać, że załapałam dowcip, potem wlokę się do swojego pokoju i grzecznie sięgam po *Podstawy chemii*, lecz zanim Bajeczna Trójka znajdzie się za drzwiami, czuję, jakbym w oczach miała całe worki piasku. Zasypiam przygnieciona górą nieprzyswojonej wiedzy. Zaczyna się kolejny weekend w życiu Szczęśliwej Studentki.

Rozdział piętnasty

Październik

Uniwersytet

Odsuwam myśli o Weekendzie z Rodzicami najdłużej, jak się da, dopiero w czwartek przed ich przybyciem rozglądam się po swoim pokoju, patrząc nie jak ja – ściany, łóżko, biurko, toaletka – lecz jak zrobią to mama i tato. To nie jest pokój Szczęśliwej Studentki. Z każdej szuflady wysypują się brudne rzeczy, wszędzie poniewierają się papiery. Moja matka nie znosi bałaganu. Opuszczam zajęcia i poświęcam cały dzień na sprzątanie. Zwlekam brudne ciuchy na dół do pralni i siedzę, patrząc, jak się obracają i wirują. Wycieram kurze. Chowam do szafy bieżące materiały do nauki – arkusze ćwiczeń z chińskiego piętrzące się niczym nieprzeczytane gazety, formularze egzaminacyjne z chemii i fizyki z zakreślonymi czerwono złowróżbnie niskimi wynikami; raporty laboratoryjne z uwagami w stylu: „Musisz być dokładniejsza!", „Sprawdź swoje obliczenia!" oraz przerażającym: „Zgłoś się do mnie". Na ich miejsce rozkładam atrapy: stosy notatek i wykresów z początku semestru, zanim stało się oczywiste, że sobie nie radzę. Rozpakowuję narzutę, którą kupiliśmy latem w Bed, Bath & Beyond, i nakrywam nią zwyczajną kołdrę, pod którą sypiam. Wyciągam z pudełek trochę zdjęć i rozstawiam w pokoju. Wpadam nawet do księgarni uniwersyteckiej, kupuję jeden z tych durnych bannerów z nazwą szkoły i przyczepiam nad łóżkiem. *Voilà*. Duch Szkoły.

Z jakiegoś powodu jednak zapominam o budzikach. I to mnie zdradza.

Mama wchodzi do pokoju, gdy już się nagruchała nad naszym zapuszczonym salonikiem i nazachwycała należącymi do Kali fotkami Bustera, patrzy na moje względnie puste ściany i aż się zachłystuje ze zdumienia. Z wyrazu przerażenia na jej twarzy można by sądzić, że je udekorowałam zdjęciami z miejsc zbrodni.

– Gdzie twoja kolekcja?

Wskazuję pudła w szafie, nierozpakowane.

– Czemu je tam trzymasz?

– Za bardzo hałasują – kłamię szybko. – Nie chcę, żeby przeszkadzały Kali.

Mniejsza o to, że Kali o siódmej rano odpala radio na cały regulator.

– Możesz je wyjąć, ale nie nakręcać – proponuje matka. – Te budziki to ty.

Serio? Nie pamiętam, kiedy zaczęłam je zbierać. Mama lubiła w weekendy chodzić na pchli targ i nagle pewnego dnia się okazało, że jestem kolekcjonerką. Przez chwilę naprawdę się w to wkręciłam, ale nie przypominam sobie, żeby był taki moment, kiedy zobaczyłam stary budzik i pomyślałam: „Chcę je zbierać".

– Twoja połowa pokoju wydaje się okropnie naga w porównaniu z częścią Kali – mówi mama.

– Powinnaś zobaczyć mój – rzuca tato, roztaczając mgiełkę nostalgii. – Mój współspacz zakleił okna folią aluminiową. Wyglądało jak na statku kosmicznym. Nazwał to „futurystycznym akademikiem".

– Mnie chodziło o „minimalistyczny akademik".

– Ma pewien więzienny czar – przytakuje tato.

– Wygląda jak wersja „przed" i „po" z jakiegoś programu wnętrzarskiego. – Mama wskazuje połowę pokoju należącą do Kali, gdzie każdy cal wolnej ściany pokrywają plakaty, reprodukcje dzieł sztuki albo zdjęcia. – Ty to wersja „przed" – dodaje.

Jakby jeszcze do mnie nie dotarło.

Maszerujemy na jedne ze specjalnych zajęć, jakieś koszmarne nudziarstwo o postępie w wyposażeniu technicznym sal wykładowych. Mama ni mniej, ni więcej, tylko robi notatki. Tato zwraca uwagę na każdy drobiazg, który pamięta, i każdą nowinkę. Tak samo się zachowywał, kiedy zwiedzaliśmy uniwersytet w zeszłym roku; oboje z mamą byli strasznie podnieceni perspektywą, że będę się tu uczyć. Rodzącą się tradycją. Z jakiegoś powodu w tamtym czasie mnie też to kręciło.

Po warsztatach tato spotyka się z innymi rodzicami, którzy tu studiowali, a mama idzie na kawę z Lynn, matką Kali. Wygląda na to, że przypadły sobie do gustu. Albo Kali nie wspominała w domu, co ze mnie za niedojda, albo – jeśli to zrobiła – jej matka ma na tyle przyzwoitości, żeby nie puścić pary z gęby.

Przed lunchem z rektorem wszystkie cztery członkinie Bajecznej Czwórki wraz z bliskimi spotykają się ponownie w saloniku, po czym rodzice przedstawiają się sobie, krytykują ciasnotę naszych pokojów, podziwiają urządzenie naszego maciupeńkiego saloniku i strzelają fotki transparentu: „Bajeczna Czwórka wita Bajeczną Ósemkę" namalowanego przez dziewczyny. Potem wychodzimy razem na dziedziniec i robimy rundę po kampusie okrężną trasą, żeby pokazać starsze, bardziej okazałe budynki z cegły porośniętej czerwieniejącym bluszczem. Prezentujemy się razem sympatycznie we flanelowych spódnicach, wysokich czarnych kozaczkach, kaszmirowych swetrach i żakietach ze strzyżonej wełny, brodząc wśród jesiennych liści. Naprawdę wyglądamy jak Szczęśliwe Studentki z katalogu.

Lunch jest wyszukany i nudny; gumowaty kurczak i gumowate przemówienia w wielkiej, zimnej i pełnej ech sali. Ledwie minęło południe, a już wizja Bajecznej Czwórki zaczyna się powoli rozsypywać. Rodzice Kendry, Jenn i Kali bardzo dyskretnie się odłączają. Jestem pewna, że rozmawiają o feriach bożonarodzeniowych i na Święto Dziękczynienia, o przerwie wiosennej, zrzutkowych imprezach i podobnych rzeczach. Mama patrzy na nich znacząco, ale nic nie mówi.

Wraca z tatą do hotelu, by się przebrać przed kolacją. Mówi, że to bardzo elegancka restauracja, i radzi mi włożyć czarno-czerwoną kimonową sukienkę. Oraz umyć włosy, bo wyglądają na przetłuszczone.

Kiedy zjawiają się po mnie, dochodzi do niezręcznej sytuacji: wpadają na resztę Bajecznej Czwórki i ich Bajecznych Rodziców, wybierających się razem na wielką, grupową kolację do jakiejś słynnej restauracji z owocami morza w centrum Bostonu. Następuje chwilowy impas, gdy stają twarzą w twarz. Moje współlokatorki czerwienią się, wykazując wielkie zainteresowanie szarą wykładziną. W końcu wkracza ojciec Jenn i poniewczasie zaprasza nas także.

– Z pewnością uda się wcisnąć jeszcze trzy osoby.

– Och, to nie będzie konieczne – odpowiada mama swoim najwynioślejszym tonem. – Mamy rezerwację w Prezzo w Back Bay.

– Rany! Jak wam się udało? – pyta Lynn. – My też próbowaliśmy, ale dostaliśmy miejsce dopiero na przyszły miesiąc.

Zdaniem mamy Prezzo to najmodniejsza restauracja w mieście.

Uśmiecha się tajemniczo. Nie zamierza tego zdradzić, chociaż tato przyznał mi się, że jeden z jego kumpli od golfa ma znajomego w zarządzie któregoś bostońskiego szpitala i pociągnął za kilka sznurków, by nas wkręcić. Mama czuła się strasznie dumna, ale teraz widzę, że jej tryumf został zmącony.

– Smacznej polewki rybnej – rzuca.

Tylko ja i tato zauważamy, jak protekcjonalnie to powiedziała.

Atmosfera podczas kolacji jest ciężka. Widzę, że nawet siedząc w szykownej restauracji z najlepszym bostońskim towarzystwem mama, a w związku z tym i tato czują, iż zostali odrzuceni. Niesłusznie. To o mnie tu chodzi.

Pytają o zajęcia, więc grzecznie opowiadam o chemii, fizyce, biologii i chińskim, zupełnym przypadkiem zapominając wspomnieć, jak trudno mi na nich nie zasnąć, nieważne, jak wcześnie się położę, ani jak nędznie sobie radzę z przedmiotami, w których celowałam w szkole średniej. Mówienie – lub może niemówienie – o tym tak mnie męczy, że mam ochotę ułożyć się do drzemki na sałatce za trzynaście dolców.

Do dania głównego mama zamawia kieliszek chardonnay, tato – shiraz. Staram się nie widzieć, jak tańczący blask świec rozświetla wino. Nawet to boli. Spuszczam wzrok na swój talerz. Ravioli pachną kusząco, ale nie mam ochoty ich zjeść.

– Bierze cię jakaś choroba? – pyta mama.

Przez najkrótszy ułamek sekundy zastanawiam się, co by się stało, gdybym powiedziała prawdę. Że studia zupełnie nie są takie, jak sobie wyobrażałam. Że wcale nie jestem dziewczyną z katalogu. Że nie jestem Szczęśliwą Studentką. Nie wiem, kim jestem. Albo może wiem, tylko po prostu nie chcę już dłużej być tym kimś.

Ale nie ma takiej opcji. Mama poczułaby się jedynie zraniona, rozczarowana, jakby mój brak szczęścia stanowił osobistą obrazę jej kompetencji rodzicielskich. A potem zaczęłaby mnie wpędzać w poczucie winy, tłumacząc, jak mi się udało. Mogę studiować! Ona nigdy tego nie zaznała. Co było jednym z powodów, dla których przez całą moją szkołę średnią niczym generał planujący kampanię knuła, jakie zajęcia dodatkowe powinnam wybrać, załatwiała korepetytorów z przedmiotów, z których byłam słabsza, i zapisywała mnie na kursy przygotowawcze do egzaminu na studia.

– Po prostu czuję się zmęczona – mówię.

To przynajmniej nie jest kłamstwem.

– Pewnie zbyt długo przesiadujesz w bibliotece – wtrąca się tato. – Masz wystarczająco dużo światła dziennego? Jego brak potrafi poważnie zaburzyć rytm dobowy.

Kręcę głową. To też prawda.

– Biegasz? Są tu bardzo fajne trasy. I niedaleko płynie rzeka.

Przypominam sobie naszą ostatnią wspólną przebieżkę parę dni przed wylotem do Europy.

– Pobiegamy jutro rano, przed brunchem. Spalimy kolację. Przewietrzymy ci płucka.

Na samą myśl o tym ogarnia mnie wyczerpanie, ale to nie tyle zaproszenie, ile dyspozycja, więc plan powstaje, zanim zdążyłam się zgodzić.

* * *

Następnego dnia rano reszta dziewczyn siedzi w saloniku, pijąc kawę i wesoło rozprawiając o kolacji, obejmującej jakiś incydent z udziałem czarującego kelnera oraz młotka do homarów – zmitologizowaną już w opowieść pod tytułem *Młotek i ciacho*. Wytrzeszczają oczy na widok mnie w spodniach od dresu i w polarowej bluzie, rozglądającej się za adidasami. Akademik ma wypasioną salę gimnastyczną, od której Kendra i Kali są uzależnione i dokąd wloką za sobą Jenn, lecz moja stopa jeszcze w niej nie postała.

Spodziewałam się tylko taty, ale mama zjawia się także, tryskająca energią w czarnych wełnianych spodniach i kaszmirowej narzutce.

– Sądziłam, że spotykamy się na brunchu – mówię.

– Och, chciałam jedynie spędzić trochę czasu w twoim akademiku. Dzięki temu po powrocie będzie mi łatwiej wyobrazić sobie, co robisz. – I zwraca się do Kali: – Jeśli nie masz nic przeciwko temu.

Jej głos brzmi tak uprzejmie, że dziewczyna nigdy by się w nim nie domyśliła złośliwej nutki.

– Myślę, że to s ł o d k i e – odpowiada Kali.

– Gotowa, Allyson? – pyta tato.

– Prawie. Nie mogę znaleźć butów do biegania.

Mama patrzy znacząco; najwyraźniej nadal wszystko gubię.

– Gdzie je ostatni raz widziałaś? – docieka tato. – Wyobraź sobie. W ten sposób zawsze można znaleźć zgubioną rzecz.

Typowa dla niego rada, ale zwykle działa. Rzeczywiście, w wyobraźni widzę je wciąż zapakowane w walizce pod łóżkiem i faktycznie je tam znajduję.

Schodzimy na dół; tato rozciąga się parę razy bez entuzjazmu.

– Zobaczmy, czy jeszcze pamiętam, jak to się robi – żartuje.

Nie jest zapalonym biegaczem, ale pacjentom zaleca ćwiczenia, dlatego stara się zastosować do własnych rad.

Wyruszamy ścieżką w stronę rzeki. Jest prawdziwie jesienny dzień, pogodny i rześki, z mroźną zimową nutą w powietrzu. Nie lubię biegać, przynajmniej z początku, ale po jakichś dziesięciu minutach coś zwykle zaskakuje, odpływam myślami i zapominam o tym, co robię. Dzisiaj jednak za każdym razem, kiedy się zamyślam, mój umysł automatycznie wraca do tamtego biegu, najlepszego biegu mojego życia – biegu o m o j e ż y c i e. A wtedy nogi zmieniają mi się w nasiąkłe wodą kłody, a piękne barwy jesieni blakną i szarzeją.

Po mniej więcej mili muszę się zatrzymać. Kłamię, że złapał mnie skurcz. Chcę wracać, ale tato ma ochotę dotrzeć do centrum miasteczka i sprawdzić, co się zmieniło. Robimy przystanek na cappucino w kafejce; tato wypytuje mnie o zajęcia i zaczyna z nostalgią wspominać dni spędzone nad chemią organiczną. Potem opowiada, że ostatnio był strasznie zajęty i że mama przechodzi naprawdę trudny okres, więc powinnam ją traktować wyrozumiale.

– Nie miała wrócić do pracy? – pytam.

Patrzy na zegarek.

– Musimy się zbierać – stwierdza.

Odstawia mnie pod akademik, żebym się przebrała do brunchu. Wchodzę do pokoju i od razu wiem, że coś jest nie w porządku. Słyszę tykanie. A potem rozglądam się dokoła i na chwilę ogarnia mnie dezorientacja, bo pokój nie przypomina już akademika, tylko moją sypialnię. Mama wygrzebała z szafy wszystkie plakaty i rozwiesiła je dokładnie tak samo jak w domu. Rozstawiła też zdjęcia, tak aby stanowiły lustrzane odbicie mojego dawnego pokoju. Pościeliła łóżko i ułożyła na nim górę poduszek — chociaż oświadczyłam wyraźnie, że nie chcę ich tu przywozić, bo ich nienawidzę. Na łóżku leżą ubrania, które składa w schludne stosiki i układa na półkach w szafie, tak samo jak wtedy, gdy chodziłam do czwartej klasy.

A na parapetach i szafkach stoją wszystkie moje budziki. Nakręcone i tykające.

Mama podnosi wzrok. Odcina właśnie metki od spodni, których nawet nie przymierzyłam.

– Wydawałaś się wczoraj wieczorem taka przybita. Pomyślałam, że może podniesie cię na duchu, jeśli będzie tu wyglądało bardziej jak w domu. Teraz jest o tyle weselej – oświadcza.

Zaczynam zapewniać, że wcale nie... tylko nie jestem pewna co wcale nie.

– I rozmawiałam z Kali; uważa tykanie za kojące. Jak biały szum z generatora.

Dla mnie wcale nie brzmi kojąco. Brzmi jak setka bomb zegarowych, które zaraz mają wybuchnąć.

Rozdział szesnasty

Listopad

Nowy Jork

Gdy ostatnio widziałam Melanie, miała w blond włosach spłowiałe różowe pasemko, superskąpy uniform z Topshopu i sandały na zawrotnie wysokich platformach, kupione na posezonowej wyprzedaży w Macy's. Z trudem ją więc poznaję, kiedy rzuca się na mnie na zatłoczonym rogu ulicy w nowojorskiej chińskiej dzielnicy, gdy tylko wydostaję się z autobusu. Po pasemku nie zostało śladu; ufarbowała się na ciemny brąz z czerwonawym odcieniem. Ma krótką, surową grzywkę do pół czoła, a resztę włosów upiętą w kok za pomocą lakierowanych pałeczek do ryżu. Nosi jakąś dziwaczną, hipsterską sukienkę w kwiaty, zniszczone kowbojki oraz babcine okulary kotki. Wargi pomalowała na krwistą czerwień. Wygląda rewelacyjnie, nawet jeśli w niczym nie przypomina mojej Melanie.

A przynajmniej wciąż pachnie jak ona, gdy mnie obejmuje: odżywką do włosów i zasypką dla niemowląt.

– Boże, aleś ty schudła – oświadcza. – Na pierwszym roku powinno się przytyć, a nie schudnąć siedem kilo.

– Próbowałaś stołówkowego jedzenia?

– Pewnie. Niech żyją bary lodowe i oferta „jesz, ile chcesz". Już choćby ze względu na nie warto studiować!

Odsuwam się. Przyglądam jej się znowu. Wszystko jest nowe. Włączając okulary.

– Zepsuł ci się wzrok?

– To tylko dla ozdoby. Zobacz, nie mają szkieł. – Na dowód dźga się palcem w oko. – Element stylizacji na punkrockową bibliotekarkę. Chłopaki z kapeli szaleją na jej punkcie!

Zdejmuje okulary i rozpuszcza włosy ze śmiechem.

– I już nie blond?

– Chcę być traktowana poważnie. – Nakłada z powrotem okulary i chwyta rączkę mojej walizki. – A jak ci się podoba prawie Boston?

Kiedy wybierałam uniwersytet, Melanie nabijała się z tego, że jest położony pięć mil od Bostonu, tak jak miasteczko, gdzie dorastałyśmy, leży dwadzieścia mil od Filadelfii. Powiedziała, że się czaję przed miejskim życiem. Sama zanurkowała w nie głową naprzód: jej szkoła znajduje się w centrum Manhattanu.

– Prawie niezły – odpowiadam. – A Nowy Jork?

– Lepiej niż niezły! Tyle możliwości! Na przykład dzisiaj mamy do wyboru: imprezkę w akademiku, wieczorek w przyzwoitym klubie z programem dla dorosłych na Lafayette, a jak nie chcesz, to kumpel znajomego zaprosił nas na przyjęcie w lofcie na Greenpoincie, gdzie będzie grać odjazdowa kapela. Albo możemy iść na Times Square po wejściówki i wybrać się na jakieś przedstawienie na Broadwayu.

– Wszystko jedno. Chciałam tylko zobaczyć się z tobą.

Mówiąc to, czuję leciutkie ukłucie. Oficjalnie to prawda, że przyjechałam się z nią spotkać, ale nie cała. I tak za kilka dni zobaczyłybyśmy się w domu w Święto Dziękczynienia, kiedy jednak rodzice rezerwowali mi bilet, oznajmili, że będę musiała jechać pociągiem, bo loty w świąteczny weekend są zbyt zawodne i drogie.

Na myśl o sześciogodzinnej jeździe pociągiem dosłownie zrobiło mi się niedobrze. Sześć godzin odsuwania od siebie wspomnień. Potem Melanie wspomniała, że jej rodzice przyjadą na zakupy we wtorek przed Świętem Dziękczynienia i w drodze powrotnej zabiorą ją samochodem, więc wpadłam na genialny pomysł, że złapię tani autobus z chińskiej dzielnicy do Nowego Jorku i pojadę do domu razem z nią. Do Bostonu wrócę też autobusem.

– Ojojoj, ja też się cieszę, że cię widzę. Czy kiedyś rozstałyśmy się na tak długo?

Kręcę głową. Nie, odkąd się poznałyśmy.

– Okej, w takim razie imprezka w akademiku, przedstawienie na Broadwayu, klub czy naprawdę wymiatająca kapela na Brooklynie?

Tak naprawdę najbardziej bym chciała posiedzieć w jej pokoju, oglądać filmy i spędzać czas jak dawniej, podejrzewam jednak, że jeśli to zaproponuję, Melanie oskarży mnie o alergię na przygody. Impreza na Brooklynie brzmi najmniej atrakcyjnie, więc pewnie na nią właśnie Melanie ma ochotę i pewnie to powinnam wybrać. Zatem tak robię.

Czuję, jakbym trafiła właściwą odpowiedź w teście – widzę to po tym, jak rozświetlają się jej oczy.

– Idealnie! Parę osób z mojego roku też będzie. Najpierw coś zjemy, potem wskoczymy do mnie zostawić twoje graty i się przygotować, a później wyjdziemy razem. Może być?

– Wspaniale!

– Już jesteśmy w Chinatown, a tu niedaleko znajduje się moja ulubiona wietnamska knajpka.

Gdy meandrujemy krętymi, zatłoczonymi uliczkami pełnymi czerwonych latarń, papierowych parasolek i fałszywych pagód, staram się trzymać wzrok utkwiony w chodnik. Wszędzie wiszą szyldy. W sposób nieunikniony na którymś będzie widniał symbol podwójnego szczęścia. Paryż znajduje się o ponad trzy tysiące mil stąd, ale wspomnienia... Kiedy jedno wyskakuje nagle, udaje mi się je odsunąć, wtedy jednak pojawia się następne. Nigdy nie wiem, kiedy któreś się na mnie rzuci. Tkwią zakopane wszędzie wokół niczym miny przeciwpiechotne.

Wchodzimy do maleńkiej restauracji ze świetlówkami oraz laminowanymi stolikami i zajmujemy stolik w kącie. Melanie zamawia dla nas sajgonki, jakieś danie z kurczaka i herbatę, a potem zdejmuje i chowa okulary do etui (by ochronić wyimaginowane szkła?). Nalewa nam obu po czarce herbaty i spogląda na mnie.

– I jak, czujesz się lepiej?

To nie tyle pytanie, ile rozkaz. Widziała mnie, kiedy byłam na samym dnie. Gdy po powrocie z Paryża kompletnie się rozsypałam, pozwoliła mi przepłakać całą noc, przeklinając Willema za to, że okazał się właśnie takim podłym sukinsynem, jak podejrzewała od samego początku. W trakcie lotu powrotnego do domu piorunowała wzrokiem każdego, kto spojrzał na mnie dziwnie, kiedy ryczałam przez bitą ośmiogodzinną podróż. Gdy gdzieś nad Grenlandią zaczęłam hiperwentylować na myśl, czy przypadkiem nie popełniłam kosmicznego błędu, czy coś się nie stało, coś nie stanęło Willemowi na przeszkodzie, uniemożliwiając powrót – przywróciła mnie do pionu.

– Jasne. Rzeczywiście. Coś mu stanęło. Dzięki tobie! A potem dał w długą, aż się kurzyło.

– Ale co jeśli... – zaczęłam.

– Allyson, przestań. W ciągu jednego dnia widziałaś na własne oczy, jak pozwolił się rozebrać jednej pannie, wziął sekretny liścik od innej, a Bóg wie, co się wydarzyło w pociągu z tamtą gromadką. Jak sądzisz, skąd tak naprawdę wzięła się plama na jego dżinsach?

Nawet nie przeszło mi to przez myśl.

Melanie zabrała mnie do maciupeńkiej pokładowej łazienki i wepchnęła T-shirt Sous ou Sur do kubła. Potem spuściłyśmy monetę w sedesie; wyobrażałam sobie, jak spada tysiące stóp i tonie w oceanie pod nami.

– Gotowe, zniszczyłyśmy wszelkie dowody jego istnienia – oświadczyła Melanie.

No, prawie. Nie wspomniałam jej o zdjęciu w mojej komórce, tym, które zrobiła Agnethe. Ciągle go nie wykasowałam, chociaż go nie oglądałam, ani razu.

Po powrocie do domu Melanie była zdecydowana zamknąć wycieczkę w przeszłości i skupić całą uwagę na nowym rozdziale życia: studiach. Rozumiałam ją. Też powinnam się czuć podekscytowana. Ale się nie czułam. Dzień w dzień z naszymi mamami przemierzałyśmy Ikeę, Bed, Bath & Beyond, American Apparel i J. Crew. Miałam jednak wrażenie, jakbym cierpiała na chroniczny jet lag: jedyne, o czym marzyłam, to by się zdrzemnąć na wystawionych łóżkach. Kiedy Melanie wyjeżdżała na uniwersytet dwa dni przede mną, wybuchnęłam płaczem. Wszyscy dokoła myśleli, że smuci mnie rozstanie z najlepszą przyjaciółką, ale ona wiedziała lepiej i może dlatego w jej głosie brzmiała lekka irytacja, kiedy przytulając mnie, szepnęła mi do ucha: „To był tylko jeden dzień, Allyson. Pozbierasz się".

Kiedy więc teraz pyta, czy się czuję lepiej, nie mogę jej zawieść.

– Tak – odpowiadam. – Miewam się świetnie.

– To dobrze. – Z klaśnięciem składa dłonie i wyjmuje komórkę. Wysyła esemesa. – Dzisiaj wieczorem będzie jeden chłopak, kumpel mojego kumpla Trevora. Myślę, że ci się spodoba.

– Och, nie. Raczej nie.

– Dopiero co powiedziałaś, że przebolałaś tego holenderskiego dupka.

– Przebolałam.

Patrzy na mnie surowo.

– Pierwsze trzy miesiące studiów są najbogatsze w wydarzenia w całym naszym życiu. Zawiesiłaś chociaż oko na jakimś facecie?

– Staram się nie otwierać oczu podczas tych wszystkich dzikich orgii.

– Ha! Niezły dowcip. Zapominasz, że znam cię jak nikt. Założę się, że nawet się z nikim nie całowałaś.

Wyciągam z sajgonki podejrzanie wyglądające wnętrzności i osuszam nadmiar tłuszczu papierową serwetką.

– Więc?

– Więc chcę, żebyś poznała dzisiaj wieczorem tego gościa. Jest znacznie bardziej w twoim typie.

– Co to niby ma znaczyć?

Chociaż wiem, co to znaczy. Było absurdem sądzić, że on jest w moim typie. Albo ja w jego.

– Miły. Normalny. Pokazałam mu twoje zdjęcie i powiedział, że wyglądasz mrocznie i tajemniczo. – Melanie sięga i dotyka moich włosów. – Chociaż powinnaś ściąć się znowu na pazia. W tej chwili przypominasz raczej mopa.

Nie ścinałam włosów od Londynu, zwisają mi na kark nieporządną zasłoną.

– Właśnie o taki *look* mi chodziło.

– Cóż, udało ci się. W każdym razie on jest naprawdę miły. Mason…

– Mason? Co to za imię?

– Lecisz na imiona? Zupełnie jak twoja matka.

Zwalczam pokusę, żeby dźgnąć ją w oko pałeczką do ryżu.

– Zresztą kogo to obchodzi? Może tak naprawdę ma na imię Jason, tylko je sobie zmienił na Masona – ciągnie Melanie. –

A skoro o tym mowa, nikt tutaj nie nazywa mnie Melanie. Wołają na mnie Mel albo Lainie.

– Dwa imiona w cenie jednego.

– To uniwersytet, Allyson. Nikt nie wie, kim byłaś. Najlepszy moment, żeby wymyślić siebie na nowo. Powinnaś też spróbować. – Patrzy na mnie znacząco.

Chcę jej powiedzieć, że spróbowałam. Tylko po prostu nie wyszło.

* * *

Mason rzeczywiście okazuje się nie taki okropny. Jest inteligentny i trochę kujonowaty, pochodzi z Południa, co jak sądzę, tłumaczy jego imię, i mówi z sepleniącym akcentem, z czego sam się nabija. Kiedy docieramy na imprezę na opuszczonym odcinku smaganej wiatrem ulicy, całe mile od stacji metra, żartuje, że jest z hipsterskiej policji i że mam za mało tatuaży, by przebywać w tej części miasta. W tym momencie Trevor pokazuje bransoletkę w stylu tribal, a Melanie zaczyna mówić o „dziarze", którą chce sobie zafundować na kostce albo pośladku, albo w innym miejscu, gdzie je sobie robią dziewczyny; Mason patrzy na mnie i lekko przewraca oczami.

Winda otwiera się bezpośrednio na loft, równocześnie olbrzymi i zapuszczony, z wielkimi płótnami wszędzie na ścianach oraz zapachem farby olejnej i terpentyny. Tak samo pachniało w squacie. Kolejna ukryta mina. Usuwam ją kopniakiem z drogi, zanim wybuchnie.

Melanie i Trevor nadają w kółko o wymiatającej kapeli, której ziarnisty filmik pokazują mi na komórce. Gratulują sobie, że ją obejrzą w takim miejscu, zanim zostanie odkryta przez resztę świata. Kiedy zespół zaczyna grać, Melanie – Mel, Lainie, wszystko jedno – i Trevor wyskakują przed szereg i tańczą jak opętani. Mason trzyma się ze mną z tyłu. Jest za głośno, żeby rozmawiać, co mi pasuje, ale odpowiada mi też, że ktoś ze mną został. Czuję, jakby mój neon z napiscm „turystka" wciąż błyskał, a przecież jestem na rodzimej ziemi.

Po czasie, który wydaje się wiecznością, kapela wreszcie robi sobie przerwę. W uszach dzwoni mi tak głośno, że mam wrażenie, jakby wciąż grali.

– Co powiesz na jednego? – pyta Mason.

– Co? – Ciągle jestem na pół głucha.

Robi gest, jakby coś pił.

– Och, nie, dzięki.

– Za-raz. Wra-cam – oświadcza, przesadnie wymawiając słowa, jakbyśmy czytali sobie z ust.

Melanie i Trevor ze swojej strony też właściwie czytają sobie z ust. Siedzą w kącie na sofie i obcałowują się z zapałem. Jakby nie byli świadomi obecności nikogo innego w pomieszczeniu. Nie chcę się na nich gapić, ale jakoś nie potrafię się powstrzymać. Patrząc na nich, czuję się fizycznie chora. Trudno stłumić tamto wspomnienie. Najtrudniej. Dlatego ukryłam je najgłębiej.

Mason wraca z piwem dla siebie i wodą dla mnie. Zauważa Melanie i Trevora.

– To się musiało stać – mówi. – Tych dwoje krążyło wokół siebie od tygodni jak para psów w rui. Ciekawiło mnie, co podziała jako wyzwalacz.

– Alkohol i wymiatająca muza – odpowiadam, rysując cudzysłów w powietrzu.

– Ferie. Łatwiej zacząć, kiedy wiesz, że przez jakiś czas nie będziecie musieli się widywać. To zmniejsza stres. – Zerka na nich. – Daję im góra dwa tygodnie.

– Dwa tygodnie? Hojny jesteś. Niektórzy ludzie nie daliby więcej niż jedną noc.

Nawet przez hałas słyszę gorycz we własnym głosie. Czuję jej smak w ustach.

– Ja tobie dałbym więcej niż jedną noc – rzuca Mason.

Ojojoj, absolutnie idealna odpowiedź. Kto wie? Może nawet jest szczery, chociaż wiem już, że nie powinnam sobie ufać, jeśli chodzi o odróżnianie szczerości od fałszu.

Tak czy inaczej, chcę się otrząsnąć po tamtym. Chcę, by tamte wspomnienia się rozwiały albo zostały wyparte przez coś innego, przestały mnie prześladować. Więc kiedy Mason nachyla się, by mnie pocałować, zamykam oczy i pozwalam. Próbuję się w tym zatracić, staram się nie martwić, czy gorycz nie zostawiła posmaku na moich wargach. Staram się być całowaną przez kogoś innego; próbuję s t a ć s i ę kimś innym.

Wtedy jednak Mason dotyka mojej szyi, miejsca, gdzie nie ma już śladu po zagojonym rozcięciu z tamtego wieczoru – a ja się odsuwam.

Koniec końców Willem miał rację: nie została blizna, chociaż w głębi ducha tego żałuję. Przynajmniej miałabym dowód, usprawiedliwienie dla tej uporczywości. Piętna są najgorsze, kiedy tylko my je umiemy zobaczyć.

Rozdział siedemnasty

Grudzień

Cancún, Meksyk

Stało się tradycją, że po przyjeździe do Cancún zaraz po dotarciu do naszych domków obie z Melanie przebieramy się w stroje kąpielowe i pędzimy na plażę na inauguracyjną kąpiel w morzu. To jak wakacyjny chrzest. Powtarzamy to regularnie od dziewięciu lat, odkąd tu bywamy.

Tego roku jednak, kiedy Melanie przekopuje swoją walizkę w poszukiwaniu bikini, ja ruszam do małego biurka przy kuchni, gdzie zazwyczaj leżą tylko książki z przepisami, i rozkładam podręczniki. Codziennie od czwartej do szóstej po południu mam czas na samodzielną naukę. Na Nowy Rok dostałam wolne, ale to wszystko. To warunki mojego zwolnienia warunkowego.

Przez cały semestr utrzymywałam stopnie w tajemnicy, więc kiedy pod koniec półrocza przyszły listy ocen, rodzice przeżyli niezły szok. Starałam się. Naprawdę. Gdy średnia na połowę semestru okazała się fatalna, jeszcze zdwoiłam wysiłki, tylko że złe stopnie wcale nie były skutkiem obijania się. Ani opuszczania zajęć. Ani imprezowania.

Co prawda równie dobrze mogłam imprezować, taka się czułam ciągle zmęczona. Nie miało znaczenia, że poprzedniej nocy przespałam bite dziesięć godzin – gdy tylko wchodziłam do sali wykładowej i profesor zaczynał przynudzać o ruchu falowym i wypisywać równania na ekranie, cyfry zaczynały mi pływać przed oczami, potem czułam, jak moje powieki stają się ciężkie, i budziłam się, kiedy pozostali studenci, potykając się o moje nogi, wędrowali na kolejne zajęcia.

W czasie tygodniowej przerwy na naukę w czytelni doiłam tyle espresso, że w ogóle przestałam sypiać, jakbym wykorzystywała punkty uzyskane za drzemki podczas zajęć. Wkuwałam jak szalona, ale na tym etapie miałam już tak wielkie zaległości, że nic to nie dało.

Biorąc to wszystko pod uwagę, uważam za cud, że skończyłam semestr ze średnią 2,7.

Rzecz jasna rodzice mieli odmienne zdanie.

W zeszłym tygodniu, kiedy zobaczyli moje oceny, wpadli w szał. A kiedy wpadają w szał, nie wrzeszczą – przestają się odzywać. Ale ich rozczarowanie i gniew ogłuszają.

– Jak sądzisz, co powinniśmy z tym zrobić, Allyson? – zapytali, kiedy siedzieliśmy wszyscy przy stole jadalnym, jakby rzeczywiście chcieli poznać moją opinię.

Po czym przedstawili dwie opcje. Mogliśmy odwołać wyjazd, co byłoby okropnie niesprawiedliwe wobec pozostałych, albo mogłam pojechać pod pewnymi warunkami.

Melanie zerka na mnie ze współczuciem i znika, by się przebrać. Poczułabym się lepiej, gdyby solidarnie zbojkotowała wypad na plażę – wiem, że to samolubne, ale wydaje mi się, że dawna Melanie tak właśnie by postąpiła.

To jednak jest nowa Melanie. Czy raczej nowa nowa Melanie. Przez ten miesiąc od Święta Dziękczynienia kompletnie się zmieniła. Znowu. Włosy ma ścięte asymetrycznie i postrzępione, sprawiła sobie kolczyk w nosie, o co rodzice suszyli jej głowę, póki nie oświadczyła, że wahała się między kolczykiem a tatuażem. Teraz, kiedy włożyła bikini, widzę, że przestała golić pachy, chociaż włoski ma bardzo delikatne i jasne, więc prawie tego nie widać.

– Pa – rzuca bezgłośnie, wymykając się przez frontowe drzwi; jej mama, Susan, wciska jej do rąk tubkę kremu z filtrem 40.

Moja mama przetrząsa walizkę, szukając specjalnej lupy do sprawdzania, czy w materacach nie ma pluskiew. W końcu znajduje i przechodząc obok, udaje, że patrzy przez nią na mój podręcznik do chemii. Zatrzaskuję książkę. Mama rzuca mi złośliwe spojrzenie.

– Myślisz, że chcę być twoim dozorcą? Sądziłam, że skoro jesteś na studiach, zyskam mnóstwo wolnego czasu, a zanosi się na to, że pilnowanie, byś się nie wykoleiła, to robota na cały etat.

„Kto cię prosił, żebyś mnie pilnowała?" — dąsam się. W myślach. Ale zaciskam zęby, otwieram podręcznik i posłusznie czytam początkowe rozdziały, jak kazała mi zrobić, w ramach powtórki. Nie wydają się ani trochę sensowniejsze niż za pierwszym razem.

Tego wieczoru wszyscy sześcioro wybieramy się na kolację do meksykańskiej restauracji, jednej z ośmiu przynależących do kurortu. Co roku ją odwiedzamy w pierwszy dzień po przyjeździe. Kelnerzy noszą olbrzymie sombrera i gra zespół mariachi, ale jedzenie smakuje tak samo jak w El Torrito w kraju. Kiedy kelner zbiera zamówienia na napoje, Melanie prosi o piwo.

Rodzice wytrzeszczają na nią oczy.

– Jesteśmy tu pełnoletnie – rzuca swobodnie.

Mama patrzy znacząco na Susan.

– Nie uważam, że to rozsądne – mówi.

– Czemu nie? – odpowiadam wyzywająco.

– Jeśli chcesz usłyszeć moje zdanie, ma to związek nie tyle z wiekiem, ile z oczekiwaniami. Dorastałaś ze świadomością, że wolno pić od dwudziestu jeden lat, więc niekoniecznie jesteś gotowa zacząć już teraz – brzmi odpowiedź Susan-terapeutki.

– Przepraszam, ale czy nigdy nie studiowałaś? – pytam. – Nie wyobrażam sobie, żeby aż tak wiele się zmieniło. Nie pamiętasz, że jedyne, czym się wszyscy zajmują, to picie?

Rodzice spoglądają na siebie nawzajem, potem na Susan i Steve'a.

– Więc to właśnie spotkało ciebie? Za dużo piłaś? – pyta tato.

Melanie zaczyna się śmiać tak bardzo, że specjalna butelkowana woda, którą przywiozła mama, tryska jej nosem.

– Przepraszam, Frank, ale czy ty w ogóle nie znasz Allyson? – Wszyscy nadal patrzą zdumieni. – Na wycieczce w ostatnie wakacje pili wszyscy. – Następuje chwila pełnej napięcia ciszy. – Och, zlitujcie się! W Europie jest się pełnoletnim od osiemnastki! Tak czy inaczej, pili wszyscy oprócz Allyson. Jest totalnie przyzwoita. A wy pytacie, czy tankuje na studiach? To bez sensu.

Tato patrzy najpierw na mnie, a potem na nią.

– Po prostu staramy się zrozumieć, co się z nią dzieje. Czemu ma średnią dwa przecinek siedem.

Teraz z kolei Melanie wytrzeszcza oczy.

– Masz dwa siedem? – Zakrywa dłonią usta i bezgłośnie szepcze: – Sorry.

Spojrzenie, jakim mnie obdarza, wyraża w połowie zaskoczenie, w połowie szacunek.

– Melanie uzyskała trzy przecinek osiem – chwali mama.

– Jasne, Melanie jest geniuszem, a ja idiotką. Teraz to oficjalnie stwierdzone.

Melanie wygląda na dotkniętą.

– Chodzę do Gallatin School. U nas wszyscy mają piątki – wyjaśnia przepraszająco.

– I zapewne pije – dodaję, w pełni świadoma, że tak jest.

Przez moment wydaje się zaniepokojona.

– Jasne, że tak. Nie urywa mi się film ani nic. Ale przecież to studia. Ja piję. Wszyscy piją.

– A ja nie – mówię. – Ale skoro Melanie zbiera piątki, ja zaś tróje, więc może powinnam się parę razy uchlać i wszystko wróci do normy. Może to znacznie lepszy pomysł niż wkuwanie, które mi zafundowaliście.

Naprawdę się zapalam, co jest trochę bez sensu, bo nawet nie mam ochoty na piwo. Jedną z niewielu rzeczy, jakie lubię w tej restauracji, są bezalkoholowe margarity – przygotowują je ze świeżych owoców.

Mama zwraca się w moją stronę; wygląda, jakby zaraz miała złapać w usta kilka much.

– Allyson, masz problem z piciem?

Klepię się dłonią w czoło.

– Mamo, masz problem ze słuchem? Bo nie wiem, czy dotarło do ciebie chociaż słowo z tego, co powiedziałam.

– Chodzi chyba o to, że moglibyście odrobinę odpuścić i pozwolić im wypić piwo do kolacji – wtrąca Susan.

– Dziękuję! – zwracam się do niej.

Moja mama spogląda na tatę.

– Niech dziewczynki się napiją – ustępuje tato wspaniałomyślnie, przywołuje kelnera z powrotem i prosi o dwa tecatesy.

To swoiste zwycięstwo. Tylko że tak naprawdę nie lubię piwa, więc koniec końców muszę udawać, że je popijam, gdy poci się na stole, i nie zamawiam bezalkoholowej margarity, na którą się naprawdę nastawiłam.

* * *

Następnego dnia siedzimy z Melanie na skraju olbrzymiego basenu. To pierwszy raz od przyjazdu, kiedy udało nam się zostać samym.

– Myślę, że potrzebujemy odmiany – mówi.

– Ja też – przytakuję. – Co roku przyjeżdżamy tu i robimy te same rzeczy. Nawet jeździmy do tych samych chrzanionych ruin. Tulum jest fajne, ale myślałam, że można by spróbować czegoś nowego. Przekonać rodziców i wybrać się w jakieś nowe miejsce.

– Na przykład popływać z delfinami? – pyta Melanie.

Pływanie z delfinami to też coś innego, ale nie o takiej odmianie myślałam. Oglądałam wczoraj w holu mapę półwyspu Jukatan; niektóre ruiny leżą w głębi lądu, z dala od utartych szlaków. Może odkrylibyśmy kawałek prawdziwego Meksyku.

– Myślałam, żeby pojechać do Coby albo do Chichén Itzá. Do innych ruin.

– Ach, cóż za szalony pomysł – ironizuje Melanie. Siorbie *ice tea* z lodem. – A tak w ogóle to mi chodziło o sylwestra.

– Och. Czyżbyś nie chciała zatańczyć macareny z Johnnym Maximem?

Johnny Maximo to popularny kiedyś meksykański gwiazdor filmowy, który obecnie dorabia sobie w kurorcie. Matki go kochają, bo jest przystojny, macho i zawsze udaje, że je wziął za nasze siostry.

– Wszystko, byle nie macarena! – Melanie odkłada książkę, coś Rity Mae Brown wyglądającego jak lektura na studiach, chociaż ona twierdzi, że nie. – Jeden z barmanów wspomniał mi o wielkiej imprezie na plaży w Puerto Morelos. To zabawa dla miejscowych, chociaż podobno przychodzi też mnóstwo turystów, ale takich jak my. Młodych. Zagra jakaś meksykańska kapela reggae, co brzmi dziwacznie. Ale w dobrym sensie.

– Po prostu marzysz o facecie poniżej sześćdziesiątki, z którym mogłabyś się całować, kiedy wybije północ.

Wzrusza ramionami.

– Poniżej sześćdziesiątki, tak. Facecie? Niekoniecznie. – Patrzy znacząco.

– Co?

– Tak jakby zainteresowałam się dziewczynami.

– Co?! – prawie krzyczę. – Sorry. Od kiedy?

– Od Święta Dziękczynienia. Jest taka dziewczyna, chodzi ze mną na zajęcia z teorii filmu i zaprzyjaźniłyśmy się, a potem któregoś wieczoru poszłyśmy na imprezę i po prostu to się zdarzyło.

Patrzę na nową fryzurę, kółko w nosie, włochate pachy. Wszystko nabiera sensu.

– Czyli jesteś teraz lesbijką?

– Wolę nie używać etykietek – odpowiada trochę świętoszkowato, sugerując, że to j a potrzebuję wszystko etykietować.

A przecież to o n a ciągle siebie jakoś określa: Mel, Mel 2.0, punkrockowa bibliotekarka. Pytam, jak ma na imię jej dziewczyna. Odpowiada, że tak tego nie określają. Zanne.

– Przez X?

– Przez Z. Skrót od Suzanne.

Czy nikt już nie używa prawdziwych imion?

– Nie mów moim rodzicom, okej? Wiesz, jaka jest mama. Zaraz każe mi to przepracować i omówić jako fazę mojego rozwoju. Chcę się upewnić, że to coś więcej niż kaprys, zanim się zaangażuję na poważnie.

– Litości, nie musisz mi tłumaczyć, co znaczy analizowanie każdego kroku przez rodziców.

Podsuwa na nosie okulary od słońca i zwraca się do mnie.

– No właśnie… O co w tym wszystkim chodzi?

– W jakim sensie? Znasz rodziców. Czy istnieje element mojego życia, w który n i e s ą z a a n g a ż o w a n i? Świrują, jeśli nie wsadzą palca w dosłownie każdy aspekt tego, czym się zajmuję.

– Wiem. Dlatego kiedy usłyszałam, że wyznaczyli ci czas na naukę, uznałam, że to dlatego. Że pewnie masz średnią cztery coś. Ale dwa przecinek siedem? Poważnie?

– Nie zaczynaj jeszcze i ty.

– Nie zaczynam. Po prostu się dziwię. Zawsze byłaś taką idealną uczennicą. Nie kumam tego. – Siorbie głośno herbatę, w której lód prawie się roztopił. – Terapeutka twierdzi, że masz depresję.

– Twoja mama? Tak ci powiedziała?

– Podsłuchałam, jak wspomniała twojej mamie.

– I co ona na to?

– Że nie masz depresji. Że się dąsasz, bo nie przywykłaś do kar. Czasami chętnie spuściłabym jej lanie.

– To jest nas dwie.

– W każdym razie później moja mama spytała, czy m o i m zdaniem jesteś w depresji.

– I co powiedziałaś?

– Oświadczyłam, że mnóstwo ludzi ciężko przechodzi pierwszy rok studiów. – Patrzy na mnie surowo zza ciemnych szkieł. – Nie mogłam jej powiedzieć prawdy, nie? Że moim zdaniem nadal wzdychasz za pewnym gościem, z którym zaliczyłaś numerek w Paryżu.

Milczę, słuchając pisków malucha skaczącego z trampoliny. Kiedy obie z Melanie byłyśmy małe, skakałyśmy trzymając się za ręce, raz za razem.

– A jeśli nie chodzi o niego? O Willema?

Dziwnie jest wypowiedzieć na głos jego imię. Tutaj. Po tak długim embargu. Willem. Obecnie rzadko pozwalam sobie na to nawet w myślach.

– Nie mów, że dałaś się wykiwać kolejnemu gościowi!

– Nie! Mówię, że chodzi o m n i e.

– O ciebie?

– To znaczy, o mnie tamtego dnia. Stałam się tak jakby kimś innym.

– Innym? W jakim sensie?

– Stałam się Lulu.

– Przecież to tylko imię. Tylko udawanie.

Może tak. Ale mimo to przez cały tamten dzień, będąc z Willemem, będąc Lulu, miałam świadomość, że spędziłam dotychczasowe życie w ciasnym kwadratowym pokoiku bez okien i drzwi. I było mi tam dobrze. Wręcz czułam się szczęśliwa. Tak mi się zdawało. Potem zjawił się ktoś i pokazał, że pokoik ma drzwi. Drzwi, których nigdy wcześniej nie zauważyłam. A potem je dla mnie otworzył. Trzymał mnie za rękę, kiedy przez nie przechodziłam. I jeden cudowny dzień spędziłam po drugiej stronie. Byłam gdzieś indziej. Byłam kimś innym. A potem ten ktoś odszedł i zostałam na powrót zatrzaśnięta w swoim ciasnym pokoiku. A teraz, mimo wszelkich wysiłków, nie potrafię już odnaleźć drzwi.

– Nie czułam się, jakbym udawała – tłumaczę Melanie.

Układa rysy w wyraz współczucia.

– Och, skarbie. To dlatego, że byłaś na haju, zakochana. I w Paryżu. Ludzie nie zmieniają się z dnia na dzień. Szczególnie tacy jak ty. Jesteś Allyson. Jesteś taka solidna. To jedna z rzeczy, które u ciebie uwielbiam: jak konsekwentnie jesteś s o b ą.

Chcę zaprotestować. A przemiany wizerunku? Wymyślanie siebie na nowo, o którym ciągle tyle mówi? Czy są zarezerwowane tylko dla niej? Czy mnie obowiązują inne zasady?

– Wiesz, czego potrzebujesz? Ani DiFranco.

Wyciąga iPhone'a i wciska mi do uszu słuchawki, a kiedy Ani śpiewa, że trzeba odnaleźć swój głos i sprawić, by usłyszeli go inni, czuję bezsilną irytację na samą siebie. Jakbym chciała rozedrzeć własną skórę i z niej wyjść. Pocieram podeszwami stóp o cementową podłogę i wzdycham, marząc o kimś, komu mogłabym to wyjaśnić. Kto umiałby zrozumieć, co czuję.

I przez ułamek sekundy rzeczywiście wyobrażam sobie kogoś, z kim mogłabym porozmawiać o znalezieniu tamtych drzwi, a potem o ich zniknięciu. On by zrozumiał.

Lecz akurat te drzwi muszą pozostać zatrzaśnięte.

Rozdział osiemnasty

Jakimś sposobem, używając tego samego argumentu, co podczas kolacji z piwem – „jesteśmy dorosłe i musicie nas odpowiednio traktować" – oraz obiecując wynająć na całą noc poleconą przez hotel taksówkę, udaje nam się uzyskać zgodę na udział w noworocznej imprezie. Odbywa się na wąskim półksiężycu piaszczystej plaży oświetlonym bambusowymi pochodniami; o dziesiątej wieczorem już tańczą. Widać niską scenę, gdzie będzie grała zachwalana meksykańska kapela reggae, ale na razie didżej puszcza techno.

Mijamy kilka olbrzymich stosów porzuconego obuwia. Melanie ściąga jaskrawopomarańczowe japonki. Ja waham się przed zdjęciem swoich mniej rzucających się w oczy czarnych skórzanych sandałów, modląc się, by je potem odszukać, bo jeśli zgubię coś jeszcze, przysięgam, rodzice nie dadzą mi spokoju do końca życia.

– Niezłe bachanalia – stwierdza z aprobatą Melanie, ruchem głowy wskazując rozebranych do kąpielówek chłopaków z butelkami tequili w rękach i dziewczyny w sarongach, z włosami świeżo zaplecionymi w warkoczyki. Są tu nawet prawdziwi Meksykanie: faceci wystrojeni w oślepiająco białe koszule, z lśniącymi od brylantyny, zaczesanymi w tył włosami, kobiety w wymyślnych, wysoko rozciętych balowych sukniach, o długich, smagłych nogach.

– Najpierw tańce czy drinki?

Nie chcę tańczyć. Odpowiadam więc, że drinki. Ustawiamy się w kolejce do zatłoczonego baru. Za nami staje grupka ludzi rozmawiających po francusku, więc przyglądam im się uważniej. W naszym hotelu są praktycznie sami Amerykanie, ale oczywiście do Meksyku zjeżdżają turyści z całego świata.

– Proszę. – Melanie wciska mi do ręki wydrążoną połówkę ananasa. Wącham napój. Pachnie balsamem do opalania. Jest słodki i rozgrzewający, pali lekko, spływając do żołądka. – Porządna dziewczyna.

Przypomina mi się pani Foley.

– Nie nazywaj mnie tak.

– Nieporządna dziewczyna.

– To też nieprawda.

Wygląda na wkurzoną.

– Nijaka dziewczyna.

Pijemy w milczeniu, patrząc na rozkręcającą się imprezę.

– Zatańczmy – proponuje Melanie i ciągnie mnie w stronę kręgu na piasku, gdzie wyznaczono parkiet.

Kręcę głową.

– Może później.

Znowu słyszę to westchnienie.

– Masz zamiar tak się zachowywać przez całą noc?

– Jak? – Myślę o tym, jak mnie nazwała na wycieczce: „uczulona na przygody", i o tym, co powiedziała przy basenie. – Tak w *moim stylu*? Podobno właśnie to we mnie *uwielbiasz*.

– Co cię opętało? Od początku wakacji chodzisz nabzdyczona! To nie moja wina, że twoja matka jest faszystką i zmusza cię do nauki.

– Nie, ale to twoja wina, że się mnie czepiasz, bo nie chcę tańczyć. Nie znoszę techno. Od *zawsze* nie znoszę techno, więc powinnaś o tym wiedzieć, skoro tak konsekwentnie jestem sobą.

– W porządku. Zatem bądź sobie konsekwentnie sobą i siedź w kącie, a ja idę zaszaleć.

– W porządku.

Zostawia mnie na obrzeżu kręgu, odchodzi i jak gdyby nigdy nic zaczyna tańczyć z przypadkowymi ludźmi. Najpierw z jakimś gościem z dreadami, potem odwraca się do dziewczyny z superkrótkimi włosami. Wygląda, jakby nieźle się bawiła, gdy tak wiruje, i nagle uderza mnie myśl, że gdybym nie poznała jej dawniej, nie należałaby już do ludzi, z jakimi się przyjaźnię.

Obserwuję Melanie co najmniej dwadzieścia minut. W przerwach między monotonnymi utworami gawędzi z innymi, śmieje się. Po półgodzinie zaczyna mnie boleć głowa. Próbuję pochwycić jej wzrok, ale w końcu odpuszczam i wymykam się ukradkiem.

Impreza ciągnie się aż po skraj morza – i w samo morze, gdzie jakaś gromadka kąpie się na golasa w lśniącej od księżyca wodzie. Kawałek dalej atmosfera robi się spokojniejsza, kilka osób gra na gitarach przy ognisku. Lokuję się parę stóp od płomieni, wystarczająco blisko, by czuć ciepło i słyszeć trzask drewna. Zagłębiam stopy w piasku; górna warstwa jest chłodna, ale pod powierzchnią pozostał nagrzany po całodziennym upale.

W oddali techno milknie i na scenę wychodzi kapela reggae. Łagodniejszy, pulsujący rytm brzmi fajnie. Jakaś dziewczyna zaczyna tańczyć w wodzie wsparta na ramieniu chłopaka, zrywa górę od bikini i stoi topless niczym syrena oblana blaskiem księżyca, a potem nurkuje z cichym pluskiem. Goście za moimi plecami zaczynają grać *Stairway to heaven*. Kawałek dziwnie dobrze komponuje się z reggae.

Kładę się na piasku i patrzę w niebo. W tej pozycji wydaje się, jakbym miała całą plażę dla siebie. Kapela kończy utwór i wokalista oznajmia, że do Nowego Roku zostało pół godziny.

– Nowy rok. *Año nuevo. Tabula rasa*. Pora, żeby *hacer borrón y cuenta nueva* – recytuje. – Jedyna szansa, żeby wymazać tablicę do czysta.

Czy naprawdę da się to zrobić? Wymazać przeszłość? Czy w ogóle chciałabym to zrobić? Czy wymazałabym cały ostatni rok, gdybym mogła?

– *Tabula rasa* – powtarza chłopak. – Nowa szansa na świeży start. Żeby zacząć od nowa, skarbie. Wszystko naprawić. Wszystko zmienić. Stać się tym, kim chcesz być. Z wybiciem północy, zanim pocałujesz swojego *amor*, zachowaj *un beso para tí*. Zamknij oczy, pomyśl o nadchodzącym roku. To twoja szansa. To może być dzień, kiedy wszystko się zmieni.

Poważnie? Fajna idea, ale dlaczego właśnie pierwszego stycznia? Równie dobrze można by uznać, że dniem, gdy wszystko się zmieni, będzie dziewiętnasty kwietnia. Dzień jest dniem jest dniem. Nic nie znaczy.

– Z wybiciem północy wypowiedz życzenie. *¿Qué es tu deseo?* Dla ciebie. Dla świata.

To Nowy Rok, a nie urodziny z tortem pełnym świeczek. A ja nie mam już ośmiu lat. Nie wierzę, że życzenia się spełniają. Ale gdybym wierzyła, czego bym chciała? Wymazać tamten dzień? Znowu zobaczyć jego?

Zazwyczaj mam wielką siłę woli. Niczym ktoś na diecie, zwalczający pokusę zjedzenia ciasteczka, nie pozwalam sobie nawet o nim myśleć. A jednak na najkrótszy ułamek sekundy ulegam. Wyobrażam go sobie tutaj, idącego plażą, z płomieniami odbitymi we włosach, z oczyma ciemnymi i jasnymi, lśniącymi kpiną i tyloma innymi rzeczami. I przez sekundę prawie go widzę.

Otwieram się na marzenia, czekając na towarzyszący im skurcz bólu, lecz nie nadchodzi. Zamiast tego uspokajam oddech i w moim wnętrzu pojawia się ciepło. Porzucam ostrożność wraz ze zdrowym rozsądkiem i otulam się wspomnieniami. Oplatam się ramionami, jakby to on mnie obejmował. Przez jedną krótką chwilę wszystko jest tak, jak powinno.

– Myślałam, że nigdy cię nie znajdę!

Podnoszę wzrok. Melanie maszeruje w moją stronę.

– Cały czas tu byłam.

– Szukam cię od pół godziny! Przewędrowałam całą plażę tam i z powrotem. Nie miałam pojęcia, gdzie zniknęłaś.

– Siedziałam tu cały czas.

– Wszędzie cię szukałam. Imprezka totalnie wymyka się spod kontroli, w sensie: wrzucamy do ponczu tabletki gwałtu. Jakaś dziewczyna wyrzygała się sześć cali od moich nóg, faceci podrywają mnie najbardziej beznadziejnymi tekstami w dziejach. Nie policzę, ile razy zostałam uszczypnięta w tyłek, a jeden czaruś przed momentem spytał, czy chcę gryza jego kanapki, i nie chodziło o jedzenie! – Kręci głową, jakby próbowała z niej wytrząsnąć wspomnienie. – Miałyśmy się kryć nawzajem!

– Przepraszam. Bawiłaś się, a ja chyba zwyczajnie straciłam poczucie czasu.

– Straciłaś poczucie czasu?

– Chyba tak. Naprawdę mi przykro, że się niepokoiłaś. Ale nic mi nie jest. Chcesz wracać na imprezę?

– Nie! Mam dość. Zbierajmy się.

– Nie musimy. – Patrzę w stronę ogniska. Płomienie tańczą, tak że trudno mi oderwać wzrok. – Mogę jeszcze zostać.

Pierwszy raz od długiego czasu czuję się okej. Czuję się okej, będąc tu, gdzie jestem.

– Cóż, ja nie. Spędziłam ostatnie pół godziny w panice, a teraz wytrzeźwiałam i mam serdecznie dość tego miejsca. Przypomina imprezkę uniwersyteckiego bractwa z hiszpańskiej telenoweli.

– Och, okej. W takim razie chodźmy.

Ruszam za nią do stosu butów, gdzie całe wieki szuka swoich japonek, a potem wsiadamy do czekającej taksówki. Gdy przychodzi mi do głowy, by spojrzeć na zegar na desce rozdzielczej, jest dwadzieścia po dwunastej. Tak naprawdę nie wierzę w to, co tamten gość mówił o życzeniu wypowiedzianym o północy, ale teraz, kiedy ominęła mnie okazja, czuję, że należało spróbować.

Jedziemy do domu w ciszy, nie licząc kierowcy nucącego cicho do wtóru radia. Zatrzymujemy się przy bramie kurortu, Melanie podaje mężczyźnie kilka banknotów i w tym momencie wpadam na pomysł.

– Melanie. A gdybyśmy wynajęły tego gościa za dzień albo dwa i pojechały gdzieś daleko od turystów?

– Po co?

– Nie wiem. Żeby zobaczyć, co się stanie, jeśli spróbujemy czegoś innego. Przepraszam, *señor*, ile by kosztowało wynajęcie taksówki na cały dzień?

– *Lo siento. No hablo inglés.*

Melanie patrzy na mnie i przewraca oczami.

– Wygląda na to, że musi ci wystarczyć jedna wielka przygoda.

W pierwszej chwili sądzę, że ma na myśli imprezę, ale potem do mnie dociera, że chodzi o ruiny. Bo rzeczywiście udało mi się nakłonić naszych rodziców do odwiedzenia innego miejsca. Pojechaliśmy do Coby zamiast do Tulum. I tak jak liczyłam, przystanęliśmy w małej mieścinie po drodze, gdzie przez moment ogarnięta podnieceniem pomyślałam: „To jest to, naprawdę udało mi się wymknąć do prawdziwego Meksyku". Okej, miałam na holu całą rodzinę, ale to była wioska Majów. Tylko że w tym momencie Susan i moja mama rzuciły się kupować biżuterię z koralików, a wieśniacy wyszli i zaczęli grać dla nas na bębnach, zostaliśmy zaproszeni do tańca w kręgu, a potem była nawet tradycyjna ceremonia duchowego oczyszczenia. Wszyscy filmowali każdy moment, a tato po oczyszczeniu wrzucił dziesięć dolarów „datku" do kapelusza, który ostentacyjnie położono przed nami. Wtedy dotarło do mnie, że niczym się to nie różni od zorganizowanej wycieczki.

W domkach jest cicho. Rodzice leżą w łóżkach, ale gdy tylko drzwi zamykają się za nami, mama wyskakuje ze swojej sypialni.

– Wcześnie wróciłyście – zauważa.

– Zmęczyłam się – kłamie Melanie. – Dobranoc. Szczęśliwego Nowego Roku.

Wycofuje się do naszego pokoju, a mama całuje mnie noworocznie i wraca do siebie.

W ogóle nie czuję zmęczenia, więc siadam na balkonie i słucham cichnących odgłosów hotelowego przyjęcia. Na horyzoncie majaczy burza. Sięgam do torebki po komórkę i pierwszy raz od miesięcy otwieram folder ze zdjęciami.

Jego twarz jest tak piękna, że aż czuję skurcz w brzuchu. Wydaje się nierzeczywisty: to nie jest ktoś, kogo mogłabym znać. Potem patrzę na siebie – siebie na zdjęciu, i tę dziewczynę też z trudem rozpoznaję, nie tylko z powodu innej fryzury, ale ponieważ wydaje się kimś innym. To nie ja. To Lulu. I zniknęła równie nieodwołalnie jak on.

Tabula rasa. Tak powiedział chłopak z kapeli reggae. Może nie zdołam już wypowiedzieć swojego życzenia, ale mogę wymazać tablicę do czysta, spróbować zostawić to za sobą.

Długą chwilę pozwalam sobie patrzeć na zdjęcie Willema i Lulu w Paryżu.

– Szczęśliwego Nowego Roku – życzę im.

A potem ich kasuję.

Rozdział dziewiętnasty

Styczeń

Uniwersytet

Podczas mojego pobytu w Meksyku w Bostonie spadają dwie stopy śniegu, a temperatura nie podnosi się powyżej zera, więc kiedy wracam dwa tygodnie później, kampus przypomina dołującą szarą tundrę. Zjawiam się kilka dni przed rozpoczęciem zajęć, tłumacząc, że muszę się przygotować do nowego semestru, ale tak naprawdę dlatego, że nie mogłam wytrzymać pod czujnym okiem dozorcy ani dnia dłużej. W Cancún było wystarczająco okropnie, ale w domu, bez Melanie dostarczającej rozrywki – poleciała do Nowego Jorku zaraz po naszym powrocie, zanim miałyśmy szansę wyjaśnić to dziwne skrępowanie, jakie się między nami wytworzyło – stało się nie do zniesienia.

Bajeczna Trójka wraca po przerwie pełna opowieści i prywatnych dowcipów. Dziewczyny spędziły Nowy Rok razem, w domku rodziców Kendry na Virginia Beach, gdzie pływały w śniegu, a teraz zamawiają sobie T-shirty z misiami polarnymi. Są w miarę miłe, pytają o mój wyjazd, ale duszę się od ich wylewności, wdziewam więc stos swetrów oraz kurtek i brnę do uniwersyteckiej księgarni po nowy podręcznik chińskiego.

Jestem w dziale języków obcych, kiedy dzwoni komórka. Nie muszę nawet patrzeć na wyświetlacz. Od mojego przyjazdu matka dobija się co najmniej dwa razy dziennie.

– Hej, mamo.

– Allyson Healey? – Głos na drugim końcu linii jest wysoki i ujmujący; w niczym nie przypomina maminego.

– Tak, tu Allyson.

– Och, dzień dobry. Mówi Gretchen Price z działu spraw studenckich.

Milczę chwilę i oddycham, by się pozbyć mdlącego skurczu w brzuchu.

– Tak?

– Pomyślałam, że może wpadłabyś do mojego biura. Pokazać się.

Teraz mam wrażenie, że zaraz zwymiotuję wprost na stosy *Buongiorno Italia*.

– Moja mama dzwoniła do pani?

– Twoja mama? Nie sądzę. – Słyszę odgłos, jakby coś się przewróciło. – Cholera. Nie rozłączaj się. – Słychać szelest, a potem kobieta wraca na linię. – Słuchaj, przepraszam, że zawiadamiam w ostatniej chwili, od pewnego czasu tak chyba wygląda mój modus operandi. Koniecznie chciałabym się z tobą zobaczyć przed rozpoczęciem semestru.

– Emm, semestr zaczyna się pojutrze.

– No właśnie. Więc co powiesz na dzisiaj?

Zamierzają mnie wyrzucić. Udało mi się wszystko zawalić w jeden semestr. Wiedzą, że nie jestem Szczęśliwą Studentką. Nie ma dla mnie miejsca w katalogu. Ani tutaj.

– Czy to znaczy, że mam problemy?

Znowu ten dźwięczny śmiech.

– Nie ze mną. Po prostu wpadnij... nie rozłączaj się... – Kolejny szelest papierów. – Co powiesz na czwartą?

– I na pewno moja mama nie dzwoniła?

– Tak, Allyson, na pewno. Czyli czwarta?

– Ale w jakiej sprawie?

– Och, chodzi po prostu o zapoznanie się i tak dalej. Do zobaczenia o czwartej.

Biuro Gretchen Price znajduje się w zagraconym kącie porośniętego bluszczem budynku administracyjnego. Wszędzie piętrzą się książki, dokumenty i czasopisma: na okrągłym stole i krzesłach przy oknie, na kozetce, na jej zabałaganionym biurku.

Kiedy zostaję wpuszczona do środka, kobieta rozmawia przez telefon, więc po prostu tkwię w progu. Gestem zaprasza, żebym weszła dalej.

– Ty musisz być Allyson. Po prostu zdejmij ten stos z krzesła i siadaj. Za sekundę się tobą zajmę.

Podnoszę z jednego z krzeseł brudną lalkę Raggedy Ann z odciętym warkoczem oraz plik teczek. Na niektórych przylepiono żółte karteczki: „Tak", „Nie", „Może". Z którejś wysypują się dokumenty. To wydruk podania o przyjęcie na studia, takiego, jakie sama wysłałam rok temu. Wpycham go z powrotem do teczki i kładę na sąsiednim krześle.

Gretchen odkłada słuchawkę.

– A więc, Allyson, jak leci?

– W porządku. – Zerkam na podania tych wszystkich młodych zdolnych marzących, by się znaleźć na moim miejscu. – Prawdę mówiąc, ś w i e t n i e.

– Serio? – Kobieta bierze jedną z teczek i mam stuprocentowe wrażenie, że już po mnie.

– Mhm – odpowiadam z całą energią, na jaką się potrafię zdobyć.

– Widzisz, rzecz w tym, że przeglądałam twoje stopnie z pierwszego semestru.

Czuję, jak łzy gwałtownie napływają mi do oczu. Zwabiła mnie tutaj pod fałszywym pretekstem. Powiedziała, że nie mam problemów, że to po prostu spotkanie zapoznawcze. A przecież wcale nie zawaliłam. Po prostu zaliczyłam na tróje!

Kobieta patrzy na moją zrozpaczoną twarz, dając znaki, żebym się uspokoiła.

– Spokojnie, Allyson – mówi kojąco. – Nie zamierzam cię wyrzucić. Chciałam tylko sprawdzić, czy nie potrzebujesz pomocy, a jeśli tak, to ci jej udzielić.

– To mój pierwszy semestr. Dopiero się przystosowuję.

Używałam tej wymówki tyle razy, że prawie sama w nią uwierzyłam.

Odchyla się na krześle.

– Widzisz, ludzie zwykle uważają, że selekcja na studia ma w sobie coś z gruntu niesprawiedliwego. Że nie da się ocenić człowieka na podstawie dokumentów. Ale w istocie dokumenty potrafią powiedzieć niesamowicie dużo. – Upija łyk z jednego z tych kubków ozdabianych przez dzieci. Pokrywają go rozmazane pastelowe odciski kciuka. – Chociaż nigdy w życiu cię nie spotkałam, to sądząc jedynie z tego, co widzę w papierach, podejrzewam, że trochę się miotasz.

Nie pyta, c z y się miotam. Nie pyta, c z e m u się miotam. Po prostu stwierdza fakt. Pojawiają się łzy, a ja pozwalam im płynąć. Ulga jest silniejsza niż wstyd.

– Pozwól, że wyjaśnię – ciągnie Gretchen, podsuwając mi pudełko papierowych chusteczek. – Nie niepokoi mnie twoja średnia. Załamanie ocen w pierwszym semestrze to zjawisko równie powszechne, jak utycie o przysłowiowe siedem kilogramów na pierwszym roku. Kurczę, powinnaś zobaczyć moją średnią. – Kręci głową ze śmiechem. – Studenci mający kłopoty dzielą się generalnie na dwie kategorie: takich, którzy dopiero się przyzwyczajają do swobody, spędzając może zbyt wiele czasu na imprezach z alkoholem, a za mało w bibliotece. Ci zwykle wracają do pionu po semestrze lub dwóch. – Patrzy na mnie. – Tankujesz za dużo jägermeistera, Allyson?

Zaprzeczam bez słowa, chociaż jej ton wskazuje na to, że zna już odpowiedź.

Kiwa głową.

– No więc, drugi model jest bardziej podstępny. Ale rzeczywiście pozwala wyłapać tych, którzy odpadną. I dlatego chciałam się z tobą spotkać.

– Myśli pani, że odpadnę?

Patrzy na mnie przenikliwie.

– Nie. Jednak gdy oglądam twoje wyniki ze szkoły średniej i z pierwszego semestru, pasujesz do wzoru. – Macha w powietrzu teczką, najwyraźniej zawierającą historię mojej kariery akademickiej. – Studenci tacy jak ty, szczególnie młode kobiety, znakomicie sobie radzą w szkole średniej. Spójrz na swoje stopnie. Doskonałe od góry na dół. Zajęcia na poziomie zaawansowanym, przedmioty ścisłe, przedmioty humanistyczne, same szóstki. Niezwykle wysokie wyniki w teście na studia. A potem dostajesz się na uniwersytet, czyli podobno tam, dokąd dążyłaś, pracując tak ciężko, prawda?

Potwierdzam.

– No cóż, dostajesz się i następuje załamanie. Zdziwiłabyś się, jak wielu z moich szóstkowych z góry na dół, porządnych studentów w końcu odpada. – Kręci głową z konsternacją. – Nienawidzę, kiedy się tak dzieje. To ja pomagam zdecydować, kto zostanie przyjęty. Źle świadczy o mnie, jeśli ponoszą klęskę.

– Jak o lekarzu, który straci pacjenta.

– Świetne porównanie. Widzisz, jaka jesteś bystra?

Uśmiecham się smętnie.

– Rzecz w tym, Allyson, że studia powinny być…

– Najlepszym okresem mojego życia?

– Zamierzałam powiedzieć: najbardziej wzbogacającym. Przygodą. Poznawaniem nowych obszarów. Patrzę na ciebie i nie wyglądasz na ubogaconą. A gdy zaglądam w twój plan zajęć... – Skupia wzrok na ekranie komputera. – Biologia, chemia. Fizyka. Chiński. Laboratoria. Bardzo ambitnie jak na pierwszy rok.

– Zamierzam studiować medycynę – wyjaśniam. – Muszę je zaliczyć.

Kobieta nic nie odpowiada. Upija kolejny łyk kawy. Potem rzuca:

– Czy to są przedmioty, które c h c e s z studiować?

Milczę. Nikt nigdy mnie o to nie spytał. Kiedy dostaliśmy pocztą katalog kursów, po prostu założyliśmy, że zmierzę się ze wszystkimi wymaganymi do studiów medycznych. Mama dokładnie wiedziała, co kiedy powinnam zaliczyć. Zerknęłam na parę kursów nieobowiązkowych, wspomniałam, że moim zdaniem garncarstwo brzmi ciekawie, ale równie dobrze mogłabym oświadczyć, że postanowiłam robić magisterium z koszykarstwa podwodnego.

– Nie wiem, co chcę studiować.

– Więc może rzuć okiem i zastanów się, czyby nie zmienić paru rzeczy. Rejestracja jeszcze się nie zakończyła, a w razie czego mogę pociągnąć za parę sznurków. – Milknie i podsuwa mi po blacie katalog. – Nawet jeśli rzeczywiście chcesz zrobić wstępny kurs medycyny, masz na to cztery lata, a musisz również zaliczyć sporo obowiązkowych przedmiotów humanistycznych. Nie trzeba robić wszystkiego naraz. To jeszcze nie medycyna.

– A moi rodzice?

– C o twoi rodzice?

– Nie mogę ich zawieść.

– Nawet jeśli to by oznaczało, że zawiedziesz siebie? Wątpię, by tego dla ciebie chcieli.

Łzy płyną znowu. Podaje mi następną chusteczkę.

– Rozumiem, że chcesz uszczęśliwić rodziców, chcesz, by byli z ciebie dumni. To szlachetne i zasługuje na pochwałę. Ale koniec końców chodzi o twoje wykształcenie, Allyson. Musi się stać częścią ciebie. I powinno ci sprawiać radość. – Przerywa i z siorbnięciem wypija jeszcze łyk kawy. – I jakoś mi się zdaje, że rodzice będą szczęśliwsi, widząc, jak twoja średnia rośnie.

Tutaj ma rację. Kiwam głową. Gretchen odwraca się do komputerowego monitora.

– Udajmy więc tylko, że chcemy zmienić kilka przedmiotów. Jakieś pomysły, na co byś miała ochotę?

Zaprzeczam milcząco.

Chwyta katalog kursów i go kartkuje.

– No coś ty? To intelektualny szwedzki stół. Archeologia. Salsa. Psychologia rozwoju dziecka. Malarstwo. Wstęp do finansów. Dziennikarstwo. Antropologia. Ceramika.

– To coś podobnego do garncarstwa? – przerywam.

– Owszem. – Otwiera szerzej oczy i stuka w klawiaturę. – Ceramika dla początkujących, wtorki o jedenastej. Zapisy jeszcze trwają. Och, ale pokrywa się z twoim laboratorium fizycznym. Przesuwamy laboratorium i może fizykę również na inny semestr?

– Tak, precz z nimi.

Wspaniale jest to powiedzieć: to jak wypuścić z rąk pęk balonów z helem i patrzyć, gdy ulatują w niebo.

– Widzisz? Już załapałaś, o co chodzi – chwali Gretchen. – Co powiesz na parę przedmiotów humanistycznych dla równowagi? I tak będą ci potrzebne do zaliczenia studiów jako część programu podstawowego. Wolisz historię starożytną czy współczesną? Jest świetny kurs przeglądowy o Europie. I znakomite seminarium na temat rewolucji rosyjskiej. Albo fascynujące zajęcia o Ameryce przedrewolucyjnej, w pełni wykorzystujące to, że znajdujemy się tak blisko Bostonu. Albo mogłabyś wziąć któreś z obowiązkowych kursów z literatury. Zobaczmy. Dzięki egzaminom na poziomie zaawansowanym nie musisz zaliczać zajęć z podstaw pisania. Wiesz co, moglibyśmy przewrotnie przemycić cię na któreś ciekawsze seminarium. – Przewija informacje na monitorze. – Poezja bitników. Literatura Holokaustu. Polityka w powieści. Liryka średniowieczna. Szekspir na głos.

Czuję dreszcz przebiegający po kręgosłupie. Jakiś stary, dawno zapomniany przełącznik pod wpływem elektrycznego impulsu sypnął iskrami w powietrze.

Gretchen musiała zauważyć wyraz mojej twarzy, bo zaczyna opowiadać, że to nie zwyczajne zajęcia z Szekspira; profesor Glenny ma bardzo zdecydowane poglądy na to, jak powinno się wykładać Barda, i zgromadził w kampusie zapalonych fanów.

Mimo woli myślę o n i m. Ale potem przypominają mi się słowa o wymazywaniu przeszłości. I decyzja, którą podjęłam w Nowy Rok. I to, że jestem na kursie wstępnym medycyny.

– Chyba nie powinnam wybierać tych zajęć.

To ją prowokuje do uśmiechu.

– Czasem najlepszy sposób, by się dowiedzieć, co należy zrobić, to zrobić coś w r ę c z p r z e c i w n e g o. – Klepie w klawiaturę. – Wszystkie miejsca zajęte, jak zwykle, więc będziesz musiała wywalczyć sobie udział z listy rezerwowej. Czemu nie spróbować? Niech los rozstrzygnie.

Los. Myślę, że to inne określenie na wypadek.

W który już nie wierzę.

Ale i tak pozwalam się wpisać.

Rozdział dwudziesty

Kiedy wchodzę do pomieszczenia, gdzie są zajęcia z Szekspira, mam wrażenie, jakbym trafiła na zupełnie inny uniwersytet niż ten, gdzie studiowałam przez ostatnie cztery miesiące. To nie olbrzymia sala, w której odbywały się wszystkie moje wykłady z nauk ścisłych, albo choćby duża klasa jak na chińskim – zajęcia prowadzone są w malutkim, kameralnym pokoiku, zupełnie jak w szkole średniej. Najwyżej dwadzieścia pięć ławek ustawiono półkolem wokół katedry. Studenci, którzy przy nich siedzą, też wyglądają inaczej. Mają kolczyki w wargach i włosy ufarbowane na kolory niewystępujące naturalnie na ludzkich głowach. Morze starannie pielęgnowanej alienacji. Kręgi artystyczne, jak się domyślam. Gdy wchodzę do środka i rozglądam się za miejscem – wszystkie są zajęte – nikt na mnie nie patrzy.

Siadam na podłodze przy wejściu, by łatwiej móc uciec. Być może zajęcia z chemii nie są dla mnie, ale tutaj też nie pasuję. Profesor Glenny o powierzchowności gwiazdy rocka – zmierzwione siwiejące włosy, zniszczone skórzane buty, a nawet wargi odęte jak u Micka Jaggera – wpada spóźniony pięć minut i nadeptuje na mnie. To znaczy, dosłownie staje mi na dłoni. Moje inne zajęcia bywały koszmarne, ale nikt jeszcze mnie nie rozdeptał. To niezbyt dobrze wróżący początek, więc omal nie wychodzę od razu, ale drogę blokują mi napływający teraz tłumnie inni studenci.

– Rączki w górę – zaczyna profesor, cisnąwszy na pulpit katedry artystycznie wytartą skórzaną torbę na ramię – kto z państwa przeczytał jakąś sztukę Szekspira wyłącznie dla przyjemności?

Ma brytyjski akcent, ale nie taki jak aktorzy z telewizyjnego Teatru Arcydzieł.

Podrywa się mniej więcej połowa rąk. Niemal mam ochotę też się zgłosić, ale to trochę zbyt jaskrawe kłamstwo, a nie ma sensu się podlizywać, skoro i tak nie zamierzam zostać.

– Doskonale. Pytanie pomocnicze: ilu z państwa zasnęło, próbując samodzielnie przeczytać sztukę Szekspira?

W klasie robi się cicho. Nie podnosi się żadna dłoń. I naraz Glenny spogląda prosto na mnie. Zastanawiam się, skąd wiedział, ale uświadamiam sobie, że nie chodzi mu o mnie, tylko o gościa za moimi plecami, który zgłosił się jako jedyny. Wraz z całą resztą odwracam się i gapię na niego. To jeden z dwóch Afroamerykanów na zajęciach, ale tylko on ma podobne do wielkiej aureoli afro ozdobione błyszczącymi spinkami, a na wargach różowy błyszczyk w odcieniu gumy do żucia. Pomijając to, wystroił się niczym matka dowożąca dzieciaki na zajęcia: w dresy i różowe uggsy. Na tutejszym poletku starannie kultywowanej dziwaczności odróżnia się jak dziki kwiat – albo może chwast.

– Która ze sztuk tak pana zanudziła, że pan zasnął? – pyta Glenny.

– Do wyboru, do koloru. *Hamlet. Makbet. Otello.* Chrapałem nad najlepszymi.

Studenci chichoczą, jakby zaśnięcie podczas wkuwania było straszną kompromitacją.

Profesor kiwa głową.

– Dlaczego więc, panie... przepraszam, pan się nazywa...?

– D'Angelo Harrison, ale kumple wołają na mnie Dee.

– Zatem bezczelnie pozwolę sobie nazywać pana Dee. Dee, dlaczego wybrał pan te zajęcia? Chyba że chciał pan uzupełnić niedobory snu.

Pozostali śmieją się znowu.

– Z moich obliczeń wynika, że te zajęcia kosztują około pięciu kawałków za semestr – odpowiada chłopak. – Spać mogę za darmo.

Próbuję policzyć. Naprawdę aż tyle jest wart jeden kurs?

– Bardzo roztropnie – przytakuje nauczyciel. – Zatem jeszcze raz: po co na nie uczęszczać, biorąc pod uwagę ich koszt oraz nasenny wpływ Szekspira?

– Cóż, ściśle biorąc, nie zostałem jeszcze przyjęty. Znajduję się na liście rezerwowej.

Nie potrafię w tym momencie ocenić, czy chłopak unika odpowiedzi, czy też boksuje się słownie z Glennym, ale tak czy inaczej jestem pod wrażeniem. Wszyscy tutaj wyłażą ze skóry, by udzielić właściwej odpowiedzi, a ten gość wodzi profesora za nos. Na korzyść Glenny'ego trzeba przyznać, że wydaje się raczej rozbawiony niż zirytowany.

– A więc, Dee, po co w ogóle próbować?

Następuje długa pauza. Słychać brzęczenie świetlówek, chrząknięcia kilku studentów, którzy najwyraźniej mają gotowe odpowiedzi. A potem chłopak wyjaśnia:

– Bo praktycznie nigdy nie ryczę tak jak na filmie *Romeo i Julia*. Za każdym cholernym razem, kiedy go oglądam.

I znowu wszyscy rechoczą. To nie jest życzliwy śmiech. Glenny wraca do katedry i wyjmuje z torby kartkę oraz pióro. To lista. Przygląda jej się złowróżbnie, a potem odhacza jakieś nazwisko – i zastanawiam się, czy Dee właśnie sobie załatwił skreślenie z listy rezerwowej. Gdzie mnie wpakowała ta Gretchen Price? Co to ma być, Szekspir dla gladiatorów?

Glenny zwraca się z kolei do panny z różowymi włosami zwiniętymi w dziwaczne kucyki podobne do cukierków i z nosem utkwionym w egzemplarzu dzieł zebranych Szekspira – jednej z tych, co to pewnie nigdy by się nie zniżyły do obejrzenia *Romea i Julii* w wersji z Leo i Claire ani nie zasnęłyby nad *Makbetem*. Stoi nad nią chwilę. Ona podnosi wzrok i uśmiecha się wstydliwie, jakby chciała powiedzieć: „Ojej, przyłapał mnie pan na czytaniu". Profesor błyska tysiącwatowym uśmiechem, po czym zatrzaskuje jej książkę. Tom jest spory. Huk też.

Glenny wraca do katedry.

– Szekspir to tajemnicza postać. Bardzo wiele napisano o człowieku, o którym w rzeczywistości wiemy nad wyraz niewiele. Czasami myślę, że jedynie na temat Jezusa wylano więcej atramentu z mizerniejszym efektem. Dlatego jestem przeciwny wszelkim próbom charakteryzowania tej postaci. Zaryzykuję jednak i powiem jedno: Szekspir nie pisał swoich sztuk po to, żebyście państwo czytali je po cichu, tkwiąc na swoich rezerwowanych krzesełkach w bibliotece. – Robi pauzę, czekając, aż zapadnie nam to w pamięć, a potem podejmuje: – Dramatopisarze to nie autorzy powieści. Tworzą dzieła, które muszą być odgrywane, interpretowane. Reinterpretowane przez wieki. Zasługą geniuszu Szekspira jest to, że dał nam wspaniały surowy materiał, który rzeczywiście zdołał przetrwać stulecia, znieść miliardy interpretacji, jakimi go mordujemy. Lecz żeby prawdziwie docenić Szekspira, zrozumieć, dlaczego nie popadł w zapomnienie, musicie państwo usłyszeć go na głos albo jeszcze lepiej, zobaczyć na scenie, czy to w kostiumach z epoki, czy wystawianego nago, czego miałem wątpliwą przyjemność doświadczyć. Chociaż przyzwoita adaptacja filmowa też odnosi skutek, jak trafnie zauważył nasz przyjaciel Dee. I, panie Harrison – patrzy znowu na chłopaka – dziękuję za szczerość. Ja też zasypiałem nad Szekspirem. Mój podręcznik z czasów studiów wciąż nosi ślady śliny. Awansuje pan z listy rezerwowej.

Wraca do białej tablicy i bazgrze: „Angielski 317 – Szekspir na głos".

– Nazwa tych zajęć nie jest przypadkowa. Jest całkowicie dosłowna. Ponieważ na tych zajęciach nie będziemy c z y t a ć Szekspira na własny użytek w zaciszu naszych sypialni czy bibliotek. Będziemy go o d g r y w a ć. Będziemy o g l ą d a ć przedstawienia. Będziemy go czytać na głos, w klasie albo z partnerami. Na tych zajęciach każdy z nas bez wyjątku stanie się aktorem. Staniemy się interpretatorami jedni dla drugich, jedni przed drugimi. Tym, którzy nie są na to gotowi albo wolą bardziej konwencjonalne metody, tutejsza znakomita instytucja oferuje mnóstwo innych kursów szekspirowskich i sugeruję, żeby państwo z któregoś skorzystali.

Robi pauzę, jakby dając ludziom szansę na ucieczkę. To okazja dla mnie, by wyjść, ale coś przykuwa mnie do miejsca.

– Jeśli słyszeli państwo o tych zajęciach, to wiecie, że koordynuję czytane sztuki z inscenizacjami Szekspira granymi w trakcie semestru, czy to w interpretacji amatorów, czy profesjonalnych trup aktorskich. Oczekuję obecności na przedstawieniach i załatwiam nam fantastyczne grupowe zniżki. Tak się składa, że tej zimy i wiosny czeka nas bardzo smakowita kombinacja.

Zaczyna rozdawać plany zajęć i zanim jeszcze jeden do mnie dotrze, zanim profesor skończy wypisywać tytuły sztuk na tablicy, wiem, że znajdzie się wśród nich właśnie ta, choć Szekspir napisał ich ponad trzydzieści – wiem, że będzie na liście.

Jest w połowie planu, po *Henryku V* i *Zimowej opowieści*, a przed *Jak wam się podoba*, *Cymbelinem* i *Miarką za miarkę*. Wydaje mi się, że bije w oczy na stronie niczym reklama. *Wieczór*

Trzech Króli. I to, czy chcę uczestniczyć w tych zajęciach, traci wszelkie znaczenie. Nie mogę stanąć tutaj, pomiędzy nimi, i przeczytać tych linijek. To zaprzeczenie wymazywania przeszłości.

Glenny omawia wybrane sztuki, wskazując kolejno tytuły i w swoim entuzjazmie rozmazując tusz.

– W tych zajęciach absolutnie uwielbiam to, że godząc się, by to sztuki wybierały nas, w praktyce pozwalamy motywom przewodnim wyłonić się samym. Dziekan początkowo odnosił się sceptycznie do takiego studiowania metodą szczęśliwych zbiegów okoliczności, lecz do tej pory zawsze się udawało. – Wskazuje znowu spis tytułów. – Czy ktoś zdoła odgadnąć motyw przewodni obecnego semestru na podstawie tych konkretnych sztuk?

– Wszystkie to komedie? – pyta dziewczyna z kucykami jak cukierki.

– Niezupełnie. *Zimowa opowieść*, *Miarka za miarkę* i *Cymbelin*, choć we wszystkich pojawia się sporo humoru, uchodzą nie tyle za komedie, ile za sztuki problemowe; tę kategorię omówimy później. A *Henryk V*, choć ma wiele zabawnych fragmentów, to bardzo poważna sztuka. Ktoś jeszcze?

Cisza.

– Dam państwu wskazówkę. Najdobitniej występuje on w *Wieczorze Trzech Króli* i *Jak wam się podoba*, które są komediami… co nie znaczy, że nie są równocześnie bardzo wzruszające.

Dalsze milczenie.

– No, śmiało. W gronie tak wybitnych uczonych ktoś musiał oglądać którąś z nich. Kto z państwa widział *Jak wam się podoba* albo *Wieczór Trzech Króli*?

Uświadamiam sobie, że podniosłam rękę, dopiero gdy jest za późno. Kiedy profesor Glenny zauważa to i kiwa głową, przeszywając mnie swoimi bystrymi, ciekawymi oczami. Chcę oświadczyć, że się pomyliłam, że chwilowo aktywowała się inna wersja Allyson, tej, która zgłaszała się w klasie. Ale nie mogę, więc wyrzucam z siebie, że widziałam w wakacje *Wieczór Trzech Króli*.

Profesor jakby czekał, aż skończę myśl, lecz to wszystko, tylko tyle mam do powiedzenia. Zapada niezręczna cisza, jak gdybym na mityngu Cór Amerykańskiej Rewolucji oświadczyła, że jestem alkoholiczką.

Glenny jednak nie zamierza mi odpuścić.

– I co stanowiło główne źródło napięcia oraz humoru w tej konkretnej sztuce?

Przez ułamek sekundy nie znajduję się już w przegrzanej klasie w zimowy poranek. Jest upalna angielska noc, a ja stoję nad basenem kanałowym w Stratford-upon-Avon. A później w paryskim parku. I znowu siedzę tutaj. Jednak we wszystkich trzech miejscach odpowiedź pozostaje taka sama:

– Nikt nie jest tym, za kogo się podaje.

– Dziękuję, pani…?

– Allyson – kończę. – Allyson Healey.

– Allyson. To pewna generalizacja, ale dla naszych celów odpowiedź trafia w sedno.

Odwraca się do tablicy i bazgrze na niej: „Zmienne tożsamości, zmienne rzeczywistości". Po czym znowu zaznacza coś na kartce.

Mówi dalej:

– A teraz, zanim się rozstaniemy, ostatnia kwestia organizacyjna. Nie mamy czasu na odczytanie głośno w klasie wszystkich sztuk w całości, choć będziemy się bardzo starać. Mniemam, że jasno przedstawiłem swoją opinię w sprawie czytania samotnie i na własny użytek, dlatego chciałbym, by państwo pozostałe fragmenty odegrali na głos z partnerami. To nie jest opcjonalne. Proszę podzielić się na pary. Osoby z listy rezerwowej niech sobie znajdą partnerów również z tej listy. Allyson, pani już została przyjęta. Jak państwo widzą, aktywność na zajęciach popłaca.

Następuje zamieszanie, kiedy wszyscy szukają partnerów. Rozglądam się dokoła. Obok widzę w miarę normalną dziewczynę w okularach kotkach. Mogłabym poprosić ją.

Albo mogłabym wstać i wyjść z klasy. Chociaż się zakwalifikowałam, mogłabym zrezygnować, odstąpić swoje miejsce komuś innemu.

Z jakiegoś powodu jednak nie robię żadnej z tych rzeczy. Odwracam się plecami do dziewczyny w okularach i spoglądam za siebie. Siedzi tam ten gość, Dee, niczym niepopularny i niewysportowany dzieciak w podstawówce, którego nikt nie chce wybrać do swojej drużyny przed meczem kickballu. Przybrał lekko rozbawiony wyraz twarzy, jakby wiedział, że nikt go nie poprosi, i oszczędzał wszystkim kłopotu. Kiedy więc pytam, czy zostanie moim partnerem, łobuzerska maska na chwilę spada i chłopak wygląda na szczerze zaskoczonego.

– Tak się składa, że zostało mi parę wolnych tańców w karneciku.

– Czy to oznacza „tak"?

Kiwa głową.

– Fajnie. Mam tylko jeden warunek. Czy raczej prośbę o jedną uprzejmość. Ściślej, o dwie uprzejmości.

Marszczy czoło, a potem unosi wyskubaną brew tak mocno, że ta niknie pod aureolą włosów.

– Nie chcę czytać na głos *Wieczoru Trzech Króli*. Jeśli masz ochotę, możesz czytać wszystkie role, a ja będę słuchać, a potem przeczytam w całości którąś inną sztukę. Albo możemy pożyczyć wersję filmową i czytać równolegle. Po prostu nie chcę tego recytować. Ani jednego słowa.

– Jak unikniesz czytania w klasie?

– Coś wykombinuję.

– Co masz przeciwko *Wieczorowi*?

– To druga sprawa. Nie chcę o tym rozmawiać.

Wzdycha, jakby się zastanawiał.

– Jesteś leserką czy primadonną? Z primadonną mogę pracować, ale szkoda mi czasu na leserów.

– Myślę, że ani jednym, ani drugim. – Zerka sceptycznie. – Chodzi tylko o tę jedną sztukę, przysięgam. Na pewno ją mają na DVD.

Przygląda mi się długą chwilę, jakby próbował mnie prześwietlić i zobaczyć moje prawdziwe ja. Potem chyba uznaje, że jestem w porządku, albo dochodzi do wniosku, że nie ma wyjścia, bo przewraca oczami i wzdycha głośno.

– Prawdę mówiąc, istnieje kilka wersji. – Nagle jego głos i dobór słów całkowicie się zmieniają. Nawet wyraz twarzy staje się profesjonalny. – Adaptacja filmowa z Heleną Bonham Carter, znakomita. Skoro jednak zamierzamy oszukiwać, powinniśmy wypożyczyć wersję sceniczną.

Przez moment wytrzeszczam na niego oczy zbita z tropu. Odpowiada tym samym, a potem rozciąga usta w ledwie zauważalnym uśmieszku. A ja uświadamiam sobie, że to, co mówiłam wcześniej, było prawdą: nikt nie jest tym, za kogo się podaje.

Rozdział dwudziesty pierwszy

Luty

Uniwersytet

Przez pierwsze dwa tygodnie próbowaliśmy się umawiać w bibliotece, ale ściągaliśmy na siebie niechętne spojrzenia, szczególnie kiedy Dee zaczynał mówić głosami. Ma ich całe mnóstwo: solenny angielski akcent, kiedy odgrywa Henryka, dziwaczną irlandzką gwarę (jak sądzę, tak sobie wyobraża walijski), gdy jest Fluellenem, przesadną francuską wymowę, kiedy odtwarza postaci francuskie. Ja nie zawracam sobie głowy akcentami. Wystarcza mi, jeśli nie przekręcę żadnego słowa.

Kiedy w bibliotece uciszono nas o jeden raz za dużo, przenieśliśmy się do siedziby samorządu studenckiego, ale hałas był taki, że Dee nie słyszał, co mówię. Sam ma tak znakomitą dykcję, jakby jego przedmiotem kierunkowym był teatr. Myślę, że w rzeczywistości jest to historia albo nauki polityczne. Nie powiedział mi tego; nie plotkujemy, tylko czytamy. Widziałam jednak w przelocie jego podręczniki i były to same cegły z historii ruchu związkowego albo traktaty o rządzie.

Przed rozpoczęciem czytania drugiej sztuki, *Zimowej opowieści*, sugeruję więc, żebyśmy się przenieśli do mojego pokoju w akademiku, gdzie generalnie popołudniami jest cicho. Patrzy na mnie przeciągle, a potem się zgadza. Mówię, żeby przyszedł na czwartą.

Po południu wykładam na talerz ciasteczka, które babcia ciągle mi przysyła, i parzę herbatę. Nie mam pojęcia, czego się spodziewa Dee, ale pierwszy raz podejmuję kogoś u siebie – chociaż nie jestem pewna, czy to się kwalifikuje jako podejmowanie ani czy Dee kwalifikuje się jako gość.

Na widok ciasteczek zerka na mnie z dziwnym, nieznacznym uśmieszkiem. Potem wiesza płaszcz do szafy, chociaż mój leży rzucony na krzesło. Zdejmuje buty. A następnie rozgląda się po pokoju.

– Masz zegarek? – pyta. – Komórka mi padła.

Pokazuję mu pudło pełne budzików, które zdążyłam znowu schować.

– Wybieraj.

Zastanawia się długą chwilę, w końcu sięga po mahoniowy egzemplarz art déco z 1940 roku. Pokazuję, jak go nakręcić. Dee pyta, jak ustawić dzwonek. Demonstruję. Dee nastawia piątą pięćdziesiąt i wyjaśnia, że o szóstej musi być w robocie w stołówce. Czytanie zwykle zabiera nam nie więcej niż pół godziny, więc nie bardzo wiem, po co ten budzik. Nic jednak nie mówię. Ani o tym, ani o jego pracy, chociaż mnie to intryguje.

Chłopak siada na krześle przy biurku. Ja na łóżku. Podnosi z blatu probówkę z muszkami owocowymi i przygląda im się z lekkim rozbawieniem.

– To drozofile – wyjaśniam. – Hoduję je na zajęcia.

Kręci głową.

– Jak ci się skończą, zapraszam do kuchni mojej mamy po więcej.

Chcę zapytać, gdzie się znajduje ta kuchnia. Skąd Dee pochodzi. Ale wydaje się pełen rezerwy. A może to ja taka jestem. Może zaprzyjaźnianie się z innymi to szczególna umiejętność, a ja opuściłam tę lekcję.

– Okej, to do roboty. Do zobaczenia później, miłe dropsille – zwraca się do muszek.

Nie poprawiam go.

Czytamy naprawdę świetną scenę na początku *Opowieści zimowej*, kiedy Leontas zaczyna świrować, sądząc, że Hermiona go zdradza. Docieramy do końca; Dee pakuje swoje wydanie Szekspira i już sądzę, że zamierza wyjść, ale zamiast tego wyciąga książkę kogoś nazwiskiem Marcuse. Rzuca mi błyskawiczne spojrzenie.

– Zrobię jeszcze herbaty – mówię.

Uczymy się razem w milczeniu. Jest fajnie. O piątej pięćdziesiąt budzik dzwoni i Dee zbiera się do wyjścia.

– Środa? – pyta.

– Jasne.

Dwa dni później odprawiamy ten sam rytuał: ciasteczka, herbata, przywitanie z „dropsillami", Szekspir na głos, a potem cicha nauka. Nie gadamy, tylko pracujemy. W piątek do pokoju wpada Kali. Pierwszy raz zastaje Dee – kogokolwiek – w pokoju ze mną, więc przygląda mu się długą chwilę. Przedstawiam ich sobie.

– Cześć, Dee. Miło cię poznać – oznajmia dziewczyna dziwnie flirciarskim tonem.

– Och, cała przyjemność po mojej stronie – odpowiada Dee z przesadnym ożywieniem.

Kali patrzy na niego, a potem się uśmiecha. Idzie do swojej szafy, wyciąga płaszcz z wielbłądziej wełny i parę złotobrązowych zamszowych kozaczków.

– Dee, mogę cię o coś zapytać? Co sądzisz o tych butach do tego płaszcza? Nie za bardzo dobrane?

Patrzę na chłopaka. Ma na sobie błękitny jak niebo dres i T-shirt z brokatowym napisem „WIERZĘ". Nie bardzo rozumiem, na jakiej podstwie Kali uznała go za modowego guru.

On jednak natychmiast wchodzi w rolę.

– Och, skarbie, buty są świetne. Chętnie bym ci je ukradł.

Patrzę na niego lekko zszokowana. To znaczy, wykombinowałam, że woli facetów, ale nigdy wcześniej nie słyszałam, żeby gadał jak szykowny gej-kumpel.

– O, mowy nie ma – odpowiada Kali. Do jej dziwacznej maniery nokautowania poszczególnych słów dochodzi teraz uśpiony dotąd akcent bogatej idiotki z Kalifornii. – Kosztowały mnie, rozumiesz, c z t e r y s t a dolców. Mogę ci je p o ż y c z y ć.

– Och, słodka jesteś, laleczko. Ale ty masz stópki jak Kopciuszek, a stary Dee jak jedna z tych szkaradnych sióstr.

Dziewczyna wybucha śmiechem. Ciągną tak jeszcze jakiś czas, dyskutując o modzie. Czuję się paskudnie. Chyba nigdy mi nie przyszło do głowy, że Dee interesują tego rodzaju rzeczy. Kali domyśliła się z miejsca. Jakby miała radar pozwalający zauważać określone cechy u innych, zaprzyjaźniać się z nimi. Nieszczególnie interesuję się modą, ale tego wieczora, kiedy budzik odpala i Dee podnosi się do wyjścia, pokazuję mu najnowszą spódnicę kupioną przez mamę i pytam, czy nie uważa jej za zbyt grzeczną. On jednak ledwie zerka.

– Jest w porządku.

Od tej pory Kali zaczyna się pokazywać częściej. Odstawiają we dwójkę „Project Runway", a Dee zawsze włącza ten nowy głos. Uznaję, że to po prostu zakręcenie na modę. Ale kilka dni później, kiedy się uczymy, wchodzi Kendra i przedstawiam z kolei ją. Kendra mierzy Dee wzrokiem od stóp do głów, jak zwykle nowych ludzi, przylepia sobie na twarzy uśmiech stewardessy i pyta, skąd Dee pochodzi.

– Z Nowego Jorku – brzmi odpowiedź.

Zapisuję to sobie w pamięci. Znam go prawie od trzech tygodni i dopiero teraz dowiaduję się podstawowych rzeczy.

– Skąd w Nowym Jorku?

– Z City.

– A dokładniej?

– Z Bronksu.

Uśmiech stewardessy znika i na jego miejscu pojawia napięta kreska, która wygląda jak narysowana.

– Och, to znaczy z Południowego Bronksu? Hm. Pewnie strasznie się cieszysz, że się tu przeniosłeś.

Teraz Dee mierzy wzrokiem ją. Oglądają się nawzajem niczym dwa psy i zastanawiam się, czy to dlatego, że oboje są czarni. A potem Dee włącza inny głos niż ten, którym rozmawia z Kali i ze mną.

– Ty też z południa Bronksu?

Kendra wzdryga się lekko.

– Nie! Jestem z Waszyngtonu.

– Z tego, co mają tam tylko deszcz i nędzę?

D e s z c z   i   n ę d z ę?

– Nie, nie ze stanu Waszyngton. Z miasta w Dystrykcie Kolumbii.

– O. W tym Waszyngtonie mam paru kuzynów. Na południu, na dzielni Anacostia. Cholera, naprawdę koszmarne komunałki. Gorsze nawet od tych, gdzie ja się chowałem. Tydzień w cholerny tydzień mają w budzie strzelaninę.

Kendra wygląda na przerażoną.

– Nigdy nawet nie byłam w Anacostii. Mieszkam w Georgetown. I chodziłam do liceum Sidwell Friends z córkami Obamy.

– A ja do South Bronx. Najbardziej walnięta buda w całych Stanach. Słyszałaś o niej?

– Nie, obawiam się, że nie. – Rzuca mi szybkie spojrzenie. – Cóż, muszę lecieć. Umówiłam się z Jebem.

To jej nowy chłopak.

– Do zo przy okazji, siostro! – woła Dee, kiedy Kendra znika w swoim pokoju.

Bierze swój plecak, trzęsąc się ze śmiechu.

Postanawiam go odprowadzić do stołówki i może coś tam zjeść dla odmiany. Samotne sterczenie przy stole jest słabe, ale nie mogę już patrzyć na burritos z mikrofali. Kiedy schodzimy na parter, pytam, czy rzeczywiście się uczył w liceum South Bronx.

Odpowiada, brzmiąc znowu jak Dee. To znaczy, jak Dee, którego znam.

– South Bronx zamknęli rok temu, co nie znaczy, że kiedykolwiek tam chodziłem. Byłem w liceum eksperymentalnym. Potem się zahaczyłem w Prep for Prep, takim programie stypendialnym ogranizowanym przez prywatną szkołę, jeszcze droższą niż Sidwell Friends. Wyobraża sobie paniusia?

– Więc czemu jej po prostu tego nie powiedziałeś?

Patrzy na mnie, a potem wyjaśnia głosem, którego używał w rozmowie z Kendrą:

– Jak siostry chcą mnie uważać za śmiecia z getta – milknie i przestawia się na sepleniący, afektowany akcent – albo prawdziwą, proszę ja ciebie, ciotę – z kolei uderza w najgłębszy, szekspirowski ton – kimże ci jestem, ażebym je miał wyprowadzać z błędu?

Docieramy do stołówki. Czuję, że powinnam coś powiedzieć. Ale nie bardzo wiem co. W końcu pytam tylko, czy następnym razem chce ciasteczka z kawałkami czekolady, czy maślane. Dostałam od babci takie i takie.

– Ja przyniosę ciasteczka. Moja mama przysłała korzenne z melasą; sama piekła.

– To miło.

– Nie ma w tym nic miłego. Postawiła się. Nie pozwoli się prześcignąć czyjejś babci.

Śmieję się. To dziwny dźwięk, jakby starego rzęcha odpalonego po długim postoju w garażu.

– Nie wspomnimy o tym babci. Gdyby podjęła wyzwanie i też się wzięła do własnoręcznego pieczenia, moglibyśmy skończyć z zatruciem pokarmowym. Jest najgorszą kucharką na świecie.

* * *

Od tej pory staje się to rutyną. W każdy poniedziałek, środę i piątek: ciasteczka, herbata, budzik, Szekspir, nauka. Wciąż nie opowiadamy o sobie zbyt wiele, ale coś niecoś wymyka się przy okazji. Jego matka pracuje w szpitalu. Dee nie ma rodzeństwa, za to pięć milionów kuzynów. Dostaje pełne stypendium. Kocha się na zabój w profesorze Glennym. Wybrał dwa przedmioty kierunkowe, historię i literaturę, i może zrobi dodatkowo nauki polityczne. Mruczy, kiedy jest zmęczony, a gdy bardzo się zapali podczas czytania, nawija włosy na palec wskazujący tak mocno, że opuszek różowieje. I dokładnie tak jak podejrzewałam od pierwszego dnia na zajęciach, jest inteligentny. Tego mi nie mówi, ale to oczywiste. Jako jedyny w klasie dostaje od Glenny'ego szóstkę za pierwszą pracę pisemną, referat o *Henryku V.* Profesor ogłasza to publicznie i odczytuje fragmenty jako przykład tego, do czego wszyscy powinniśmy dążyć. Sam Dee wygląda na zawstydzonego, mnie jest trochę przykro, za to *groupies* wpatrują się w Dee z tak jawną zawiścią, że dla tego widoku warto pocierpieć. Tymczasem sama dostaję bardzo solidną piątkę za wypracowanie na temat Perdity oraz motywu gubienia i znajdowania.

Też opowiadam Dee różne drobiazgi o sobie, ale przyłapuję się na tym, że w połowie przypadków cenzuruję każde słowo. Lubię Dee. Naprawdę. Próbuję jednak dotrzymać obietnicy i wymazać przeszłość. Mimo to trochę żałuję, że nie mogę się go poradzić w sprawie Melanie. Posłałam jej moje pierwsze dzieło z warsztatów ceramicznych oraz list, w którym napisałam, że kompletnie postawiłam na głowie swój plan zajęć. Jedno i drugie wysłałam priorytetem, ale przez tydzień nie doczekałam się odpowiedzi. No więc zadzwoniłam, by się upewnić, czy przesyłka dotarła – to była tylko nędzna, ręcznie ulepiona miska, ale miała śliczną spękaną turkusową polewę – a Melanie przeprosiła, że nie odpowiedziała, tłumacząc się brakiem czasu.

Opowiedziałam jej wyczerpująco o nowych zajęciach i o szaleńczych środkach, które podjęłam, by rodzice w niczym się nie zorientowali: że im wysyłam prace z biologii z poprawiającymi się ocenami (nasze coraz dłuższe sesje naukowe z Dee zaczynają przynosić efekty), ale również testy partnerki z dawnego laboratorium chemicznego z wpisanym moim nazwiskiem. Sądziłam, że się nieźle uśmieje, tymczasem ona kompletnie obojętnym tonem ostrzegła, że wpadnę w tarapaty, jeśli zostanę nakryta – jakbym doskonale o tym nie wiedziała. Więc zmieniłam temat i opowiedziałam jej o profesorze Glennym oraz Dee, o czytaniu na głos i że wydawało mi się strasznie krępujące produkować się przed całą klasą, ale że wszyscy to robią i nie jest tak źle. Spodziewałam się, że podzieli mój entuzjazm, ale jej głos cały czas brzmiał praktycznie obojętnie i przyłapałam się, że mnie to wkurza. Od paru tygodni nie rozmawiamy ani nie mejlujemy ze sobą i czuję z tego powodu równocześnie przygnębienie i ulgę.

Korci mnie, żeby opowiedzieć Dee o tym wszystkim, ale nie jestem pewna, jak zacząć. Poza Melanie nigdy nie miałam naprawdę bliskiego przyjaciela i mam słabe pojęcie, jak się ich znajduje. To głupie, wiem. Widziałam, jak się do tego zabierają inni. W ich wykonaniu wygląda to łatwo: dobrze wam razem, otwieracie się przed sobą, dzielicie swoimi historiami. Tylko jak ja miałabym to zrobić, skoro jedyna historia, którą naprawdę chciałabym opowiedzieć, to właśnie ta, którą rzekomo powinnam wymazać? A w dodatku kiedy ostatni raz otwarłam się przed kimś... No cóż, przede wszystkim właśnie z tego powodu muszę zacząć od nowa. Wydaje się, że po prostu bezpieczniej pozwolić, by nasze relacje zostały takie, jakie są – przyjazne, serdeczne, miłe i nieskomplikowane.

* * *

Pod koniec lutego rodzice przyjeżdżają na Weekend z Rektorem. To pierwsza wizyta od Weekendu z Rodzicami, a ponieważ lekcja dobrze zapadła mi w pamięć, staję na uszach, by stworzyć wizerunek, jakiego oczekują. Wyciągam budziki. Zakreślam na kolorowo fragmenty w nieużywanym podręczniku do chemii i przepisuję opisy doświadczeń z dziennika laboratoryjnego mojej dawnej partnerki. Planuję mnóstwo rzeczy w Bostonie, żeby utrzymać rodziców z dala od kampusu, z dala od obciążających dowodów i Bajecznej Trójki (która ostatnio i tak zmieniła się raczej w Dynamiczną Dwójkę, bo Kendra ciągle znika ze swoim chłopakiem). Oświadczam Dee (obecnie uczymy się czasem także w weekendy), że wyjeżdżam i że nie możemy się zobaczyć w piątek oraz poniedziałek.

– Rzucasz mnie dla Drew?

Drew to drugi najlepszy interpretator Szekspira na zajęciach.

– Nie. Jasne, że nie – zapewniam piskliwym, spanikowanym głosem. – Tylko w piątek mamy kolejny wyjazd z grupą z ceramiki.

To nie całkiem nieprawda. Rzeczywiście jeździmy niekiedy na wyprawy terenowe. Eksperymentujemy z różnymi rodzajami szkliwa, używając do wypału rozmaitych materiałów organicznych, a czasem nawet wypalamy garnki pod otwartym niebem, w samodzielnie zbudowanych piecach ziemnych. J e ż - d ż ę w teren – tylko nie w ciągu najbliższych paru dni.

– A w weekend pewnie będę pisać referat. – Kolejne kłamstwo; referaty pisuję wyłącznie na zajęcia z Szekspira. Zdumiewające, jakiej wprawy nabrałam w mijaniu się z prawdą. – Do zobaczenia w środę, okej? Przyniosę ciasteczka.

– Napisz do babci, niech przyśle więcej tych świderkowatych z makiem.

– Nazywają się *rugelach*.

– Nie umiem ich wymawiać. Tylko jeść.

– Dobrze.

* * *

Weekend z rodzicami upływa w miarę przyzwoicie. Idziemy do Muzeum Sztuk Pięknych i do Muzeum Nauki. Idziemy na lodowisko; nie potrafię utrzymać łyżew równolegle. Idziemy do kina. Pstrykamy masę zdjęć. Następuje niezręczny moment czy dwa, kiedy mama wyciąga katalog kursów na przyszły rok i zaczyna układać ze mną rozkład zajęć, a potem pyta, jakie mam plany na wakacje, lecz jak zwykle słucham tylko jej propozycji i nic nie mówię. Pod koniec weekendu czuję się wypompowana jak po maratońskiej sesji Szekspira na głos z odgrywaniem różnych postaci.

W niedzielę po południu wracamy przed kolacją do akademika i nagle wpada Dee. Chociaż nie wspominałam mu o rodzicach ani słówkiem – nawet o tym, że przyjeżdżają, nie mówiąc o tym, co sobie na mój temat wyobrażają i czego się po mnie spodziewają – zjawia się w zwyczajnych dżinsach i swetrze; nigdy wcześniej nie widziałam go tak ubranego. Włosy schował pod czapką i nie użył błyszczyka. Mało brakuje, a bym go nie poznała.

– Więc skąd się znacie? – pyta mama, kiedy przedstawiam go nerwowo.

Tężeję z paniki.

– Jesteśmy partnerami na laboratorium z biologii – wyjaśnia chłopak swobodnie. – Razem hodujemy drozofile. – Pierwszy raz słyszę, że wypowiada tę nazwę poprawnie. Sięga po probówkę. – Produkujemy tu najrozmaitsze rodzaje genetycznych aberracji.

Tato wybucha śmiechem.

– Kazali nam przeprowadzać ten sam eksperyment, kiedy tu studiowałem. – Patrzy na Dee. – Też się wybierasz na medycynę?

Brwi chłopaka na moment podjeżdżają do góry; ledwie dostrzegalna oznaka zaskoczenia.

– Ciągle się nie zdecydowałem.

– Cóż, nie ma pośpiechu – uspokaja mama.

Omal nie parskam śmiechem.

Tato odwraca się, żeby odłożyć probówkę obok cylindra z gliny, który zapomniałam ukryć.

– Co to jest?

– Och, to m o j e dzieło – rzuca Dee, sięgając po przedmiot.

A potem zaczyna tłumaczyć, że chodzi na zajęcia z garncarstwa i w tym roku eksperymentują z różnego rodzaju szkliwami oraz metodami wypału, a tę ostatnią partię wyprodukowali w ziemnym piecu opalanym krowimi plackami.

– Krowimi plackami? – dopytuje mama. – To znaczy… o d c h o d a m i?

Dee kiwa głową.

– Owszem, odwiedziliśmy okoliczne farmy, pytając, czy możemy nazbierać krowiego nawozu. W gruncie rzeczy nawet nie cuchnie aż tak strasznie. Krowy są żywione trawą.

I nagle mnie uderza, że Dee używa kolejnego głosu, ale tym razem osobą, którą naśladuje, jestem ja. To ja opowiadałam mu o krowich plackach, o ich ziemistym zapachu, o zbieraniu ich na farmach... chociaż wtedy mało nie pękł ze śmiechu, wyobrażając sobie, jak bogate dzieciaki z uniwersytetu kosztującego czterdzieści tysięcy dolców za rok odwiedzają farmy i zbierają to, co wypadnie krowie spod ogona. Uświadamiam sobie, że zdradziłam mu na swój temat więcej, niż sądziłam. A on słuchał. Zwracał uwagę, wchłonął kawałek mnie. A teraz dzięki temu ratuje mi tyłek.

– Krowie odchody. Fascynujące – mówi do niego mama.

* * *

Następnego dnia rodzice wyjeżdżają, a w środę nasza grupa szekspirowska zaczyna *Wieczór Trzech Króli*. Dee przynosi z mediateki dwie różne wersje. Uważa, że w ramach kary za nieodrobienie zadania domowego powinniśmy obejrzeć ich kilka. Wręcza mi wersję sceniczną, kiedy odpalam laptopa.

– Dzięki, że je pożyczyłeś – mówię. – To ja powinnam to zrobić.

– I tak tam byłem.

– No cóż, dzięki. I dzięki za to, jak absolutnie fantastycznie się zachowałeś przy moich rodzicach. – Milknę na sekundę, mocno zawstydzona. – Skąd wiedziałeś, że przyjeżdżają?

– Moja siostra Kali mi powiedziała. Ona mi mówi o w s z y s t k i m, bo jesteśmy p s i a p s i ó ł y. – Przymruża oczy. – Widzisz? Nie trza było chować Dee przed staruszkami. Potrafi się zachować jak należy.

– Och, jasne. Przepraszam.

Patrzy na mnie, czekając na coś więcej.

– Naprawdę. Tylko moi rodzice... Istnieje mnóstwo... Nieważne, to skomplikowane.

– Wcale nie skomplikowane. Wszystko doskonale rozumiem. Można się pospolitować z Dee, byle nie wyciągać lepszych sreber.

– Nie! Źle to zrozumiałeś! – wykrzykuję. – Wcale się nie pospolituję. Naprawdę cię lubię.

Krzyżuje ręce na piersiach i przygląda mi się.

– A jak tam twoja w y p r a w a t e r e n o w a? – pyta cierpko.

Chcę mu wytłumaczyć, naprawdę. Ale jak? Jak to zrobić, nie opowiadając o wszystkim? Bo próbuję. Staram się tutaj stać nową osobą, kimś innym, wymazać przeszłość. Tylko jeśli opowiem o rodzicach, o Melanie, o Willemie, jeśli pokażę, kim naprawdę jestem, czy nie będzie to znaczyło, że dalej tkwię w miejscu, z którego zaczynałam?

– Przepraszam, że skłamałam. Ale przysięgam, nie chodziło o ciebie. Nie potrafię powiedzieć, jak bardzo ci jestem wdzięczna za to, co zrobiłeś.

– Nie ma za co d z i e n k o w a ć.

– Nie, n a p r a w d ę. Byłeś świetny. Rodzice byli tobą zachwyceni. I tak gładko ci poszło. Niczego się nie domyślili.

Wyciąga z kieszeni błyszczyk i z drobiazgową precyzją maluje najpierw górną, a potem dolną wargę. Oblizuje je, mlaszcząc głośno, jakby z wymówką.

– Co tu się domyślać? Ja tam nic nie wiem. Ja tu tylko sprzątam.

Chcę to wyprostować. Żeby wiedział, że go lubię. Że się go nie wstydzę. Że jest przy mnie bezpieczny.

– Widzisz... – zaczynam – nie musisz tego przy mnie robić. Tych głosów. Możesz po prostu być sobą.

Miał to być komplement, by Dee zrozumiał, że go akceptuję takiego, jaki jest. Ale on odbiera to inaczej. Zaciska usta i kręci głową.

– J e s t e m sobą, skarbie. Wszystkimi „ja", ile ich jest. Jestem właścicielem tych wszystkich „ja" razem i każdego z osobna. Wiem, kogo udaję, i wiem, kim jestem. – Patrzy na mnie i jego spojrzenie aż parzy. – A ty?

Celowo starałam się wszystko przed nim ukryć, ale Dee – bystry, przenikliwy Dee – się domyślił. Wszystkiego. Wie, jaka ze mnie odrażająca, wstrętna oszustka. Tak się wstydzę, że nawet nie wiem, co powiedzieć. Po chwili wkłada CD z *Wieczorem Trzech Króli* do mojego komputera. Oglądamy całą sztukę w milczeniu; żadnego czytania równolegle z nagraniem, żadnych komentarzy, żadnych śmiechów, tylko czworo oczu wpatrzonych w ekran. I w ten sposób się dowiaduję, że mu podpadłam.

Jestem z tego powodu taka nieszczęśliwa, że zapominam się zamartwiać Willemem.

Rozdział dwudziesty drugi

Marzec
Uniwersytet

Zima wlecze się bez względu na to, co wyprawiają świstaki. Dee przestaje wpadać popołudniami, oficjalnie dlatego że nie czytamy *Wieczoru Trzech Króli* na głos, ale wiem, że naprawdę nie o to chodzi. Zapasy ciasteczek od babci rosną. Łapię paskudne przeziębienie, z którego nie mogę się wygrzebać, chociaż ma to ten miły skutek uboczny, że ratuje mnie od czytania choćby najmniejszego fragmentu *Wieczoru Trzech Króli* przed całą klasą. Profesor Glenny, sam zakatarzony, wręcza mi paczkę czegoś o nazwie Lemsips i każe mi się kurować, żebym dała radę uciągnąć podwójną rolę Rozalindy w *Jak wam się podoba*, jednej z jego ulubionych sztuk.

Kończymy *Wieczór Trzech Króli*. Sądziłam, że poczuję ulgę, jakbym umknęła przed kulą. Ale tak nie jest. Odkąd Dee zniknął z mojego życia, mam wrażenie, jakbym właśnie została trafiona, i to mimo że uniknęłam czytania sztuki. Wymazanie przeszłości to była właściwa decyzja. Zapisanie się na te zajęcia – nie. Teraz po prostu muszę dotrwać do końca. Zaczyna mi to wchodzić w krew.

Zabieramy się do *Jak wam się podoba*. We wprowadzeniu profesor Glenny rozwodzi się, że to jedna z najbardziej romantycznych, najseksowniejszych sztuk Szekspira, i *groupies* w pierwszym rzędzie prawie mdleją. Notuję bezmyślnie, kiedy przedstawia zarys intrygi: Rozalinda, córka wygnanego księcia, oraz młodzieniec o imieniu Orlando spotykają się i zakochują w sobie od pierwszego wejrzenia. Potem jednak wuj wypędza Rozalindę ze swojego dworu i dziewczyna wraz z kuzynką Celią ucieka do Lasu Ardeńskiego. Tam postanawia udawać chłopca i przybiera imię Ganimed. Orlando, który zbiegł w to samo miejsce, spotyka Ganimeda i nawiązuje z nim znajomość. Rozalinda jako Ganimed wykorzystuje swoje przebranie oraz przyjaźń z Orlandem, by wystawić na próbę miłość deklarowaną przez tego ostatniego. Równocześnie wiele innych postaci zmienia tożsamość i się zakochuje. Profesor jak zawsze każe nam zwracać uwagę na określone motywy i fragmenty, szczególnie na to, jak śmiała staje się Rozalinda w skórze Ganimeda, i w jaki sposób zmieniają ją zarówno przebranie, jak i zaloty Orlanda. Brzmi to niczym z jakiejś telenoweli i muszę się mocno starać, żeby wszystkiego nie poplątać.

Wracamy do wspólnego czytania z Dee, ale znowu chodzimy do samorządu studenckiego, a chłopak znika natychmiast po skończeniu sesji. Przestał gadać tymi wszystkimi zwariowanymi głosami, co mi uświadamia, jak bardzo pomagały w zrozumieniu tekstu, bo teraz, kiedy oboje czytamy monotonnie, słowa przepływają mi koło uszu, jak w obcym języku. Równie dobrze moglibyśmy to robić po cichu – takie nudne się to staje. Dee używa teraz głosów, jedynie gdy musi porozmawiać ze mną. Codziennie funduje mi inny – jeden, dwa albo trzy. Przekaz jest jasny: zostałam zdegradowana.

Chcę to odkręcić. Naprawić. Ale nie mam pojęcia w jaki sposób. Chyba nie potrafię się przed nikim otworzyć, bo boję się, by nie dostać drzwiami w twarz. Więc nie robię nic.

* * *

– Dzisiaj przeczytamy jedną z moich ulubionych scen z *Jak wam się podoba*, początek aktu czwartego – oznajmia profesor Glenny pewnego przeraźliwie zimnego marcowego dnia, sprawiającego wrażenie, jakbyśmy zmierzali ku zimie, a nie jej końcowi. – Orlando oraz Ganimed/Rozalinda spotykają się ponownie w Lesie Ardeńskim i chemia między nimi osiąga punkt kulminacyjny. Co jest nieco dezorientujące i zabawne, biorąc pod uwagę przekonanie Orlanda, że rozmawia z mężczyzną. Równie dezorientujące okazuje się dla Rozalindy, pogrążonej w czymś na kształt rozkosznej udręki: rozdartej między dwiema tożsamościami, męską i kobiecą, oraz dwoma pragnieniami: by ochronić siebie i pozostać równą Orlandowi, a zarazem przejmującą pokusą, żeby mu po prostu ulec.

Groupies z pierwszego rzędu wydają zbiorowe westchnienie. Gdybyśmy nadal się kumplowali z Dee, spojrzelibyśmy na siebie i przewrócili oczami. Ale się nie kumplujemy, więc nawet na niego nie patrzę.

– Orlando odwiedza zatem Ganimeda w puszczy, gdzie odgrywają coś na kształt przedstawienia kabuki, jeszcze mocniej zakochując się w sobie, chociaż zarazem nie całkiem wiedząc, kogo obdarzają uczuciem – ciągnie Glenny. – Dla obu postaci granice między rzeczywistym „ja" i „ja" udawanym ulegają zatarciu. Co, jak mniemam, stanowi całkiem zręczną metaforę zakochania. Zatem mamy dzisiaj szczęście. Kto się zgłasza? – Rozgląda się po klasie. Kilkoro studentów podnosi ręce. – Drew, zechce pan przeczytać Orlanda?

Gdzieniegdzie rozlegają się oklaski, kiedy chłopak wychodzi naprzód. To jeden z najlepszych interpretatorów w klasie. Glenny zwykle zestawia go w parę z Nell albo Kaitlin, dwiema najlepszymi dziewczynami. Ale nie dzisiaj.

– Allyson, jak sądzę, jest mi pani winna Rozalindę.

Wlokę się na środek wraz z innymi wybrańcami. Nigdy nie lubiłam tego miejsca, ale dotychczas przynajmniej czułam, jak Dee mnie dopinguje. Kiedy się gromadzimy, Glenny przeobraża się w reżysera; podobno tym się zajmował zawodowo, nim został nauczycielem akademickim. Udziela nam wskazówek:

– Drew, w tych scenach Orlando jest żarliwy i niezachwiany, zakochany bez reszty. Allyson, pani Ganimed czuje się rozdarty: mimo oczarowania bawi się Orlandem jak kot myszą. Co czyni dla mnie tę scenę tak fascynującą, to fakt, że gdy przepytuje Orlanda, każąc mu dowieść swojej miłości, można wyczuć, jak mur między Rozalindą i Ganimedem się rozsypuje. Uwielbiam ten moment w sztukach Szekspira, kiedy prawdziwa i fałszywa tożsamość zlewają się w kłębowisko emocji. Tutaj doświadczają tego obie postaci. Scena aż kipi od emocji. Zobaczmy, jak państwo oboje sobie poradzą.

Scenę otwiera kwestia Rozalindy/Ganimeda/mnie pytającej, gdzie się podziewał Orlando/Drew, czemu tak długo trwało, zanim przyszedł w odwiedziny. „Odgrywam" tu Rozalindę. Na tym polega sztuczka. Rozalinda przeobraziła się w Ganimeda, który teraz musi udawać Rozalindę. W tej roli próbuje wyperswadować Orlandowi miłość, chociaż w rzeczywistości j e s t Rozalindą i chociaż odwzajemnia uczucie. Kręci mi się w głowie, gdy staram się nadążyć za tymi woltami.

Drew/Orlando odpowiada, że minęła niespełna godzina od wyznaczonej pory. Odpowiadam, że gdy złożyło się obietnicę w imię miłości, nawet godzinne spóźnienie stawia pod znakiem zapytania szczerość uczucia. On błaga o wybaczenie. Przekomarzamy się jeszcze chwilę, a potem ja – jako Rozalinda udająca Ganimeda udającego Rozalindę – pytam:

– „Jak byś się do mnie teraz odezwał, gdybym był twoją prawdziwą, najprawdziwszą Rozalindą?".

Drew robi pauzę, a ja przyłapuję się na tym, że czekam na jego odpowiedź dosłownie ze wstrzymanym oddechem.

Odpowiada:

– „Całowałbym, a gadał potem".

Ma niebieskie oczy, zupełnie niepodobne do j e g o oczu, ale przez ułamek sekundy widzę właśnie tamte, ciemne. Wibrujące elektrycznością, emocją, tuż przed tym, gdy mnie pocałował.

Trochę roztrzęsiona wypowiadam następną kwestię, radząc Orlandowi, żeby najpierw przemówił, zanim zacznie całować. Riposta goni ripostę, a kiedy docieramy do miejsca, w którym Orlando oświadcza, że ożeniłby się ze mną – z nią – nie wiem, co czuje Rozalinda, ale mnie robi się słabo. Na szczęście Rozalinda ma silniejszy charakter. Oznajmia jako Ganimed:

– „Mówię ci więc w jej słodkim imieniu, że cię nie chcę".

Na co Drew stwierdza:

– „W takim razie we własnym imieniu umieram".

I wtedy coś we mnie pęka. Nie mogę znaleźć właściwej linijki ani właściwej strony. Wydaje się, że zgubiłam też coś więcej: panowanie nad sobą, świadomość miejsca i czasu. Nie jestem pewna, ile go upływa, podczas gdy tkwię jak wrośnięta. Słyszę, jak Drew chrząka w oczekiwaniu na moją następną kwestię. Słyszę, jak profesor Glenny poprawia się na krześle. Partner szeptem podpowiada mi tekst, a ja powtarzam i jakimś sposobem odzyskuję orientację. Podejmuję przepytywanie Orlanda, nadal każąc mu dowodzić swojej miłości. Ale już nie gram, już nie udaję.

– „Powiedz mi teraz, jak długo chciałbyś ją mieć za żonę, gdy już wejdziesz w jej posiadanie?" – pytam jako Rozalinda.

Mój głos nie przypomina mojego głosu. Jest dźwięczny, wibruje od emocji – od pytań, które powinnam była zadać wtedy, kiedy mogłam.

Odpowiada:

– „Przez wieczność i jeden dzień".

Powietrze ze świstem uchodzi mi z płuc. Oto odpowiedź, jakiej potrzebuję. Nawet jeśli przypadkiem nie jest prawdziwa.

Próbuję przeczytać następną linijkę, ale nie mogę mówić. Nie mogę oddychać. Słyszę ryk wiatru w uszach i mrugam, by zatrzymać słowa tańczące po całej stronie. Po paru chwilach wykrztuszam kolejne zdanie:

– „Powiedz »jeden dzień« i daj sobie spokój z wiecznością"*. – Po czym głos mi się załamuje.

Bo Rozalinda rozumie. „Powiedz »jeden dzień« i daj sobie spokój z wiecznością". Że po jednym dniu jej serce zostanie złamane. Nic dziwnego, że nie zdradza, kim naprawdę jest.

Czuję w oczach gorące łzy i przez ich zasłonę widzę kolegów – milczących, wpatrzonych we mnie. Upuszczam książkę na podłogę i rzucam się do drzwi. Wybiegam na korytarz, mijam sale wykładowe, wpadam do damskiej toalety. Skulona w narożnej kabinie, chwytam głębokie oddechy, rozpaczliwie starając się odepchnąć pustkę grożącą, że mnie pochłonie żywcem.

Mam cudowne życie. Jak to możliwe, że wydaje się takie puste? Z powodu j e d n e g o faceta? Z powodu j e d n e g o dnia? Ale kiedy powstrzymuję łzy, widzę dni sprzed Willema. Widzę siebie i Melanie w szkole, kiedy czułam się bezpieczna i zadowolona z siebie, jak plotkujemy o dziewczynach, których nawet nie starałyśmy się lepiej poznać, albo później na wycieczce, jak udajemy przyjaźń, która w rzeczywistości dogorywała. Widzę siebie z rodzicami przy kuchennym stole, mamę z wiecznym kalendarzem pod ręką, planującą lekcje tańca, kurs

---

* William Szekspir, *Jak wam się podoba*, akt IV, scena 1., W drodze, Poznań 1993

przygotowawczy na studia albo jakieś inne rozwijające zajęcia, kartkującą katalogi w poszukiwaniu nowej pary śniegowców; nas wszystkich mówiących do siebie, ale nie rozmawiających ze sobą. Widzę siebie z Evanem, po tym kiedy byliśmy ze sobą pierwszy raz i on powiedział coś w guście, że teraz staliśmy się dla siebie najbliższymi osobami, co było słodkie, ale brzmiało jak cytat z jakiejś książki. A może to ja tego nie czułam, bo podejrzewałam, że zaczął ze mną chodzić jedynie dlatego, że Melanie umawiała się z jego najlepszym kumplem. Kiedy się rozpłakałam, błędnie uznał moje łzy za radość, co tylko pogorszyło sytuację. A mimo to z nim zostałam.

Byłam pusta od dawna. Na długo przed tym, gdy Willem tak gwałtownie zjawił się w moim życiu, a potem je opuścił.

Nie wiem, jak długo tam siedzę, kiedy słyszę skrzypnięcie. Potem pod drzwiami ukazują się różowe podrabiane uggi Dee.

– Jesteś tam? – pyta cicho.

– Nie.

– Mogę wejść?

Otwieram kabinę. Stoi przede mną, trzymając moje rzeczy.

– Strasznie przepraszam – mówię.

– Przepraszasz? Byłaś niesamowita. Dostałaś owację na stojąco.

– Przepraszam, że ci nie powiedziałam o przyjeździe moich rodziców. Przepraszam, że cię okłamałam. Przepraszam, że wszystko schrzaniłam. Nie potrafię być przyjacielem. Nie umiem być nikim.

– Umiesz być Rozalindą – odpowiada.

– Bo jestem doświadczoną oszustką. – Ocieram ręką łzę. – Udaję tak świetnie, że sama już nie potrafię odróżnić, kiedy przestaję.

– Och, skarbie, niczego się nie nauczyłaś z tych sztuk? Nie istnieje granica między udawaniem i byciem. – Dee rozkłada ramiona, a ja w nie wchodzę. – Ja też przepraszam – mówi. – Możliwe, że ciutkę przesadziłem z reakcją. Bywa, że czasem dramatyzuję, jeśli przypadkiem się nie zorientowałaś.

Śmieję się.

– Serio?

Przytrzymuje mi płaszcz; pozwalam go sobie włożyć.

– Nie lubię być okłamywany, ale szczerze doceniam to, co mi próbowałaś powiedzieć. Ludzie nigdy nie wiedzą, jak mnie traktować. Ani na dzielni, ani w liceum, ani tutaj, więc ciągle kombinują i próbują mówić mi, kim jestem.

– Aha, wiem coś na ten temat.

Patrzymy na siebie długą chwilę. I w tym milczeniu bardzo wiele zostaje wyjaśnione. Na koniec Dee pyta:

– Chcesz mi opowiedzieć, o co chodzi z tym wszystkim?

Chcę. Tak bardzo, że aż ściska mnie w piersi. Marzyłam, by mu o tym opowiedzieć, całą prawdę o sobie, od wielu tygodni. Kiwam głową.

Podaje mi ramię, a ja je ujmuję i wychodzimy z łazienki właśnie w chwili, gdy zjawiają się dwie dziewczyny. Patrzą na nas dziwnie.

– No więc był jeden facet… – zaczynam.

Dee kręci głową i cmoka cicho językiem, jak czule karcąca babcia.

– Zawsze jakiś jest.

* * *

Zabieram go znowu do swojego pokoju. Podaję hałdę nagromadzonych ciasteczek. I opowiadam o wszystkim. Zanim skończymy, wyjadamy wszystkie czarno-białe oraz te z masłem orzechowym. Dee zmiata sobie okruchy z kolan i pyta, czy nie myślałam nigdy o *Romeo i Julii.*

– Nie wszystko sprowadza się do Szekspira.

– Właśnie, że tak. Zastanawiałaś się kiedyś, co by się zdarzyło, gdyby nie byli tacy cholernie narwani? Gdyby Romeo na przykład przystopował na sekundę i wezwał lekarza albo zaczekał, aż Julia się ocknie? Zamiast wyciągnąć pochopne wnioski i się truć, sądząc, że ona nie żyje, podczas gdy tylko spała?

– Widzę, że ty tak.

I to prawda. Wygląda na mocno nakręconego.

– Widziałem ten film mnóstwo razy i za każdym cholernym razem czuję się, jakbym oglądał jakiś horror, kiedy masz ochotę wrzasnąć do bohaterki: „Stój! Nie idź do piwnicy! Tam siedzi morderca!". Na *Romeo i Julii* wołam: „Nie wyciągaj pośpiesznie wniosków!". Ale czy ci idioci mnie słuchają? – Kręci głową z oburzeniem. – Zawsze sobie wyobrażam, co by było, gdyby zaczekali. Julia by się zbudziła. Ślub już mieli. Mogliby się wyprowadzić gdzieś daleko od Montekich i Kapuletów, sprawić sobie śliczniusi zameczek tylko dla siebie. Urządzić go sympatycznie. Może skończyłoby się jak w *Zimowej opowieści.* Leontes, sądząc, że Hermiona zginęła, zyskał szansę, by przestać się zachowywać jak dureń, a potem tak bardzo się ucieszył, gdy odkrył, że ona jednak żyje. Może Montekowie i Kapuletowie odkryliby po jakimś czasie, że ich ukochane dzieci nie zginęły, doszliby do wniosku, że rodowe waśnie to głupota, i wszyscy żyliby szczęśliwie. Może dzięki temu tragedia zmieniłaby się w komedię.

– *Zimowa opowieść* to nie komedia, tylko sztuka problemowa.

– Och, zamknij się, okej? Wiesz, do czego zmierzam.

To prawda. Chociaż może nie zastanawiałam się nad tym w odniesieniu do *Romea i Julii*, to na krótko odwiedziłam krainę

„co by było, gdyby", myśląc o Willemie i o sobie. W pociągu powrotnym do Anglii i potem, w czasie lotu do kraju, miałam wątpliwości. A jeśli coś mu się stało? Ale kiedy dwa razy się z nich zwierzyłam – najpierw pani Foley, a potem Melanie – obie zafundowały mi zimny prysznic. Willem to nie Romeo. Raczej zwykły donżuan. A ja nie jestem Julią. Mówię o tym Dee. Wyliczam wszystkie dowody na to, że to playboy – poczynając od tego, że poderwał w pociągu przypadkową dziewczynę, a godzinę później zaprosił ją ze sobą na cały dzień do Paryża.

– Normalni ludzie nie robią takich rzeczy – kończę.

– A kto tu mówi o normalności? I może nie byłaś przypadkowa. Może ty też coś dla niego znaczyłaś.

– Ale nawet nie poznał m n i e. Tego dnia byłam kimś innym. Byłam Lulu. I to ona mu się spodobała. A zresztą załóżmy, że rzeczywiście coś mu się przydarzyło, że mnie nie zostawił. Znam tylko jego imię. On nie wie o mnie nawet tyle. Mieszka na innym kontynencie. Jest nieodwracalnie stracony. W jaki sposób miałabym go odnaleźć?

Dee patrzy na mnie, jakby odpowiedź była oczywista.

– Trzeba poszukać.

Rozdział dwudziesty trzeci

IMIĘ: Willem

NARODOWOŚĆ: holenderska

WIEK: 20 lat w sierpniu ubiegłego roku

Dorastał w Amsterdamie.

RODZICE: Yael i Bram.

Mama nie pochodzi z Holandii, jest lekarzem medycyny naturalnej

1,9 metra, czyli ok. 6 stóp i 3 cali; 75 kilogramów, czyli około 165 funtów

W ostatnie wakacje występował z grupą teatralną Guerrilla Will.

Oto pełna lista danych biograficznych na temat Willema, jakie mam. Zajmuje niespełna trzecią część strony w jednym z moich porzuconych dzienników laboratoryjnych. Kiedy ją kończę spisywać, jest jak drwina, jak policzek na otrzeźwienie. Wyobrażasz sobie, że się w nim zakochałaś, i tyle o nim wiesz? Osiem punktów? Jak miałabym go odnaleźć z pomocą tych ośmiu faktów? Zapomnijcie o szukaniu igły w stogu siana, to łatwizna. Igła przynajmniej by się wyróżniała. A ja szukam jednej konkretnej igły w fabryce igieł.

Osiem faktów. To upokarzające. Gapię się na stronę i mam ochotę ją wyrwać i zmiąć.

Zamiast tego jednak odwracam kartkę i zaczynam tworzyć inną listę. Przypadkowych rzeczy. Jak rozbawiony wyraz jego twarzy, kiedy przyznałam, że wzięłam go za porywacza. Sposób, w jaki spojrzał na mnie w kafejce na wiadomość, że jestem jedynaczką, nim spytał, czy jestem sama. Jego głupkowate rozanielenie, kiedy skakał po barce, pomagając kapitanowi Jackowi. Przyjemne uczucie, że to moja zasługa. To, jak Paryż brzmiał w kanale. Jak wyglądał z siodełka roweru. Dotyk ręki Willema na moim biodrze. Gwałtowność w jego oczach, kiedy rzucił się na pomoc dziewczynom w parku. Jego dodająca otuchy dłoń ściskająca moją, kiedy gnaliśmy ulicami Paryża. Bezbronny wyraz jego twarzy podczas kolacji, kiedy zapytałam, po co mnie przywiózł. I później, w squacie, jak na mnie patrzył i jak czułam się wielka i silna, kompetentna i śmiała.

Pozwalam się ogarnąć wspomnieniom i zapełniam całą stronę. A potem następną. A potem już nawet nie piszę o nim. Tylko o sobie. O wszystkim, co czułam tamtego dnia, nie wyłączając zazdrości oraz paniki, ale więcej o wrażeniu, że świat jest po prostu pełen możliwości.

Zapisuję trzy strony. Nic z tego nie pomoże go odnaleźć. Ale robiąc to, czuję się dobrze – nie, nie po prostu dobrze. Czuję, że postępuję właściwie. W jakimś sensie słusznie. Nie doświadczyłam tego wrażenia od długiego, bardzo długiego czasu, i to ono bardziej niż cokolwiek mnie przekonuje, że powinnam szukać Willema.

* * *

Najbardziej konkretną rzeczą na liście jest Guerrilla Will, więc od niego zaczynam. Mają stronę internetową z podstawowymi faktami, co wprawia mnie w wielką ekscytację – póki nie zauważam, że jest kompletnie nieaktualna. Reklamowane na niej sztuki zostały wystawione w wakacje przed dwoma laty. Zawiera jednak zakładkę „kontakt" z adresem mejlowym. Godzinami układam dziesięć różnych wiadomości, w końcu kasuję je na rzecz zupełnie prostej:

Dzień dobry,

próbuję odnaleźć Holendra o imieniu Willem, lat 20, który występował w ostatnie wakacje w inscenizacji Wieczoru Trzech Króli. *Obejrzałam ją w Stratford-upon-Avon, a potem w sierpniu pojechałam z nim do Paryża. Jeśli ktoś zna miejsce jego pobytu, bardzo proszę mu przekazać, że Lulu, znana także jako Allyson Healey, prosi go o kontakt. To bardzo ważne.*

Podaję wszystkie swoje adresy i nieruchomieję na chwilę, wyobrażając sobie zera i jedynki, czy z czego tam składają się mejle, mknące przez oceany i góry i lądujące w czyjejś skrzynce odbiorczej. Kto wie? Może nawet w jego?

A potem wciskam „wyślij".

Trzydzieści sekund później odzywa się sygnał przychodzącej poczty. Czy to możliwe? Czy możliwe, że poszło tak szybko? Tak prosto? Ktoś wie, gdzie on jest. Albo może on mnie szukał przez cały ten czas.

Ręka mi się trzęsie, kiedy otwieram skrzynkę odbiorczą. Znajduję jedynie własną wiadomość sprzed momentu, odrzuconą. Sprawdzam adres. Wysyłam ją znowu. I znowu wraca.

– Pierwsza runda przegrana – oznajmiam Dee przed zajęciami następnego dnia.

Opowiadam o odrzuconym mejlu.

– Nie znam się na metaforach sportowych, ale jestem prawie pewien, że w meczach bejsbolowych jest zwykle dziewięć rund.

– W sensie?

– Przygotuj się na długą walkę.

Profesor Glenny wpada do sali, zaczyna opowiadać o *Cymbelinie*, sztuce, którą właśnie zaczynamy, informuje o ostatniej szansie kupienia biletów na *Jak wam się podoba*, a potem przestrzega krótko, byśmy zaczęli myśleć o ustnych zaliczeniach na koniec roku.

– Możecie państwo pracować samodzielnie albo z partnerami, przygotować zwyczajną prezentację albo coś bardziej teatralnego.

– Robimy teatralną – szepcze Dee.

– Pod Glenny'ego.

A potem patrzymy na siebie, jakbyśmy równocześnie wpadli na ten sam pomysł. Po zajęciach podchodzimy do katedry, gdzie zwykła koteria *groupies* uśmiecha się głupawo.

– Co, Rozalindo, chce pani bilet na *Jak wam się podoba*?

Czerwienię się.

– Już kupiłam. Prawdę mówiąc, próbuję odszukać kogoś, z kim straciłam kontakt, i nie mam zbyt wielu tropów prócz namiarów na szekspirowską trupę aktorską, którą spotkałam w Stratford-upon-Avon w ubiegłym roku, i mają nawet stronę internetową, ale odrzuca mejle, chociaż widziałam wystawianą przez nich sztukę niecały rok temu…

– W Stratford-upon-Avon?

– Mhm. Tylko nie w teatrze. To było takie trochę undergroundowe przedstawienie. Nazywali się Guerrilla Will. Występowali nad basenem kanałowym. Byli naprawdę świetni. Prawdę mówiąc, zwiałam z *Hamleta* Royal Shakespeare Company, żeby obejrzeć *Wieczór Trzech Króli* w ich interpretacji.

Profesorowi to się podoba.

– Rozumiem. I zgubiła pani Sebastiana, tak? – Wstrzymuję oddech i oblewam się rumieńcem, ale potem dociera do mnie, że Glenny po prostu nawiązuje do sztuki. – Mój stary kumpel pracuje tam w biurze informacji turystycznej. Guerrilla Will, mówi pani?

Kiwam głową.

– Zobaczę, do czego mi się uda dokopać.

Tydzień później, tuż przed przerwą wiosenną, profesor wręcza mi adres.

– Oto, co znalazł mój znajomek. To dane z akt policyjnych. Najwyraźniej pani przyjaciele z Guerrilla Will nie lubią się bawić w zdobywanie pozwoleń, bo zostali zatrzymani. Nie jestem pewien, na ile informacja jest aktualna.

Patrzę na adres. Angielskie miasto Leeds.

– Dziękuję – mówię.

– Nie ma za co. Niech pani da znać, jak się skończyło.

Wieczorem tego dnia drukuję mejl, który wysłałam do Guerrilla Will, potem jednak zmieniam zdanie i piszę list odręcznie.

Drogi Willemie,

już od dziewięciu miesięcy próbuję zapomnieć o Tobie i naszym dniu w Paryżu, ale jak widzisz, nie idzie mi najlepiej. Chyba najbardziej ze wszystkiego chciałabym się dowiedzieć, czy zostawiłeś mnie tak po prostu. Jeśli tak, to w porządku. To znaczy, nie w porządku, ale jeśli to jest prawda, jakoś ją przeżyję. Jednak jeśli mnie nie porzuciłeś, nie wiem, co powiedzieć. Poza „przepraszam", że ja to zrobiłam.

Nie wiem, jaka będzie Twoja reakcja na list-widmo z Twojej przeszłości. Tak czy inaczej, bez względu na to, co się rzeczywiście stało, mam nadzieję, że wszystko u Ciebie w porządku.

Podpisuję „Lulu" oraz „Allyson" i dopisuję wszelkie możliwe dane kontaktowe. Wkładam list do koperty i adresuję: „Guerrilla Will, dla Willema". Wysyłam go wieczorem przed wyjazdem na ferie wiosenne.

* * *

Spędzam w domu nudną przerwę od zajęć. Melanie ma wolne w innym terminie; tęsknię za nią i równocześnie czuję ulgę, że nie muszę jej oglądać. Zakopuję się w swoim pokoju, rozkładam wszędzie stare podręczniki i całymi dniami prowadzę poszukiwania przez Facebooka, Twittera oraz wszelkie inne sieci społecznościowe, jakie potrafię sobie wyobrazić, ale okazuje się to sporym problemem, kiedy się ma tylko imię. Szczególnie że „Willem" jest w Holandii bardzo popularny. Mimo to przeglądam setki stron i gapię się na fotki najrozmaitszych Willemów, ale żaden nie jest n i m.

Zakładam na Facebooku stronę jako Lulu ze zdjęciami Louise Brooks i moimi. Codziennie aktualizuję status, dopisując coś, co tylko on umiałby zrozumieć. „Wierzysz w wypadki we wszechświecie?", „Czy nutella to czekolada?", „Czy zakochać się to to samo, co kogoś kochać?". Dostaję prośby o dodanie do znajomych od wielbicieli New Age'u. Od zboczeńców. Od fanklubu nutelli z Minnesoty (jak mnie znaleźli?). Ale nic od niego.

Próbuję namierzyć jego rodziców. Wpisuję kombinacje: „Willem, Bram, Yael", a potem tylko „Bram, Yael", lecz nie znając nazwiska, nie dostaję żadnych wyników. Przeszukuję wszystkie holenderskie strony o medycynie naturalnej, jakie potrafię znaleźć, wpisując „Yael", ale bez skutku. Wpisuję w Google'a imię „Yael" i okazuje się, że jest hebrajskie. Czy jego mama jest Żydówką? Izraelką? Czemu nie przyszło mi do głowy wypytać o to wszystko, kiedy miałam szansę? A przecież wiem dlaczego. Bo kiedy z nim byłam, czułam, jakbym go już znała.

Rozdział dwudziesty czwarty

Kończy się przerwa wiosenna i na zajęciach z Szekspira zaczynamy *Cymbelina*. Docieramy z Dee do połowy, do naprawdę pikantnej sceny, gdzie Posthumus, mąż Imogen, zauważa u Iachomo bransoletkę, którą podarował w sekrecie żonie, i uznaje to za dowód jej zdrady, chociaż naturalnie bransoletkę ukradł Iachomo właśnie po to, by wygrać z Posthumusem zakład, że zdoła nakłonić Imogen do niewierności.

– Kolejna pochopna konkluzja – zauważa chłopak, patrząc na mnie znacząco.

– Cóż, miał solidne podstawy do podejrzeń – odpowiadam. – Iachomo bez dwóch zdań wiedział o niej różne rzeczy: jak wygląda jej sypialnia, że ma znamię na cycku...

– Bo ją podglądał, kiedy spała – protestuje Dee. – Istniało wytłumaczenie.

– Wiem. Wiem. Dokładnie na tej samej zasadzie twierdzisz, że może istnieć przekonujący powód zniknięcia Willema. Tylko, widzisz, czasem naprawdę trzeba uwierzyć temu, co mamy przed oczami. W ciągu jednego dnia byłam świadkiem, jak Willem flirtował, dał się rozebrać i wziął numer telefonu od minimum trzech dziewczyn, nie licząc mnie. Dla mnie to znaczy „playboy". Czyli ze mną też się zabawił.

– Jak na playboya strasznie dużo mówił o zakochaniu.

– O zakochaniu się, nie o kochaniu – uściślam. – I to o zakochaniu się w Céline.

Chociaż przypominam sobie wyraz jego twarzy, nieskrywaną tęsknotę, kiedy opowiadał o swoich rodzicach, o byciu napiętnowanym. A potem czuję ciepło na nadgarstku, jakby jego ślina wciąż jeszcze nie wyschła.

– Céline – mówi Dee i pstryka palcami. – Ta francuska ślicznotka.

– Nie była aż t a k ą ślicznotką.

Przewraca oczami.

– Czemu o tym nie pomyśleliśmy? Jak się nazywał klub, w którym pracowała? Gdzie zostawiłaś walizkę?

– Nie mam pojęcia.

– Okej. Gdzie się znajdował?

– Niedaleko dworca kolejowego.

– Którego?

Wzruszam ramionami. Wszystko wyparłam.

Dee łapie mój laptop.

– Teraz jesteś po prostu uparta. – Bębni jak szalony w klawiaturę. – Skoro przyjechałaś z Londynu, dotarłaś na Gare du Nord.

Wymawia to: „Gary du Nord".

– Aleś ty bystry.

Otwiera Google Maps i coś wpisuje. Pojawia się las czerwonych chorągiewek.

– Proszę.

– Co?

– Nocne kluby w okolicach Gare du Nord. Jakie tylko chcesz. Zapewne Céline pracuje w jednym z nich. Znajdź ją, znajdziesz jego.

– Jasne, może nawet w tym samym łóżku.

– Allyson, dopiero co twierdziłaś, że nie chcesz się oszukiwać.

– Owszem. Tylko po prostu nie mam ochoty nigdy więcej oglądać Céline.

– Jak bardzo chcesz go znaleźć? – pyta Dee.

– Nie wiem. Chyba przede wszystkim chcę ustalić, co się stało.

– Tym bardziej powinnaś zadzwonić do tej całej Céline.

– Czyli mam obdzwonić te wszystkie kluby, wypytując o nią? Zapominasz, że nie mówię po francusku.

– A co w tym trudnego? – Nieruchomieje i układa usta w ciup. – *Bon lacroix monsoir oui, tres, chic chic croissant francuska lafirynda.* – Uśmiecha się złośliwie. – Widzisz? Kaszka z mleczkiem, bułka z masłem, małe piwo.

– To też po francusku?

– Nie, po łacinie. Możesz też pytać o tego drugiego gościa, tego Afrykanina.

O Olbrzyma. Nie miałabym nic przeciwko temu, żeby z nim porozmawiać, tylko oczywiście nie znam nawet jego imienia.

– Ty to zrób. Idzie ci znacznie lepiej niż mnie.

– Co ty bredzisz? Ja się uczyłem hiszpańskiego.

– To znaczy, lepiej wychodzi ci mówienie różnymi głosami, udawanie.

– Widziałem, jak grałaś Rozalindę. Spędziłaś cały dzień na odgrywaniu Lulu, a teraz udajesz przed rodzicami, że robisz kurs przedmedyczny.

Spuszczam wzrok i skubię paznokieć.

– To tylko świadczy, że jestem kłamczuchą.

– Wcale nie. Po prostu wypróbowujesz różne tożsamości jak wszyscy w tych Szekspirowskich sztukach. A postaci, które udajemy, już w nas są. Dlatego przede wszystkim je odgrywamy.

* * *

Kali uczy się francuskiego pierwszy rok, więc najswobodniej, jak potrafię, pytam ją, w jaki sposób poprosić do telefonu Céline albo barmana Senegalczyka, którego brat mieszka w Rochester. W pierwszej chwili wytrzeszcza oczy zszokowana. To chyba pierwszy raz od początku studiów, kiedy się do niej zwracam z czymś poważniejszym niż: „Czy to twoje skarpetki?”.

– Cóż, to by *zależało* od mnóstwa *rzeczy* – odpowiada. – Kim *są* ci ludzie? Co cię z nimi *łączy*? Francuski to język *niuansów*.

– Em, nie mogą być po prostu ludźmi, których chcę poprosić do telefonu?

Mruży oczy i wraca do nauki.

– Spróbuj za pomocą tłumacza *online*.

Biorę głęboki oddech, a potem wypuszczam z siebie istny huragan:

– Okej. To odpowiednio totalnie wredna ślicznotka i strasznie miły facet, których kiedyś spotkałam. Oboje pracują w jakimś paryskim nocnym klubie i mam przeczucie, że mogą mieć klucz do mojego... do mojego szczęścia. Czy to ci pomoże z niuansami?

Kali zamyka podręcznik i zwraca się do mnie.

– Tak. I nie. – Chwyta kartkę papieru i stuka się o podbródek. – Czy *znasz* przypadkiem imię tego brata z *Rochester*?

Kręcę głową.

– Wymienił je tylko raz, bardzo szybko. Czemu?

Wzrusza ramionami.

– Po prostu wydaje mi się, że gdybyś je *znała*, mogłabyś go *wytropić* w Rochester, a *potem* odszukać jego brata.

– O mój Boże, nawet mi to nie przyszło do głowy. Może uda mi się przypomnieć i spróbuję także w ten sposób. Dzięki.

– *Zdumiewające* rzeczy zaczynają się dziać, kiedy *prosimy* o pomoc.

Patrzy znacząco.

– Chcesz poznać całą historię?

Jej uniesiona brew mówi: „A czy świnie lubią błoto?".

I tak opowiadam Kali, najmniej prawdopodobnej powierniczce, skróconą wersję sagi.

– Och. Mój. Boże. *Teraz* wszystko jasne.

– Co jasne?

– Czemu byłaś taką *samotnicą* i ciągle nam *odmawiałaś*. Myślałyśmy, że nas *nienawidzisz*.

– Co? Nie! Nie nienawidzę was. Po prostu czułam się jak ostatnia ofiara i gryzło mnie sumienie, że jesteście na mnie skazane.

Kali przewraca oczami.

– Tuż przed przyjazdem tutaj zerwałam ze swoim *chłopakiem*, a Jenn rozstała się ze swoją *dziewczyną*. Jak sądzisz, czemu mam tyle fotek *Bustera*? Wszystkie miałyśmy doła i tęskniłyśmy do domu. To dlatego ciągle *imprezowałyśmy*.

Kręcę głową. Nie wiedziałam o tym. Nie przyszło mi do głowy zapytać. Nagle wybucham śmiechem.

– Od siódmego roku życia miałam jedną jedyną najlepszą przyjaciółkę. Tylko z nią utrzymywałam bliskie kontakty, więc czuję, jakbym przegapiła najważniejsze lata, kiedy człowiek uczy się przyjaźnić z innymi.

– Niczego nie *przegapiłaś*. Chyba że do *przedszkola* też nie chodziłaś?

Gapię się na nią bezradnie. Jasne, że chodziłam.

– Skoro tak, to umiesz znajdować *przyjaciół*. To tak jakby *pierwsza* rzecz, jakiej cię uczą. – Wpatruje się we mnie. – Żeby *znaleźć* przyjaciela... – zaczyna.

– Trzeba b y ć przyjacielem – kończę, przywołując w pamięci powiedzenie, które usłyszałam w grupie pani Finn. Albo może w *Barneyu i przyjaciołach*.

Kali uśmiecha się i sięga po długopis.

– Myślę, że będzie prościej, jeśli zapytasz po prostu o tę laskę Céline i barmana z Senegalu, i dasz sobie spokój z bratem, bo ilu tam mają senegalskich barmanów? A potem, kiedy barman podejdzie, możesz spytać, czy ma brata w Rochester.

– W Roché Estair – poprawiam. – Tak to wymawiał.

– R o z u m i e m czemu. Brzmi znacznie bardziej elegancko. Proszę.

Podaje mi kawałek papieru. *Je voudrais parler à Céline ou au barman qui vient du Sénégal, s'il vous plaît.* Napisała to zarówno w wersji francuskiej, jak i fonetycznie.

– Tak to brzmi po francusku. Jeśli chcesz, żeby ci p o m ó c z telefonem, daj z n a ć. Od tego są p r z y j a c i e l e.

Je voudrais parler à Céline ou au barman qui vient du Sénégal, s'il vous plaît. Przez następny tydzień zdążyłam powtórzyć tę frazę tyle razy – z początku dla praktyki, a potem w trakcie serii coraz bardziej dołujących rozmów telefonicznych – że przysięgam, mamroczę ją przez sen. Wykonałam dwadzieścia trzy telefony. *Je voudrais parler à Céline ou au barman qui vient du Sénégal, s'il vous plaît*... Tak właśnie mówię. A potem następuje jedna z trzech rzeczy. Pierwsza: ktoś odkłada słuchawkę. Druga: słyszę jakąś wariację na temat *non* – i ktoś odkłada słuchawkę. Te kluby skreślam z listy – stanowcza odmowa. Ale bywa i tak – to trzeci rodzaj reakcji – że ktoś zaczyna coś trajkotać po francusku, a ja słucham bezradnie. „*Céline? Barman? Sénégal?*" – powtarzam; moje słowa toną niczym uszkodzone tratwy ratunkowe. Nie mam pojęcia, co ci ludzie mówią. Może tłumaczą, że Céline i Olbrzym wyskoczyli na lunch, ale niedługo wrócą. Albo że Céline jest na miejscu, ale poszła na dół uprawiać seks z pewnym wysokim Holendrem.

Biorę Kali za słowo i proszę ją o pomoc; czasami potrafi wykombinować, że nie ma żadnej Céline i żadnego barmana z Senegalu, ale znacznie częściej bywa równie skołowana, jak ja. Tymczasem wraz z Dee próbują wygooglować wszystkie potencjalnie senegalskie nazwiska w Rochester. Odbywamy kilka krępujących rozmów telefonicznych, ale bez rezultatów.

Po dwudziestym czwartym żałosnym telefonie kończą mi się kluby nocne w sąsiedztwie Gare du Nord. Wtedy przypominam sobie nazwę kapeli widniejącą na T-shirtach z klubu – tych, którymi Céline obdarowała Willema i mnie. Googlam „Sous ou Sur" i sprawdzam daty występów. Lecz jeśli grali u Céline, to dawno temu, bo teraz podobno się rozpadli.

Minęło ponad trzy tygodnie od wysłania listu, więc tracę nadzieję również na tym froncie. Szanse na znalezienie Willema, od początku niezbyt wielkie, blakną. Co najdziwniejsze jednak, uczucie, że postępuję słusznie – wcale nie słabnie. Staje się nawet wyraźniejsze.

* * *

– Jak tam poszukiwania Sebastiana?! – woła profesor Glenny pewnego dnia po zajęciach, kiedy ustawiamy się w kolejce, by odebrać prace na temat *Cymbelina*. *Groupies* patrzą na mnie ze zbiorową zawiścią. Odkąd opowiedziałam Glenny'emu o Guerrilla Willu, nabrał do mnie nowego szacunku. A Dee naturalnie darzy miłością od pierwszego spotkania.

– Tak jakby umarły śmiercią naturalną – odpowiadam. – Skończyły mi się tropy.

Uśmiecha się szeroko.

– Zawsze istnieją kolejne. Jak to powtarzają w kryminałach? „Trzeba zobaczyć szerszy obraz". – Ostatnie zdanie wypowiada z koszmarnym nowojorskim akcentem. Oddaje mi pracę. – Niezła robota.

Patrzę na kartkę, na wielką czerwoną piątkę minus, i zalewa mnie potężna fala dumy. Wędrując z Dee na kolejne zajęcia, zerkam na nią co chwila, by się upewnić, że nie przeobrazi się w tróję, chociaż wiem, że to niemożliwe. Mimo to nie potrafię się powstrzymać od spoglądania. I od uśmiechania się od ucha do ucha. Dee przyłapuje mnie na tym i wybucha śmiechem.

– Dla niektórych z nas piątka to coś nowego – wyjaśniam.

– Och, polały się łzy me czyste... Do zo o czwartej?

– Będę liczyć sekundy.

Kiedy się zjawia, dosłownie nosi go ze szczęścia.

– Do diabła z szerokością. Najważniejsze, by obraz był właściwy. – Pokazuje dwie płyty DVD z mediateki. Na okładce jednej widnieje tytuł *Puszka Pandory* i zdjęcie pięknej kobiety o smutnych, ciemnych oczach, z hełmem lśniących czarnych włosów. Od razu zgaduję, kto to.

– W jaki sposób to nam pomoże?

– Nie wiem. Gdy otwierasz puszkę Pandory, nigdy nie wiesz, co z niej wyfrunie. Możemy je obejrzeć dzisiaj wieczorem. Jak skończę robotę.

Kiwam głową.

– Zrobię popcorn.

– A ja przyniosę resztki ciasta ze stołówki.

– Umiemy się zabawić w piątkowy wieczór.

Nieco później, nakrywając do stołu przed spotkaniem z Dee, spotykam w saloniku Kali. Zerka na prażoną kukurydzę.

– Nagły atak podjadania?

– Zamierzamy obejrzeć parę filmów z Dee.

Nigdy nigdzie nie zaprosiłam Kali. A ona zwykle w weekendowe wieczory wychodzi. Przypominam sobie jednak, że ofiarowała mi pomoc, i co mówiła o przyjaźni, więc proponuję, by się przyłączyła.

– To coś w rodzaju seansu połączonego z misją poszukiwawczą. Przyda nam się pomoc. Twój pomysł, żeby spróbować znaleźć brata z Rochester, był genialny.

Otwiera szerzej oczy.

– Pomogę z wielką chęcią. Mam już po dziurki w nosie imprez z alkoholem. Jenn, masz ochotę zobaczyć filmy z Allyson i Dee?

– Zanim powiesz „tak", ostrzegam, że są nieme.

– Fajnie – odpowiada Jenn. – Nigdy jeszcze żadnego nie widziałam.

Ja też nie; okazuje się, że przypomina to trochę oglądanie sztuk Szekspira. Trzeba się przyzwyczaić, wejść w rytm. Nie słychać kwestii aktorów, lecz nie przypomina to też filmów zagranicznych, gdzie w trakcie dialogów pojawiają się napisy. Tylko najważniejsze sceny są objaśniane tekstem. Reszty trzeba się domyślić z wyrazu twarzy aktorów, z kontekstu, z dramatyczniejszych partii orkiestry. Należy się trochę wysilić.

Oglądamy całą *Puszkę Pandory*, opowiadającą o pięknej dziewczynie do towarzystwa imieniem Lulu, która przechodzi z rąk do rąk. Początkowo ma wyjść za mąż za swego kochanka, ale w dniu ślubu zabija go z pistoletu. Zostaje oskarżona o zabójstwo, unika jednak więzienia, uciekając na wygnanie z synem zamordowanego. Potem zostaje sprzedana do domu publicznego. Na koniec w wigilię Bożego Narodzenia ginie z rąk ni mniej, ni więcej, tylko Kuby Rozpruwacza. Oglądamy to wszystko, czując, jakbyśmy patrzyli na katastrofę pociągu nakręconą w zwolnionym tempie.

Film dobiega końca i Dee wyjmuje następny, *Dziennik upadłej dziewczyny*.

– To komedia – żartuje.

Okazuje się nawet nie taki zły. Lulu, chociaż nosi tu inne imię, nie ginie na końcu. Zostaje jednak uwiedziona, rodzi nieślubne dziecko, które pozwala sobie odebrać, zostaje wyrzucona z domu i trafia do okropnego zakładu poprawczego. Również nurza się w rozpuście.

Jest prawie druga nad ranem, kiedy zapalamy światło. Spoglądamy na siebie zaczerwienionymi oczami.

– I? – pyta Jenn.

– Podobały mi się jej s t r o j e – oświadcza Kali.

– Kostiumy rzeczywiście były efektowne, ale nieszczególnie pomocne. – Dee zwraca się do mnie. – Jakieś wskazówki?

Rozglądam się.

– Nic nie zauważyłam.

I to prawda. Przez cały czas zakładałam, że jestem taka jak Lulu. Ale w n i c z y m nie przypominam dziewczyny z tych filmów. I wcale bym nie chciała.

Jenn ziewa, otwiera laptop i wyszukuje stronę poświęconą Louise Brooks, która najwyraźniej miała życie równie burzliwe, jak Lulu: od gwiazdy filmowej z najwyższej półki, poprzez sprzedawczynię w wytwornym butiku Saksa przy Piątej Alei, następnie utrzymankę, aż po pustelnicę.

– Ale piszą tutaj, że zawsze była buntowniczką. Zawsze robiła wszystko po swojemu. I miała lesbijski romans z Gretą Garbo!

Jenn uśmiecha się na tę informację.

Kali zabiera jej komputer.

– Jako p i e r w s z a wylansowała też fryzurę na krótkiego pazia.

– Właśnie taką miałam fryzurę, kiedy się poznaliśmy. Pewnie należało o tym wspomnieć.

Kali odkłada komputer, rozplata mi kucyk i unosi włosy do podbródka.

– Hmm. Z włosami na pazia rzeczywiście trochę ją przypominasz.

– Aha, tak właśnie powiedział. Że ją przypominam.

– Skoro to w tobie dostrzegł – stwierdza Jenn – to znaczy, że uważał cię za bardzo piękną.

– Okej. Może. Albo może to wszystko było dla niego zabawą. Albo nazywał mnie Lulu, żeby się ode mnie zdystansować i nie musieć niczego się o mnie dowiadywać.

A jednak wyliczając te mniej romantyczne – i szczerze mówiąc, bardziej prawdopodobne – scenariusze, nie czuję zwykłego skurczu wstydu i upokorzenia. Świadomość, że dziewczyny mnie wspierają, sprawia, że nic nie wydaje się już takie tragiczne.

Kendra nocuje u Jeba, więc Kali proponuje swoje łóżko Dee, a sama wbija się do Kendry. Mościmy się pod kołdrami, a potem życzymy sobie dobrej nocy jak na jakimś letnim obozie – i uczucie, że postępuję słusznie, powraca silniejsze niż kiedykolwiek.

Dee od razu zaczyna chrapać, ja jednak długo leżę bezsennie, bo ciągle rozmyślam o Lulu. Może to było tylko imię. Może to było udawanie. Chociaż od pewnego momentu już nie. Bo tamtego dnia rzeczywiście stałam się Lulu. Być może nie Lulu z filmu ani prawdziwą Louise Brooks, lecz moim własnym wyobrażeniem o tym, co sobą reprezentowała. Wolność. Odwagę. Przygodę. Mówienie „tak".

Uświadamiam sobie, że poszukuję nie tylko Willema. Lulu też.

Rozdział dwudziesty piąty

Kwiecień

Miami Beach

Mama i tato czekają w hali przylotów na lotnisku w Miami; mama zorganizowała wszystko tak, że dotarli pół godziny przede mną. Liczyłam, że w tym roku uda mi się uniknąć kolacji sederowej w święto Paschy. Widziałam się z rodzicami parę tygodni temu w czasie przerwy wiosennej, a żeby dotrzeć na Paschę, musiałam opuścić dzień zajęć. Nic z tego. Tradycja to tradycja, a Pascha jest jedyną okazją w roku, by odwiedzić babcię.

Uwielbiam ją, chociaż sedery są zawsze ogłupiająco nudne, a w dodatku kosztując potraw babci, człowiek ryzykuje życie. Nie dlatego jednak się ich obawiam.

Babcia doprowadza do furii mamę, co oznacza, że podczas każdej wizyty mama doprowadza do szału n a s. Jeśli to babcia przyjeżdża do nas, da się wytrzymać. Mama może gdzieś wyjść, wyżalić się przed Susan, pograć w tenisa, zająć się planowaniem, iść do galerii handlowej i kupić mi nowe ubrania, których nie potrzebuję. Kiedy jednak lądujemy w apartamentach dla emerytów w Miami Beach, mamy wrażenie, jakbyśmy zostali schwytani w pułapkę na wyspie starców.

Mama już przy odbiorze bagażu zaczyna się mnie czepiać o to, że nie wysłałam kartek z podziękowaniem za urodzinowe prezenty. Czyli musiała pytać babcię oraz Susan, czy je dostały. Bo poza Jenn i Kali – które upiekły dla mnie tort – oraz Dee –

który zabrał mnie na kolację do swojego ulubionego food trucka w Bostonie – oraz mamy i taty oczywiście, w tym roku nie miałam więcej komu podziękować. Od Melanie nie dostałam nic. Złożyła mi tylko życzenia na Facebooku.

W drugiej taksówce (pierwsza podobno miała za słabą klimę – nikt nie jest bezpieczny przy mamie w sederowym nastroju) zaczyna mnie piłować o plany wakacyjne.

Jeszcze w lutym, kiedy pierwszy raz poruszyła ten temat, pytając mnie, co zamierzam robić latem, odparłam, że nie mam pojęcia. Kilka tygodni później, pod koniec przerwy wiosennej, oświadczyła, że popytała w moim imieniu, wykorzystała swoje koneksje i ma dwie obiecujące oferty. Pierwsza to staż w laboratorium firmy farmaceutycznej pod Filadelfią. Druga – praca w gabinecie lekarskim kolegi taty, proktologa o nazwisku Baumgartner (Melanie przezywała go zawsze Bum-Gardnerem). Żadna z posad nie byłaby płatna, wyjaśniła, ale przedyskutowali sprawę z tatą i uznali, że wynagrodzą mi to hojnym kieszonkowym. Wyglądała na bardzo zadowoloną z siebie. Oba staże świetnie prezentowałyby się w moim CV i zrównoważyłyby z nawiązką „fiasko" pierwszego semestru.

Tak się wkurzyłam, że o mało nie oświadczyłam, że nie mogę wziąć tych praktyk, bo nie spełniam wymagań: nie robię kursu wstępnego medycyny. Z czystej złośliwości, tylko po to, by zobaczyć wyraz jej twarzy. Ale potem stchórzyłam. Spodziewałam się piątki z Szekspira na głos. Piątki minus z chińskiego – pierwszy raz. Solidnej czwórki z zajęć oraz laboratoriów z biologii i piątki z ceramiki. Uświadomiłam sobie, że w głębi duszy jestem dumna z tego, jak świetnie sobie radzę, i nie chciałam, by nieuniknione, odwieczne rozczarowanie mamy zepsuło mi przyjemność. Wiedziałam, że czeka mnie to wcześniej czy później, lecz trzymałam się planu A: zamierzałam pokazać jej stopnie na koniec roku dopiero po wygłoszeniu wielkiego oświadczenia.

Do egzaminów końcowych zostały jeszcze trzy tygodnie, a mama już mi dyszy w kark w sprawie praktyk. Kiedy więc parkujemy przed wieżowcem babci, odpowiadam, że jeszcze się zastanawiam, i wyskakuję z wozu, by pomóc tacie z bagażami.

To takie dziwne. Mama jest najbardziej przerażającą osobą, jaką znam, tymczasem na widok babci jakby się kurczy. Jak gdyby babcia była jakimś potworem, a nie mierzącą metr pięćdziesiąt tlenioną blondynką w żółtym dresie i fartuchu z napisem „POCAŁUJ KUCHARZA MESZUGENE". Porywa mnie w dziki uścisk pachnący perfumami Shalimar i tłuszczem z kurczaka.

– Ally! Niech no ci się przyjrzę! Zrobiłaś coś z włosami! Widziałam zdjęcia na Facebooku.

– Jesteś na Facebooku? – dziwi się mama.

– Kumplujemy się z Ally, prawda? – Mruga do mnie.

Widzę, że mama się krzywi. Nie jestem pewna, czy dlatego że dodałam babcię do znajomych na Facebooku, czy jest jak zwykle zirytowana skracaniem mojego imienia.

Wchodzimy do mieszkania. Przyjaciel babci Phil śpi na wielkiej, kwiecistej kanapie. W olbrzymim telewizorze leci mecz baseballa nastawiony na cały regulator.

Babcia dotyka moich włosów. Sięgają mi teraz do ramion. Nie ścinałam ich od wakacji.

– Wcześniej były krótsze – wyjaśniam. – To coś w rodzaju fryzury przejściowej.

– Teraz wyglądasz ładniej. Ten paź był odrażający! – rzuca mama.

– To był paź, mamo. Nie irokez.

– Wiem doskonale. Ale wyglądałaś jak chłopak.

Zwracam się do babci.

– Czy ona przeszła w dzieciństwie jakąś traumę z powodu brzydkiej fryzury? Bo za nic nie potrafi odpuścić.

Babcia klaszcze w dłonie.

– Och, Ally, niewykluczone, że masz rację. Gdy miała dziesięć lat, obejrzała *Dziecko Rosemary* i błagała, żebym ją zabrała do salonu fryzjerskiego dla dzieci. Prosiła fryzjerkę, że chce krócej i krócej, aż praktycznie nic nie zostało, a kiedy wychodziłyśmy, jakaś matka pokazała ją synkowi, mówiąc: „A może zetniemy cię tak jak tego sympatycznego chłopca?". – Spogląda na mamę z uśmiechem. – Nie wiedziałam, że wciąż cierpisz z tego powodu, Ellie.

– Nie cierpię, bo to się nigdy nie zdarzyło, mamo. Nigdy nie widziałam *Dziecka Rosemary*. A gdybyś mi na to pozwoliła w wieku dziesięciu lat, byłoby to absolutnie niestosowne.

– Mogę ci pokazać zdjęcia!

– To nie będzie konieczne.

Babcia przygląda się jej uważnie.

– Mogłabyś się znowu ściąć na zapałkę. Mam wrażenie, że nie zmieniałaś fryzury od czasów prezydentury Billa Clintona.

Kolejny raz uśmiecha się złośliwie.

Mama kurczy się o kolejny cal, dotykając włosów – prostych, brązowych, związanych w niski kucyk. Babcia zostawia ją i ciągnie mnie w stronę kuchni.

– Chcesz ciasteczko? Mam makaroniki.

– Makaroniki to nie ciastka, babciu, tylko kokosowe namiastki. I są obrzydliwe.

Podczas Paschy nie trzyma w domu niczego zawierającego mąkę.

– Zobaczmy, co jeszcze znajdę.

Ruszam za nią do kuchni. Nalewa mi swojej dietetycznej lemoniady.

– Twoja mama przechodzi bardzo trudny okres – rzuca.

Gdy tylko mama zniknie jej z oczu, babcia staje się pełna współczucia, wręcz jej broni, jakbym to ja wyprowadzała mamę z równowagi.

– Nie rozumiem czemu. Ma święte życie.

– Zabawne, to samo mówi o tobie za każdym razem, kiedy opowiada, jaka jesteś niewdzięczna. – Otwiera drzwiczki piekarnika, by coś sprawdzić. – Trudno jej się odnaleźć po twoim wyjeździe. Ma tylko ciebie.

Czuję, jak ściska mnie w dołku. Zawiodłam mamę jeszcze i w ten sposób.

Babcia stawia przede mną talerz obrzydliwych żelków, którym nigdy nie potrafię się oprzeć.

– Powiedziałam, żeby sobie urodziła kolejne dziecko. Miałaby zajęcie.

Krztuszę się lemoniadą.

– Skończyła czterdzieści siedem lat.

– To niech adoptuje. – Babcia macha ręką. – Jedną z tych chińskich sierotek. Lucy Rosenbaum zyskała w taki sposób uroczą wnuczkę.

– To nie są psy, babciu!

– Wiem. Zresztą mogłaby adoptować starszą. Wtedy to by była prawdziwa micwa.

– Mówiłaś jej o tym?

– Oczywiście.

Babcia zawsze porusza tematy, których reszta z nas nie tyka. Na przykład zapala świeczkę w rocznicę poronienia mamy sprzed wielu lat. To też doprowadza mamę do szału.

– Musi sobie coś znaleźć, skoro nie wraca do pracy.

Babcia zerka w kierunku pokoju. Uważa, że mama powinna zarabiać. Kiedyś przysłała jej wycięty z gazety artykuł o tym, jak źle wychodzą na rozwodach ekszony lekarzy. Nie rozmawiały po tym kilka miesięcy.

Zjawia się mama. Rzuca okiem na żelki.

– Mamo, czy mogłabyś jej dać coś normalnego do jedzenia, proszę?

– Och, odpuść sobie. Ona potrafi się sama obsłużyć. Ma już dziewiętnaście lat. – Babcia mruga do mnie i zwraca się do córki: – Może byś zaniosła na stół zimne mięsa?

Mama grzebie w lodówce.

– Gdzie jest mostek na pieczeń? Dochodzi druga. Trzeba go niedługo wstawić.

– Och, już się piecze – odpowiada babcia.

– O której godzinie go włożyłaś?

– Już ty się o to nie martw. Znalazłam w gazecie świetny przepis.

– Od jak dawna siedzi w piekarniku? – Mama zagląda przez szybę. – Nie jest zbyt duży. Nie powinien się piec dłużej niż trzy godziny. Musisz go przykryć folią. I nastawiłaś o wiele za wysoką temperaturę. Mostek powinien się wolno dusić. Zaczynamy o piątej? Kiedy go wstawiłaś?

– Nieważne.

– Wyschnie na wiór.

– Czy ja cię pouczam, jak masz gotować we własnej kuchni?

– Jasne. Na okrągło. Ale cię nie słucham. I dzięki temu wiele razy uniknęłam zatrucia pokarmowego.

– Starczy tych mądrości.

– Chyba pójdę się przebrać – oznajmiam.

Lecz żadna nie zwraca już na mnie uwagi.

Idę do pokoju dla gości i zastaję ukrywającego się tam tatę, tęsknie wpatrzonego w koszulkę do golfa.

– Jakie są szanse, żebym się wymknął na rundkę?

– Najpierw musiałbyś rzucić na faraona kilka plag. – Wyglądam przez okno na srebrnobłękitny pasek morza.

Chowa koszulkę do walizki. Jak szybko wszyscy podporządkowujemy się babci. Seder nic nie znaczy dla taty. Nie jest nawet Żydem, chociaż obchodzi z mamą wszystkie święta. Podobno na wiadomość o ich zaręczynach babcia się wściekła, chociaż po śmierci dziadka sama związała się z Philem, który też nie jest żydowskiego pochodzenia.

– Żartowałam – mówię, chociaż to nieprawda. – Czemu po prostu nie pójdziesz?

Kręci głową.

– Mama potrzebuje wsparcia.

Krzywię się drwiąco; już ją widzę szukającą pomocy u innych.

Tato zmienia temat.

– Spotkaliśmy Melanie w zeszły weekend.

– Och, naprawdę?

– Jej kapela miała koncert w Filadelfii, więc wyjątkowo się zjawiła.

Gra teraz w k a p e l i? Czyli ona może się stać Mel 4.0 – a ja mam być konsekwentnie sobą? Uśmiecham się sztucznie do taty, udając, że o tym wiedziałam.

– Frank, nie mogę znaleźć półmiska sederowego! – woła babcia. – Wyjęłam go, żeby wypolerować.

– Wyobraź sobie ostatnie miejsce, gdzie go widziałaś – odpowiada tato.

A następnie, patrząc na mnie, wzrusza lekko ramionami i rusza na odsiecz. Po zlokalizowaniu półmiska pomaga babci wyjąć miski z wiszącej szafki, a potem słyszę, jak mama każe mu dotrzymać towarzystwa Philowi, siada więc i ogląda koszykówkę z drzemiącym staruszkiem. To tyle, jeśli chodzi o golfa. Wychodzę na balkon i słucham rywalizujących ze sobą odgłosów: kłótni mamy z babcią oraz meczu w telewizorze. Własne życie wydaje mi się tak ciasne, że aż swędzi mnie skóra; jak zbyt obcisły wełniany sweter.

– Idę na spacer – oświadczam, chociaż na balkonie nie ma nikogo prócz mnie.

Wkładam buty, wymykam się, a potem biegam po plaży tam i z powrotem. Mam uczucie, jakby pod wpływem rytmicznych uderzeń stóp o wilgotny piasek coś się we mnie wytrącało, wyciekało wraz z lepkim potem na powierzchnię skóry. Po jakimś czasie zatrzymuję się, siadam i patrzę na ocean. Po przeciwnej stronie leży Europa. Gdzieś tam jest on. I gdzieś tam jest inna wersja mnie.

* * *

Po powrocie mama każe mi wziąć prysznic i nakryć do stołu. Zasiadamy do uczty o piątej, przygotowując się na długie odgrywanie ucieczki Żydów z niewoli w starożytnym Egipcie, co podobno ma być wyzwalające, ale w towarzystwie mamy i babci piorunujących się wzrokiem zdaje się jedynie jeszcze większą opresją. Dorośli przynajmniej mogą się upić. Przez wieczór należy opróżnić około czterech kieliszków wina. Naturalnie ja dostaję sok winogronowy w osobnej kryształowej karafce. Przynajmniej tak było zawsze do tej pory. Tym razem jednak, kiedy upijam łyk po pierwszym błogosławieństwie, omal się nie krztuszę.

To wino. Sądziłam, że zaszła pomyłka, ale babcia chwyta moje spojrzenie i mruga.

Seder wlecze się jak zwykle. Mama, która we wszystkich pozostałych sferach życia zachowuje się nienagannie, teraz wchodzi w rolę zbuntowanej nastolatki. Gdy babcia czyta fragment o Żydach wędrujących czterdzieści lat przez pustynię – żartuje, że to z winy Mojżesza, który nie lubił pytać o drogę. Kiedy rozmowa zbacza na Izrael – truje o polityce, chociaż wie, że doprowadza tym babcię do furii. Gdy jemy zupę, zaczynają się kłócić o zawartość cholesterolu w kulkach z macy.

Tato ma tyle rozumu, by siedzieć cicho. Phil przestawia coś przy aparacie słuchowym, a potem odpływa w drzemkę. A ja wiele, wiele razy dolewam sobie „soku" do kieliszka.

Po dwóch godzinach na stół wjeżdża mostek i dzięki temu na chwilę przestajemy dyskutować o wyjściu Żydów z Egiptu, co jest wielką ulgą, mimo że jedzenie okazuje się okropne. Mięso tak wyschło, że przypomina wyglądem skwarek, i śmierdzi spalenizną. Bawię się swoją porcją, podczas gdy babcia paple o klubie brydżowym oraz o rejsie, który planują z Philem. Potem pyta nas o doroczny wakacyjny wyjazd do Rehoboth Beach, gdzie zwykle do nas dołącza na jakiś czas.

– Co jeszcze zaplanowałaś na lato? – rzuca od niechcenia.

To czysto grzecznościowa uwaga, serio. W guście „Jak się masz?" albo „Co nowego?". Właśnie zamierzam odpowiedzieć: „Och, to i owo", kiedy mama wtrąca się i oznajmia, że pracuję. A potem obszernie opowiada o laboratorium badawczym w firmie farmaceutycznej. Podobno właśnie dzisiaj się zgodziłam.

Mogłam się domyślić, że to zrobi. Przecież postępowała tak przez całe moje życie. A ja jej na to pozwalałam.

Furia, która mnie ogarnia, jest gorąca i zimna, płynna i metaliczna, wypełnia moje wnętrzności niczym drugi szkielet, silniejszy niż mój własny. Może dzięki temu oświadczam:

– Nie pracuję w wakacje w laboratorium.

– Cóż, już za późno – ucina mama. – Zadzwoniłam do doktora Baumgartnera i podziękowałam za jego propozycję. Skoro ją wolałaś, miałaś trzy tygodnie, by mi o tym powiedzieć.

– U doktora Baumgartnera też nie pracuję.

– Znalazłaś sobie coś innego? – pyta tato.

Mama patrzy drwiąco, jakby to była niedorzeczność. I może jest. Nigdy nie pracowałam. Nigdy nie musiałam szukać zajęcia. Nigdy nie musiałam nic robić sama. Jestem bezradna. Bezużyteczna. Źródło rozczarowania. Czuję, jak moja bezradność, zależność i bierność zlewają się w niewielką, wirującą ognistą kulę, nad którą próbuję zapanować, dziwiąc się w duchu, jak coś powstałego ze słabości może być tak potężne. Lecz kula staje się coraz gorętsza, tak paląca, że jedyne, co mi pozostaje, to nią rzucić. W mamę.

– Nie sądzę, by mnie chcieli w tym twoim laboratorium, skoro sobie odpuściłam większość kursów z nauk ścisłych, a jesienią zamierzam zrezygnować z pozostałych – oznajmiam głosem ociekającym złośliwą satysfakcją. – Widzisz, nie robię już wstępnego kursu medycyny. Strasznie mi przykro, że cię r o z c z a r o w a ł a m.

Mój sarkazm zawisa w przesyconym wilgocią powietrzu – i ulatuje niczym para, kiedy sobie uświadamiam, że pierwszy raz w życiu n i e j e s t mi przykro z tego powodu. Może sprawia to złość albo nalane ukradkiem babcine wino, ale czuję niemal zadowolenie. Okropnie mnie męczyło odwlekanie nieuniknionego, bo od długiego czasu miałam wrażenie, że jestem dla niej rozczarowaniem.

– Rzuciłaś kurs przedmedyczny?

Jej głos jest cichy; zabójcza mieszanka furii i urazy, którą zawsze potrafiła mnie powalić niczym kula wystrzelona prosto w serce.

– To było zawsze t w o j e marzenie, Ellie – broni mnie babcia. I zwraca się do mnie: – Wciąż nie odpowiedziałaś na pytanie, Ally. Co r o b i s z w te wakacje?

Mama wydaje się taka krucha; taka rozjuszona. Czuję, jak moja wola się chwieje, zaczynam się poddawać. Ale wtedy słyszę czyjś głos – mój głos – oświadczający:

– Wracam do Paryża.

Brzmi to, jakby plan był w pełni uformowany, ustalony od miesięcy, choć w rzeczywistości słowa po prostu mi się wymknęły, podobnie jak tamte wyznania w towarzystwie Willema. Ale kiedy to następuje, czuję się o tysiąc funtów lżejsza; gniew ulatnia się całkowicie, a w jego miejsce pojawia się euforia przenikająca mnie niczym słoneczny blask, niczym powietrze.

T a k się czułam tamtego dnia w Paryżu z Willemem. I dzięki t e m u wiem, że postępuję właściwie.

– I zamierzam się nauczyć francuskiego – dodaję.

Z jakiegoś powodu to oświadczenie sprawia, że wokół stołu rozpętuje się pandemonium. Mama zaczyna krzyczeć, że ją okłamałam i że zamierzam zmarnować sobie przyszłość. Tato wrzeszczy, czemu zmieniłam przedmiot kierunkowy i kto zapłaci za wyjazd do Paryża w ramach wymiany studenckiej. Babcia krzyczy na mamę, że znowu zepsuła kolację sederową.

Aż dziwne, że w całym tym zamieszaniu udaje im się usłyszeć Phila, który od zupy praktycznie się nie odzywał, a teraz pyta:

– Wracasz do Paryża, Ally? Helen wspominała chyba, że nie dotarliście tam z powodu strajku. – Kręci głową. – Nic, tylko by strajkowali.

Przy stole zapada cisza. Phil bierze kawałek macy i zaczyna przeżuwać. Mama, tato i babcia gapią się na mnie.

Z łatwością mogłabym się ze wszystkiego wykręcić. Phil miał ściszony aparat. Przesłyszał się. Mogłabym powiedzieć, że zamierzam *pojechać* do Paryża, bo podczas wycieczki objazdowej się nie udało. Skłamałam tyle razy. Co znaczy jedno kłamstwo więcej?

Ale nie chcę tego robić. Nie chcę się wykręcać. Nie chcę dłużej udawać. Bo tamtego dnia z Willemem być może udawałam kogoś imieniem Lulu, ale nigdy w życiu nie byłam bardziej szczera.

Może tak właśnie jest z wyzwoleniem: ma swoją cenę. Czterdzieści lat wędrowania przez pustynię. Albo narażenie się na gniew dwojga bardzo wkurzonych rodziców.

Nabieram powietrza. Zbieram się na odwagę.

– *Wracam* do Paryża – potwierdzam.

Rozdział dwudziesty szósty

Maj

W domu

Robię nową listę:

– bilet lotniczy do Paryża: 1200 dolarów,

– kurs francuskiego w lokalnym koledżu: 400 dolarów,

– pieniądze na wydatki na dwa tygodnie w Europie: 1000 dolarów.

W sumie 2600 dolarów. Tyle muszę zaoszczędzić, żeby polecieć do Europy. Mama i tato oczywiście nie dołożą się do podróży i nie pozwalają mi też podjąć z konta pieniędzy nazbieranych przez lata z prezentów, bo miały zostać przeznaczone na cele edukacyjne. Są powiernikami, więc nie mogę się spierać. Zresztą tylko dzięki interwencji babci w połączeniu z moją groźbą, że przeprowadzę się na wakacje do Dee, mama w ogóle pozwoliła mi nadal mieszkać w domu. Tak się wściekła. Tak bardzo – a przecież nawet nie zna całej historii. Przyznałam im się, że pojechałam do Paryża. Nie powiedziałam dlaczego. Ani z kim. Ani czemu muszę wrócić. Powiedziałam tylko, że zostawiłam tam coś ważnego – sądzą, że chodzi o walizkę.

Nie jestem pewna, co wkurza ją bardziej. Oszustwo zeszłego lata czy fakt, że nie chcę jej wszystkiego wyznać. Po kolacji sederowej przestała się do mnie odzywać, a potem przez cztery tygodnie prawie nie dzwoniła. Teraz, od mojego powrotu do domu na początku wakacji, stara się mnie unikać. Co jest z jednej strony ulgą, ale z drugiej trochę mnie przeraża, bo nigdy wcześniej tak się nie zachowywała.

Dee mówi, że zarobić w dwa miesiące ponad dwa i pół tysiąca dolców to rzecz trudna, ale nie niemożliwa. Sugeruje, żebym sobie darowała kurs francuskiego. Ja jednak czuję, że muszę go zrobić. Zawsze chciałam się nauczyć tego języka. I nie wrócę do Paryża – nie stanę przed Céline – nie znając go.

Czyli dwa tysiące sześćset. Wykonalne. Jeśli znajdę pracę. Problem w tym, że nigdy dotąd nie pracowałam. Nie zajmowałam się niczym nawet odlegle przypominającym pracę, nie licząc opieki nad dziećmi i porządkowania akt w gabinecie taty, co z trudem wystarcza, by wypełnić eleganckie, nowiutkie CV, które wydrukowałam na pięknym papierze. Może to wyjaśnia, dlaczego po rozniesieniu go do wszystkich firm w mieście ogłaszających nabór pracowników dostaję zero odzewu.

Postanawiam sprzedać kolekcję budzików. Zabieram je do handlarza antyków do Filadelfii. Proponuje pięćset dolców za całość. Przez lata z pewnością wydałam na nie dwa razy więcej, ale facet patrzy na mnie tylko i mówi, że lepiej mi pójdzie na eBayu. To jednak potrwałoby miesiące, a ja chcę się ich pozbyć. Oddaję mu więc budziki z wyjątkiem tego z Betty Boop, który wysyłam Dee.

Kiedy mama to odkrywa, kręci głową z takim oburzeniem, jakbym sprzedała własne ciało, a nie pudło zegarków. Jej niechęć rośnie. Unosi się w domu niczym radioaktywna chmura. Nigdzie nie jestem przed nią bezpieczna.

M u s z ę znaleźć pracę. Nie tylko po to, by zarobić pieniądze, ale żeby uciec z domu. Wyprowadzka do Melanie nie wchodzi w grę. Po pierwsze, nie rozmawiamy ze sobą, a po drugie, pierwszą połowę lata spędza na jakichś warsztatach muzycznych w Maine – o czym wiem od taty.

– Po prostu nie wolno ci się poddawać – oświadcza Dee, kiedy dzwonię ze stacjonarnego telefonu po radę w kwestii pracy. W ramach kary rodzice zabrali mi komórkę, a internet w domu jest chroniony hasłem, więc za każdym razem muszę ich prosić o zalogowanie albo chodzić do biblioteki.

– Zanieś swoje CV do wszystkich firm w mieście, nie tylko tych ogłaszających wakaty, bo zwykle ludzie na tyle zdesperowani, by zatrudnić kogoś takiego jak ty, nie mają czasu dawać ogłoszeń.

– Dzięki wielkie.

– Chcesz znaleźć robotę? Schowaj dumę do kieszeni. I wszędzie zostawiaj CV.

– Nawet w myjni samochodowej? – żartuję.

– Owszem. Nawet w myjni. – Dee mówi poważnie. – Poproś o rozmowę z szefem i traktuj go jak króla wszystkich myjni samochodowych.

Wyobrażam sobie siebie szorującą kołpaki. Ale potem myślę o Dee, który w te wakacje pracuje w fabryce poduszek, a wcześniej zmywał naczynia w stołówce. Robi, co musi. Następnego dnia drukuję więc pięćdziesiąt nowych egzemplarzy CV i ruszam od drzwi do drzwi, zaliczając księgarnię, szwalnię, warzywniak, księgowego, sklep z alkoholem oraz – owszem – myjnię samochodową. Nie zostawiam po prostu CV. Proszę o rozmowę z właścicielem. Niektórzy mnie przyjmują. Pytają o doświadczenie. Pytają, jak długo chcę popracować. Słucham własnych odpowiedzi: „Praktycznie żadnego doświadczenia wartego wzmianki. Dwa miesiące”. Dociera do mnie, czemu nikt mnie nie chce.

Wydruki praktycznie mi się skończyły, kiedy docieram do Café Finlay. To niewielka restauracja na obrzeżach miasta urządzona w stylu lat pięćdziesiątych, z podłogą z czarno-białych płytek i kolekcją laminowanych stolików. Dotąd za każdym razem, kiedy obok niej przechodziłam, wydawała się zamknięta.

Dzisiaj jednak z wnętrza dolatuje muzyka tak głośna, że drżą szyby. Popycham drzwi, a one się uchylają. Wołam: „Halo!". Nikt nie odpowiada. Krzesła są ustawione na stołach. W jednym z boksów leży stos świeżych obrusów. Na tablicy zawieszonej na ścianie wypisano kredą wczorajsze dania dnia. Potrawy w rodzaju halibuta w sosie maślanym z pomarańczą, tequilą i jalapeño serwowanego z sałatką z kiwi. Mama nazywa tutejszą kuchnię „eklektyczną" – co w jej ustach oznacza „dziwaczną" – dlatego nigdy tu nie byliśmy. Nie znam nikogo, kto był.

– Przyniosłaś chleb?

Obracam się. Stoi przede mną wysoka jak Amazonka i równie barczysta kobieta z dzikimi rudymi włosami sterczącymi spod niebieskiej bandany.

– Nie – odpowiadam.

– S u k i n s y n! – Kręci głową. – Czego chcesz?

Wyciągam CV. Zbywa je machnięciem.

– Pracowałaś w kuchni?

Kręcę głową.

– Przykro mi. Nie – rzuca.

Patrzy na zegar ścienny ze zdjęciem Marilyn Monroe.

– Zamorduję cię, Jonas!

Wygraża pięścią w stronę drzwi.

Odwracam się do wyjścia, ale potem się zatrzymuję.

– Jaki chleb pani zamawiała? – pytam. – Pobiegnę i go przyniosę.

Kobieta spogląda znowu na zegar i wzdycha dramatycznie.

– Z piekarni Grimaldiego. Potrzebuję osiemnastu francuskich bagietek i sześciu bochenków firmy Harvest. I paru wczorajszych brioszek. Zapamiętasz?

– Chyba tak.

– „Chyba tak" to za mało, żeby zarobić na chleb z masłem, skarbie.

– Osiemnaście bagietek. Sześć bochenków harvesta i parę wczorajszych brioszek.

– Tylko żeby na pewno były c z e r s t w e. Ze świeżych nie zrobię puddingu chlebowego. Spytaj o Jonasa. Powiedz mu, że to dla Babs i że może dorzucić jedną brioszkę za darmo oraz potrącić z rachunku dwadzieścia procent, bo cholerny dostawca znowu mnie wystawił do wiatru. Sprawdź też, czy chleb na pewno nie jest na zakwasie. Nie znoszę tego gówna.

Wyciąga ze staroświeckiej kasy plik banknotów. Biorę je, wypadam z piekarni ile sił w nogach, pędzę do Jonasa, wywarkuję rozkaz i wracam biegiem, co z trzydziestoma sztukami pieczywa okazuje się trudniejsze, niż można by sądzić.

Dyszę, kiedy Babs ogląda zamówione pieczywo.

– Umiesz zmywać naczynia?

Potakuję. Tyle potrafię.

Kręci głową z rezygnacją.

– Idź na zaplecze i powiedz Nathanielowi, niech cię przedstawi Hobartowi.

– Hobartowi?

– Mhm. Nawiążesz z nim intymne stosunki.

Hobart okazuje się profesjonalną zmywarką do naczyń i gdy tylko restauracja otwiera podwoje, spędzam przy niej całe godziny, spłukując talerze gigantycznym szlauchem, ładując je do środka, wyjmując, gdy wciąż jeszcze są gorące, i powtarzając całą procedurę. Jakimś cudem udaje mi się zachować kontrolę nad niekończącym się strumieniem naczyń, niczego nie upuszczając i nie parząc za bardzo palców. W wolniejszych chwilach Babs każe mi pokroić chleb albo ręcznie ubić śmietanę (upiera się, że taka lepiej smakuje), przejechać po podłodze mopem albo poszukać polędwicy w którejś z wielkich chłodni. Spędzam wieczór w panice podbitej adrenaliną, przekonana, że zaraz coś schrzanię.

Nathaniel, kucharz praktykant, wspiera mnie w miarę możności, mówiąc, gdzie co leży, i pomagając szorować patelnie, kiedy kompletnie opadam z sił.

– Poczekaj do weekendu – ostrzega.

– Sądziłam, że nikt tu nie zagląda. – Zasłaniam dłonią usta, czując instynktownie, że Babs dostałaby szału, gdyby to usłyszała.

Ale Nathaniel tylko się śmieje.

– Żartujesz? Filadelfijscy smakosze ubóstwiają Babs. Urządzają tu pielgrzymki tylko ze względu na nią. Gdyby się przeprowadziła do Philly, zarabiałaby znacznie lepiej, ale twierdzi, że jej psy nie znoszą miasta. A mówiąc o psach, jak się zdaje, ma na myśli nas.

Po wyjściu ostatnich klientów obsługa kuchni i kelnerzy wydają zbiorowe westchnienie ulgi. Ktoś puszcza na cały regulator starą płytę Rolling Stonesów. Zsuwają kilka stolików i zasiadają wokół wszyscy razem. Jest dobrze po północy i czeka mnie długi spacer do domu. Zaczynam się pakować, ale Nathaniel zaprasza gestem, bym się przyłączyła. Siadam przy stole skrępowana, chociaż cały wieczór obijałam się o tych ludzi.

– Chcesz piwo? – pyta kucharz. – Musimy za nie płacić, ale tylko po kosztach.

– Albo możesz się napić wina z odrzuconych próbek od dystrybutorów – proponuje kelnerka imieniem Gillian.

– Poproszę wino.

– Wyglądasz, jakby ktoś ci umarł na rękach – zauważa jeden z kelnerów. Patrzę na siebie. Moja lepsza spódnica i top, elegancki strój do szukania pracy, pokryte są plamami sosu przypominającymi mgliście płyny ustrojowe.

– A czuję się, jakbym to ja umarła – odpowiadam.

Chyba nigdy w życiu nie byłam taka skonana. Bolą mnie mięśnie. Ręce mam czerwone od niemal wrzącej wody. A stopy? Lepiej nie pytać.

Gillian się śmieje.

– Mówisz jak prawdziwa kuchenna niewolnica.

Zjawia się Babs z wielkimi misami parującego makaronu oraz kawałkami pozostałej ryby i steków. Półmiski krążą wokół stołu. Nie wiem, czy gotuje „eklektycznie", ale jedzenie jest niesamowite; sos z pomarańczy, tequili i jalapeño ma tylko lekką nutę pomarańczy i wydaje się raczej dymny niż pikantny. Opróżniam talerz, a potem wycieram resztki sosu kawałkiem chleba od Jonasa – tego nie na zakwasie.

– Więc? – pyta Babs, kiedy kończę.

Wszystkie oczy zwracają się na mnie.

– Drugi najlepszy posiłek w moim życiu – odpowiadam.

Co jest prawdą.

Wszyscy buczą, jakbym strasznie obraziła Babs. Ona jednak tylko uśmiecha się zjadliwie.

– Założę się, że pierwszy najlepszy był z kochankiem – odparowuje, na co robię się równie czerwona, jak jej włosy.

Babs każe mi wrócić następnego dnia o piątej po południu i zabawa zaczyna się od nowa. Pracuję ciężko jak nigdy, zjadam fantastyczny posiłek i walę się do łóżka. Nie mam pojęcia, czy kogoś zastępuję, czy może jestem na okresie próbnym. Babs wrzeszczy na mnie nieustannie – za to, że umyłam płynem jej żeliwną patelnię albo że nie starłam śladów szminki z filiżanek przed załadowaniem do hobarta, albo że ubiłam śmietanę zbyt sztywno lub za mało sztywno, albo że nie dodałam idealnej ilości ekstraktu waniliowego. Ale już czwartego wieczoru uczę się nie brać tego do siebie.

Piątego wieczoru przed kolacyjnym szczytem Babs woła mnie na zaplecze, obok wielkiej chłodni. Jak zwykle przed największym młynem pociąga wódkę prosto z gwinta, zostawiając ślady szminki na szyjce. Przez sekundę sądzę, że coś schrzaniłam, że mnie zamierza wyrzucić. Tymczasem wręcza mi plik dokumentów.

– Formularze podatkowe – wyjaśnia. – Płacę minimalną stawkę, ale macie napiwki. Co mi o czymś przypomina. Ciągle zapominasz odebrać swoją działkę.

Sięga pod kontuar i wyciąga kopertę z wypisanym moim nazwiskiem.

Otwieram kopertę. W środku jest plik gotówki. Co najmniej sto dolarów.

– To dla mnie?!

Kiwa głową.

– Rozliczamy je wspólnie i dzielimy na wszystkich.

Przesuwam palcem po pieniądzach. Banknoty zahaczają o poszarpane skórki przy paznokciach. Ręce mam kompletnie zniszczone, ale nie dbam o to, bo są zniszczone od pracy. Dzięki której zarobiłam te pieniądze. Czuję, jak wzbiera we mnie uczucie niemające nic wspólnego z biletami na samolot, wyprawą do Paryża ani w ogóle z pieniędzmi – naprawdę.

– Jesienią będzie więcej – dodaje Babs. – Lato to u nas najgorsza pora.

Waham się.

– Świetnie. Tylko że jesienią mnie tu nie będzie.

Marszczy rude brwi.

– Przecież ledwie cię przeszkoliłam.

Czuję się paskudnie, mam wyrzuty sumienia, ale napisałam o tym w CV, w pierwszej linijce. Cel: zatrudnienie krótkoterminowe. Babs naturalnie go nie czytała.

– Studiuję – wyjaśniam.

– Dostosujemy się do twojego planu zajęć. Gillian też się uczy. I Nathaniel, od czasu do czasu.

– W Bostonie.

– Och. – Robi pauzę. – No, cóż. Zdaje się, Gordon miał wrócić we wrześniu, po Święcie Pracy.

– Zamierzałam odejść przed końcem lipca. Ale tylko jeśli do tego czasu uda mi się zaoszczędzić dwa tysiące dolarów.

Mówię to, równocześnie licząc w pamięci. Ponad sto dolców tygodniowo z napiwków plus pensja – całkiem możliwe, że się uda.

– Zbierasz na samochód? – pyta Babs z roztargnieniem. Pociąga kolejny łyk wódki. – Możesz kupić mój. Ta bestia mnie wykończy.

Jeździ zabytkowym thunderbirdem.

– Nie. Na Paryż.

Odstawia butelkę.

– Paryż?

Kiwam głową.

– Co tam jest?

Patrzę na nią. Myślę o n i m pierwszy raz od jakiegoś czasu. Pośród kuchennego amoku stał się trochę abstrakcyjny.

– Odpowiedzi.

Kręci głową tak gwałtownie, że jej rudobrązowe loki wysypują się spod bandany.

– Nie jeździ się do Paryża po odpowiedzi. Musisz tam jechać z powodu pytań... a jeśli to niemożliwe, z powodu makaroników.

– Makaroników? Takich kokosowych?

Myślę o obrzydliwych namiastkach ciastek, które jadamy poczas Paschy.

– Nie. Bezowych ciasteczek w pastelowych kolorach. Jadalnych anielskich pocałunków. – Patrzy na mnie. – Potrzebujesz dwóch kafli do kiedy?

– Do sierpnia.

Mruży oczy. Zawsze są trochę przekrwione, chociaż co dziwne, bardziej na początku zmiany niż pod koniec, kiedy pojawia się w nich jakiś obłąkańczy błysk.

– Proponuję układ. Jeśli się zgodzisz na kilka podwójnych zmian w weekendy, postaram się, żebyś zarobiła swoje dwa kawałki do dwudziestego piątego lipca, kiedy zamykam knajpę na dwa tygodnie i s a m a robię sobie wakacje. Pod jednym warunkiem.

– Czyli?

– Każdego dnia w Paryżu zjesz makaronika. Musi być świeży, więc odpada kupienie całej paczki i zjadanie codziennie po jednym. – Urywa i zamyka oczy. – Pierwszego skosztowałam w Paryżu podczas miesiąca miodowego. Obecnie jestem rozwiedziona, ale niektóre miłości nie przemijają. Szczególnie te paryskie.

Leciutki dreszczyk przebiega mi po karku.

– Naprawdę w to wierzysz? – pytam.

Pociąga łyk wódki i jej oczy błyskają porozumiewawczo.

– Ach, więc tego rodzaju odpowiedzi szukasz. Cóż, w tym ci nie pomogę, ale jeśli się pośpieszysz i znajdziesz w chłodni maślankę oraz śmietanę, dam ci odpowiedź na niezmiernie ważne pytanie, jak sporządzić idealną *crème fraîche*.

Rozdział dwudziesty siódmy

Czerwiec
W domu

Kurs francuskiego dla początkujących trwa półtora miesiąca i odbywa się trzy razy w tygodniu od jedenastej trzydzieści do pierwszej po południu, dzięki czemu mam jeden powód więcej, by wybywać z Przybytku Dezaprobaty. Chociaż ostatnio spędzam w Café Finlay całe weekendy oraz pięć wieczorów w tygodniu, wychodzę dopiero o piątej. Dodatkowo restauracja jest nieczynna w poniedziałki i wtorki, więc pozostaje mnóstwo pustych godzin, kiedy ja i mama możemy unikać swojego widoku.

Pierwszego dnia stawiam się na zajęciach pół godziny przed rozpoczęciem, kupuję sobie *ice tea* w kiosku, znajduję klasę i zaczynam przeglądać podręcznik. Zawiera mnóstwo zdjęć z Francji, wiele z Paryża.

Zaczynają się schodzić pozostali uczestnicy. Spodziewałam się dzieciaków z uniwersytetu, ale wszyscy prócz mnie są w wieku moich rodziców. Jakaś kobieta z blond pasemkami siada w sąsiedniej ławce, przedstawia się jako Carol i częstuje gumą. Chętnie wymieniam z nią uścisk dłoni, ale za gumę dziękuję – żucie na lekcji nie wydaje mi się szczególnie francuskie.

Zjawia się podobna do ptaka dama z krótko ostrzyżonymi szarymi włosami. Wygląda jak z kart żurnala w dopasowanej płóciennej ołówkowej spódnicy i jedwabnej bluzce bez jednej zmarszczki, co wydaje się niewiarygodne, biorąc pod uwagę dziewięćdziesięcioprocentową wilgotność powietrza. W dodatku nosi apaszkę – także rzecz nietypowa przy dziewięćdziesięcioprocentowej wilgotności.

Nie ulega wątpliwości, że jest Francuzką. Gdyby nie zdradziła jej apaszka, sprawiłby to fakt, że maszeruje do biurka i zaczyna coś mówić. Po francusku.

– Pomyliłyśmy zajęcia? – szepcze Carol.

Nauczycielka podchodzi do tablicy i wypisuje swoje nazwisko, madame Lambert, oraz nazwę zajęć, francuski dla początkujących. Również po francusku.

– Och, nic z tego – mruczy Carol.

Madame zwraca się do nas i z najsilniejszym francuskim akcentem, jaki można sobie wyobrazić, wyjaśnia, że to kurs dla początkujących, ale najlepszym sposobem, by nauczyć się obcego języka, jest mówić i słuchać. I to mniej więcej wszystko, co słyszymy po angielsku przez następne półtorej godziny.

– *Je m'appelle Thérèse Lambert* – oświadcza w taki sposób, że brzmi to: Te-rez. Lą-ber. – *Comment vous appelez-vouz?*

Klasa wytrzeszcza na nią oczy. Nauczycielka powtarza pytanie, wskazując na siebie, a następnie na nas. Wciąż nikt nie odpowiada. Przewraca oczami i cmoka przez zęby. Spogląda na mnie. Cmoka znowu i daje znak, żebym wstała.

– *Je m'appelle Thérèse Lambert* – powtarza, wymawiając wolno i stukając się w pierś. – *Comment t'appelles-tu?*

Przez moment stoję niczym słup, znowu czując się jak wtedy, kiedy Céline trajkotała do mnie z pogardą. Madame powtarza i dociera do mnie, że pyta, jak mi na imię. Ale przecież nie mówię po francusku. Gdybym mówiła, tobym tu nie przyszła. Na kurs dla początkujących.

Lecz nauczycielka czeka jak gdyby nigdy nic, nie pozwalając mi usiąść.

– *Je m'appelle Allyson?* – próbuję.

Rozpromienia się, jakbym właśnie przedstawiła genezę rewolucji francuskiej. Po francusku.

– *Bravo! Enchantée, Allyson.*

Obchodzi klasę, wypytując wszystkich o imiona w taki sam sposób.

To była runda pierwsza. Teraz runda druga:

– *Pourquoi voulez-vous apprendre le français?*

Powtarza pytanie, zapisuje je na tablicy, zakreśla poszczególne słowa i dodaje angielskie tłumaczenia. *Pourquoi*: dlaczego. *Apprendre*: uczyć się. *Voulez-vous*: chcecie. Och, rozumiem. Pyta, czemu chcemy się uczyć francuskiego.

Nie mam pojęcia, jak się zabrać do odpowiedzi. Dlatego tu przyszłam.

Ale madame kontynuuje.

– *Je veux apprendre le français parce que...*

Zakreśla *Je veux*: ja chcę. *Parce que*: ponieważ. Powtarza to trzy razy. Potem wskazuje nas.

– To potrafię. Znam to słowo z filmu – szepcze Carol. Podnosi rękę. – *Je veux apprendre le français parce que* – potyka się o słowa i akcent ma okropny, ale madame tylko patrzy wyczekująco. – *Parce que le divorce!*

– *Excellent* – odpowiada nauczycielka po francusku, przez co pochwała brzmi jeszcze lepiej.

Le divorce, notuje na tablicy.

– Po angielsku *divorce. La même* – mówi.

„Tak samo" – pisze. Potem pisze słowo *le mariage* i wyjaśnia, że to antonim.

Carol nachyla się do mnie.

– Rozwodząc się z mężem, obiecałam sobie, że skończę z odchudzaniem i nauczę się francuskiego. Jeśli z francuskim pójdzie mi tak dobrze jak z przybieraniem na wadze, do września będę mówić płynnie!

Madame Lambert obchodzi salę i wszyscy dukają, czemu chcą się nauczyć francuskiego. Dwie osoby jadą na wakacje do Francji. Ktoś zamierza studiować historię sztuki i potrzebuje podstaw języka. Ktoś uważa, że francuski jest piękny. Nauczycielka za każdym razem zapisuje słowo, jego tłumaczenie oraz przeciwieństwo. Wakacje: *vacances*. Praca: *travail*.

Przedtem byłam pierwsza, teraz jestem ostatnia. Zanim przychodzi moja kolej, wpadam w lekką panikę, próbując wymyślić odpowiedź. Jak powiedzieć po francusku „wypadki"? Albo: „Ponieważ myślę, że mogłam popełnić błąd"? Albo: *Romeo i Julia*? Albo: „Żeby znaleźć coś, co zgubiłam"? Albo: „Ponieważ nie chcę rywalizować, chcę tylko mówić po francusku". Nie umiem tego wyrazić. Gdybym umiała, tobym tu nie przyszła.

I wtedy przypomina mi się Willem. I nutella. „Zakochać się" kontra „kochać kogoś". Jak on to powiedział? „Piętno" po francusku? *Sash? Tache?*

– Allyson – mówi Madame. – *Pourquoi veux-tu apprendre le français?*

– *Je veux apprendre le français* – zaczynam, naśladując pozostałych. Tę część opanowałam. – *Parce que*... – urywam, żeby pomyśleć. – *Le tache* – mówię w końcu.

To bardzo dziwne wyjaśnienie, jeśli rzeczywiście to powiedziałam. Piętno. Kompletnie bez sensu. Lecz nauczycielka kiwa poważnie głową i pisze na tablicy *„la tâche"*. Potem dopisuje: „zadanie". Zastanawiam się, czy źle zapamiętałam. Madame patrzy na mnie, zauważa moje zmieszanie. A potem notuje na tablicy kolejne słowo. *La tache*: piętno.

Kiwam głową. Tak, o to chodziło. Nauczycielka nie dopisuje jednak antonimu. Nie istnieje przeciwieństwo piętna.

Kiedy kończymy wszyscy, uśmiecha się i klaszcze.

– *C'est courageux d'aller dans l'inconnu* – oznajmia, po czym notuje zdanie na tablicy. Każe nam je przepisać i przetłumaczyć ze słownikiem. *Courageux* jak się dowiadujemy, to „odważny". *Dans* znaczy „w". *L'inconnu* to nieznany. *D'aller*. Męczymy się dwadzieścia minut, zanim znajdziemy to słowo, ale w końcu do nas dociera: „To odwaga wkroczyć na nieznane terytorium". Po wykombinowaniu tego czujemy się równie dumni, jak nauczycielka.

Mimo to pierwszy tydzień zajęć przeżywam w stanie lekkiego przerażenia, że zostanę wywołana – bo każdy odpowiada co chwila; jest nas tylko sześcioro, a madame to wielka zwolenniczka aktywności na lekcjach. Zawsze gdy się wstydzimy, przypomina: *C'est courageux d'aller dans l'inconnu*. W końcu się przełamuję. Robię błędy za każdym razem, kiedy otwieram usta, wiem, że zarzynam gramatykę, a wymowę mam okropną, ale ostatecznie wszyscy jedziemy na tym samym wózku. Im więcej ćwiczę, tym mniej się krępuję i tym łatwiej mi próbować.

– Czuję się jak kompletna idiotka, ale możliwe, że ta metoda działa – stwierdza Carol pewnego popołudnia po lekcji.

Wraz z nią i z kilkorgiem pozostałych uczestników zaczęliśmy się spotykać po zajęciach na kawie albo lunchu, żeby poćwiczyć, dojść do siebie po werbalnym ostrzale madame Lambert i wydedukować, co tak naprawdę ma na myśli, kiedy mówi „pff", odymając usta. Jej „pff" to cały osobny język.

– Zdaje mi się, że śniłam po francusku – dodaje Carol. – Mówiłam mojemu eks okropne rzeczy perfekcyjną francuszczyzną. – Uśmiecha się szeroko na wspomnienie.

– Nie wiem, czy osiągnęłam aż tak zaawansowany poziom, ale zdecydowanie zaczyna mi to przychodzić łatwiej – odpowiadam. – Albo może po prostu pogodziłam się z tym, że czuję się jak idiotka.

– *Un idiot* – rzuca Carol po francusku. – W połowie wypadków starczy wymawiać angielskie słowa z francuskim akcentem i to działa. Ale możliwe, że zaakceptowanie wrażenia, że jesteś *un idiot*, to pierwsza wygrana bitwa.

Wyobrażam sobie siebie, samotną w Paryżu. Czeka mnie wiele bitew: samotna podróż, stawienie czoła Céline, mówienie po francusku – wszystko razem wydaje się tak przytłaczające, że w niektóre dni nie mogę uwierzyć, iż w ogóle się na to odważę. Carol ma jednak chyba trochę racji, a im częściej upadam i podnoszę się po porażkach w klasie, tym lepiej czuję się przygotowana do wyprawy. Nie tylko do mówienia po francusku. Do wszystkiego. *C'est courageux d'aller dans l'inconnu.*

* * *

Babs wypaplała całej ekipie w restauracji, że zbieram pieniądze na wyjazd do Paryża, by się spotkać z kochankiem, i że uczę się francuskiego, bo on nie mówi po angielsku, więc Gillian i Nathaniel postawili sobie za punkt honoru mnie podszkolić. Babs ze swojej strony dodała garść francuskich potraw do oferty promocyjnej, w tym makaroniki, których przygotowanie pochłania podobno całe godziny, ale kiedy ich kosztuję – och, mój Boże, dociera do mnie, o co to całe zamieszanie. Bladoróżowe, kruche z zewnątrz, lecz w środku ciągnące się, lekkie i delikatne, ze smakowitym malinowym nadzieniem.

Poza lekcjami, w trakcie spotkań z ludźmi z kursu oraz w pracy poświęcam sporo czasu jeśli nie na mówienie po francusku, to na myślenie o tym języku. Znosząc talerze do kuchni, Gillian przepytuje mnie z czasowników.

– Jeść! – wrzeszczy.

– *Je mange, tu manges, il mange, nous mangeons, vous mangez, ils mangent!* – odkrzykuję.

Nathaniel, który właściwie nie zna tego języka, ale miał dziewczynę Francuzkę, uczy mnie przeklinać. A szczególnie kłócić się z dziewczyną.

T'es toujours aussi salope? Zawsze jesteś taką suką?

T'as tes règles ou quoi? Masz okres czy co?

Oraz: *Ferme ta gueule!* Co, jak twierdzi, znaczy „Zamknij jadaczkę!".

– We Francji nie mogą mówić: „Zamknij jadaczkę".

– Cóż, może to nie dosłownie tak, ale cholernie blisko – zapewnia.

– Przecież to takie prymitywne. Francuzi są kulturalni.

– Kochana, ci goście traktują Jerry'ego Lewisa jak bóstwo. To ludzie tacy sami jak ty i ja. – Robi pauzę, potem się uśmiecha. – Z wyjątkiem kobiet. One są nadludzkie.

Myślę o Céline i ogarniają mnie złe przeczucia.

Kolejny kelner pożycza mi płytkę CD z programem Rosetta Stone, więc ćwiczę też w ten sposób. Po kilku tygodniach zauważam, że mój francuski się poprawił, że gdy madame Lambert prosi, bym opowiedziała, co jadam na lunch, potrafię temu sprostać. Zaczynam mówić całymi frazami, potem zdaniami – zdaniami, których nie muszę wcześniej układać jak w chińskim. Jakimś cudem sobie radzę.

* * *

Pewnego ranka pod koniec miesiąca schodzę na śniadanie i zastaję mamę przy kuchennym stole. Leży przed nią katalog kursów z lokalnego koledżu i książeczka czekowa. Mówię „dzień dobry" i idę do lodówki po sok pomarańczowy. Patrzy w ślad za mną. Już chcę zabrać sok na patio na tyłach, jak zwykle, kiedy w domu zabraknie taty pełniącego funkcję bufora – gdy prosi, bym usiadła.

– Zdecydowaliśmy z ojcem zrefundować ci zajęcia z francuskiego – mówi, wydzierając czek. – To nie znaczy, że akceptujemy którykolwiek element twojej wyprawy. Ani że pogodziliśmy się z twoją dwulicowością. Absolutnie tak nie jest. Jednak kurs francuskiego to element twojej edukacji, a bez wątpienia traktujesz go poważnie, więc nie powinnaś za niego płacić.

Podaje mi czek. Widnieje na nim suma czterystu dolarów. To mnóstwo pieniędzy. Ja jednak zaoszczędziłam już prawie tysiąc, nawet mimo kosztów kursu językowego. Wpłaciłam też zaliczkę na bilet lotniczy do Paryża, a Babs zapłaci mi za tydzień z góry, żebym w przyszłym tygodniu mogła przelać resztę kwoty. A został jeszcze miesiąc oszczędzania. Czterysta dolarów dałoby mi więcej luzu. Tylko rzecz w tym, że chyba go nie potrzebuję.

– Nie trzeba – mówię, oddając czek. – Ale dzięki.

– Jak to, nie chcesz go?

– Nie w tym rzecz. Nie potrzebuję.

– Oczywiście, że potrzebujesz – prostestuje. – Paryż jest drogi.

– Wiem, ale dzięki pracy oszczędzam masę pieniędzy, bo przez wakacje prawie nic nie wydałam. Nie muszę nawet płacić za benzynę. – Próbuję obrócić to w żart.

– To kolejna sprawa. Skoro zamierzasz pracować do późna, powinnaś brać wóz wieczorami.

– Nie trzeba. Nie chcę was uziemiać.

– W takim razie dzwoń, to będę po ciebie przyjeżdżać.

– Wracam w środku nocy. A zwykle i tak ktoś mnie podrzuca.

Przyjmuje czek i drze na kawałki z gwałtownością, która mnie zaskakuje.

– Czyli nie mogę już nic dla ciebie zrobić, tak?

– To znaczy?

– Nie chcesz moich pieniędzy ani samochodu, ani żebym cię podwoziła. Próbowałam ci pomóc w znalezieniu zajęcia, lecz także odmówiłaś.

– Mam dziewiętnaście lat – odpowiadam.

– Wiem doskonale, ile masz lat, Allyson. Przecież cię urodziłam! – Jej głos brzmi jak trzask bata; chyba wystraszył nawet ją.

Bywa, że zdajemy sobie sprawę z istnienia jakiejś rzeczy, dopiero kiedy jej zabraknie – dzięki pustej przestrzeni, jaką po sobie pozostawiła. Patrzę na mamę, strasznie wkurzoną i zmizerniałą, i dociera do mnie wreszcie, że nie czuje się po prostu zła. Jest zraniona. Ogarniająca mnie fala współczucia porywa ze sobą drobną część mojego gniewu. Dopiero wtedy uświadamiam sobie, jak wiele go jeszcze zostało. Jak bardzo jestem na nią wściekła. Jak bardzo byłam wściekła przez ten ostatni rok. A może znacznie dłużej.

– Wiem, że mnie urodziłaś – odpowiadam.

– Poświęciłam dziewiętnaście lat, żeby cię wychować, a teraz wyrzucasz mnie ze swojego życia. Nie mam prawa nic o tobie wiedzieć. Nie wiem, na jakie zajęcia chodzisz. Nie wiem już, z kim się przyjaźnisz. Nie wiem, czemu lecisz do Paryża. – Wyrywa się jej coś pośredniego między wzdrygnięciem a westchnieniem.

– Ale j a wiem – odpowiadam. – Czy na razie to nie może wystarczyć?

– Nie, nie może! – parska.

– Cóż, będzie musiało! – prycham w odpowiedzi.

– Więc teraz to ty dyktujesz zasady, tak?

– Nie ma żadnych zasad. Niczego nie dyktuję. Mówię po prostu, że musisz zaufać temu, jak mnie wychowałaś.

– *Wychowałam*. Czas przeszły. Wolałabym, żebyś się nie zachowywała tak, jakbyś mnie zwalniała z pracy.

Zaskakuje mnie – nie tym, że uważa opiekę nade mną za obowiązek, raczej sugestią, że mam władzę ją zwolnić.

– Podobno zamierzałaś wrócić do pracy jako PR-owiec.

– Owszem, prawda? – Wybucha głośnym śmiechem. – Oświadczyłam, że tak zrobię, kiedy szłaś do gimnazjum. I kiedy szłaś do liceum. I gdy zrobiłaś prawo jazdy. – Pociera oczy wierzchem dłoni. – Nie sądzisz, że gdybym naprawdę chciała, zrobiłabym to już dawno?

– Więc czemu nie zrobiłaś?

– Nie o tym marzyłam.

– *A o czym?*

– Żeby było jak dawniej.

Z jakiegoś powodu budzi to moją złość. Bo to równocześnie prawda – chciałaby mnie zmienić w kamień – i wielkie kłamstwo.

– Nawet kiedy było „jak dawniej", nigdy ci to nie wystarczało. Ja ci nigdy nie wystarczałam.

Mama podnosi wzrok; w jej oczach widać zarazem znużenie i zaskoczenie.

– Oczywiście, że wystarczałaś – zapewnia. – I wystarczasz.

– Wiesz, co mi nie daje spokoju? To, jak ty i tato zawsze powtarzacie, że się wycofaliście, póki byliście do przodu. *Nie ma* czegoś takiego jak rezygnacja, kiedy jesteś do przodu. Wyście zrezygnowali, bo *zostaliście w tyle*. Dlatego się poddaliście!

Mama marszczy brwi z irytacją, jakby mówiła: „Za jakie grzechy muszę się męczyć z szalejącą nastolatką?". Dobrze poznałam tę minę przez ostatni rok – ostatni, kiedy rzeczywiście nią jestem. Co dziwne, wcześniej mama rzadko miewała do tego powody. Co być może – jak uświadamiam sobie teraz – stanowi część problemu.

– Chciałaś mieć więcej dzieci – ciągnę. – Lecz musiałaś się zadowolić tylko mną. I całe życie robiłaś wszystko, żebym ci mogła wystarczyć.

Nastawia uszu.

– Co ty wygadujesz? Przecież wystarczasz.

– Nie, wcale nie. Jakim cudem bym miała? Jestem jedynym egzemplarzem, dziedziczką i zarazem kopią zapasową, więc staniesz na głowie, by mieć pewność, że inwestycja się zwróci, bo drugiej szansy nie będzie.

– Co za niedorzeczność. Nie jesteś inwestycją.

– Tak mnie traktujesz. Przelałaś na mnie wszystkie swoje ambicje. Muszę dźwigać ciężar nadziei i marzeń za te dzieci, których nie mogłaś mieć.

Kręci głową.

– Nie masz pojęcia, o czym mówisz – odpowiada cicho.

– Serio? Medycyna w wieku trzynastu lat. Daj spokój! Która trzynastolatka chce studiować medycynę?

Przez moment mama wygląda, jakby dostała cios w brzuch. Potem kładzie na nim rękę, jak gdyby zasłaniając miejsce uderzenia.

– Ta trzynastolatka.

– Co?!

Głupieję kompletnie. Ale potem przypomina mi się, że w liceum tato zawsze mnie odsyłał do niej, kiedy potrzebowałam pomocy z chemii albo biologii, chociaż to on jest lekarzem.

I słyszę mamę recytującą z pamięci przedmioty wymagane do studiów medycznych, kiedy przyszedł katalog z uniwersytetu. I myślę o jej dawnej pracy: w dziale PR, ale firmy farmaceutycznej. I przypominam sobie, co powiedziała do niej babcia podczas fatalnej kolacji sederowej: „To było zawsze twoje marzenie".

– Ty? – pytam. – Ty chciałaś być lekarzem?

Kiwa głową.

– Przygotowywałam się do egzaminów na medycynę, kiedy poznałam twojego ojca. Był dopiero na pierwszym roku, ale jakoś znajdował czas na dawanie korepetycji. Przystąpiłam do testów, wysłałam dokumenty do dziesięciu szkół medycznych, ale nie dostałam się do żadnej. Powiedział, że zabrakło mi doświadczenia w pracy laboratoryjnej. Poszłam więc do pracy do Glaxo i planowałam spróbować kolejny raz, ale potem wzięliśmy ślub i koniec końców przekwalifikowałam się na PR, a po kilku latach zdecydowaliśmy się założyć rodzinę. Nie chciałam, żebyśmy oboje robili studia i rezydenturę z małym dzieckiem, no a potem pojawiły się kłopoty z płodnością. Kiedy przestaliśmy się starać o kolejne dziecko, rzuciłam pracę – bo zarobki ojca wystarczały nam na utrzymanie. Rozważałam, czy nie aplikować znowu, ale odkryłam, że lubię spędzać czas z tobą. Nie chciałam się z tobą rozstawać.

Wiruje mi w głowie.

– Zawsze twierdziłaś, że wasze małżeństwo zostało zaaranżowane.

– Bo to prawda. Przez uniwersyteckie centrum korepetycji. Nie mówiłam ci wszystkiego, bo nie chciałam, byś myślała, że zrezygnowałam ze względu na ciebie.

– Nie chciałaś, bym wiedziała, że się poddałaś, kiedy zostałaś w tyle – wyjaśniam.

Bo czy nie to właśnie zrobiła?

Mama wyciąga ręce i chwyta mnie za nadgarstki.

– Nie! Allyson, mylisz się co do zwrotu „wycofać się, póki się jest do przodu". On oznacza bycie wdzięcznym. Zatrzymanie się, kiedy sobie uświadamiasz, że to co masz, wystarczy.

Nie do końca jej wierzę.

– Skoro to prawda, może powinnaś zrezygnować teraz, póki jesteś do przodu, zanim nasze relacje się na serio popsują.

– Prosisz, bym przestała być twoją matką?

W pierwszej chwili sądzę, że to pytanie retoryczne, ale potem zauważam, jak na mnie patrzy – szeroko otwartymi, pełnymi lęku oczami – i serce mi się ściska na myśl, że coś takiego mogło jej przyjść do głowy.

– Nie – odpowiadam cicho. Zapada krótkie milczenie, gdy zbieram siły, by dokończyć. Mama sztywnieje, jakby ona też się przygotowywała. – Ale proszę, byś się stała innego rodzaju matką.

Garbi się na krześle, nie wiem czy z ulgi, czy w poczuciu porażki.

– Co dzięki temu zyskam?

Przez ułamek sekundy wyobrażam sobie nas obie pewnego dnia pijące herbatę i siebie opowiadającą o tym, co się wydarzyło w Paryżu zeszłego lata i co się wydarzyło podczas wyprawy, którą dopiero mam zamiar odbyć. Pewnego dnia. Ale jeszcze nie teraz.

– Innego rodzaju córkę – odpowiadam.

Rozdział dwudziesty ósmy

Lipiec
W domu

Kupiłam bilet na samolot. Zapłaciłam za kurs francuskiego i mimo tych wydatków po zaskakująco pracowitym i lukratywnym weekendzie Czwartego Lipca udało mi się zebrać pięćset dolarów. Café Finlay będzie nieczynna od dwudziestego piątego, ale jeśli przez najbliższe trzy tygodnie nic nie pójdzie katastrofalnie źle, powinnam zgromadzić wystarczająco dużo pieniędzy.

Zaraz po Czwartym Lipca Melanie przyjeżdża do domu. Rodzice powiedzieli, że wraca z warsztatów na tydzień, a potem znowu wybywa na spływ tratwami po rzece Kolorado. Zanim z niego wróci, mnie już nie będzie. A gdy ja przylecę z Europy, trzeba będzie wracać na uniwersytet. Zastanawiam się, czy całe wakacje miną podobnie jak ostatnie pół roku, jakbyśmy się nigdy nie przyjaźniły. Zauważam jej wóz na podjeździe domu, ale nic nie mówię. Mama też nie i w ten sposób się orientuję, że rozmawiała z Susan o naszej kłótni.

Kurs francuskiego dobiega końca. W ostatnim tygodniu każdy musiał przygotować ustną prezentację na jakiś szczególnie francuski temat. Opowiadam o makaronikach, przedstawiając ich pochodzenie i sposób przyrządzania. Przebieram się w kucharski fartuch Babs oraz w beret, a na zakończenie rozdaję wszystkim ciasteczka, które upiekła specjalnie na zajęcia, i pocztówki promocyjne Café Finlay.

Wracając z lekcji samochodem pożyczonym od mamy, by zabrać graty potrzebne do prezentacji, widzę Melanie na podjeździe jej domu. Ona też mnie dostrzega; chwilę patrzymy na siebie. Jakbyśmy pytały się nawzajem: „Czy każda z nas będzie udawać, że ta druga nie istnieje? Że n a s nie ma?".

Przecież jesteśmy. A przynajmniej byłyśmy. I dlatego macham do niej. A potem ruszam w kierunku neutralnego terytorium – chodnika. Melanie też. Kiedy podchodzi bliżej, wytrzeszcza oczy. Spuszczam wzrok na swój głupi kostium.

– Kurs francuskiego – wyjaśniam. – Proszę, chcesz makaronika?

Częstuję ją jednym z dodatkowych, które przywiozłam dla mamy i taty.

– Och, dzięki.

Odgryza kawałek i przymyka powieki. Mam ochotę powiedzieć: „Wiem". Ale po tylu miesiącach milczę. Bo być może nie wiem. Już nie wiem.

– Kurs francuskiego? – powtarza. – Obie postanowiłyśmy się pouczyć w te wakacje, co?

– A rzeczywiście, byłaś w Portland. Na warsztatach muzycznych?

Jej oczy się rozświetlają.

– No. To było mocne. Nie tylko graliśmy, ale komponowaliśmy i uczyliśmy się o różnych sprawach branżowych. Przyjechali z nami pracować zawodowcy. Skomponowałam eksperymentalny kawałek, który chcę wyprodukować w szkole w przyszłym roku. – Twarz jej płonie. – Chyba wybiorę teorię muzyki jako przedmiot kierunkowy. A co u ciebie?

Kręcę głową.

– Nie jestem pewna. Chyba podobają mi się języki. Oprócz chińskiego w tym roku wezmę francuski i kolejne zajęcia szekspirowskie z profesorem Glennym. Wstęp do semiotyki. I taniec afrykański.

Podnosi wzrok, waha się moment.

– Więc w tym roku nici z Rehoboth Beach?

Jeździłyśmy tam, do tego samego letniego domu, odkąd miałam pięć lat. Ale nie w te wakacje.

– Tato dostał zaproszenie na konferencję na Hawajach i namówił mamę, żeby z nim pojechała. Myślę, że w ramach osobistej przysługi dla mnie.

– Bo lecisz do Paryża.

– Właśnie. Lecę do Paryża.

Zapada cisza. W tle słyszę dzieciaki od sąsiadów ochlapujące się pod spryskiwaczami. Tak samo bawiłyśmy się z Melanie.

– Żeby odszukać jego.

– Muszę się dowiedzieć. Może coś się stało. Po prostu muszę to wiedzieć.

Przygotowuję się na docinki, na to, że Melanie mnie wykpi albo wyśmieje. Ale jedynie rozważa moje słowa. A kiedy się odzywa, to nie złośliwie, tylko stwierdzając fakt:

– Nawet jeśli go znajdziesz, nawet jeśli nie zostawił cię celowo, nigdy nie dorówna twoim oczekiwaniom.

Nie mogę powiedzieć, że o tym nie myślałam. Rozumiem, że o ile szanse na znalezienie Willema są małe, o tyle szanse na znalezienie go takiego, jakim go zapamiętałam – mikroskopijne. Wciąż jednak rozbrzmiewa mi w uszach to, co zawsze powtarza tato: „Jeśli coś zgubisz, wyobraź sobie ostatnie miejsce, gdzie to widziałaś". A ja znalazłam – a potem zgubiłam – w Paryżu tak wiele rzeczy.

– Wiem – mówię do Melanie. I co dziwne, nie czuję się atakowana. Odczuwam raczej lekką ulgę. Bo mam prawie wrażenie, jakby znowu się o mnie martwiła. I ponieważ sama się o siebie *nie* martwię. A przynajmniej nie z tego powodu. – I nie wiem, czy to ma znaczenie.

Otwiera szeroko oczy. Potem je mruży, mierzy mnie wzrokiem od stóp do głów.

– Wyglądasz inaczej.

Śmieję się.

– Nie. W dalszym ciągu wyglądam jak ja. To tylko ten strój.

– Nie strój – odpowiada niemal ostro. – Wydajesz się inna.

– Och. Cóż... *dzięki*?

Patrzę na nią i pierwszy raz zwracam uwagę na jej wygląd. Jest absolutnie znajomy. Z powrotem przypomina Melanie. Włosy jej odrosły i znów mają naturalny kolor. Nosi obcięte szorty i słodki haftowany T-shirt. Żadnych kółek w nosie. Żadnych dziar, pasemek we włosach, zdzirowatych fatałaszków. Oczywiście to, że wygląda jak zwykle, wcale nie musi znaczyć, że naprawdę stała się osobą, którą była dawniej. Uderza mnie, że ten rok okazał się dla niej zapewne równie burzliwy, jak dla mnie – i że ja jej też nie rozumiałam.

Melanie wciąż się na mnie gapi.

– Przepraszam – mówi w końcu.

– Za co? – pytam.

– Że cię zmusiłam do ścięcia włosów w Londynie, chociaż nie byłaś na to gotowa. Czułam się okropnie, kiedy się rozpłakałaś.

– W porządku. I cieszę się, że to zrobiłam.

To prawda. Może on nigdy by mnie nie zaczepił, gdyby nie fryzura à la Louise Brooks. Albo może by zaczepił i wymienilibyśmy swoje prawdziwe imiona. Nigdy się nie dowiem. Kiedy zdarza się wypadek, nie da się cofnąć czasu.

Stoimy na chodniku z rękami zwieszonymi u boków, niepewne, co powiedzieć. Słyszę piski dzieciaków od sąsiadów szalejących pod spryskiwaczami. Przypominam sobie nas obie, kiedy byłyśmy młodsze, na trampolinie w Meksyku. Skacząc do basenu, trzymałyśmy się za ręce, ale wypływając na powierzchnię wody, zawsze się rozłączałyśmy. Nieważne jak bardzo się starałyśmy, zawsze puszczałyśmy swoje dłonie. A mimo to po wypryśnięciu na powierzchnię wychodziłyśmy z wody, wdrapywałyśmy się po drabince, łapałyśmy się za ręce i powtarzałyśmy skok.

Teraz płyniemy osobno. Rozumiem to. Może po prostu to niezbędne, żeby się utrzymać na powierzchni. Ale kto wie? Może pewnego dnia wyjdziemy z basenu, chwycimy się za ręce i skoczymy jeszcze raz.

Rozdział dwudziesty dziewiąty

Nowy Jork

Rodzice chcą mnie odwieźć na lotnisko JFK, ale zaplanowałam, że przed wylotem spędzę dzień u Dee, więc wysadzają mnie przy 30th Street Station w Filadelfii. Będę musiała – pierwszy raz od roku – pojechać pociągiem na Manhattan, a Dee wyjdzie po mnie na Penn Station. Jutro wieczorem złapię samolot do Londynu, a stamtąd dalej do Paryża.

Zapowiadają mój pociąg i idziemy na peron. Tato niecierpliwie stuka stopą, w wyobraźni widząc już pola golfowe Maui. Rodzice wyjeżdżają w poniedziałek. Mama spaceruje tam i z powrotem. Kiedy w oddali pojawiają się światła lokomotywy, wyciąga z torebki niewielkie pudełko.

– Sądziłam, że tym razem obejdzie się bez prezentów.

W ubiegłym roku była wielka kolacja na mieście i mnóstwo drobiazgów wręczanych do ostatniej chwili. Wczoraj wieczorem wszystko odbyło się skromnie. Domowe lasagne w jadalni. Obie nie miałyśmy apetytu.

– To bardziej dla mnie niż dla ciebie.

Otwieram pudełko. W środku znajduje się mały telefon komórkowy z ładowarką i adapterem do gniazdka.

– Sprawiłaś mi nową komórkę?

– Nie. To znaczy tak. To znaczy twoja stara... aktywujemy ci konto po powrocie. A to specjalny telefon czterozakresowy. Na s t o p r o c e n t działa w Europie. Musisz tylko kupić... jak to się nazywa? – zwraca się do taty.

– Kartę SIM.

– Właśnie. – Manipuluje przy klapce z tyłu. – Podobno są bardzo tanie. Więc będziesz mieć komórkę z lokalnym numerem, gdybyś potrzebowała, a w razie czego możesz zadzwonić do nas albo wysłać esemesa... ale tylko jeśli zechcesz. To przede wszystkim dla ciebie, żebyś miała możliwość kontaktu z nami. W razie potrzeby. Ale nie musisz...

– Mamo – przerywam – w porządku. Będę ci wysyłać esemesy.

– Naprawdę?

– No pewnie! A ty możesz mi odpowiadać z Hawajów. Czy to coś robi zdjęcia? – Oglądam uważnie aparat. – Będę ci wysyłać fotki.

– Serio?

– Jasne, że tak.

Z wyrazu jej twarzy można by sądzić, że to ja dałam jej prezent.

* * *

Po Penn Station przewalają się tłumy, ale od razu zauważam Dee pod tablicą odjazdów: w nylonowych cytrynowo-limonkowych szortach i podkoszulku z napisem „JEDNOROŻCE ISTNIEJĄ". Łapie mnie w niedźwiedzi uścisk.

– Gdzie twoja walizka? – pyta.

Obracam się i pokazuję oliwkowy plecak ze sklepu z demobilem w Filadelfii.

Gwiżdże.

– Jak zdołałaś tam upchnąć suknię balową?

– Po złożeniu zajmuje bardzo niewiele miejsca.

– Myślałem, że będziesz miała większy bagaż, więc uprzedziłem mamę, że wpadniemy do domu, a potem się wybierzemy pozwiedzać. Przygotowała lunch.

– Nie mam nic przeciwko.

Dee wyrzuca ręce w powietrze.

– Prawdę mówiąc, zorganizowała na twoją cześć przyjęcie niespodziankę. Nie zdradź jej, że się wygadałem.

– Przyjęcie? Przecież nawet mnie nie zna.

– Ale na podstawie tego, ile o tobie opowiadałem, jest przekonana, że tak, a wykorzysta każdy pretekst, by coś upichcić. Będą moi krewniacy, w tym kuzynka Tanya. Wspominałem ci o niej?

– To ta, która jest fryzjerką?

Kiwa głową.

– Spytałem, czy cię zetnie. Pracuje w luksusowym salonie na Manhattanie, więc strzyże też białe dziewczyny. Pomyślałem, że może znowu chciałabyś sobie zafundować pazia à la Louise Brooks. Żeby wyglądać dokładnie tak, jak kiedy się poznaliście. Musisz coś zrobić z tym mopem.

Dotyka moich włosów, jak zwykle spiętych klamrą.

Jedziemy metrem kawał drogi na obrzeża miasta, do stacji końcowej. Przesiadamy się w autobus. Wyglądam przez okno, spodziewając się zaniedbanych ulic Południowego Bronksu, ale mijamy skupisko pięknych ceglanych budynków ocienionych starymi drzewami.

– To jest Południowy Bronx? – pytam.

– Nigdy nie twierdziłem, że tam mieszkam.

Patrzę na Dee.

– Serio? Ileś razy słyszałam, jak mówiłeś, że stamtąd pochodzisz.

– Mówiłem tylko, że jestem z Bronksu. Formalnie to też Bronx. Dzielnica Riverdale.

– Ale Kendrze tak opowiadałeś. Twierdziłeś, że chodziłeś do liceum South Bronx... – urywam, przypominając sobie tamtą rozmowę – ...które w ogóle nie istnieje.

– Pozwoliłem jej pozostać przy własnych pochopnych wnioskach.

Uśmiecha się porozumiewawczo. Dzwoni, by powiadomić kierowcę, że wysiadamy. Trafiamy na ruchliwą ulicę z wysokimi budynkami mieszkalnymi. Nie są luksusowe, ale wyglądają w porządku.

– Patentowany oszust z ciebie, D'Angelo Harrisonie.

– Swój pozna swego. Pochodzę z Bronksu. I jestem biedny. Skoro ludzie zakładają, że to czyni ze mnie chłopaka z getta, ich wybór. – Uśmiecha się. – Szczególnie jeśli zamierzają mi fundnąć stypendium.

Docieramy do ładnego ceglanego domu ze spękanymi gargulcami nad frontowym wejściem. Dee dzwoni domofonem – „żeby wiedzieli, że zaraz będziemy" – i wjeżdżamy starożytną, podobną do klatki windą na czwarte piętro. Przed wejściem spogląda na mnie i zakłada mi za ucho niesforne pasmo włosów.

– Udawaj zaskoczoną – szepcze, po czym otwiera drzwi.

W środku trwa przyjęcie; około tuzina ludzi tłoczy się w niewielkim salonie, gdzie na ścianie powyżej zastawionego jedzeniem stołu zawieszono transparent z napisem „BON VOYAGE ALLYSON". Patrzę na Dee oczyma rozszerzonymi z zaskoczenia.

– Niespodzianka! – woła, machając rękami.

Sandra, jego matka, zamyka mnie w pachnącym gardeniami czułym uścisku.

– Wypaplał, prawda? To była najgorsza namiastka zaskoczenia, jaką widziałam w życiu. Mój synalek nie umiałby utrzymać tajemnicy, choćby miał za to dać głowę. Cóż, w takim razie poznaj się ze wszystkimi i zjedz coś.

Przedstawia mnie rozmaitym ciotkom, wujkom oraz kuzynom, wręcza talerz z grillowanym kurczakiem, makaronem z serem i jakąś zieleniną, a następnie sadza przy stole.

– Teraz ty ich zabawiaj.

Dee opowiedział o Willemie praktycznie wszystkim, więc podsuwają mi rady, jak go wytropić. Potem zasypują mnie pytaniami o wyprawę. Jak się dostanę na miejsce – samolotem z Nowego Jorku do Londynu, a stamtąd do Paryża – i gdzie będę mieszkać – w hostelu młodzieżowym w dzielnicy Villette, po której chodziliśmy z Willemem; dwadzieścia pięć dolców za noc na wspólnej sali – i jak znajdę drogę – z pomocą turystycznego przewodnika, zamierzam też zaatakować metro. Pytają o Paryż, więc opowiadam o tym, co widziałam w zeszłym roku; słuchają z wielkim zaciekawieniem, gdy wspominam o różnorodności, o dzielnicach pełnych Afrykanów, co prowadzi do ożywionej debaty, które kraje afrykańskie zostały skolonizowane przez Francję. W końcu ktoś idzie po mapę, by sprawdzić.

Podczas gdy biedzą się nad atlasem, Sandra wnosi półmisek gorącego ciasta brzoskwiniowego.

– Mam coś dla ciebie – oznajmia, wręczając mi cienką paczkę.

– Och, nie trzeba było…

Rozwiewa moje obiekcje lekceważącym machnięciem. Otwieram prezent. W środku znajduje się laminowany plan Paryża.

– Sprzedawca w księgarni zapewniał, że jest n i e o c e n i o n y. Ma zaznaczone stacje metra i indeks głównych ulic. – Rozkłada mapę, żeby mi pokazać. – Spędziłam z D'Angelo tyle godzin na jej oglądaniu, że przesiąkła naszymi dobrymi życzeniami.

– Więc już nigdy się nie zgubię.

Składa plan i wsuwa mi do rąk. Oczy ma takie same jak Dee.

– Chcę ci podziękować, że pomogłaś mojemu chłopcu w tym roku.

– Ja pomogłam Dee? – Kręcę głową. – Myślę, że coś pani opacznie zrozumiała.

– Wiem dobrze, co zrozumiałam – zapewnia.

– Nie, poważnie. To Dee ciągle mi pomagał. Prawie mi wstyd.

– Nie opowiadaj bzdur. D'Angelo jest inteligentny i miał szczęście w życiu. Ale to wszystko nie było dla niego łatwe. Na przestrzeni czterech lat liceum i roku studiów jesteś pierwszą koleżanką, o której wspomniał, nie mówiąc o zaproszeniu do domu.

– Rozmawiacie o mnie, nieprawdaż? – wtrąca się Dee. Obejmuje nas obie ramionami. – Zachwycacie się moją błyskotliwością?

– Nie, czymś zupełnie innym – odpowiadam.

– Niech żadna z was nie wierzy w ani jedno słowo! – Odwraca się, by mi przedstawić wysoką, trzymającą się po królewsku dziewczynę z głową pokrytą mnóstwem kunsztownych ślimaczków. – Wspominałem ci o Tanyi.

Mówimy sobie „cześć" i Sandra rusza po więcej ciasta. Tanya zdejmuje klamrę przytrzymującą moje włosy. Dotyka końcówek i kręci głową, cmokając z dezaprobatą identycznie jak Dee.

– Wiem, wiem. Minął cały rok – mówię.

I naraz sobie uświadamiam, że to prawda. Minął rok.

– Długi paź czy krótki? – pyta Dee. Patrzy na Tanyę. – Musi wyglądać dokładnie tak samo. Kiedy go znajdzie.

– J e ś l i go znajdę – uściślam. – Sięgały dotąd.

Pokazuję na szyi; do tej wysokości londyńska stylistka ścięła je przed rokiem. Zaraz jednak opuszczam rękę.

– Ale wiesz co, chyba nie mam ochoty na pazia.

– Nie chcesz, żebym coś zmieniła? – pyta Tanya.

– Nie, b a r d z o c h ę t n i e dam się ostrzyc – odpowiadam. – Tylko nie na pazia. Chcę spróbować czegoś totalnie nowego.

Rozdział trzydziesty

Paryż

Żeby mnie doprowadzić do paniki, potrzeba około trzynastu godzin i sześciu stref czasowych.

Wpadam w nią dopiero wtedy, kiedy niepewnie wchodzę do hali przylotów lotniska Charles'a de Gaulle'a. Na wszystkich pozostałych pasażerów czekają stęsknieni krewni albo kierowcy z tabliczkami. Mnie nikt nie wita. Nikt mnie nie oczekuje. Nikt się za mną nie rozgląda. Wiem, że gdzieś daleko na świecie są ludzie, którzy mnie kochają, lecz nigdy w życiu nie czułam się równie osamotniona, jak w tej chwili. Czuję, jak nad moją głową zapala się błyskający neon – ten sam, na którym widniał kiedyś napis: „TURYSTKA". Teraz jednak jest tam także napisane: „COŚ TY ZROBIŁA?".

Mocniej ściągam szelki plecaka na piersi, jakby mogły mnie przytulić. Biorę głęboki oddech. Odrywam od ziemi stopę i stawiam ją przed drugą. Robię krok. I następny. I jeszcze jeden. Wyjmuję sporządzoną w samolocie listę spraw do załatwienia. Punkt pierwszy: wymienić pieniądze.

Idę do jednego z licznych kantorów i zacinając się, pytam po francusku, czy mogę sprzedać dolary.

– Oczywiście. To przecież bank – odpowiada w tym samym języku mężczyzna za kontuarem.

Podaję sto dolarów, czując tak wielką ulgę, że nawet nie przeliczam euro, które otrzymuję w zamian.

Następny punkt: dotrzeć do hostelu. Sprawdziłam trasę: pociągiem do centrum, potem metrem do stacji Jaurès. Podążam za znakami prowadzącymi do RER, kolejki do centrum miasta, okazuje się jednak, że muszę do niej podjechać pociągiem z lotniska, po czym źle skręcam, trafiam na niewłaściwy terminal i muszę zawrócić. W efekcie tracę prawie godzinę, tylko by się dostać na peron pociągu z lotniska.

Na widok automatów biletowych czuję, jakbym stanęła twarzą w twarz z wrogiem. Nawet gdy wybieram język angielski, polecenia zbijają mnie z tropu. Potrzebuję biletu na metro? Czy na pociąg? A może dwóch? Neon nad moją głową rozbłyskuje jaskrawiej. Teraz głosi: „COŚ TY ZROBIŁA, D O C H O L E R Y ?".

Raz jeszcze otwieram przewodnik na rozdziale opisującym, jak się dostać do Paryża. Okej, wystarczy jeden bilet na przejazd z przesiadką. Patrzę na plan paryskiego metra. Linie kłębią się niczym węże. W końcu znajduję swój przystanek, Jaurès. Śledzę trasę RER z lotniska do punktu przesiadki i uświadamiam sobie z dreszczem, że to Gare du Nord. Znajome miejsce, miejsce wiążące mnie z tamtym dniem.

– No dobra, Allyson, raz kozie śmierć – mówię do siebie.

I, ściągając ramiona, ruszam do boju z biletomatem, jakbyśmy byli rywalami w pojedynku. Dźgam palcem ekran dotykowy, wsuwam w szparę banknot o wartości dziesięciu euro i otrzymuję garść monet oraz mały bilet. Drobne zwycięstwo nad beznamiętnym przeciwnikiem, lecz aż się rumienię z satysfakcji.

Ruszam za tłumem do bramek, które działają jak te w metrze, ale jak się okazuje, znacznie łatwiej je pokonać, kiedy się nie wlecze olbrzymiej walizy. Ha! Kolejny wróg rozbrojony.

Przesiadając się z RER do metra na Gare du Nord, gubię się znowu w drodze do właściwej linii, a potem wtykam gdzieś bilet, potrzebny nie tylko do wydostania się z RER, lecz także by wejść do kolejki podziemnej. Potem omal nie wsiadam w skład jadący w przeciwnym kierunku, na szczęście orientuję się w ostatniej chwili i wyskakuję. Kiedy wreszcie docieram do właściwej stacji, czuję się kompletnie wypompowana i totalnie pogubiona. Dobry kwadrans męczę się nad planem, próbując zrozumieć, gdzie jestem. Pół tuzina razy skręcam nie tam, gdzie trzeba, zanim natrafiam na kanał, co stanowi pierwszy znak, że dotarłam we właściwą okolicę.

Ciągle jednak nie mam pojęcia, gdzie się mieści hostel, a jestem umęczona, sfrustrowana i bliska łez. Nie potrafię znaleźć głupiego hostelu, chociaż mam adres. I plan miasta. Co mi strzeliło do głowy, że zdołam odnaleźć jego?

Lecz w chwili kiedy już mam się poddać, przystaję, spoglądam na kanał i po prostu biorę oddech. Panika opada. Bo to miejsce... wydaje się znajome. Jest znajome, przecież byłam tu wcześniej.

Składam i chowam mapę. Oddycham jeszcze parę razy. Rozglądam się dokoła. Te same szare rowery. Te same stylowo ubrane kobiety, sunące chwiejnie po kocich łbach na wysokich obcasach. Kafejki – zatłoczone, jakby nikt tu nigdy nie musiał pracować. Biorę kolejny głęboki oddech; włącza mi się coś na kształt pamięci zmysłowej. I jakoś tak po prostu wiem, gdzie się znajduję. Po lewej jest park z jeziorem, gdzie spotkaliśmy Jacques'a oraz Duńczyków. Po prawej, parę przecznic za moimi plecami, kafejka, gdzie jedliśmy *crêpes*. Ponownie wyciągam plan. Odnajduję swoją lokalizację. Pięć minut później jestem w hostelu.

Mój pokój mieści się na piątym piętrze, a winda nie działa, więc wspinam się po krętych schodach. Koleś z wytatuowanym na ramieniu którymś z greckich bogów oprowadza mnie po sali śniadaniowej, wspólnych łazienkach, a potem pokoju z siedmioma łóżkami. Daje mi kłódkę i pokazuje, gdzie schować rzeczy, gdy będę wychodzić. Po czym mnie zostawia, rzucając na pożegnanie: „*bonne chance*", co oznacza „powodzenia", a ja się zastanawiam, czy mówi tak każdemu, czy też wyczuł, że tego potrzebuję.

Siadam na łóżku, odpinam śpiwór od klapy plecaka i układając się na sprężynującym materacu, dumam, czy Willem też się tu zatrzymał. Czy spał w tym samym łóżku. To mało prawdopodobne, ale nie niemożliwe. Pokazał mi tę okolicę, a w tej chwili wydaje mi się możliwe wszystko. Wrażenie, że postępuję właściwie, pulsujące równo z biciem serca, kołysze mnie do snu.

Budzę się po kilku godzinach na wilgotnej od śliny poduszce i z naelektryzowanymi włosami. Biorę letni prysznic, zmywając szamponem jet lag z włosów. Wycieram je ręcznikiem i nakładam żel, jak pokazała mi Tanya; „*wash and go*" – powiedziała. Wydają się zupełnie inne, gęste i puszyste, i podoba mi się to.

Na ścianie holu na parterze zegar pod olbrzymią nasprejowaną pacyfą wskazuje siódmą; od suchej bułki i jogurtu, które dostałam w samolocie z Londynu, nie miałam nic w ustach, więc jestem półprzytomna z głodu. Niewielka kafejka w holu serwuje tylko napoje. Wiem, że samotne podróżowanie oznacza między innymi jadanie na mieście i zamawianie jedzenia po francusku, i ćwiczyłam to intensywnie z madame Lambert. Nie mogę też zaprzeczyć, że przez ostatni rok mnóstwo razy przesiadywałam bez towarzystwa w stołówce. Uznaję jednak, że na jeden dzień starczy mi sukcesów. Dzisiaj wieczorem mogę sobie kupić kanapkę i zjeść w hostelu.

Przed budynkiem mimo mżawki sterczy grupka ludzi. Mówią po angielsku, jak się zdaje, z australijskim akcentem. Biorę oddech, podchodzę i pytam, czy znają w pobliżu jakieś miejsce z dobrymi kanapkami.

Muskularna dziewczyna z pasemkami w brązowych włosach i rumianą twarzą zwraca się do mnie i uśmiecha promiennie.

– Och, nad kanałem jest taka knajpka, gdzie mają fantastyczne z wędzonym łososiem – mówi.

Wskazuje mi drogę, po czym wraca do rozmowy z koleżanką o bistrze, gdzie podobno można dostać zestaw dnia za dwanaście euro, piętnaście z winem.

Na samą myśl o tym – o jedzeniu, o towarzystwie – ślina napływa mi do ust. Wproszenie się wydaje się okropną bezczelnością, rzeczą zupełnie nie w moim stylu.

Ale z drugiej strony jestem sama w Paryżu, więc to zupełnie nowe terytorium. Stukam Australijkę w opalone ramię i pytam, czy mogłabym się do nich przyłączyć na kolację.

– Pierwszy dzień podróżuję sama i nie bardzo wiem, co ze sobą zrobić – wyjaśniam.

– Fajnie ci – odpowiada. – My się włóczymy od wieków. Jesteśmy na ZW.

– ZW?

– Zamorskiej Wyprawie. Przelot z Australii cholernie dużo kosztuje, więc kiedy raz się wyrwiesz, nie wracasz, póki absolutnie nie musisz. A w ogóle jestem Kelly. To jest Mick, ten tam to Nick, obok Nico, skrót od Nicoli, a to Shazzer. Pochodzi z Anglii, ale i tak ją kochamy.

Shazzer pokazuje jej język i uśmiecha się do mnie.

– Allyson.

– Moja mama ma tak samo na imię! – woła Kelly. – Dopiero co mówiłam, że za nią tęsknię! Prawda? To karma!

– Kismet – poprawia Nico.

– To też.

Kelly patrzy na mnie, a ja przez pół sekundy po prostu tkwię w miejscu, bo przecież oficjalnie mnie nie zaprosiła, a jeśli odmówi, poczuję się jak idiotka. Z kolejnej strony – być może dzięki intensywnym treningom na zajęciach francuskiego – nieco przywykłam do tego uczucia. Grupka rusza przed siebie, a ja odwracam się w kierunku baru kanapkowego. Kelly się ogląda.

– Pośpiesz się – rzuca do mnie. – Nie wiem jak ty, ale ja zjadłabym konia z kopytami.

– Może ci się udać. Oni tutaj jadają konie – rzuca Shazzer.

– Nic podobnego – protestuje jeden z chłopaków.

Mick albo Nick. Nie jestem całkiem pewna, który jest który.

– To w Japonii – stwierdza Nico. – Konina uchodzi tam za przysmak.

Po drodze słucham sprzeczki pozostałych, czy Francuzi jadają koninę, i nagle uderza mnie, co robię: idę na kolację. W Paryżu. Z ludźmi poznanymi pięć minut temu. Z jakiegoś powodu właśnie to, bardziej niż wszystko, co zdarzyło się przez ostatni rok, wywiera na mnie największe wrażenie.

Po drodze zatrzymujemy się, żebym mogła kupić kartę SIM do telefonu. Potem trochę błądzimy, w końcu znajdujemy restaurację i czekamy na stolik wystarczająco duży, byśmy się wszyscy pomieścili. Menu jest po francusku, ale potrafię je zrozumieć. Biorę pyszną sałatkę z buraków, która wygląda tak pięknie, że robię jej zdjęcie i wysyłam mamie. Natychmiast otrzymuję fotkę nieco mniej artystycznego *loco moco*, które zamówił na śniadanie tato. Jako *entrée* dostaję jakąś tajemniczą rybę w ostrym sosie. Tak świetnie się bawię, głównie słuchając szokujących wspomnień z podróży moich towarzyszy, że dopiero przy deserze przypominam sobie obietnicę złożoną Babs. Sprawdzam w karcie, ale makaroników nie ma. Minęła dziesiąta wieczorem i sklepy są zamknięte. Pierwszy dzień, a ja już zawaliłam sprawę.

– Cholera – rzucam. – A raczej *merde*!

– Co się stało? – pyta Mick czy też Nick.

Wyjaśniam kwestię makaroników; wszyscy słuchają jak urzeczeni.

– Powinnaś spytać kelnera – radzi Nico. – Jak pracowałam w jednej knajpie w Sydney, mieliśmy całe menu, którego nie było w menu. Dla VIP-ów. – Patrzymy na nią jak na stukniętą. – Co szkodzi zapytać?

Więc tak robię. Opowiadam – francuszczyzną, z której madame Lambert byłaby dumna – o *ma promesse de manger des macarons tous les jours*. Kelner słucha uważnie, jakby sprawa była niezwykle poważna, po czym znika w kuchni. Wraca z deserami dla wszystkich pozostałych – *crème brûlée* oraz musem czekoladowym – a także w jakiś cudowny sposób z jednym idealnym kremowym makaronikiem specjalnie dla mnie. Środek ciasteczka wypełnia słodka, brązowa, ziarnista pasta, chyba figowa. Jest artystycznie posypane cukrem pudrem i wygląda jak pomalowane. Robię mu kolejne zdjęcie. A potem je zjadam.

O jedenastej zasypiam nad talerzem. Reszta odprowadza mnie do hostelu i wraca na miasto posłuchać jakiejś francuskiej dziewczyńskiej kapeli. Padam na łóżko jak kłoda, a kiedy budzę się rano, odkrywam, że Kelly, Nico i Shazzer mieszkają w jednym pokoju ze mną.

– Która godzina? – pytam.

– Późna! Dziesiąta – odpowiada Kelly. – Spałaś całe wieki. I to mimo dzikiego hałasu. Jest tu jedna Rosjanka, która codziennie bitą godzinę suszy włosy. Zostałam, żeby cię spytać, czy chcesz się z nami zabrać. Idziemy dzisiaj na cmentarz Père-Lachaise. Urządzimy sobie piknik. Jak dla mnie brzmi to cholernie makabrycznie, ale podobno Francuzi robią to na okrągło.

To kuszące: wybrać się z nią i jej kumplami, spędzić dwa tygodnie w Paryżu jak turystka, na rozrywkach. Nie musiałabym krążyć po zatęchłych klubach. Nie musiałabym stawiać czoła Céline. Nie musiałabym ryzykować, że znowu pęknie mi serce.

– Może dołączę później – mówię. – Muszę coś załatwić.

– Rozumiem. Jesteś w trakcie epickiej wyprawy w poszukiwaniu makaroników.

– Właśnie – przytakuję. – W tym rzecz.

Przy śniadaniu spędzam trochę czasu nad planem, kombinując, jak się dostać z hostelu do Gare du Nord. Do dworca można dotrzeć piechotą, więc wyruszam. Trasa wydaje się znajoma: wielki, szeroki bulwar z drogami rowerowymi i chodnikami pośrodku. W okolicach Gare du Nord jednak nagle zaczyna mnie mdlić, a wypita przed chwilą herbata podchodzi mi do gardła, skwaśniała ze strachu.

Przy dworcu moja determinacja słabnie. Wchodzę do budynku. Odwiedzam perony, skąd odjeżdża Eurostar. Skład czeka niczym koń wyścigowy przed rozpoczęciem gonitwy. Przypomina mi się, jak byłam tu rok temu, załamana, wystraszona, wracająca pędem pod skrzydła pani Foley.

Zmuszam się do opuszczenia dworca i znowu pozwalam się prowadzić pamięci. Skręcam. Skręcam znowu. I raz jeszcze. Przechodzę nad torami kolejowymi do dzielnicy przemysłowej. I nagle jest. To trochę szokujące, po tylu poszukiwaniach online, jak łatwo go znaleźć. Zastanawiam się, czy klubu nie pominięto na mapie Google'a, czy też może moja francuszczyzna była tak łamana, że nie dało się mnie zrozumieć.

A może wcale nie w tym rzecz. Może zostałam doskonale zrozumiana, ale Céline i Olbrzym po prostu już tu nie pracują. Rok to długo. Wiele może się zmienić!

Kiedy po otwarciu drzwi widzę za barem młodego faceta z włosami związanymi w kucyk, omal nie wyrywa mi się okrzyk rozczarowania. Gdzie się podział Olbrzym? Czemu go nie ma? Co jeśli jej też nie ma?

– *Excusez-moi, je cherche Céline ou un barman qui viend du Sénégal.*

Nie odpowiada. W ogóle nie reaguje. Po prostu dalej myje kieliszki.

Czy ja coś mówiłam? Czy to było po francusku? Próbuję znowu: tym razem dodaję: „*s'il vous plaît*". Zerka na mnie szybko, wyjmuje komórkę i pisze esemesa, a potem wraca do pracy.

– *Con* – mruczę po francusku (kolejna perełka od Nathaniela). Popycham drzwi, buzując od adrenaliny. Jestem wściekła na palanta za barem, który nawet nie raczył odpowiedzieć, i na siebie, że przemierzyłam pół świata po nic.

– Wróciłaś!

Podnoszę wzrok. To on.

– Wiedziałem, że wrócisz. – Olbrzym ujmuje mnie za rękę i całuje w oba policzki tak samo jak ostatnim razem. – Po walizkę, *non*?

Odbiera mi mowę. Więc tylko kiwam głową. I zarzucam mu ramiona na szyję. Bo jestem strasznie szczęśliwa, że widzę go znowu. Mówię mu o tym.

– Ja też szczęśliwy. I szczęśliwy, że schować twoją walizkę. Céline nalega, żeby ją wynieść, ale ja mówię nie, ona wróci do Paryża i chce jej rzeczy.

Odzyskuję głos.

– Zaraz, skąd wiedziałeś, że przyszłam? To znaczy teraz?

– Marco przysłał esemes, amerykańska dziewczyna cię szuka. Wiedziałem, że to musisz być ty. Chodź.

Wchodzę za nim z powrotem do środka, gdzie ten cały Marco zmywa teraz podłogę mopem, unikając mojego wzroku. Wstyd mi na niego spojrzeć po tym, jak nazwałam go po francusku dupkiem.

– *Je suis très désolée* – przepraszam, przechodząc obok.

– To Łotysz. Dopiero się uczy francuskiego, więc wstydzi się mówić – wyjaśnia Olbrzym. – Sprząta u nas. Chodź na dół, tam trzymamy walizkę.

Zerkam na Marco, myśląc o Dee i o Szekspirze, i przypomina mi się, że rzeczy rzadko są tym, czym się zdają. Mam też nadzieję, że nie zrozumiał moich francuskich wyzwisk. Przepraszam znowu. Olbrzym przywołuje mnie gestem na dół, do składziku. W rogu, za stosem pudełek, stoi moja walizka.

Wszystko wygląda tak, jak zostawiłam. Zasuwana plastikowa torebka z listą. Pamiątki. Dziennik podróżny ze wsuniętym plikiem czystych pocztówek w woreczku. Prawie się spodziewam, że wszystko będzie pokryte warstwą kurzu. Przesuwam palcem po dzienniku. Po pamiątkach z wyprawy sprzed roku. Nie te wspomnienia okazały się ważne, nie one przetrwały.

– Bardzo ładna walizka – mówi Olbrzym.

– Chcesz ją? – pytam. Nie chcę jej ciągać ze sobą. Pamiątki mogę wysłać do kraju. Walizka to jedynie niepotrzebny bagaż.

– Och, nie, nie, nie. To dla ciebie.

– Nie mogę jej zabrać. Wezmę najważniejsze rzeczy, ale nie chcę targać wszystkiego.

Patrzy na mnie poważnie.

– Przecież ją dla ciebie przechowałem.

– I jestem ci za to ogromnie wdzięczna, ale naprawdę już jej nie potrzebuję.

Uśmiecha się, błyskając białymi zębami.

– Lecę wiosną do Roché Estair. Brat kończy studia.

Wyjmuję ważne drobiazgi – dziennik, ulubiony T-shirt, kolczyki, których mi brakowało – i przekładam do torby. Pamiątki i niezapisane pocztówki pakuję do tekturowego pudła, by je wysłać do domu.

– Możesz z nią pojechać do Roché Estair na rozdanie dyplomów – mówię. – Sprawi mi to wielką przyjemność.

Z powagą kiwa głową.

– Nie wróciłaś po walizkę.

Milcząco zaprzeczam.

– Widziałeś go? – pytam.

Przygląda mi się długą chwilę. Potakuje znowu.

– Jeden raz. Dzień po tym, kiedy cię poznałem.

– Wiesz, gdzie go mogę znaleźć?

Gładzi hiszpańską bródkę i patrzy na mnie ze współczuciem, które naprawdę mógłby sobie darować. Po długiej chwili odpowiada:

– Może lepiej pomów z Céline.

Sposób, w jaki to mówi, sugeruje to wszystko, co już wiem. Że Willem i Céline mają wspólną historię. Że prawdopodobnie się nie myliłam, nie dowierzając mu od początku. Ale jeśli Olbrzym nawet coś wie, milczy.

– Dzisiaj nie pracuje, ale czasem wpada na wieczorne koncerty. Ma wystąpić Androgynie, a jest z nimi bardzo zaprzyjaźniona. Sprawdzę, czy będzie, i dam ci znać. Wtedy się dowiesz wszystkiego. Zadzwoń do mnie za jakiś czas, to ci powiem, czy się pojawi.

– Okej. – Wyjmuję komórkę i wymieniamy się numerami. – A w ogóle nigdy mi nie powiedziałeś, jak ci na imię.

Śmieje się.

– To prawda. Jestem Modou Mjodi. Ja też nigdy nie poznałem twojego imienia. Szukałem na walizce, ale nie było.

– Wiem. Mam na imię Allyson, ale Céline będzie mnie znać jako Lulu.

Wygląda na zbitego z tropu.

– Które jest prawdziwe?

– Zaczynam dochodzić do wniosku, że oba.

Wzrusza lekko ramionami, bierze mnie za rękę, całuje w policzki i mówi: „adieu".

* * *

Gdy się rozstaję z Modou, jest dopiero pora lunchu, a ponieważ nie mam pojęcia, kiedy się spotkam z Céline, czuję dziwną ulgę, jakbym dostała odroczenie wyroku. Nie zamierzałam w zasadzie być turystką w Paryżu, lecz postanawiam spróbować. Śmiało atakuję metro, wysiadam w dzielnicy Marais i wstępuję do jednej z kawiarenek przy pięknym Place des Vosges, gdzie zamawiam sałatkę i *citron pressé*, tym razem dosypując mnóstwo cukru. Siedzę tam całymi godzinami, spodziewając się, że kelner mnie wyrzuci, ale zostawia mnie w spokoju, aż proszę o rachunek. W *pâtisserie* kupuję niedorzecznie drogi makaronik – tym razem w odcieniu jasnej mandarynki, jak ostatni poblask zachodu słońca. Zjadam go, krążąc wąskimi zaułkami ruchliwej dzielnicy żydowskiej pełnej ortodoksów w czarnych kapeluszach i modnych dopasowanych garniturach. Pstrykam kilka fotek dla mamy i wysyłam z prośbą, by je przekazała babci, która z pewnością będzie wniebowzięta. Potem snuję się, zaglądając do butików i podziwiając ubrania tak drogie, że ledwie mnie stać, by ich dotknąć. Kiedy sprzedawczynie pytają po francusku, czym mi mogą służyć, wyjaśniam w tym samym języku, że tylko oglądam.

Kupuję kilka pocztówek, wracam na Place des Vosges i siadam w parku zajmującym jego środek. Wypisuję kartki w towarzystwie matek bawiących się z maluchami i starszych mężczyzn, którzy czytają gazety, zaciągając się papierosami. Mam do wysłania całe mnóstwo. Jedną do rodziców, jedną do babci, jedną do Dee, jedną do Kali, jedną do Jenn, jedną do Café Finlay, jedną do Carol. W ostatniej chwili decyduję się napisać też do Melanie.

To idealny dzień. Odprężam się totalnie i chociaż bez wątpienia jestem turystką, czuję się też jak paryżanka. Niemal ogarnia mnie ulga, że Modou się nie odezwał. Kelly przysyła wiadomość, gdzie się spotykamy na kolacji, i właśnie się zbieram do hostelu, kiedy komórka ćwierka. Modou. Céline będzie w klubie po dziesiątej wieczorem.

Czuję, jak popołudniowy spokój i odprężenie znikają przesłonięte burzową chmurą. Jest dopiero siódma wieczorem. Mam do zabicia kilka godzin, więc mogłabym iść na kolację z gangiem Australijczyków, ale zbyt się denerwuję. Więc ze zdenerwowania przemierzam miasto. Docieram do klubu o dziewiątej trzydzieści i staję przed wejściem, a dolatujący z wnętrza ciężki, basowy rytm muzyki granej na żywo sprawia, że serce bije mi mocno. Ona pewnie już przyszła, ale mam wrażenie, że zbyt wczesne pojawienie się byłoby *faux pas*. Zwlekam więc na dworze, obserwując napływające do wnętrza stylowe paryżanki z fryzurami ciętymi brzytwą i w kanciastych strojach. Spoglądam na siebie: koszula khaki, czarny T-shirt, skórzane klapki. Czemu się nie ubrałam w mundur?

Kwadrans po dziesiątej płacę za wstęp (dziesięć euro) i wchodzę. Klub jest zatłoczony, na scenie gra kapela – ciężkie gitary, skrzeczące w tle skrzypce oraz filigranowa Azjatka śpiewająca wysokim, piskliwym głosem. Zupełnie sama, otoczona przez hipsterów chyba nigdy nie czułam się tak bardzo nie na swoim miejscu i wszystko mi mówi, żeby uciekać, zanim się skompromituję. Ale nie słucham. Nie po to jechałam tak daleko, by teraz stchórzyć. Toruję sobie drogę do baru i widząc Modou, witam go jak świeżo odnalezionego brata. Uśmiecha się i nalewa mi kieliszek wina. Wyjmuję banknot, by zapłacić, lecz zbywa mnie lekceważącym machnięciem; humor od razu mi się poprawia.

– Ach, Céline jest tam – mówi, wskazując stolik z samego przodu.

Siedzi samotna, oglądając występ z dziwnym napięciem; dym z jej papierosa wije się wokół czarodziejsko.

Podchodzę do stolika. Nie reaguje, chociaż nie wiem, czy ignoruje mnie celowo, czy całą uwagę skupiła na kapeli. Staję obok wolnego krzesła, czekając, by mnie zaprosiła, potem jednak daję sobie spokój. Wysuwam krzesło i siadam. Ledwie zauważalnie kiwa mi głową, zaciąga się i dmucha dymem w moim kierunku, co chyba się liczy jako powitanie. A potem znowu koncentruje się na muzyce.

Słuchamy. Znajdujemy się tuż obok głośnika, więc dźwięk kompletnie ogłusza; od razu zaczyna mi dzwonić w uszach. Trudno stwierdzić, czy muzyka podoba się Céline. Nie stuka stopą, nie kołysze się ani nic. Patrzy tylko i pali.

Gdy zespół robi sobie przerwę, Céline wreszcie na mnie spogląda.

– Jesteś Allyson.

Wypowiada to „Aliiisiisjuun", co z jakiegoś powodu brzmi śmiesznie – amerykańskie imię o zbyt wielu sylabach, wielkie niczym SUV.

Przytakuję w milczeniu.

– Więc nie nosisz francuskiego imienia?

Kręcę głową. Nigdy tak nie twierdziłam.

Patrzymy na siebie i uświadamiam sobie, że nic od niej nie dostanę. Wszystko muszę wywalczyć.

– Szukam Willema. Wiesz, gdzie go znaleźć?

Zamierzałam wkroczyć w huku dział, zasypać ją gradem francuskich zwrotów, ale ze zdenerwowania wracam chyłkiem do wygody ojczystego języka.

Zapala nowego papierosa i wydmuchuje na mnie dym.

– Nie.

– Ale... ale wspominał, że jesteście dobrymi przyjaciółmi.

– Tak powiedział? Nie. Jestem taka sama jak ty.

Nie potrafię sobie wyobrazić, skąd jej przyszło do głowy, że choćby odlegle mnie przypomina, pomijając fakt, że obie mamy po dwa chromosomy X.

– W jakim sensie taka sama?

– Jestem dla niego po prostu jedną z dziewczyn. Jest nas wiele.

Nie mogę powiedzieć, że tego o nim nie wiedziałam. Ani że to ukrywał. Gdy jednak słyszę to wypowiedziane na głos, od niej, ogarnia mnie wyczerpanie; jet lag porywa mnie w otchłań niczym urwana winda.

– Czyli nie wiesz, gdzie jest?

Kręci głową.

– I nie wiesz, gdzie go mogę znaleźć?

– Nie.

– A powiedziałabyś mi w ogóle, gdybyś wiedziała?

Jej brew wygina się w idealny łuk, z ust sączy się skłębiony dym.

– Możesz mi chociaż podać jego nazwisko? Czy tyle jesteś w stanie mi zdradzić?

I wtedy się uśmiecha. Bo w grze, którą ze sobą toczymy, którą toczyłyśmy od zeszłych wakacji, właśnie odsłoniłam karty. A są marniutkie. Wyjmuje długopis oraz karteczkę i coś pisze. Przesuwa skrawek papieru po blacie. Widnieje na nim jego imię. Jego pełne nazwisko! Ale nie dam jej satysfakcji, nie pokażę, jak mi na tym zależy, więc obojętnie wsuwam papier do kieszeni, nawet na niego nie patrząc.

– Potrzebujesz jeszcze czegoś?

Jej głos, wyniosły i drwiący, zdołał zagłuszyć kapelę, która podjęła występ. Już słyszę, jak Céline wyśmiewa mnie w gronie swoich hipsterskich kumpli.

– Nie, pomogłaś mi wystarczająco.

Przygląda mi się dłuższą chwilę. Oczy ma nie tyle błękitne, ile fiołkowe.

– Co teraz zrobisz?

Z wysiłkiem przywołuję na twarz wredny uśmieszek, który jak podejrzewam, wcale nie wydaje się wredny, tylko spięty.

– Och, no wiesz, pozwiedzam trochę.

Raz jeszcze dmucha na mnie dymem.

– Owszem, pobądź *touriste* – rzuca, jakby to było wyzwisko.

I zaczyna wyliczać wszystkie miejsca odwiedzane przez ten nędzny gatunek człowieka. Wieża Eiffla. Sacré-Coeur. Luwr.

Wpatruję się w jej twarz, szukając ukrytych znaczeń. Czy opowiedział jej o naszym dniu? Bez trudu potrafię sobie wyobrazić, jak się zaśmiewają z tego, że cisnęłam w skinheadów przewodnikiem, jak obiecałam zaopiekować się Willemem.

Céline wciąż paple o rzeczach, które mogę zrobić w Paryżu.

– Idź na zakupy – mówi właśnie.

Kup sobie nową torebkę. Coś z biżuterii. Kolejny zegarek. Jakieś buty. Nie mieści mi się w głowie, jak ktoś sypiący radami à la pani Foley może brzmieć tak pogardliwie.

– Dzięki, że mi poświęciłaś czas – odpowiadam.

Po francusku. Ze złości stałam się dwujęzyczna.

Rozdział trzydziesty pierwszy

Willem de Ruiter.

Nazywa się Willem de Ruiter. Pędzę do kafejki internetowej i zaczynam googlować. Okazuje się jednak, że w Holandii to popularne nazwisko. Nosi je pewien operator filmowy. Jakiś znany dyplomata. I setki innych, wcale nie sławnych ludzi, którzy mimo to mają jakiś powód, by się znaleźć w internecie. Przeglądam setki stron po angielsku, po holendersku, lecz nie znajduję ani jednego linku prowadzącego do niego, ani skrawka dowodu na to, że naprawdę istnieje. Wpisuję w Google'a nazwiska jego rodziców: Bram de Ruiter. Yael de Ruiter. Lekarz medycyny naturalnej. Aktor. Wszystko, co mi przychodzi do głowy. Wszelkie możliwe kombinacje. Ogarnia mnie lekkie podniecenie, kiedy wyszukiwarka wyrzuca link do jakiegoś dziwacznego teatru, ale po kliknięciu strona okazuje się nieaktywna.

Jak znalezienie kogoś może być tak trudne? Przechodzi mi przez myśl, że może Céline celowo podała mi fałszywe nazwisko.

Ale potem wpisuję w Google'a siebie, „Allyson Healey", i też nic nie wyskakuje. Trzeba dodać nazwę uniwersytetu, żeby pojawiła się moja strona na Facebooku.

Uświadamiam sobie, że nie wystarczy wiedzieć, jak ktoś się nazywa.

Trzeba wiedzieć, kim jest.

Rozdział trzydziesty drugi

Następnego dnia Kelly z kumplami pytają, czy mam ochotę na wyprawę do Muzeum Rodina, a potem na zakupy. Prawie się zgadzam. Bo bardzo bym chciała iść. Ale zostało mi jeszcze jedno miejsce. Nie wiem nawet, czy uda mi się je znaleźć; po prostu skoro rzuciłam wyzwanie demonom, tam też muszę się wybrać.

Nie jestem pewna, gdzie to jest dokładnie, pamiętam jednak skrzyżowanie, skąd kazała mnie odebrać pani Foley. Tkwi wypalone w mojej pamięci. Avenue Simon Bolivar i rue de l'Equerre; ulica Upokorzenia, róg Porażki.

Po wyjściu z metra nic nie wygląda znajomo. Może dlatego, że kiedy tu byłam ostatni raz, odchodziłam od zmysłów z paniki. Ale wiem, że nie biegłam długo, zanim zobaczyłam budkę telefoniczną, więc muszę się znajdować w pobliżu artystycznego squatu. Metodycznie przemierzam przecznicę, potem następną. Tam i z powrotem. Nic jednak nie wydaje się znane. Próbuję pytać o wskazówki, ale jak powiedzieć „squat artystyczny" po francusku? Stara kamienica z malarzami? Nie działa. Przypominają mi się chińskie restauracje w okolicy, więc pytam o nie. Jakiś młody facet bardzo się podnieca i jak się zdaje, zachwala znakomitą knajpkę niedaleko, przy rue de Belleville. Znajduję ją. I zauważam symbol podwójnego szczęścia. Na pewno jest ich wiele, ale czuję, że to ten właściwy.

Wędruję jeszcze kwadrans i na spokojnym zbiegu trzech ulic znajduję squat. Pokrywa go to samo rusztowanie, te same zniekształcone portrety, może trochę bardziej spłowiałe. Stukam w stalowe drzwi. Nikt nie otwiera, ale w środku niewątpliwie są ludzie. Z otwartych okien płynie muzyka. Popycham drzwi. Uchylają się odrobinę. Naciskam mocniej i wchodzę do środka. Nikt nie zwraca na mnie najmniejszej uwagi. Wspinam się po skrzypiących schodach do pomieszczenia, gdzie wszystko się rozegrało.

Najpierw zauważam glinę, olśniewająco białą, a zarazem złotawą i ciepłą. W sali pracuje jakiś mężczyzna. Niziutki Azjata, istne studium kontrastów: włosy ma białe z czarnymi odrostami, ubranie czarne i dziwnie staroświeckie, jakby wyskoczył z powieści Dickensa, i cały jest obsypany tym samym białym pyłem, który pokrył mnie tamtej nocy.

Rzeźbi w kawałku gliny skalpelem w tak wielkim skupieniu, że boję się go wystraszyć najcichszym dźwiękiem. Chrząkam i pukam delikatnie w drzwi.

Podnosi wzrok i pociera oczy zaczerwienione z wytężonej uwagi.

– *Oui.*

– *Bonjour* – zaczynam.

A potem mnie zatyka. Mój skromny francuski okazuje się dalece niewystarczający jak na to, co muszę wytłumaczyć. „Włamałam się do waszego squatu, z chłopakiem. Przeżyłam chwilę największej bliskości w całym swoim życiu, po czym obudziłam się zupełnie sama".

– Umm, szukam znajomego, którego może pan zna. Och, przepraszam... *parlez-vous anglais?*

Skłania lekko głowę z wdziękiem i opanowaniem baletmistrza.

– Tak – potwierdza.

– Szukam znajomego i zastanawiam się, czy go pan przypadkiem nie zna. Nazywa się Willem de Ruiter. Holender?

Obserwuję jego twarz, czekając na drgnienie rozpoznania, ale pozostaje beznamiętna, gładka jak otaczające nas gliniane rzeźby.

– Nie? Cóż, przenocowaliśmy tu kiedyś. Niezupełnie przenocowaliśmy...

Milknę, rozglądając się po pracowni, i wszystko wraca: zapach deszczu na spragnionych chodnikach, wirujący pył, gładkie drewno stołu roboczego pod moimi plecami. Willem górujący nade mną.

– Masz na imię...?

– Allyson – słyszę samą siebie jakby z oddali.

– Van – przedstawia się, bawiąc się starym zegarkiem kieszonkowym na łańcuszku.

Gapię się na stół, wspominając jego dojmującą twardość, łatwość, z jaką Willem mnie na nim posadził. Blat, jak wtedy, jest pedantycznie uporządkowany; schludny plik papierów, niedokończone prace w rogu, siatkowy pojemnik z węglem do rysowania i długopisami. Zaraz, co to? Sięgam w tym kierunku.

– Mój długopis!

– Słucham? – pyta Van.

Wyjmuję długopis z pojemnika. Firmy Rollerball, z hasłem: „ODDYCHAJ SWOBODNIE DZIĘKI PULMOCLEAR".

– Należy do mnie! Jest z gabinetu mojego taty.

Van patrzy zakłopotany. Nic nie rozumie. Długopis znajdował się w mojej torebce. Nie wyjmowałam go, ale po prostu zniknął. Na barce jeszcze go miałam. Narysowałam nim symbol podwójnego szczęścia. A potem następnego dnia, kiedy rozmawiałam przez telefon z panią Foley, już go nie było.

– W ubiegłe wakacje ja i mój znajomy Willem, cóż, przyszliśmy tutaj w nadziei, że ktoś nas przenocuje. Powiedział, że w squatach to możliwe. – Robię pauzę. Van przytakuje lekko. –

Ale nikogo nie było. Zostawiliście jednak otwarte okno. Więc przespaliśmy się tutaj, w pańskiej pracowni, a kiedy się obudziłam następnego ranka, chłopaka nie było.

Spodziewam się, że Van zezłości się za wtargnięcie, patrzy jednak na mnie, wciąż próbując zrozumieć, czemu ściskam w dłoni długopis reklamowy firmy Pulmoclear niczym miecz.

– Ten długopis miałam w torebce, potem zniknął, a teraz jest tutaj, więc zastanawiam się, czy może znalazł pan jakiś liścik albo coś...

Twarz mężczyzny pozostaje bez wyrazu. Już mam przeprosić – za tamten najazd i kolejny teraz, ale w tym momencie zauważam coś, niczym ledwie dostrzegalną zorzę przed wschodem słońca, i twarz Vana rozświetla błysk przypomnienia. Stuka się palcem wskazującym w grzbiet nosa.

– Rzeczywiście coś znalazłem. Sądziłem, że to lista zakupów.

– Lista zakupów?

– Było tam coś o... o... nie pamiętam, chyba o czekoladzie i chlebie?

– Czekolada i chleb?

Podstawowe pożywienie Willema. Serce zaczyna mi głośno walić.

– Nie jestem pewien. Sądziłem, że zaplątała się ze śmieciami. Wyjeżdżałem na wakacje, a po powrocie wszędzie panował nieład. Wyrzuciłem ją. Bardzo mi przykro.

Wygląda na niepocieszonego.

Zakradliśmy się do jego pracowni, nabałaganiliśmy, a *on* ma wyrzuty sumienia.

– Nie, nic nie szkodzi. Bardzo mi pan pomógł. Czy mogła się tu znaleźć z jakiegoś innego powodu? To znaczy, mógł pan ją napisać sam?

– Nie. A nawet gdyby, nie byłoby na niej chleba ani czekolady.

Uśmiecham się na to.

– Czy przypadkiem mogła zawierać wiadomość?

– To możliwe.

– Zamierzaliśmy jeść chleb i czekoladę na śniadanie. I mój długopis tu jest.

– Proszę, weź go sobie.

– Nie, niech go pan zatrzyma – mówię i nagle wybucham głośnym śmiechem.

Wiadomość. Czy możliwe, że zostawił mi wiadomość?

Zarzucam Vanowi ręce na szyję; sztywnieje na moment z zaskoczenia, potem jednak odpręża się w moich ramionach i sięga, by objąć mnie także. Wrażenie jest przyjemne. Mężczyzna pachnie ładnie farbą olejną, terpentyną, pyłem i starym drewnem – te zapachy, jak każdy drobiazg tamtego dnia, zostały wplecione w tkaninę mojej osobowości. Pierwszy raz od długiego czasu nie wydaje się to przekleństwem.

* * *

Wychodzę od Vana wczesnym popołudniem. Ekipa z Antypodów pewnie wciąż jest w Muzeum Rodina, mogłabym do niej dołączyć. Postanawiam jednak zrobić coś innego. Idę do najbliższej stacji metra, zamykam oczy, obracam się w miejscu i wybieram na chybił trafił przystanek. Mój palec natrafia na Jules Joffrin; kombinuję, jak tam dotrzeć.

Trafiam do bardzo paryskiej dzielnicy z mnóstwem wąskich, pnących się w górę zaułków i skromnych przedsiębiorstw: sklep z butami, fryzjer męski, niewielki bar. Skręcam tu i tam, nie mając pojęcia, gdzie się znajduję, ale co zaskakujące, uczucie zagubienia sprawia mi przyjemność. W końcu napotykam szerokie schody wcinające się w strome zbocze pagórka, gdzie tworzą niewielki kanion pomiędzy budynkami mieszkalnymi, z zielonym listowiem zwieszającym się po obu stronach. Nie mam pojęcia, dokąd prowadzą. Dosłownie słyszę głos Willema: „Tym lepszy powód, żeby po nich wejść".

Więc wchodzę. I wchodzę, i wchodzę. A kiedy docieram do podestu, widzę następne. Na szczycie przecinam niewielką, brukowaną kocimi łbami średniowieczną uliczkę – i bum! – jakbym znowu trafiła do świata *Nastoletniego zwiedzania*. Chmara autokarów z włączonymi silnikami, zatłoczone na wcisk kafejki i akordeon grający covery Edith Piaf.

W ślad za tłumem mijam róg i na końcu uliczki pełnej kawiarenek z kartami po angielsku, hiszpańsku, francusku i niemiecku widzę olbrzymią katedrę z białą kopułą.

– *Excusez-moi, qu'est-ce que c'est?* – pytam mężczyzny stojącego przed jedną z kafejek.

Przewraca oczami.

– *C'est Sacré-Coeur!*

Och, Sacré-Coeur. Oczywiście. Podchodzę bliżej i dostrzegam trzy kopuły: dwie mniejsze po bokach wielkiej pośrodku, królujące ponad dachami Paryża. Przed bazyliką, jarzącą się złoto w popołudniowym słońcu, rozciąga się trawiasta esplanada przecięta marmurowymi schodami prowadzącymi w dół po przeciwległym zboczu. Wszędzie pełno ludzi: turystów z włączonymi wideokamerami, plecakowców wygrzewających się na słońcu, artystów z rozstawionymi sztalugami, nachylających się do siebie młodych par, które szepczą sobie tajemnice. Paryż! Życie!

Pod koniec *Nastoletniego zwiedzania* przysięgłam, że moja stopa nigdy nie postanie w kolejnej rozsypującej się, starej świątyni. Z jakiegoś powodu jednak wchodzę ze wszystkimi. Pomimo złotych mozaik, majaczących wszędzie figur i kłębiących się tłumów zachowała atmosferę lokalnego kościółka, gdzie ludzie modlą się cicho, przesuwając paciorki różańca, albo po prostu siedzą zatopieni w myślach.

Jest tu stojak ze świeczkami; po zapłaceniu kilku euro można jedną zapalić. Nie jestem katoliczką i nie do końca rozumiem znaczenie tego rytuału, ale czuję potrzebę, by jakoś upamiętnić tę chwilę. Podaję garść drobnych i otrzymuję świeczkę, a kiedy ją zapalam, przychodzi mi do głowy, że należałoby odmówić modlitwę. Czy powinnam się pomodlić za kogoś, kto nie żyje, jak mój dziadek? A może za Dee? Za mamę? O odnalezienie Willema?

Nic z tego nie wydaje mi się właściwe. Właściwe zdaje się tylko to. Że jestem tutaj. Znowu. Tym razem sama. Nie bardzo wiem, jak to nazwać, ale i tak się za to modlę.

Robię się głodna; rozpoczyna się długi zmierzch. Postanawiam wrócić po schodach za kościołem do tamtej typowej dzielnicy i znaleźć niedrogie bistro, by zjeść kolację. Najpierw jednak muszę zdobyć makaronik, nim zamkną wszystkie *patisseries*.

U stóp schodów przemierzam kilka przecznic, zanim natrafiam na cukiernię. W pierwszej chwili uznaję, że jest nieczynna, bo opuszczono roletę na drzwiach, lecz ze środka słyszę głosy, mnóstwo głosów, popycham je więc z wahaniem.

Wygląda, że trafiłam na trwającą w najlepsze imprezę. Powietrze jest duszne od stłoczonych ciał, wszędzie stoją butelki alkoholu i bukiety kwiatów. Zaczynam się wycofywać, ale z wnętrza dolatuje potężny, ogłuszający protest, otwieram je więc z powrotem i zostaję zaproszona gestami do środka. Znajduje się tam może dziesięć osób; część wciąż jeszcze w piekarskich fartuchach, inni w ubraniach na ulicę. Trzymają w rękach kubki, twarze mają zarumienione z emocji.

Zacinając się, pytam po francusku, czy przypadkiem mogłabym kupić makaronik. Następuje ożywiona krzątanina i pojawia się ciasteczko. Sięgam po portfel, lecz nie zgadzają się przyjąć pieniędzy. Ruszam do wyjścia; po drodze dostaję szampana w papierowym kubeczku. Unoszę kubeczek, obecni stukają się ze mną i piją. Tęgi jegomość z podkręconym wąsem zaczyna szlochać, a pozostali klepią go po plecach.

Nie mam pojęcia, co jest grane. Rozglądam się pytająco i jedna z kobiet zaczyna coś tłumaczyć bardzo szybko z bardzo silnym akcentem, więc niewiele rozumiem, ale chwytam słowo *bébé.*

– Dziecko?! – wykrzykuję po angielsku.

Facet z wąsem podaje mi swoją komórkę. Na wyświetlaczu widać zdjęcie skrzywionego stworzenia o czerwonej buzi, w niebieskiej czapeczce.

– Rémy! – oświadcza mężczyzna.

– Pański syn? – pytam. – *Votre fils?*

Wąsacz kiwa głową i w oczach stają mu łzy.

– *Félicitations!* – gratuluję.

Chwyta mnie w niedźwiedzi uścisk, a tłum klaszcze i wiwatuje.

Wokół krąży butelka bursztynowego alkoholu. Po napełnieniu wszystkich kubeczków goście unoszą je i wygłaszają rozmaite toasty albo po prostu wznoszą okrzyki. Gdy kolejka dochodzi do mnie, wykrzykuję słowa, które mówią przy tego rodzaju okazjach Żydzi:

– *L'chaim!* To znaczy: „Za życie" – wyjaśniam.

A kiedy to mówię, przychodzi mi na myśl, że właśnie za to modliłam się wcześniej w bazylice. Za życie.

– *L'chaim* – powtarzają rozbawieni piekarze.

Wychylamy toast.

Rozdział trzydziesty trzeci

Następnego dnia przyjmuję zaproszenie Kelly, by dołączyć do australijskiego gangu. Zamierzają rzucić wyzwanie Luwrowi. Jutro jadą do Wersalu. Potem wybierają się pociągiem do Nicei. Mogę im w tym wszystkim towarzyszyć. Mój bilet na samolot jest ważny jeszcze przez dziesięć dni, a mam wrażenie, że odkryłam wszystko, co się dało. Dowiedziałam się, że zostawił mi wiadomość. To niemal więcej, niż mogłam oczekiwać. Zastanawiam się, czy nie skoczyć z nimi do Nicei. A po cudownym wczorajszym dniu biorę też pod uwagę samotny wyjazd na kilka dni.

Po śniadaniu wsiadamy w metro do Luwru. Nico i Shazzer chwalą się nowymi ciuchami z ulicznego bazaru, a Kelly nabija się z nich, że przyjechały do Paryża, żeby kupować ciuchy *made in China*.

– Ja przynajmniej sprawiłam sobie coś tutejszego.

Prezentuje nadgarstek z nowym, supernowoczesnym cyfrowym czasomierzem produkcji francuskiej.

– Niedaleko Vendôme jest taki wielki sklep, gdzie sprzedają wyłącznie zegarki.

– Po co ci to w podróży? – pyta Nick.

– Wiecie, ile cholernych pociągów mi uciekło, bo komuś nie odpalił budzik w komórce?

Nick kiwa głową ze zrozumieniem.

– Powinnyście się tam wybrać. Jest gigantyczny. Mają zegarki z całego świata, nawet po sto tysięcy euro. Wyobrażacie sobie wydać tyle forsy na zegarek? – paple dalej, ale przestaję słuchać, bo nagle przypomina mi się Céline. I to, co powiedziała: że powinnam sobie kupić k o l e j n y zegarek. Kolejny. Jakby wiedziała, że poprzedni straciłam.

Kolejka wjeżdża na peron.

– Przepraszam – oświadczam Kelly i reszcie bandy. – Muszę coś załatwić.

* * *

– Gdzie jest mój zegarek? I gdzie Willem?

Znajduję Céline w biurze klubu, obłożoną stosami dokumentów, w okularach z grubymi szkłami, w których wygląda zarazem bardziej i mniej przerażająco.

Patrzy znad papierów z nieprzytomnym wzrokiem i zupełnie niezaskoczona, co mnie doprowadza do furii.

– Powiedziałaś, że mogę sobie kupić k o l e j n y zegarek, to znaczy wiesz, że Willem zabrał m ó j – ciągnę.

Spodziewam się, że zaprzeczy, że mnie wyśmieje. Tymczasem ona zbywa moje pytania lekkim wzruszeniem ramion.

– Po co to zrobiłaś? Dawać taki drogi prezent po jednym dniu? Trochę to rozpaczliwe, co?

– Równie rozpaczliwe jak twoje kłamstwo?

Ponownie wzrusza ramionami i leniwie stuka w klawiaturę.

– Nie okłamałam cię. Pytałaś, czy wiem, gdzie znaleźć Willema. Nie wiem.

– Ale nie powiedziałaś mi wszystkiego. Spotkałaś go po tym... po tym, kiedy mnie zostawił.

Wykonuje dziwny gest głową, na pół skinienie, na pół zaprzeczenie. Idealnie dwuznaczny; wysadzany diamentami kamienny mur.

I w tej chwili przypomina mi się kolejna francuska lekcja Nathaniela:

– *T'es toujours aussi salope?* – pytam.

Jedna brew wędruje w górę, lecz Céline odkłada papierosa do popielniczki.

– Mówisz teraz po francusku? – pyta w tym języku.

– *Un petit peu.* – Odrobinkę.

Przekłada papiery, rozgniata dymiący papieros.

– *Il faut mieux être salope que lâche* – odpowiada.

Nie mam pojęcia, co to znaczy. Ze wszystkich sił staram się zachować kamienną twarz, próbując przetłumaczyć słowa kluczowe i rozbroić zdanie, jak nas uczyła madame: *salope*, dziwka; *mieux*, lepiej. *Lâche*. Mleko? Nie, to *lait*. Wtedy przypomina mi się powiedzonko madame o wypuszczaniu się w nieznane jako akcie bohaterstwa i to, gdy jak zwykle podała nam przeciwieństwo słowa *courageux*: *lâche*.

Czy Céline właśnie nazwała mnie tchórzem? Czuję, jak oburzenie wędruje mi w górę po szyi ku czubkowi głowy.

– Nie możesz mnie tak nazywać! – prycham po angielsku. – Nie masz p r a w a. Nawet mnie nie znasz!

– Wiem wystarczająco dużo – przechodzi na angielski. – Wiem, że się poddałaś.

Poddałam się. Widzę siebie machającą białą flagą.

– Poddałam? W jaki sposób?

– Uciekłaś.

– Co było w liście?! – niemal krzyczę.

Im bardziej się jednak gorączkuję, tym bardziej ona staje się powściągliwa.

– Nic nie wiem o żadnym liście.

– Ale c o ś wiesz.

Zapala kolejnego papierosa i dmucha we mnie dymem. Macham, żeby go rozwiać.

– Proszę, Céline, przez cały rok zakładałam najgorsze, a teraz zaczynam się zastanawiać, czy to jeszcze coś paskudniejszego.

Milczy, ale po chwili dodaje:

– Miał te, jak to się mówi, sze-wy.

– Sze-wy?

– Jak kiedy się robi ścieg na skórze. – Wskazuje swój policzek.

– Szycie? Szwy? Miał szwy?

– Tak. I bardzo opuchniętą twarz, i podbite oko.

– C o m u s i ę s t a ł o?

– Nie chciał powiedzieć.

– Czemu wczoraj o tym nie wspomniałaś?

– Wczoraj mnie o to nie pytałaś.

Chcę być na nią wściekła. Nie tylko za to teraz, lecz także za to, że była taka wredna tamtego pierwszego dnia w Paryżu i że mnie oskarżyła o tchórzostwo. Nareszcie do mnie dociera, że w całej sytuacji wcale nie chodzi o Céline; nigdy nie chodziło. To ja powiedziałam Willemowi, że go kocham. To ja powiedziałam, że się nim zaopiekuję. To ja dałam nogę.

Podnoszę wzrok na dziewczynę, która przygląda mi się nieufnie niczym kot obserwujący śpiącego psa.

– *Je suis désolée* – przepraszam.

Po czym wyciągam z torebki makaronika. Jest malinowy; zostawiłam go dla siebie jako nagrodę za stawienie czoła Céline. Oddając go, łamię obietnicę daną Babs, z jakiegoś powodu czuję jednak, że by zrozumiała.

Céline zerka podejrzliwie, potem bierze ciasteczko czubkami palców, jakby bała się czymś zarazić. Ostrożnie kładzie je na stosie płyt CD.

– Więc co się stało? – pytam. – Wrócił tutaj cały poobijany?

Potakuje ledwie zauważalnie.

– Czemu?

Marszczy brwi.

– Nie powiedział.

Cisza. Céline spuszcza wzrok. Potem rzuca mi szybkie spojrzenie.

– Przeglądał twoją walizkę.

Co w niej było? Spis rzeczy. Ubrania. Pamiątki. Niezapisane pocztówki. Przywieszka z nazwiskiem? Nie, oberwała się na stacji metra w Londynie. Pamiętnik? Mam go teraz przy sobie. Wyciągam go z torebki, kartkuję nieliczne wpisy. Coś o Rzymie i zdziczałych kotach. O Wiedniu i pałacu Schönbrunn. O operze praskiej. Ale nic, zupełnie nic na mój temat. Nie ma mojego nazwiska. Adresu. Mejla. Ani adresów ludzi poznanych w trakcie wycieczki. Nie zadaliśmy sobie nawet trudu, by udawać, że będziemy w kontakcie. Chowam pamiętnik do torebki. Céline przygląda mi się zmrużonymi oczami; obserwuje, chociaż udaje, że wcale tego nie robi.

– Zabrał coś z mojej walizki? Znalazł coś?

– Nic. Tylko ten zapach... – Robi minę, jakby ją coś zabolało.

– Jaki zapach?

– Cuchnął okropnie – stwierdza nagle. – Miał twój zegarek. Powiedziałam, żeby go zostawił. Mój wujek jest jubilerem, więc wiem, że sporo kosztował. Ale nie posłuchał.

Wzdycham.

– Gdzie go mogę znaleźć, Céline? Proszę. Tyle możesz dla mnie zrobić.

– Tyle? Już i tak bardzo ci pomogłam – odpowiada urażona i oburzona. – Nie wiem, gdzie go znaleźć. Nie kłamię. – Patrzy na mnie twardo. – Powiedziałam prawdę, a brzmi ona, że Willem to typ faceta, który zjawia się, kiedy się zjawia. A najczęściej się nie zjawia.

Chciałabym móc odpowiedzieć, że się myli. Że z nami było inaczej. Lecz skoro jego zakochanie w Céline nie przetrwało, skąd moja pewność, że nawet jeśli rzeczywiście mu się spodobałam, tego jednego dnia nie wziął sobie wszystkiego, co chciał?

– Więc nic nie znalazłaś? W internecie? – pyta.

Zaczynam zbierać swoje rzeczy.

– Nie.

– Willem de Ruiter to popularne nazwisko, *n'est-ce pas*? – rzuca.

A potem robi coś, o co nigdy bym jej nie posądzała. Rumieni się. I tak się dowiaduję, że też go sprawdzała. I też nic nie znalazła. Naraz zaczynam się zastanawiać, czy nie osądzałam jej źle – nie kompletnie źle, ale odrobinę.

Wyjmuję czystą pocztówkę z Paryżem. Zapisuję swoje nazwisko, adres, wszystkie dane i podaję Céline.

– Gdybyś zobaczyła Willema. Albo gdybyś znalazła się kiedyś w Bostonie i potrzebowała noclegu... albo miejsca, żeby zostawić rzeczy.

Bierze kartkę, czyta, a potem chowa do szuflady.

– Boss-tone. Chyba wolę Nowy Jork – prycha.

Czuję niemal ulgę, że znowu brzmi wyniośle jak ona.

Myślę o Dee. Dałby sobie z nią radę.

– Chyba da się załatwić.

Kiedy docieram do drzwi, Céline woła mnie po imieniu. Odwracam się. Widzę, że ugryzła kawałek makaronika; okrągłe ciasteczko wygląda teraz jak półksiężyc.

– Przepraszam, że nazwałam cię tchórzem – mówi.

– Nic nie szkodzi – odpowiadam. – Czasami tchórzę. Ale staram się być odważniejsza.

– *Bon*. – Robi pauzę i gdybym nie miała więcej rozsądku, uznałabym, że rozważa, czy się nie uśmiechnąć. – Jeśli odnajdziesz Willema, odwaga ci się przyda.

* * *

Siadam na brzegu fontanny, by przemyśleć wszystko, co mi powiedziała. Nie do końca potrafię wykombinować, czy chciała dodać mi otuchy, czy mnie ostrzec, a może jedno i drugie naraz. Tak czy inaczej, to rozważanie czysto teoretyczne, bo zabrnęłam w ślepy zaułek. Céline nie wie, gdzie jest Willem. Mogę poszukać jeszcze trochę w internecie i wysłać kolejny mejl do trupy Guerrilla Will, ale poza tym utknęłam.

„Odwaga ci się przyda".

Może tak jest najlepiej. Może na tym powinnam skończyć. Jutro wybiorę się do Wersalu z australijską załogą. Wydaje się to sensowne. Wyjmuję plan od Dee i Sandry, żeby sprawdzić drogę powrotną do hostelu. To niedaleko. Dojdę pieszo. Śledzę trasę na papierze. A kiedy to robię, natrafiam palcem na nie jeden, lecz dwa duże różowe prostokąty. Różowe prostokąty oznaczają na mapie szpitale. Przysuwam ją bliżej do oczu. Są wszędzie. Paryż ma fioła na punkcie szpitali. Przesuwam palcem do squatu artystów. O szerokość kciuka od niego też zaznaczono kilka.

Jeśli Willem został pobity niedaleko squatu i miał zakładane szwy, istnieje spore prawdopodobieństwo, że stało się to w którymś z nich.

– Dzięki, Dee! – wołam w paryskie popołudnie. – I dzięki, Céline – dodaję trochę ciszej.

A potem wstaję i ruszam przed siebie.

* * *

Następnego dnia Kelly wita mnie chłodno, chociaż widzę, że niełatwo jej to przychodzi. Przepraszam za wczorajsze zniknięcie.

– Nie ma sprawy – odpowiada. – Ale dzisiaj jedziesz z nami do Wersalu?

Krzywię się.

– Nie mogę.

Jej rysy twardnieją z urazy.

– Jeśli nie chcesz z nami trzymać, to w porządku, ale oszczędź nasze uczucia i nie umawiaj się z nami.

Nie jestem pewna, czemu nic jej nie powiedziałam. Wydaje się trochę głupie przyjeżdżać tutaj, zadawać sobie tyle trudu dla faceta, którego znałam przez jeden dzień. Jednak gdy przedstawiam skróconą wersję długiej historii, włączając w to dzisiejszą obłąkaną pogoń, Kelly poważnieje. A kiedy kończę, kiwa jedynie lekko głową.

– Rozumiem – oświadcza z przekonaniem. – Do zo na śniadanku.

Rano schodzę do pokoju śniadaniowego i całej bandy stłoczonej wokół wielkiego drewnianego stołu nad rozłożonymi mapami. Biorę croissanta, herbatę i jogurt i przyłączam się do nich.

– Idziemy z tobą – oznajmia Kelly. – Wszyscy.

– Co? Dlaczego?

– Bo potrzebujesz do tego armii.

Pozostali salutują niedbale, a potem zaczynają mówić wszyscy naraz. Bardzo głośno. Ludzie oglądają się na nas, ale ci kolesie są nie do opanowania. Tylko drobna, blada dziewczyna siedząca na rogu ignoruje nas z nosem w książce.

– Na pewno chcecie sobie odpuścić Wersal?

– Wersal to staroć – upiera się Kelly. – Nic się tam nie zmieni. A to jest prawdziwe życie. Prawdziwa miłość. Co może być bardziej francuskiego?

– Idziemy z tobą, czy ci się to podoba, czy nie. Choćbyśmy mieli zaliczyć z tobą wszystkie szpitale stąd do Nicei – dodaje Shazzer.

– Aż tak źle chyba nie będzie – odpowiadam. – Sprawdziłam na mapie i ograniczyłam poszukiwania do trzech najbardziej prawdopodobnych.

Drobna dziewczyna podnosi wzrok. Oczy ma przezroczyste jak woda.

– Przepraszam, wspomniałaś, że idziesz do szpitala? – pyta.

Patrzę na Australijczyków – moją niesforną armię gotową ruszać na podbój świata.

– Na to wygląda.

Spogląda na mnie z dziwnym napięciem.

– Dobrze znam szpitale – mówi cicho.

Przyglądam się jej uważniej. Serio, nie potrafię sobie wyobrazić nudniejszego zajęcia, może z wyjątkiem wizyty we francuskim pośredniaku. Nie mieści mi się w głowie, po co chciałaby się przyłączyć. Chyba że się czuje samotna. A to rozumiem.

– Czy... masz ochotę iść z nami? – pytam.

– Nieszczególnie – odpowiada. – Ale chyba powinnam.

Pierwszy punkt na mapie okazuje się szpitalem prywatnym, gdzie po godzinie odsyłania nas z biura do biura dowiadujemy się, że chociaż na miejscu istnieje oddział urazowy, zwykle nie przyjmuje ludzi z ulicy, tylko odsyła ich do jednostek publicznych. Kierują nas do Hôpital Lariboisière. Ruszamy prosto do *urgences*, francuskiej wersji oddziału urazowego, gdzie dostajemy numerek i każą nam czekać, a potem tkwimy całe wieki na niewygodnych krzesłach w towarzystwie nieszczęśników ze zwichniętymi łokciami albo kaszlących w sposób, który brzmi naprawdę paskudnie i zaraźliwie.

Początkowy entuzjazm Australijczyków opada, gdy dociera do nich, że odwiedzanie oddziałów urazowych jest równie nudne we Francji, jak wszędzie indziej. W końcu zaczynają pluć kulkami z papieru i grać w wojnę, co nie zyskuje im sympatii pielęgniarek. Wren – dziwna, blada, chochlikowata dziewczyna, którą zabraliśmy ze sobą – nie uczestniczy w wygłupach. Jedynie dalej czyta książkę.

Do chwili, gdy zostaliśmy wezwani do kontuaru, pielęgniarki zdążyły nas znienawidzić i uczucie to jest w znacznym stopniu odwzajemnione. Shazzer, która podobno najlepiej mówi po francusku, zostaje mianowana ambasadorką. Nie wiem, czy brak jej umiejętności językowych, czy dyplomatycznych – w każdym razie po pięciu minutach kłóci się gwałtownie z pielęgniarką, a po dziesięciu lądujemy pod eskortą na ulicy.

Jest trzecia po południu. Straciliśmy pół dnia i widzę, że członkowie bandy są podminowani, zmęczeni, głodni oraz żałują odwołanej wycieczki do Wersalu. Po namyśle uświadamiam sobie, jakie to było niedorzeczne.

Rejestracją w firmie mojego taty zarządza pielęgniarka imieniem Leona, która nie pozwala mi nawet wejść do gabinetu, o ile ojciec nie jest w środku i mnie nie oczekuje. Nigdy nie wydałaby dokumentacji mnie – córce szefa mówiącej tym samym językiem – nie wspominając o nieznajomej cudzoziemce.

– To było nieporozumienie – oznajmiam, kiedy stajemy na chodniku. Podczas gdy czekaliśmy w środku, słońce przepaliło warstwę chmur, które wisiały nad Paryżem przez ostatnich kilka dni, i dzień stał się upalny i pogodny. – Możecie przynajmniej uratować resztę popołudnia. Kupcie sobie coś do jedzenia i jedźcie na piknik do Ogrodów Luksemburskich.

Widzę, że propozycja jest kusząca. Nikt nie protestuje.

– Ale obiecaliśmy, że będziemy twoją strażą przyboczną – odpowiada Kelly. – Nie możemy pozwolić, żebyś się męczyła sama.

Unoszę ręce na znak poddania.

– Nie będę się męczyć. Rezygnuję. To beznadziejna sprawa.

Mapy zostają wyjęte, następuje wybór trasy metra i dyskusja o produktach potrzebnych do pikniku.

– Niektórzy proszą o pomoc świętych patronów, wiecie?

Podnoszę wzrok. Wren, chochlikowata przybłęda, która przez cały dzień praktycznie nie odezwała się słowem, w końcu przemówiła.

– Serio?

Kiwa głową.

– Święty Antoni to patron rzeczy zagubionych. Ale od spraw beznadziejnych jest święty Juda. Trzeba się upewnić, że zwraca się do właściwego świętego.

Wszyscy gapią się na nią. Jakaś religijna fanatyczka?

– A który miałby pod opieką zaginioną osobę? – pytam.

Przystaje, żeby się zastanowić.

– To zależy. W jakim sensie zaginioną?

Nie wiem. Nie wiem, czy w ogóle zaginął. Może znajduje się dokładnie tam, gdzie chce. Może to ja się pogubiłam, ścigając kogoś, kto nie ma ochoty zostać znaleziony.

– Nie jestem pewna.

Dziewczyna obraca bransoletkę z wisiorkami, dotykając ich palcami.

– Pewnie powinnaś się po prostu pomodlić do obu.

Pokazuje mi przywieszki przedstawiające obu świętych. Przy bransoletce ma więcej wisiorków, jeden w formie daty, inny – koniczyny, jeszcze inny ptaka.

– Ale ja jestem żydówką.

– Och, to im nie przeszkadza. – Podnosi wzrok. Jej oczy mają nie tyle odcień błękitu, ile jego nieobecności. Jak niebo tuż przed świtem. – Powinnaś poprosić o pomoc świętych. I powinnaś iść do tego trzeciego szpitala.

* * *

Hôpital Saint-Louis ma, jak się okazuje, czterysta lat. Wędrujemy z Wren do dobudowanego nowoczesnego skrzydła. Pozostali bez większych protestów pozwolili się wysłać do Ogrodów Luksemburskich. Do przeszklonego atrium wpada słoneczny blask, rzucając na podłogę tęczę.

Na oddziale urazowym jest cicho, w rzędach pustych krzeseł siedzi niewiele osób. Wren rusza prosto do dwóch pielęgniarzy przy kontuarze i swoim dziwnie słodkim głosem zaczyna coś tłumaczyć idealną francuszczyzną. Stoję za nią i słyszę wystarczająco dużo, by się zorientować, że opowiada moją historię, hipnotyzując za jej pomocą obu mężczyzn. Nawet chorzy na krzesłach nachylają się, by pochwycić jej cichy głos. Nie mam pojęcia, skąd Wren w ogóle wie, o co chodzi; nie opowiadałam jej o niczym. Może podsłuchała przy śniadaniu albo dowiedziała się od pozostałych. Gdy kończy, zapada cisza. Pielęgniarze spoglądają na nią, a potem spuszczają wzrok i zaczynają bębnić w klawiatury.

– Jakim cudem tak świetnie gadasz po francusku? – szepczę.

– Pochodzę z Quebecu.

– To czemu nie tłumaczyłaś w tym poprzednim szpitalu?

– Bo nie był właściwy.

Pielęgniarze pytają o jego nazwisko. Podaję je. Literuję. Słyszę stukanie klawiszy, kiedy je wpisują.

– *Non* – stwierdza jeden. – *Pas ici*. – Kręci głową.

– *Attendez* – odzywa się drugi. Chwileczkę.

Wpisuje coś więcej. Mówi różne rzeczy Wren i tracę orientację, ale potem jedna fraza wybija się na pierwszy plan: data. Dzień po dniu, który Willem i ja spędziliśmy razem. Dzień, kiedy zostaliśmy rozdzieleni.

Przestaję oddychać. Mężczyzna powtarza datę, patrząc na mnie.

– Tak – potwierdzam. Musiałby tu trafić wtedy. – *Oui*.

Pielęgniarz dodaje coś i coś jeszcze, czego nie rozumiem. Zwracam się do Wren.

– Mogą nam powiedzieć, jak go znaleźć?

Dziewczyna pyta, a potem przekłada odpowiedź:

– Nie mają dostępu do dokumentacji.

– Nie muszą niczego dawać na piśmie. Z pewnością mają coś na jego temat.

– Mówią, że wszystko zostało przeniesione do działu rozliczeń. Tutaj przechowują niewiele dokumentów.

– Coś muszą mieć. To właściwy moment, by poprosić o pomoc świętego Judę.

Wren dotyka wisiorka przy bransoletce. Przez podwójne drzwi wchodzi para lekarzy w strojach chirurgów i fartuchach, z kubkami kawy w dłoniach. Patrzymy na siebie; święty Juda najwyraźniej postanowił zesłać nam obu identyczne natchnienie.

– Czy mogłabym porozmawiać z lekarzem? – zwracam się do pielęgniarza swoją koszmarną francuszczyzną. – Może z... – Zwracam się do Wren: – Jak się mówi po francusku „lekarz dyżurny"? Albo z lekarzem, który badał Willema?

Mężczyzna najwidoczniej rozumie trochę po angielsku, bo pociera podbródek i wraca do komputera.

– Ach, doktor Robinet – mówi i podnosi słuchawkę.

Parę minut później podwójne drzwi się otwierają i wygląda na to, że święty Juda postanowił nam zafundować bonus, bo lekarz okazuje się przystojny jak z serialu: kręcone, przyprószone siwizną włosy, twarz pobrużdżona, lecz zarazem delikatna. Wren zaczyna objaśniać sytuację, ale w tym momencie uświadamiam sobie, że bez względu na to, czy rzecz jest przegrana, czy nie, muszę wziąć sprawy we własne ręce. W najbardziej wymęczonej francuszczyźnie, jaką sobie można wyobrazić, próbuję tłumaczyć: „Przyjaciel ranny. W tym szpitalu. Zaginiony przyjaciel. Muszę znaleźć". Jestem wyczerpana, a ze swoim prymitywnym słownictwem z pewnością brzmię jak jaskiniowiec.

Doktor Robinet przygląda mi się chwilę. Potem zaprasza gestem przez podwójne drzwi do pustego gabinetu, gdzie wskazuje, byśmy usiadły na stole, a sam sadowi się na stołku na kółkach.

– Rozumiem wasz problem – odpowiada doskonałą angielszczyzną z brytyjskim akcentem. – Nie możemy jednak tak po prostu udostępniać dokumentacji naszych pacjentów. – Przesuwa się, żeby spojrzeć wprost na mnie. Oczy ma jasnozielone, zarazem bystre i życzliwe. – Rozumiem, że przyjechałaś aż z Ameryki, ale przykro mi.

– Czy mógłby mi pan przynajmniej powiedzieć, co mu było? Bez zaglądania do akt? Czy to by było złamanie zasad?

Robinet uśmiecha się cierpliwie.

– Badam dziesiątki pacjentów dziennie. A to się zdarzyło, jak mówisz, rok temu?

Kiwam głową.

– Tak.

Zasłaniam twarz rękami. Szaleństwo całej tej imprezy uderza mnie od nowa. Jeden dzień. Jeden rok.

– Może gdybyś go opisała…?

Lekarz wyciąga pomocną dłoń.

Chwytam ją natychmiast.

– Jest Holendrem. Bardzo wysoki, sześć stóp trzy cale… czyli metr dziewięćdziesiąt w systemie metrycznym. Siedemdziesiąt pięć kilogramów. Bardzo jasne włosy, prawie jak słoma, ale bardzo ciemne oczy, prawie jak węgle. Był chudy. Palce miał długie. I bliznę, taki zygzak, na stopie.

Kiedy mówię dalej, wracają do mnie dawno zapomniane, jak sądziłam, szczegóły, i pojawia się jego obraz.

Ale doktor nie może zobaczyć mojej wizji. Wydaje się zbity z tropu, a ja uświadamiam sobie, że z jego punktu widzenia opisałam wysokiego blondyna, jednego z tysięcy.

– Może gdybyś miała fotografię?

Czuję, jakby stworzony przeze mnie obraz Willema ożył w pomieszczeniu. Mówił prawdę: nie potrzeba aparatu, by utrwalić ważne rzeczy. Przez cały czas był tuż obok, w moim wnętrzu.

– Niestety – odpowiadam. – Och, ale założono mu szwy. I miał podbite oko.

– Jak większość ludzi, którymi się zajmujemy – odpowiada Robinet. – Bardzo mi przykro.

Podnosi się ze stołka; coś z brzękiem spada na ziemię. Wren podnosi z podłogi euro i chce mu oddać.

– Chwileczkę! Bawił się monetami – wołam. – Potrafił przerzucać je między palcami. O tak. Mogę?

Wyciągam rękę i pokazuję, jak przekładał pieniążek z kostki na kostkę.

Oddaję go doktorowi, a on trzyma go na dłoni, oglądając niczym rzadki numizmat. Potem podrzuca w powietrze i łapie.

– *Commotion cérébrale!* – oświadcza.

– Co?

– Wstrząs mózgu! – tłumaczy Wren.

– Wstrząs mózgu?

Doktor prostuje palec wskazujący i wolno zatacza nim koła, jakby wyciągał wspomnienia z głębokiej studni.

– Miał wstrząs mózgu. I jeśli sobie przypominam, rany szarpane twarzy. Chcieliśmy go zatrzymać na obserwację, wstrząsy mózgu bywają poważne, i złożyć doniesienie na policję, bo został napadnięty.

– N a p a d n i ę t y? Czemu? Przez kogo?

– Nie wiemy. Standardowo składa się raport na policji, ale odmówił. Był bardzo wzburzony. Teraz sobie przypominam! Nie zgodził się zostać dłużej niż kilka godzin. Chciał uciekać od razu, ale nalegaliśmy, by poczekał na tomografię. Mimo to, kiedy tylko go pozszywaliśmy i wykluczyliśmy krwawienie do mózgu, uparł się, że musi iść. Mówił, że to bardzo ważne. Bał się, że kogoś straci. – Zwraca się do mnie. Oczy ma teraz ogromne. – C i e b i e?

– Ciebie – mówi Wren.

– Mnie – potwierdzam.

Czarne plamy tańczą mi przed oczami, głowa przelewa się na boki.

– Chyba zaraz zemdleje – rzuca Wren.

– Opuść głowę między nogi – instruuje Robinet.

Woła w kierunku korytarza i pielęgniarka przynosi mi szklankę wody. Wypijam ją. Świat przestaje wirować. Prostuję się wolno. Lekarz patrzy na mnie i wydaje się, jakby zasłona profesjonalizmu nagle opadła.

– Ale to było rok temu – pyta głosem miękkim jak koc. – Straciliście się z oczu przed rokiem?

Przytakuję bez słowa.

– I szukałaś go cały ten czas?

Kiwam znowu. W pewnym sensie to prawda.

– Rzeczywiście sądzisz, że on też cię szukał?

– Nie wiem.

I tak jest. To, że próbował mnie znaleźć przed rokiem, wcale nie znaczy, że chce mnie odszukać teraz. Albo że chce, bym ja go odnalazła.

– Ależ m u s i s z to wiedzieć – odpowiada.

Przez chwilę sądzę, że mnie karci z powodu mojej niewiedzy, potem jednak podnosi słuchawkę i gdzieś dzwoni. Po skończeniu rozmowy zwraca się w moją stronę.

– Musisz wiedzieć – powtarza. – Idź zaraz do okienka numer dwa w dziale rozliczeń. Nie mogą wydać karty, ale poleciłem, żeby ci dali jego adres.

– Mają go? Mają jego adres?

– Mają j a k i ś adres. Idź tam natychmiast. A potem go znajdź. – Patrzy na mnie znowu. – Bez względu na wszystko musisz wiedzieć.

Wychodzę ze szpitala, mijając salę, gdzie pacjenci chorzy na raka biorą chemię w późnopopołudniowym słońcu. Wydruk z adresem Willema trzymam w zaciśniętej pięści. Jeszcze go nie czytałam. Mówię Wren, że chcę być przez chwilę sama, i ruszam w kierunku starszej części szpitala.

Siadam na ławce przy czworokątnym trawniku między ceglanymi budynkami. Pszczoły tańczą wśród kwitnących krzewów, dzieci się bawią – mury szpitalne kryją w sobie tak wiele życia. Patrzę na papier w dłoni. Mógł podać dowolny adres. Willem może się znajdować w dowolnym miejscu na świecie. Jak długo jestem gotowa to ciągnąć?

Myślę o Willemie, pobitym – pobitym! – lecz mimo to próbującym mnie znaleźć. Biorę głęboki oddech. Aromat świeżo skoszonej trawy miesza się z zapachem pyłku i spalin z ciężarówek tkwiących w korku na ulicy. Patrzę na znamię na swoim nadgarstku.

Rozkładam kartkę, niepewna dokąd dalej wyruszę, lecz pewna, że to zrobię.

Rozdział trzydziesty czwarty

Sierpień

Utrecht, Holandia

W moim przewodniku o Utrechcie są raptem dwie strony, więc spodziewam się, że będzie mały, brzydki albo przemysłowy, tymczasem okazuje się cudowny: chaotyczne średniowieczne miasto z szeregami kamieniczek zwróconych szczytami do ulicy i kanałów z barkami mieszkalnymi, i wąziutkich zaułków nadających się równie dobrze dla lalek, jak dla ludzi. Hosteli jest niewiele, ale kiedy zjawiam się w jedynym, na który mnie stać, dowiaduję się, że wcześniej mieścił się tu squat. I pojawia się wrażenie, niemal jak przeznaczony tylko dla mnie komunikat nadany z jakiejś tajemnej części wszechświata: „Tak, tu właśnie miałaś trafić".

Ludzie z hostelu okazują się życzliwi, pomocni i bezbłędnie mówią po angielsku, tak jak Willem. Jeden chłopak nawet go przypomina – takie same ostre rysy twarzy, pełne czerwone wargi. Pytam go nawet, czy nie zna Willema; niestety nie. Kiedy wyjaśniam, że przypomina mi kogoś, kogo szukam, odpowiada ze śmiechem: „Jak połowa Holandii". Daje mi plan Utrechtu i pokazuje, gdzie szukać adresu, który dostałam w szpitalu. To parę kilometrów stąd, więc sugeruje, bym pożyczyła rower.

Wybieram autobus. Dom jest położony poza centrum, w okolicy pełnej sklepików z płytami, etnicznych restauracji z obracającym się na rożnach mięsem oraz graffiti. Kilka razy źle skręcam, ale w końcu znajduję uliczkę obok torów kolejowych z porzuconym wagonem towarowym prawie całkowicie pokrytym tagami. Dokładnie naprzeciw niego stoi wąska kamieniczka, zgodnie z wydrukiem będąca ostatnim znanym adresem Willema de Ruitera.

By dotrzeć do drzwi pomalowanych na jadowity błękit, muszę się przecisnąć obok sześciu rowerów przypiętych do balustrady. Waham się przed naciśnięciem dzwonka w kształcie gałki ocznej. Kiedy to w końcu robię, ogarnia mnie dziwny spokój. Słyszę brzęczyk. Potem ciężkie kroki. Znałam Willema tylko jeden dzień, ale wiem, że to nie jego kroki. Jego byłyby lżejsze. Otwiera mi śliczna wysoka dziewczyna z długim brązowym warkoczem.

– Cześć. Mówisz po angielsku? – pytam.

– Tak, jasne – odpowiada.

– Szukam Willema de Ruitera. Powiedziano mi, że tu mieszka.

Unoszę kartkę z adresem jakby na dowód.

Z jakiegoś powodu wiedziałam, że go tu nie będzie. Może ponieważ nie czułam się wystarczająco zdenerwowana. Więc kiedy twarz dziewczyny nie zmienia wyrazu, wcale nie jestem zaskoczona.

– Nie znam go. Wynajmuję tu pokój tylko przez wakacje – odpowiada. – Przepraszam.

Zaczyna zamykać drzwi.

Ale ja zdążyłam się już nauczyć, że „Nie, przykro mi" oraz „Nie mogę ci pomóc" to propozycje pomocy.

– Jest tu ktoś jeszcze, kto mógłby go znać?

– Saskia! – woła.

Na szczycie schodów tak wąskich, że przypominają drabinę, pojawia się druga dziewczyna o blond włosach, różowych policzkach oraz niebieskich oczach. Ma w sobie coś nieokreślenie świeżego i wiejskiego, jakby przed momentem zeskoczyła z konia albo skończyła orać pole – mimo krótko ścieniowanej fryzury i zupełnie nietradycyjnego czarnego, tkanego swetra.

Raz jeszcze wyjaśniam, że szukam Willema de Ruitera. Saskia, chociaż wcale mnie nie zna, zaprasza do środka i proponuje filiżankę kawy albo herbaty.

Wszystkie trzy siadamy przy zaśmieconym drewnianym stole z wysokimi pryzmami czasopism i kopert. Wszędzie leżą rozrzucone ubrania. Widać że mieszka tu wiele osób. Lecz Willem najwyraźniej nie.

– Tak naprawdę nigdy tu nie mieszkał – tłumaczy Saskia, gdy już podała herbatę i czekoladki.

– Ale go znasz? – pytam.

– Spotkałam go kilka razy. Przyjaźniłam się z Lien, dziewczyną jednego z jego kumpli, Roberta-Jana. Willema właściwie nie znam. Podobnie jak Anamiek wprowadziłam się tylko na wakacje.

– Wiesz może, czemu podał to miejsce jako swój adres?

– Pewnie ze względu na Roberta-Jana.

– A kto to?

– Studiuje ze mną na Uniwersytecie Utrechckim. Kiedyś tu wynajmował – wyjaśnia Saskia. – Też się wyprowadził. Zajęłam jego pokój.

– Oczywiście – mruczę do siebie.

– W mieszkaniach studenckich ludzie często się zmieniają. Ale Robert-Jan na pewno wróci do Utrechtu. Nie tutaj, do innego mieszkania. Niestety, nie wiem gdzie. Ja tylko zajęłam jego pokój.

Wzrusza ramionami, jakby mówiła: „I to wszystko".

Bębnię palcami w stary drewniany stół. Zerkam na stertę listów.

– Myślisz, że mogłabym przejrzeć pocztę? Sprawdzić, czy nie znajdę jakiejś wskazówki?

– Bardzo proszę – odpowiada.

Tasuję stos. To głównie rachunki, czasopisma i katalogi adresowane do różnych osób, które tu mieszkają albo mieszkały. Naliczyłam co najmniej pół tuzina nazwisk, włączając Roberta-Jana. Ani jedna przesyłka nie jest jednak adresowana do Willema.

– Czy kiedykolwiek dostał tu pocztę?

– Parę rzeczy przyszło – potwierdza Saskia. – Kilka dni temu ktoś porządkował listy, więc mogły zostać wyrzucone. Tak jak mówiłam, Willem nie pokazywał się od miesięcy.

– Chwileczkę – wtrąca Anamiek. – Chyba widziałam jakiś nowy z jego nazwiskiem. Leży jeszcze w pudełku przy wejściu.

Wraca z kopertą. To nie przesyłka reklamowa, tylko list z wypisanym odręcznie adresem. Znaczki są holenderskie. Chcę odnaleźć Willema, ale nie aż tak, by otwierać jego prywatną korespondencję. Odkładam kopertę na stos, potem jednak przyglądam się jej jeszcze raz. Bo adres zwrotny w lewym górnym rogu, skreślony nieznajomym, pełnym zawijasów charakterem pisma, jest mój.

Biorę kopertę i unoszę do lampy. W środku znajduje się druga. Otwieram zewnętrzną i ze środka wypada mój list, ten, który wysłałam do Anglii, do trupy Guerrilla Will, szukając Willema. Sądząc ze stempli, pokreślonych adresów i taśmy, którą oklejono kopertę, odsyłano ją kilka razy. Otwieram oryginalny list, by się przekonać, czy coś do niego dopisano, ale nie. Został tylko przeczytany i przekazany dalej.

Mimo to z jakiegoś powodu czuję się przeszczęśliwa. Przez cały ten czas moja chaotycznie sklecona wiadomość także próbowała go odszukać. Mam ochotę ją ucałować za wytrwałość.

Pokazuję list Saskii i Anamiek. Czytają i patrzą na mnie nierozumiejąco.

– To ja go napisałam – wyjaśniam. – Pięć miesięcy temu. Kiedy pierwszy raz próbowałam go znaleźć. Wysłałam go do Anglii i jakimś sposobem zawędrował aż tutaj. Tak samo jak ja.

Gdy to mówię, znowu ogarnia mnie to wrażenie. Jestem na właściwej drodze. Mój list i ja wylądowaliśmy w tym samym miejscu, nawet jeśli miejsce nie jest właściwe.

Saskia i Anamiek spoglądają na siebie.

– Idę zadzwonić – mówi Saskia. – Z pewnością możemy ci pomóc dotrzeć do Roberta-Jana.

Znikają na piętrze. Słyszę sygnał uruchamianego komputera. Potem jednostronną rozmowę Saskii przez telefon. Po jakichś dwudziestu minutach wracają.

– Jest sierpień, więc prawie wszyscy się rozjechali, ale na sto procent w ciągu jednego albo dwóch dni mogę ci zdobyć namiary Roberta-Jana.

– Dzięki – mówię.

Jej oczy uciekają gdzieś w górę. Nie podoba mi się to, jak na mnie patrzy.

– Chociaż mogłabym znaleźć szybszy sposób na skontaktowanie cię z Willemem.

– Naprawdę? Jaki?

Waha się.

– Przez jego dziewczynę.

Rozdział trzydziesty piąty

Ana Lucia Aureliano. Tak się nazywa. Dziewczyna Willema. Studiuje na tym samym wydziale kursów zaawansowanych przy Uniwersytecie Utrechckim.

Przez cały czas poszukiwań nawet nie marzyłam, że dotrę tak daleko. Nie pozwalałam więc sobie na rojenia, co będzie, jeśli go znajdę. I choć wyobrażałam sobie, że miał m n ó s t w o dziewczyn, nie pomyślałam, że mógłby mieć jedną. Co z perspektywy czasu wydaje się strasznie głupie.

Nie dlatego, że zjawiłam się tutaj, by zejść się z nim znowu. Prawdę mówiąc, nie bardzo mamy do czego wracać. Skoro jednak dotarłam tak blisko, to gdybym teraz wyjechała, żałowałabym chyba do końca życia.

Ironia losu sprawia, że to słowa Céline ostatecznie mnie przekonują, by ruszyć na poszukiwania dziewczyny Willema. „Odwaga ci się przyda".

Kampus wydziału jest niewielki i stanowi zamkniętą całość, inaczej niż uniwersytet, który rozpełza się po całym centrum – tyle wiem od Saskii. Znajduje się na obrzeżach miasta, a kiedy tam jadę na różowym rowerze, który Saskia uparła się mi pożyczyć, zastanawiam się, co powiem, jeśli znajdę Anę. Albo Willema.

Uczy się tu bardzo niewielu studentów i wszyscy mieszkają na terenie kampusu; jest to zarazem szkoła międzynarodowa, ściągająca chętnych z całego świata, więc wszystkie przedmioty wykładane są po angielsku. Co oznacza, że wystarczy zapytać o Anę Lucię dwie osoby, bym otrzymała wskazówki, jak dotrzeć do jej segmentu.

Przypomina on nie tyle mieszkanie studenckie, ile salon wystawowy Ikei. Zaglądam przez rozsuwane szklane drzwi; wszędzie widać polerowane drewno i nowoczesne meble, milion mil od industrialnej nudy pokoju, który dzielę z Kali. Światła są zgaszone, a kiedy pukam, nikt nie otwiera. Przed wejściem znajduje się niewielki betonowy podest z kilkoma haftowanymi poduszkami, siadam więc i czekam.

Musiałam przysnąć, bo budzę się, czując, jak lecę do tyłu. Ktoś otworzył drzwi za moimi plecami. Patrzę w górę. Dziewczyna – Ana Lucia, jak zakładam – jest piękna, ma długie, pofalowane brązowe włosy i małe usteczka podkreślone czerwoną szminką. Powinno mi pochlebiać, że znalazłam się w towarzystwie dziewczyn równie pięknych, jak ona i Céline, ale niezupełnie to czuję w tym momencie.

– Czym mogę służyć? – pyta, górując nade mną i przyglądając mi się tak, jak się patrzy na włóczęgę, którego się przyłapało śpiącego na swoim progu.

Słońce wyszło zza chmur i odbija się od szyby okiennej, rażąc oczy. Osłaniam je rękami i podnoszę się z podłogi.

– Przepraszam, widocznie się zdrzemnęłam. Szukam Any Lucii Aureliano.

– Ja jestem Ana Lucia – podkreśla poprawną wymowę, przesadnie sepleniąc z hiszpańska: „Ana Lu-si-ja". Przygląda mi się uważnie zmrużonymi oczami. – Spotkałyśmy się już?

– Och, nie. Nazywam się Allyson Healey. Jestem... przepraszam. To dziwne. Przyjechałam z Ameryki i próbuję kogoś znaleźć.

– To twój pierwszy semestr? W internecie znajdziesz spis studentów.

– Co? Och, nie. Nie studiuję tutaj. Uczę się w Bostonie.

– O kogo chodzi?

Prawie nie chcę wypowiadać jego imienia. Mogłabym coś zmyślić i nawet by się nie zorientowała. Nie musiałabym słuchać, jak pyta z tym swoim cudownym akcentem, czemu chcę wiedzieć, gdzie się podziewa jej chłopak. Ale wtedy wróciłabym do domu, choć przejechałam pół świata, niczego się nie dowiadując. Więc je wypowiadam.

– Willem de Ruiter.

Ana patrzy na mnie długą chwilę, po czym jej śliczne rysy się wykrzywiają; wargi jak z reklamy szminki się rozchylają. A potem z tych idealnych ust wylewa się strumień wyzwisk. Tak sądzę. Nie mam pewności, bo to po hiszpańsku. Dziewczyna jednak macha rękami, trajkocze jak nakręcona i twarz jej czerwienieje. *Vate! Déjame, puta!* Chwyta mnie za ramiona i spycha z podestu niczym bramkarz wyrzucający pijaka. Ciska za mną mój plecak, aż wszystko się wysypuje. Potem trzaska drzwiami – o ile można trzasnąć przesuwanymi szklanymi drzwiami. I zamyka je na klucz. I opuszcza roletę.

Przez chwilę leżę ogłupiała. Potem w oszołomieniu zaczynam zbierać rzeczy. Oglądam łokieć zadrapany przy lądowaniu i rękę z półksiężycowatymi śladami jej paznokci.

– Nic ci się nie stało?

Podnoszę wzrok i widzę ładną dziewczynę z dredami, która nachylając się nade mną, wyciąga do mnie moje okulary od słońca.

Kręcę głową.

– Nie chcesz lodu ani nic? Mam u siebie w pokoju.

Wycofuje się na swój podest.

Dotykam głowy. Wyczuwam guza, ale to nic poważnego.

– Chyba wszystko w porządku. Dzięki.

Patrzy na mnie i kręci głową.

– Nie pytałaś przypadkiem o Willema?

– Znasz go? – pytam. – Znasz Willema?

Podchodzę do jej podestu. Leży na nim laptop i podręcznik. Do fizyki. Otwarty na rozdziale o splątaniu kwantowym.

– Widywałam, jak się tu kręcił. Studiuję dopiero drugi rok, więc nie znałam go, kiedy się tutaj uczył. Ale tylko jedna osoba doprowadza Anę Lucię do takiej furii.

– Poczekaj. Tutaj? Chodził tu do szkoły?

Próbuję wyobrazić sobie Willema, którego poznałam, wędrownego aktora, jako studenta prestiżowej szkoły, i kolejny raz mnie uderza, jak niewiele o nim wiem.

– Przez rok. Zanim tu przyszłam. Studiował ekonomię, zdaje mi się.

– I co się stało?

Chodzi mi o studia, ale dziewczyna zaczyna opowiadać o Anie Lucii. Jak po przerwie zeszli się z Willemem, ale potem Ana Lucia odkryła, że cały czas ją zdradzał z jakąś Francuzką. Dziewczyna opowiada o tym bardzo na luzie, jakby nie było w tym nic szczególnie zaskakującego.

Mnie jednak wiruje w głowie. Willem uczył się tutaj. Studiował ekonomię. Dlatego trwa chwilę, zanim przetrawiam ostatni fakt. Ten o zdradzaniu Any Lucii z jakąś Francuzką.

– Z Francuzką? – powtarzam.

– Aha. Podobno Willem miał się z nią spotkać w sekrecie, chyba w Hiszpanii. Ana Lucia zobaczyła w swoim komputerze, że kupował bilety lotnicze, i sądziła, że chce jej zrobić niespodziankę, bo ona ma tam krewnych. No więc odwołała wakacje w Szwajcarii, opowiedziała o wszystkim rodzinie, która zaplanowała wielkie przyjęcie, i na koniec odkryła, że bilety od początku nie były przeznaczone dla niej. Tylko dla jakiejś Francuzki. Wpadła w szał, zrobiła mu awanturę na samym środku kampusu; to była niezła scena. Naturalnie od tamtej pory on się tu nie zjawia. Jesteś pewna, że nie chcesz lodu na czoło?

Opadam na podest obok niej. Céline? Ale twierdziła, że nie widziała go od zeszłych wakacji. Z drugiej strony mówiła wiele różnych rzeczy. Między innymi, że obie jesteśmy tylko portami, które odwiedził. Może było nas więcej. Francuzka. Albo dwie lub trzy. Hiszpanka. Amerykanka. Dziewczyński ONZ machający z każdego portu. Myślę o ostatnich słowach Céline i w tej chwili wydają mi się złowróżbne.

Zawsze wiedziałam, że Willem jest playboyem i że jestem jedną z wielu. Ale obecnie wiem także, że nie porzucił mnie tamtego dnia. Napisał liścik. Próbował, choć bez przekonania, mnie szukać.

Myślę o tym, co powiedziała moja mama. Że należy być wdzięcznym za to, co się ma, zamiast pragnąć rzeczy, które, jak nam się wydaje, chcemy mieć. Stojąc tutaj, w kampusie, po którym on kiedyś chodził, chyba w końcu rozumiem, co miała na myśli. Chyba w końcu rozumiem, co tak naprawdę znaczy wycofać się, póki się jest do przodu.

Rozdział trzydziesty szósty

Amsterdam

Z impetem naprzód. Oto moje nowe motto. Niczego nie żałować. I nie oglądać się za siebie.

Anuluję przelot z Paryża, żebym mogła lecieć do kraju prosto z Londynu. Nie chcę wracać do Paryża. Chcę jechać gdzieś indziej. Zostało mi jeszcze pięć dni w Europie, a są tu te wszystkie tanie linie. Mogłabym się wybrać do Irlandii. Albo do Rumunii. Pojechać pociągiem do Nicei i podczepić się do australijskiej załogi. Mogę jechać wszędzie.

Jednak żeby się dostać w każde z tych miejsc, muszę się wybrać do Amsterdamu. Więc tam ruszam. Na różowym rowerze.

Odstawiając go Saskii – z pudełkiem czekoladek w ramach podziękowania – wspomniałam, że nie musi już szukać namiarów Roberta-Jana.

– Wiesz już wszystko, co chciałaś?

– Tak i nie.

Chyba zrozumiała. Przyjęła czekoladki, ale odparła, że rower mogę zatrzymać. Nie należy do nikogo, a przyda mi się w Amsterdamie i będę go mogła wziąć do pociągu albo przekazać komuś następnemu.

– Różowy Biały Rower – zażartowałam.

Uśmiechnęła się.

– Słyszałaś o nich?

Kiwnęłam głową.

– Szkoda, że już ich nie ma.

Pomyślałam o swoich podróżach, o wszystkim, czym obdarzali mnie ludzie: przyjaźnią, pomocą, pomysłami, słowami zachęty, makaronikami.

– Chyba są – odparłam.

Anamiek sporządziła mi instrukcję, jak dotrzeć z Utrechtu do Amsterdamu. To tylko dwadzieścia pięć mil i cały czas – po płaskim – drogami rowerowymi. Po dotarciu na wschodni kraniec Amsterdamu mam znaleźć tramwaj numer dziewięć i po prostu jechać za nim do Centraal Station, gdzie ulokowała się większość tanich hosteli.

Kiedy zostawiam za sobą Utrecht, krajobraz zmienia się na przemysłowy, a potem wiejski. Krowy leżące na zielonych pastwiskach, wielkie kamienne wiatraki – miga mi nawet farmer w chodakach. Wkrótce jednak sielanka stapia się z zagłębiem biurowców, a potem trafiam na przedmieścia Amsterdamu, mijam olbrzymi stadion z napisem Ajax i ścieżka rowerowa wyrzuca mnie na ulicę. Słyszę dzwonek tramwaju i jest to rzeczywiście dziewiątka, jak obiecała Anamiek. Jadę w ślad za nią kawał drogi, mijając Oosterpark oraz, jak sądzę, zoo – stadko różowych flamingów w samym środku miasta – ale potem sprawy trochę się komplikują na skrzyżowaniu przy wielkim targu staroci i tramwaj gdzieś mi znika. Za moimi plecami trąbią motorowery, ruch rowerowy wydaje się dwa razy większy niż samochodowy; wciąż próbuję znaleźć tramwaj, ale jak się zdaje, kanały zataczają koła, a każdy wygląda identycznie jak poprzedni ze swymi wysokimi kamiennymi brzegami i rozmaitego typu łodziami – od mieszkalnych, poprzez wiosłowe, po wycieczkową z przeszkloną kopułą – unoszącymi się na słonawych wodach. Mijam szeregi niemożliwie wąskich kamieniczek o ozdobnych szczytach i przytulne kafejki, których otwarte szeroko drzwi ukazują zbrązowiałe od wielu stuleci ściany. Skręcam w prawo i ląduję na targu kwiatowym; barwne plamy rozświetlają szary poranek.

Wyjmuję plan i przekręcam w tę i we w tę. Mam wrażenie, jakby całe miasto kręciło się w kółko, nazwy ulic wyglądają, jakby wszystkie litery alfabetu zderzyły się ze sobą: Oudezijds Voorburgwal. Nieuwebrugsteeg. Kompletnie pogubiona pedałuję do wysokiego gościa w skórzanej kurtce, który zapina w foteliku rowerowym blond malucha. Na widok jego twarzy wytrzeszczam oczy, bo to kolejny, choć starszy, klon Willema.

Pytam o kierunek, na co każe mi jechać za sobą na Dam Square, a potem kieruje mnie przez oszałamiający uliczny wir na Warmoesstraat. Pedałuję ulicą sex-shopów z bezwstydnie krzykliwymi wystawami. Na końcu kwartału mieści się jeden z tańszych hosteli.

W holu kipi aktywność: mieszkańcy grają w bilard, ping-ponga i w karty i wydaje się, jakby każdy trzymał w ręku piwo, chociaż jest ledwie pora lunchu. Gdy pytam o zbiorową sypialnię, ciemnooka dziewczyna przy biurku bez słowa spisuje moje dane z paszportu i przyjmuje pieniądze. W sali na piętrze mimo tabliczki z napisem „ZAKAZ UŻYWANIA NARKOTYKÓW W SYPIALNI" powietrze jest gęste od dymu, a jakiś gość o czerwonych oczach wciąga przez rurkę zwiniętą z folii aluminiowej coś, co – praktycznie mam pewność – nie jest haszem i nie jest legalne. Zamykam plecak w szafce, wychodzę na ulicę, a potem zmierzam do zatłoczonej kawiarenki internetowej.

Płacę za pół godziny i przeglądam strony tanich linii. Jest czwartek. Wylatuję z Londynu do kraju w poniedziałek. Znajduję lot do Lizbony za czterdzieści sześć euro. Inny do Mediolanu i jeszcze jeden, do jakiegoś miejsca w Chorwacji! Wpisuję w Google „Chorwacja" i oglądam zdjęcia skalistych plaż oraz starych latarni morskich. W latarniach są nawet tanie hoteliki. Mogłabym tam zamieszkać. Mogę zrobić wszystko!

Nic prawie nie wiem o Chorwacji, więc postanawiam się tam wybrać. Wyjmuję kartę debetową, by zapłacić za przelot, gdy w drugim oknie, które miałam otwarte, zauważam informację, że dostałam mejla. Przełączam okna. To od Wren. W temacie wpisała: „GDZIE JESTEŚ?".

Szybko odpowiadam, że w Amsterdamie. Kiedy w zeszłym tygodniu żegnałam się w Paryżu z nią i gangiem z Antypodów, planowała złapać pociąg do Madrytu w czasie, gdy Kelly z załogą wybierała się do Nicei. Rozważały spotkanie w Barcelonie, jestem więc lekko zaskoczona, gdy pół minuty później dostaję mejla: „NIEMOŻLIWE. JA TEŻ!!!!". W wiadomości podaje numer swojej komórki.

Dzwoniąc do niej, uśmiecham się od ucha do ucha.

– Wiedziałam, że tu jesteś – oświadcza. – Czułam to! Gdzie dokładnie?

– W kafejce netowej przy Warmoesstraat. A ty? Myślałam, że pojechałaś do Hiszpanii!

– Zmieniłam plany. Winston, jak daleko jest Warmoesstraat?! – woła. – Winston to słodki gość, który tu pracuje – szepcze do mnie. Słyszę w tle męski głos. Potem pisk Wren. – Jesteśmy jakieś pięć minut od siebie. Spotkajmy się na Dam Square przy takiej białej wieży, która wygląda jak penis.

Zamykam okno wyszukiwarki i dziesięć minut później ściskam się z Wren jak z dawno zaginioną krewniaczką.

– Kurczę, święty Antoni jest naprawdę szybki – stwierdza.

– Ja myślę!

– Więc co u ciebie?

Składam jej szybki raport o znalezieniu Any Lucii, prawie znalezieniu Willema i decyzji, żeby go nie szukać.

– Więc teraz lecę do Chorwacji.

Wygląda na rozczarowaną.

– Aha. Kiedy?

– Zamierzałam jutro rano. Właśnie rezerwowałam bilet, kiedy dostałam twojego mejla.

– Och, zostań jeszcze kilka dni. Pozwiedzamy razem. Możemy wypożyczyć rowery. Albo weźmiemy jeden i któraś z nas siądzie bokiem z tyłu, jak robią Holenderki.

– Mam już rower – chwalę się. – Różowy.

– Z bagażnikiem dla mnie?

Jej uśmiech jest zbyt zaraźliwy, by mu się oprzeć.

– Owszem.

– Och. Musisz zostać. Mieszkam w hostelu niedaleko dzielnicy Jordaan. W klitce wielkości wanny, ale jest słodka i z podwójnym łóżkiem. Możesz się tam wprowadzić.

Podnoszę wzrok. Znowu zbiera się na deszcz i jest lodowato jak na sierpień, a w internecie piszą, że w Chorwacji temperatura wynosi około osiemdziesięciu pięciu stopni Fahrenheita i świeci słońce. Ale tutaj jest Wren, a jakie jest prawdopodobieństwo takiego zdarzenia? Ona wierzy w świętych. Ja wierzę w wypadki. Myślę, że to w zasadzie to samo.

Zabieramy moje graty z sali, w której tamten gość zdążył już odlecieć, i jedziemy do jej hostelu. Okazuje się znacznie sympatyczniejszy, szczególnie kiedy zagląda do nas wysoki, ciemnowłosy i uśmiechnięty Winston. Łóżko w pokoiku Wren na piętrze pokrywają przewodniki – nie tylko po Europie, ale po całym świecie.

– Skąd to wszystko?

– Winston mi pożyczył. Spisuję *bucket list*.

– *Bucket list?*

– Listę rzeczy, które chcę zrobić przed śmiercią.

Przypominają mi się dziwne, tajemnicze słowa, które wypowiedziała przy naszym pierwszym spotkaniu w Paryżu: „Dobrze znam szpitale". Spotkałam ją zaledwie półtora dnia temu, a już myśl, że mogłabym ją stracić, wydaje się niewyobrażalna. Widocznie zauważyła mój wyraz twarzy, bo dotyka lekko mojej ręki.

– Spokojnie, zamierzam żyć jeszcze długo.

– Więc po co ci ta lista?

– Bo jeśli się z nią czeka do chwili, kiedy naprawdę umierasz, jest za późno.

Patrzę na nią. „Dobrze znam szpitale". Święci.

– Kto? – pytam cicho.

– Moja siostra Francesca.

Wyjmuje kawałek papieru. Zanotowano na nim garść tytułów i miejsc, *La Belle Angèle* (Paryż), *Lekcja muzyki* (Londyn), *Zmartwychwstanie* (Madryt). I tak dalej.

– Nie rozumiem. – Oddaję jej kartkę.

– Francesca miała niewielkie szanse, by coś osiągnąć w większości dziedzin, ale była totalnie oddana sztuce. Leżała w szpitalu z podłączoną do jednej ręki kroplówką z chemią i ze szkicownikiem w drugiej. Stworzyła setki obrazów i rysunków; lubiła je nazywać swoją spuścizną, bo przynajmniej one miały przetrwać po jej śmierci, nawet jeśli tylko na jakimś strychu.

– Nigdy nie wiadomo – odpowiadam, myśląc o obrazach i rzeźbach ze squatu, mogących pewnego dnia trafić do Luwru.

– No właśnie. Bardzo podnosiło ją na duchu, że artyści tacy jak van Gogh czy Vermeer byli nieznani za życia, lecz sławni po śmierci. I chciała zobaczyć ich dzieła osobiście, więc podczas jej ostatniej remisji urządziłyśmy sobie pielgrzymkę do Toronto i Nowego Jorku, żeby zaliczyć chociaż niektóre. Potem sporządziła dłuższą wersję.

Zerkam znowu na papier.

– Czyli co jest tutaj? Jakiś van Gogh?

– Miała w spisie jednego, *Gwiaździstą noc*, obejrzałyśmy go razem w Nowym Jorku, a tu chciała zobaczyć kilka Vermeerów. Chociaż jej ulubiony znajduje się w Londynie. Ale to *jej* lista. Po Paryżu odłożyłam ją na bok.

– Nie rozumiem.

– Kocham Francescę i pewnego dnia *obejrzę* w jej imieniu te wszystkie obrazy. Ale spędziłam znaczną część życia w jej cieniu. Musiało tak być. Teraz jednak odeszła... a ja jakbym wciąż tkwiła w jej cieniu, rozumiesz?

Dziwne, ale w pewnym sensie rozumiem. Przytakuję.

– Kiedy cię poznałam w Paryżu, coś się zmieniło. Jesteś zupełnie normalną dziewczyną robiącą rzecz w pewnym sensie szaloną. Zainspirowało mnie to. Skłoniło do zmiany planów. Zaczynam się zastanawiać, czy spotkanie z tobą nie było głównym powodem, dla którego wyruszyłam w podróż. Być może Francesca i święci chcieli, byśmy się poznały.

Przechodzi mnie zimny dreszcz.

– Serio tak myślisz?

– Chyba tak. Nie martw się, nie powiem rodzicom, że to przez ciebie wracam do domu z miesięcznym opóźnieniem. Trochę się wkurzyli.

Śmieję się. To też rozumiem.

– Co więc umieściłaś na swojej liście?

– Jest znacznie mniej imponująca niż Franceski.

Sięga po swój pamiętnik i wyjmuje wymiętą kartkę. „Pocałować chłopaka na szczycie wieży Eiffla. Położyć się na polu tulipanów. Popływać z delfinami. Zobaczyć zorzę polarną. Wspiąć się na wulkan. Zaśpiewać w kapeli rockowej. Samodzielnie naprawić sobie buty. Przygotować ucztę dla 25 przyjaciół. Znaleźć 25 przyjaciół".

– Nadal ją spisuję. Wciąż dodaję nowe rzeczy, lecz już natrafiłam na parę drobnych przeszkód. Przyjechałam tu dla pól tulipanowych, ale kwitną jedynie wiosną. Więc muszę wykombinować coś innego. Och, co tam. Myślę, że uda mi się załapać na zorzę polarną w takim jednym miejscu, nazywa się Bodø, w Norwegii.

– Udało ci się pocałować chłopaka na szczycie wieży Eiffla?

Jej usta wyginają się w nieco szelmowskim, chochlikowatym, elfim uśmieszku.

– Owszem. Weszłam na górę w dniu twojego wyjazdu. Była tam grupka Włochów. Potrafią być bardzo uczynni, ci Włosi. – Zniża głos do szeptu. – Nawet nie znam jego imienia.

Odpowiadam równie cicho:

– Czasem to niepotrzebne.

Rozdział trzydziesty siódmy

Idziemy na późny lunch do indonezyjskiej restauracji, gdzie można dostać olbrzymie danie o nazwie *rijsttafel*, i napychamy się po uszy, a kiedy kolebiąc się, jedziemy na rowerze, wpadam na pewien pomysł. To niezupełnie to samo co pola tulipanowe Keukenhof, ale może wystarczy. Błądzimy z tego powodu przez dwadzieścia minut, w końcu jednak znajduję targ kwiatowy, który mijałam dzisiaj rano. Sprzedawcy zamykają stoiska, pozostawiając sporo niesprzedanych kwiatów. Podkradamy spore naręcze i rozkładamy je na krzywym chodniku nad brzegiem kanału. Wren turla się po nich, promieniejąc ze szczęścia. Zaśmiewając się, robię kilka zdjęć jej aparatem – a potem swoją komórką i wysyłam mamie.

Sprzedawcy przyglądają się z lekkim rozbawieniem, jakby podobne sceny oglądali przynajmniej dwa razy w tygodniu. Potem wielki brodaty facet w szelkach na sterczącym jak pagórek brzuchu podchodzi z pękiem przywiędłej lawendy.

– Weźcie ją sobie.

– Proszę, Wren.

Obrzucam ją pachnącymi fioletowymi kwiatkami.

– Dzięki – zwracam się do mężczyzny.

Następnie opowiadam mu o niej i o jej liście; że to nie sezon na wielkie pola kwitnących tulipanów, więc musiałyśmy się zadowolić tym.

Facet patrzy na Wren, wyskubującą właśnie płatki kwiatów i liście ze swojego swetra. Sięga do kieszeni i wyjmuje wizytówkę.

– W sierpniu niełatwo o tulipany. Ale jeśli ty i twoja przyjaciółka nie macie nic przeciwko temu, by się zerwać o świcie, może zdołam zorganizować niewielki zagonek.

* * *

Następnego ranka budzik dzwoni o czwartej rano, a gdy piętnaście minut później schodzimy na pustą ulicę, zastajemy Wolfganga już czekającego przy małej ciężarówce. Przypominają mi się ostrzeżenia rodziców przed wsiadaniem do samochodu z nieznajomymi mężczyznami, lecz uświadamiam sobie, że choć brzmi to nieprawdopodobnie, Wolfgang nie jest obcy. We troje tłoczymy się na przednim siedzeniu i telepiemy się do cieplarni w Aalsmeer. Wren dosłownie podskakuje z podniecenia, co wydaje się nienormalne o czwartej piętnaście nad ranem, tym bardziej że nawet jeszcze nie piła kawy – chociaż Wolfgang przewidująco zabrał termos, jajka na twardo i chleb.

Po drodze słuchamy tandetnego europejskiego popu i opowieści Wolfganga o tym, jak trzydzieści lat pływał we flocie handlowej, zanim osiedlił się w dzielnicy Jordaan w Amsterdamie.

– Z urodzenia jestem Niemcem, ale umrę jako amsterdamczyk – mówi, szczerząc zęby w uśmiechu.

Zanim wybije piąta, parkujemy przed Bioflorem, który wcale nie przypomina Ogrodów Keukenhof z pocztówek z ich barwnymi dywanami kwiatów, tylko farmę przemysłową. Patrzę na Wren i wzruszam ramionami. Wolfgang hamuje i parkuje obok szklarni o rozmiarach boiska piłkarskiego z rzędem paneli słonecznych na dachu. Wita nas różanolicy facet o imieniu Jos; odryglowuje drzwi i obu nam zapiera dech.

Ciągną się przed nami szeregi i szeregi kwiatów we wszystkich kolorach tęczy. Całe ich akry. Ruszamy wąskimi ścieżynkami między grządkami otoczone ciężkim zapachem wilgoci i nawozu, potem Wolfgang pokazuje nam dział tulipanów w odcieniu fuksji z jaśniejszymi środkami i jednego jaskrawego, cytrusowego mieszańca o barwie czerwonej pomarańczy. Oddalam się, pozostawiając Wren z jej kwiatami.

Przez chwilę stoi bez ruchu. Potem słyszę, jak woła:

– To n i e w i a r y g o d n e! Też to w i d z i s z?!

Wolfgang zerka na mnie, ale milczę, bo nie sądzę, by zwracała się do nas.

Wren biega po całej tej szklarni i sąsiedniej pełnej pachnących frezji, a ja pstrykam kilka fotek. Niedługo potem Wolfgang musi wracać. Całą drogę ryczymy piosenki Abby; mężczyzna twierdzi, że „abba" w języku esperanto znaczy „nadzieja" i że ONZ powinien puszczać ich utwory na walnych zgromadzeniach.

Dopiero kiedy docieramy do magazynu na obrzeżach Amsterdamu, zauważam, że paka ciężarówki wciąż jest pusta.

– Nie wziąłeś kwiatów na swój stragan?

Zaprzecza ruchem głowy.

– Och, nie biorę ich bezpośrednio od farmerów. Kupuję je na aukcjach od hurtowników, którzy przywożą je tutaj.

Wskazuje kilku ludzi załadowujących furgonetki roślinami.

– Więc jechałeś taki kawał tylko dla nas? – pytam.

Patrzy na mnie i wzrusza lekko ramionami, jakby mówił: „Jasne, a po co innego?". Na tym etapie wyprawy naprawdę nie mam prawa dziwić się ogromowi ludzkiej życzliwości i hojności – lecz mimo to się dziwię. Powala mnie za każdym razem.

– Możemy zaprosić cię wieczorem na kolację? – pytam.

Kręci głową.

– Nie dzisiaj. Idę do Vondelpark na przedstawienie teatralne. – Patrzy na nas. – Też powinnyście je obejrzeć. Będzie po angielsku.

– Po co w Holandii wystawiać sztukę po angielsku? – dziwi się Wren.

– Na tym polega różnica między Niemcami a Holendrami – wyjaśnia. – Niemcy tłumaczą Szekspira. Holendrzy pozostawiają go w oryginale.

– S z e k s p i r a? – powtarzam, czując, jak każdy włosek na moim ciele staje dęba. – Którą sztukę?

I zanim jeszcze Wolfgang skończy wypowiadać tytuł, zaczynam się śmiać. Bo to po prostu niemożliwe. Mniej prawdopodobne niż znalezienie jednej igły w fabryce igieł. Mniej prawdopodobne niż znalezienie samotnej gwiazdy we wszechświecie. Mniej prawdopodobne niż znalezienie pośród miliardów tej jednej osoby, którą być może kochasz.

Ponieważ dzisiaj w Vondelpark wystawiają *Jak wam się podoba*. I mam pewność, której nie potrafiłabym wytłumaczyć, ale na którą postawiłabym własne życie, że Willem w niej występuje.

Rozdział trzydziesty ósmy

I w ten sposób po roku spotykam go tak, jak za pierwszym razem: w parku, w parnym zmierzchu, mówiącego słowami Williama Szekspira.

Tylko że dziś wieczorem, rok później, wszystko jest inne. To nie Guerrilla Will, lecz prawdziwy teatr ze sceną, krzesłami, oświetleniem, z tłumem widzów. Wielkim tłumem widzów. Tak wielkim, że kiedy docieramy na miejsce, zostajemy zepchnięci pod niski murek na skraju amfiteatru.

I w tym roku nie gra drugoplanowej roli. W tym roku jest gwiazdą. Jest Orlandem, tak jak to przewidziałam. Wychodzi na scenę jako pierwszy i od tej chwili nią włada. Jest fascynujący. Nie tylko w moich oczach. Dla wszystkich. Cisza zapada w tłumie, gdy wygłasza pierwszy monolog, i trwa przez resztę przedstawienia. Niebo ciemnieje, ćmy i komary tańczą w świetle reflektorów i amsterdamski Vondelpark przeobraża się w Las Ardeński, magiczne miejsce, gdzie można odnaleźć to, co zagubione.

Gdy na niego patrzę, jest tak, jakbyśmy istnieli tylko my dwoje. Tylko Willem i ja. Znika wszystko inne: dźwięk dzwonków rowerowych i sygnały tramwajów. Komary brzęczące wokół fontanny w stawie. Grupka hałaśliwych chłopaków siedzących obok nas. Znikają pozostali aktorzy. Ostatni rok. Znikają wszystkie moje wątpliwości. Wrażenie, że jestem na właściwej ścieżce, wypełnia mnie całą. Znalazłam go. Tutaj. Jako Orlanda. Wszystko prowadziło mnie do tego momentu.

Jego Orlando różni się od naszej interpretacji na zajęciach i od tej z bostońskiego teatru. Jest seksowny i bezbronny; jego tęsknota za Rozalindą tak namacalna, że aż fizyczna: bijąca od niego fala feromonów, wirując, unosi się w blasku reflektorów i ląduje na mojej spoconej, spragnionej skórze. Czuję pożądanie, pragnienie i, tak, miłość, płynące ode mnie falami, szybujące ku scenie, gdzie, jak sobie wyobrażam, przenikają do jego wnętrza niczym linijki tekstu.

Nie może wiedzieć, że tu jestem. Ale jakkolwiek niedorzecznie to brzmi, czuję, jakby zdawał sobie z tego sprawę. Mam wrażenie, że przeczuwa moją obecność w wypowiadanych przez siebie słowach, tak jak ja wyczułam jego, kiedy czytałam je pierwszy raz na zajęciach profesora Glenny'ego.

Pamiętam tak wiele kwestii Rozalindy, i Orlanda też, że mogę je recytować równolegle z aktorami. Czuję się jak jednoosobowy chór dialogujący z Willemem.

ROZALINDA

Obym ci mogła odstąpić choć tę odrobinę sił, jaką mam w sobie.

Niech ci szczęście sprzyja! Daj Boże, abym się myliła w ocenie twojej mocy.

ORLANDO

Więc kochaj mnie, Rozalindo.

I zechcesz mnie?

ROZALINDA

Jak to, czyż nie jesteś dobrym kochankiem?

ORLANDO

Mam nadzieję, że tak.

ROZALINDA

Powiedz mi teraz, jak długo chciałbyś ją mieć za żonę, gdy już wejdziesz w jej posiadanie.

ORLANDO

Przez wieczność i jeden dzień[*].

Przez wieczność i jeden dzień.

Jedną ręką trzymam dłoń Wren, a drugą Wolfganga. Tworzymy we troje łańcuch. Stoimy tak aż do końca sztuki. Aż każdy dostaje swoje szczęśliwe zakończenie: Rozalinda wychodzi za Orlanda, Celia poślubia Oliwera, który jedna się z Orlandem, a Febe wychodzi za Sylwiusza, zły książę odkupuje przewiny, wygnany władca zaś wraca do kraju.

Rozalinda wygłasza swój monolog i to już koniec. Widzowie wpadają w szał, dosłownie wariują, klaszczą i gwiżdżą, a ja obracam się i rzucam się na szyję najpierw Wren, potem Wolfgangowi, przyciskając policzek do grubego płótna jego bawełnianej koszuli, wdychając dymny zapach tytoniu zmieszany z aromatem kwiatów i ziemi. A potem ktoś obejmuje Wren i mnie — jeden z hałaśliwych chłopaków obok.

– To mój najlepszy kumpel! – krzyczy inny.

Ma łobuzerskie niebieskie oczy i jest o głowę niższy od pozostałych – hobbit raczej niż Holender.

– Kto? – pyta Wren.

Właśnie obściskuje ją kolejno cała banda hałaśliwych i jak się zdaje podpitych Holendrów.

– Orlando! – odpowiada hobbit.

---

[*] William Szekspir, *Jak wam się podoba*, akt IV, scena 1., W drodze, Poznań 1993

– Och – wzdycha dziewczyna; oczy ma wielkie i blade, lśniące niczym perły. – O c h – dodaje na mój użytek.

– Nie jesteś przypadkiem Robertem-Janem? – pytam.

Hobbit przez moment wygląda na zaskoczonego. Potem tylko uśmiecha się szeroko.

– Przyjaciele mówią mi Broodje.

– Broodje – chichocze Wolfgang. Zwraca się do mnie: – To rodzaj kanapki.

– Broodje je uwielbia – rzuca jeden z jego kumpli, klepiąc go po brzuchu.

Broodje/Robert-Jan odpycha jego rękę.

– Powinniście wpaść do nas wieczorem. Będzie impreza nad imprezami. Był fantastyczny, prawda?

Wren i ja kiwamy głowami równocześnie. Broodje/Robert-Jan nawija dalej, jaki wspaniały był Willem, a potem kumpel mówi coś do niego po niderlandzku, jak mi się zdaje o Willemie.

– Co to znaczy? – szepczę do Wolfganga.

– Że nie widział go, to znaczy chyba Orlanda, równie szczęśliwego od, nie dosłyszałem, coś o jego ojcu.

Wolfgang wyjmuje ze skórzanego mieszka paczkę tytoniu i zaczyna zwijać papierosa. Nie patrząc na mnie, dodaje swoim grzmiącym głosem:

– Myślę, że aktorzy będą wychodzić tamtędy.

Wskazuje niewielką metalową furtkę na przeciwnym końcu sceny.

Zapala papierosa. Oczy mu błyskają. Znowu wskazuje furtkę.

Mam wrażenie, jakby moje ciało nie było już materialne. Jakby zmieniło się w pył cząsteczkowy. W czystą elektryczność. Jak w tańcu niesie mnie przez amfiteatr ku końcowi sceny. Tłum sympatyków czeka na aktorów. Ściskają bukiety kwiatów, butelki szampana. Dziewczyna, która grała Celię, wychodzi wśród pohukiwań i uścisków. Potem Adam, potem Rozalinda, która dostaje stertę bukietów. Moje serce huczy jak grzmot. Czy możliwe, że dotarłam tak blisko i go przegapiłam?

Ale w tym momencie go słyszę. Jak zawsze się śmieje; tym razem z czegoś, co powiedział inny aktor. A potem widzę jego włosy, krótsze niż dawniej, jego oczy, ciemne i jasne równocześnie, jego twarz, małą bliznę na policzku, która sprawia jedynie, że wydaje się bardziej przystojny.

Oddech więźnie mi w gardle. Sądziłam, że upiększyłam go w wyobraźni. Ale w rzeczywistości jeśli już, było wręcz przeciwnie. Zapomniałam, jaki jest uderzająco piękny. Jak totalnie jest sobą.

W i l l e m. Jego imię formuje się w moim gardle.

– Willem!

Rozbrzmiewa głośno i czysto.

Ale to nie mój głos je wypowiedział.

Dotykam palcami szyi, żeby się upewnić.

– W i l l e m!

Znowu słyszę ten głos. A potem widzę rozmazany ruch. Z tłumu wybiega młoda kobieta. Kwiaty, które trzymała, sypią się na ziemię, kiedy rzuca mu się w ramiona. A on ją obejmuje. Unosi w powietrze, tuli mocno. Wplątuje ręce w jej kasztanowe włosy, śmiejąc się z czegoś, co ona szepcze mu do ucha. Obracają się w miejscu, spleceni w szczęściu. W miłości.

Stoję jak wrośnięta, obserwując to bardzo intymne publiczne przedstawienie. W końcu ktoś podchodzi do Willema i klepie go w ramię, a kobieta zsuwa się na ziemię. Podnosi kwiaty – słoneczniki, dokładnie takie, jakie sama wybrałabym dla niego – i otrzepuje. Willem swobodnie obejmuje ją ramieniem i całuje w rękę. Ona oplata go ręką w pasie. A ja uświadamiam sobie w tym momencie, że się nie pomyliłam co do miłości promieniującej od niego w czasie przedstawienia. Pomyliłam się tylko co do tego, dla kogo była przeznaczona.

Przechodzą tak blisko, że czuję powiew, kiedy mnie mija. Jesteśmy tak blisko, lecz patrzy na nią, więc mnie nie zauważa. Odchodzą, trzymając się za ręce, w kierunku altany, oddalając się od zgiełku. A ja po prostu stoję.

Czuję delikatne stuknięcie w ramię. Wolfgang. Patrzy na mnie, przechyla głowę na bok.

– Skończone? – pyta.

Patrzę raz jeszcze na Willema i dziewczynę. Może to ta Francuzka. Albo ktoś zupełnie nowy. Siedzą twarzą w twarz, dotykając się kolanami, rozmawiają, trzymają się za ręce. Jak gdyby reszta świata nie istniała. Tak się czułam, kiedy z nim byłam zeszłego lata. Może gdyby nas widział ktoś obcy, tak właśnie byśmy wyglądali. Teraz jednak to ja jestem kimś obcym. Patrzę na nich znowu. Nawet stąd widzę, że dziewczyna jest dla niego kimś szczególnym. Kimś, kogo kocha.

Czekam, aż niczym cios spadnie na mnie świadomość, że zostałam zdruzgotana, że nadzieje żywione przez cały rok się rozsypały; aż odezwie się skowyt osamotnienia. I rzeczywiście to wszystko nadchodzi. Ból utraty. Jego, a może wyobrażenia o nim. Ale oprócz tego bólu jest coś jeszcze, coś z początku słabego, tak że muszę się natężyć, by to zidentyfikować. Kiedy jednak tak robię, słyszę szczęk zamykających się cicho drzwi. A potem dzieje się coś absolutnie niesamowitego: noc jest spokojna, ja jednak czuję podmuch wiatru, jakby tysiąc innych drzwi otwarło się z impetem.

Ostatni raz spoglądam w kierunku Willema. Zwracam się do Wolfganga.

– Skończone – mówię.

Podejrzewam jednak, że w rzeczywistości jest wręcz przeciwnie. Że tak naprawdę wszystko właśnie się dla mnie zaczyna.

Rozdział trzydziesty dziewiąty

Budzi mnie jaskrawy, rozmigotany blask słońca. Mrużąc oczy, zerkam na podróżny budzik. Dochodzi południe. Za cztery godziny wyjeżdżam. Wren postanowiła zostać jeszcze kilka dni. Właśnie odkryła kilka dziwacznych muzeów, które chce zwiedzić, jedno poświęcone średniowiecznym torturom, inne torebkom, a Winston wspomniał jej, że zna kogoś, kto umie naprawiać buty, co może ją zatrzymać na kolejny tydzień. Mnie jednak zostały trzy dni i postanowiłam lecieć do Chorwacji.

Dotrę na miejsce dopiero wieczorem i będę musiała wyjechać w poniedziałek z samego rana, żeby zdążyć na lot powrotny do kraju. Został mi tutaj tylko jeden pełny dzień. Wiem już jednak, co może się wydarzyć w ciągu tylko jednego dnia. Absolutnie wszystko.

Wren uważa, że popełniam błąd. Nie widziała Willema z tamtą rudą i ciągle się upiera, że to mógł być każdy – na przykład jego siostra. Nie wyjaśniam jej, że Willem – tak jak ja, jak Wren teraz – jest jedynym dzieckiem. Cały wczorajszy wieczór błagała, żebyśmy poszły na imprezę i doprowadziły sprawy do końca.

– Wiem, gdzie to. Robert-Jan mi powiedział. Na... och, nie pamiętam nazwy ulicy, ale oznacza „pas" po niderlandzku. Numer sto osiemdziesiąt dziewięć.

Unoszę rękę.

– Stop! Nie chcę iść.

– Ale tylko pomyśl – odparła. – A gdybyś nigdy wcześniej nie spotkała Willema i Broodje zaprosił nas na przyjęcie, a my byśmy poszły, i wy dwoje poznalibyście się tam i zakochali? Może tak by się stało?

Sympatyczna teoria. I mimo woli się zastanawiam, czy to mogłoby się *zdarzyć*. Czy zakochalibyśmy się w sobie, gdybyśmy się poznali dzisiaj? Czy w ogóle się w nim zakochałam? A może to było tylko zauroczenie podsycone aurą tajemnicy?

Zaczynam się też zastanawiać nad czymś innym. Być może celem tej szalonej wyprawy, którą podjęłam, wcale nie było odszukanie Willema. Może chodziło o kogoś zupełnie innego.

* * *

Ubieram się właśnie, kiedy wchodzi Wren, trzymając papierową torbę.

– Cześć, śpiochu. Zrobiłam ci śniadanie. A raczej Winston je zrobił. Powiedział, że jest bardzo holenderskie.

Biorę torbę.

– Dzięki. – Patrzę na nią; szczerzy się jak wariatka. – Winston, tak?

Teraz oblewa się rumieńcem.

– Właśnie skończył pracę i chce mnie zabrać na przejażdżkę rowerem, a zaraz po twoim wyjeździe przedstawi mnie swojemu kumplowi szewcowi – opowiada i uśmiecha się tak szeroko, że twarz mało jej nie pęknie. – A jutro, mówi, muszę z nim iść na mecz Ajaksu. – Przerywa, żeby się namyślić. – Tego nie miałam na liście, ale nigdy nie wiadomo.

– Fakt, nigdy nie wiadomo. Cóż, powinnam się zaraz zbierać. Żebyś się mogła wziąć do swojego, hm, szewstwa.

– Przecież masz jeszcze mnóstwo czasu do wylotu.

– Nie szkodzi. Chcę pojechać wcześniej, słyszałam, że lotnisko jest niesamowite.

Pakuję resztę rzeczy i schodzę z nią na dół. Winston objaśnia mi drogę do pociągu.

– Na pewno nie chcesz, żebym cię odprowadziła na dworzec albo na lotnisko? – pyta Wren.

Kręcę głową. Chcę ją zobaczyć odjeżdżającą na różowym rowerze, jakbym miała się z nią spotkać jutro. Obejmuje mnie mocno i całuje trzy razy, po holendersku.

– *Tot ziens!* – woła. – To znaczy „do zobaczenia" po niderlandzku, bo się nie rozstajemy.

Przełykam kulę w gardle. Potem Winston wsiada na swój wielki czarny rower, a Wren na mniejszy różowy i ruszają przed siebie.

Zarzucam plecak i pokonuję pieszo krótki odcinek do dworca. Pociągi na Schiphol odjeżdżają mniej więcej co kwadrans; kupuję bilet oraz herbatę i siadam pod stukającą tablicą odjazdów, żeby zjeść śniadanie. Kiedy zaglądam do torebki, nie mogę opanować uśmiechu. Bo Winston zrobił mi kanapkę z *hagelslag*. Mimo całego gadania nigdy nie spróbowałam tego szczególnego smakołyku.

Odgryzam kawałek. *Hagelslag* kruszy się, potem rozpływa, stapiając się z masłem i jeszcze ciepłym chlebem. A to, co pozostaje, smakuje dokładnie jak o n.

I dociera do mnie wreszcie, co to znaczy, że czas jest płynny. Bo naraz przepływa przede mną cały ubiegły rok, kondensując się i rozprężając, tak że siedzę tutaj, w Amsterdamie, jedząc *hagelslag*, i równocześnie jestem w Paryżu, czując jego rękę na biodrze, i równocześnie jadę tamtym pierwszym pociągiem do Londynu, patrząc na przemykający za oknem krajobraz, i równocześnie stoję w kolejce na *Hamleta*. Widzę Willema. Przy basenie kanałowym, przechwytującego moje spojrzenie. W pociągu, gdy on wciąż był w niepoplamionych dżinsach, a ja wciąż nienapiętnowana. W pociągu do Paryża – tysiąc odcieni jego śmiechu.

Tablica odjazdów klekocze i podnoszę wzrok, a robiąc to, wyobrażam sobie inną wersję czasu. Taką, w której to Willem wycofuje się, póki jest do przodu. Taką, w której nie rzuca uwagi na temat mojego śniadania. Taką, w której po prostu żegna się ze mną na peronie w Londynie, zamiast mnie zaprosić do Paryża. Albo taką, w której w ogóle nie przystaje, by mnie zaczepić w Stratford-upon-Avon.

I dociera do mnie, że naprawdę zostałam napiętnowana. Nieważne, czy nadal go kocham, czy on kiedykolwiek mnie kochał – odmienił moje życie. Pokazał mi, jak się zgubić, a potem ja sama pokazałam sobie, jak siebie odnaleźć.

Może mimo wszystko „wypadek" nie jest na to właściwym określeniem. Może brzmi ono: cud.

Albo może to nie cud. Może to po prostu życie. Kiedy się na nie otwieramy. Kiedy stajemy na jego drodze. Kiedy mówimy „tak".

Jak mogłabym dotrzeć tak daleko i nie powiedzieć mu – jemu, który zrozumie to najlepiej – że dając mi tamtą ulotkę, zapraszając, bym opuściła *Hamleta*, pomógł mi zrozumieć, że najważniejsze jest nie to, aby b y ć, ale to, w j a k i s p o s ó b być.

Jak mogłabym dotrzeć tak daleko i stchórzyć?

– Przepraszam – zwracam się do kobiety w sukience w kropki i butach kowbojkach. – Czy jest w Amsterdamie ulica, która nazywa się jak pas?

– Ceintuurbaan – odpowiada. – Tramwaj numer dwadzieścia pięć. Tuż sprzed dworca.

Wybiegam z budynku, wskakuję do tramwaju i pytam motorniczego, gdzie trzeba wysiąść, by trafić na Ceintuurbaan numer sto osiemdziesiąt dziewięć.

– Przy Sarphatipark – wyjaśnia. – Pokażę pani.

Dwadzieścia minut później wysiadam obok parku. Znajduje się w nim mały plac zabaw z wielką piaskownicą. Siadam pod drzewem, żeby zebrać siły. Para dzieci kończy budować kunsztowny zamek, wysoki na kilka stóp, z basztami, wieżami i fosami.

Podnoszę się i ruszam w stronę budynku. Nie mam nawet pewności, czy Willem tu mieszka – lecz poczucie, że postępuję właściwie, nigdy nie było silniejsze. Widzę trzy dzwonki. Wciskam ten najniższy. Domofon piszczy i odzywa się kobiecy głos.

– Halo! – wołam.

Zanim zdążę powiedzieć coś więcej, brama zostaje odblokowana.

Idę ciemnym, wilgotnym korytarzem. Otwierają się drzwi i serce mi zamiera, ale to nie on. To starsza kobieta z ujadającym psiakiem przy nogach.

– Willem? – pytam.

Wskazuje kciukiem w górę i zatrzaskuje drzwi.

Wspinam się po stromych schodach na piętro. W budynku są jeszcze dwa mieszkania, więc jego może być albo to, albo kolejne piętro wyżej. Stoję chwilę na progu, nasłuchując odgłosów ze środka. Jest cicho, nie licząc niewyraźnych dźwięków muzyki. Ale serce bije mi szybko i mocno, jak radar wysyłający sygnał: „Tak, tak, tak".

Moja ręka drży lekko, kiedy pukam, i z początku dźwięk jest słaby, jakbym stukała w wypróchniały pień. Potem jednak zaciskam dłoń mocniej i stukam ponownie. Słyszę jego kroki. Przypomina mi się blizna na jego stopie. Na prawej czy na lewej? Kroki się zbliżają. Czuję, jak moje serce przyśpiesza, dwa razy szybsze od kroków.

A potem drzwi się otwierają i na progu staje on.

Willem.

Jego wysoka postać rzuca na mnie cień, zupełnie jak tamtego pierwszego dnia, tak naprawdę jedynego. Kiedy się poznaliśmy. Jego oczy, te ciemne, ciemne oczy kryjące całą gamę tajemnic, rozszerzają się; otwiera usta. Słyszę, jak raptownie wciąga powietrze, zaszokowany.

Tkwi nieruchomo w wejściu, patrząc na mnie jak na ducha, którym pewnie jestem. Ale jeśli wie cokolwiek o Szekspirze, musi wiedzieć też to, że duchy zawsze wracają, by nas nawiedzać.

Patrzę, jak na jego twarzy pytania zderzają się z odpowiedziami. Tak wiele rzeczy chcę mu powiedzieć. Od czego właściwie zacząć?

– Cześć, Willem – rzucam. – Mam na imię Allyson.

Nie odpowiada. Stoi okrągłą minutę, patrząc na mnie. A potem usuwa się na bok i otwiera drzwi szerzej, żebym mogła wejść.

Więc wchodzę.

Podziękowania

Niniejsza opowieść zaczyna się od Szekspira, dlatego podziękowania zacznę od Tamary Glenny, która na wieść, że piszę coś nawiązującego do dzieł Barda, z miejsca przygotowała notatki o sztukach, które powinnam przejrzeć, oraz kupiła bilety na kilka z nich – w tym na brzemienne w skutki przedstawienie *Jak wam się podoba* – i ze swoim zwykłym entuzjazmem oraz poczuciem humoru odpowiedziała na dziesiątki niedorzecznie szczegółowych pytań o mało istotne drobiazgi.

Następnie akcja przenosi się do Francji, zatem chciałabym podziękować Céline Faure i Philippe'owi Robinetowi, którzy pomogli mi odkryć Paryż Allyson i Willema oraz bez mrugnięcia okiem odpowiadali na pytania w rodzaju: „Jak będzie po francusku »Zamknij jadaczkę«?". Laurence Checler łaskawie pomógł przy wielu innych tłumaczeniach w książce. Marie-Elisa Gramain wymyśliła idealną nazwę dla francuskiej kapeli. Dziękuję też Taly Meas za oprowadzenie po szpitalu oraz Willy'emu Levitanusowi, Patricii Roth i Julie Roth za zorganizowanie wszystkiego.

Następnie przenosimy się do Holandii. Heleen Buth i Emke Spauwen zabrały mnie na fantastyczną wycieczkę po Utrechcie i dostarczyły mnóstwa szczegółów, dodających blasku opowieściom Allyson i Willema. Mój szwagier Robert Schamhart wyjaśnił wiele holenderskich subtelności i pozwolił, żebym sobie pożyczyła kilka kluczowych elementów jego tożsamości, włącznie z przezwiskiem. *Hartelijk bedankt!*

Wracając do kraju... Niezrównana redaktor Julie Strauss-Gabel raz jeszcze pomogła mi zrozumieć, jaką książkę zamierzam napisać, i pozostawała niezachwianą opoką optymizmu, nawet gdy traciłam wiarę, czy rzeczywiście mi się to uda. „Nie martwię się o ciebie" – powtarzała często. To bardzo uspokajające słowa, kiedy wpadam w dygot. Dziękuję za to, że się nie martwiłaś – i że się martwiłaś. Dziękuję też pozostałym nadzwyczajnym pracownikom Duttona: Lizie Kaplan, Scottie Bowditch, Danielle Delaney, Eileen Kreit, Deborah Kaplan, Kristin Gilson, Rosanne Lauer, Elyse Marshall, Emily Romero, Donowi Weisbergowi oraz całemu zespołowi Penguin Young Readers Group: niesamowitym działom sprzedaży i marketingu, cudownemu działowi szkół i bibliotek, nieustająco genialnemu działowi on-line oraz wszystkim fantastycznym przedstawicielom regionalnym – którzy poświęcają tak wiele serca wydawanym przez firmę autorom.

Sarah Burnes jest moją agentką, moim adwokatem, kontaktem z rzeczywistością, mamą niedźwiedzicą oraz przede wszystkim mądrą i wspaniałomyślną przyjaciółką. Jestem wdzięczna, że mam kogoś, kto rozumie wszystkie strony mojej osobowości – a dzięki temu także postaci i powieści – i zarazem stoi po mojej stronie. Tryskająca energią ekipa złożona z Logana Garrisona, Rebeki Gardner i Willa Robertsa pozwoliła moim książkom osiągnąć pozycję, o jakiej nigdy nie marzyłam. Nie można sobie wyobrazić sympatyczniejszej i bystrzejszej gromadki buldogów!

Chciałabym podziękować Isabel Kyriacou między innymi za to, że nauczyła mnie sprawniej przeklinać po hiszpańsku. A także moim koleżankom po fachu piszącym dla młodych czytelników, szczególnie Libbie Bray i Stephanie Perkins, które zaoferowały mi pisarski odpowiednik terapii: mnóstwo słuchania połączonego od czasu do czasu z przenikliwym jak promień lasera pytaniem albo uwagą. (O ile się orientuję, akceptują większość polis ubezpieczeniowych). Dziękuję również Ninie LaCour, E. Lockhart, Sandy London, Margaret Stohl, Courtney Sheinmel, Robin Wasserman i wszystkim nieszczęśnikom, którzy wysłuchiwali mojej paplaniny na temat skomplikowanych wątków narracji. Dziękuję Onome Edodi-Disowe, Victorii Hill i wszystkim damom z zespołu BK/BNS za to, że trzymały wodze, pozwalając mi je wypuścić. Dziękuję Veronice Brodsky za pomoc w zrozumieniu, o czym naprawdę opowiada książka. I Rebece Haworth za odbycie ze mną tamtej pierwszej podróży. Miałyśmy swoje momenty à la Melanie – lecz dotarłyśmy na drugi brzeg. Dziękuję Marjorie Ingall za czytanie, trzymanie mnie za rękę i mądrzenie się na temat Szekspira.

A skoro o tym mowa – wiem, że od dawna nie żyje i że w grobie nie odbierze tantiem ani pochwał, ale i tak muszę podziękować Bardowi za to, że mi podarował niespodziankę w postaci tej książki oraz że stworzył sztukę, którą można interpretować na tak wielu poziomach. Dziękuję Royal Shakespeare Company za przyjazd do Nowego Jorku z *Jak wam się podoba*, właśnie kiedy zaczynałam pisanie. Dziękuję Fiasco Theater Company za zwrócenie mojej uwagi na *Cymbelina* – oraz za wszelką pomoc zarówno przy tej, jak i następnej książce.

Jestem wdzięczna rodzicom za to, że przekazali mi swoją miłość do podróży i byli dumni, kiedy tydzień po ukończeniu szkoły średniej wyruszyłam z biletem w jedną stronę do Europy, by wstąpić na „uniwersytet życia", oraz za to, że nauczyli mnie być na tyle samowystarczalną, bym potrafiła podróżować samotnie i sama się utrzymywać przez następnych kilka lat. Dziękuję mojemu rodzeństwu Tamar i Gregowi za to, że kibicowali i udzielali wsparcia swojej małej siostrzyczce oraz (każde na swój sposób) nauczyli mnie mówić „tak". Dziękuję Karen i Detcie, Rebece, Hannah, Liamowi, Lucy oraz wszystkim dalszym krewnym.

Dziękuję wszystkim ludziom poznanym przez lata w trakcie moich wędrówek – tym, z którymi utrzymuję kontakt, tym, których umieściłam w książce, i tym, którzy zmienili bieg mojego życia. Gdyby nie wy, nie byłoby mnie dziś tutaj i nie pisałabym tych słów.

Dziękuję moim czytelnikom, że spakowali mentalne walizki i wyruszyli ze mną na kolejną wyprawę. Gdyby nie wy, nie byłoby mnie dziś tutaj i nie pisałabym tych słów.

I na koniec dziękuję Wam: Nicku, Willo i Denbele. To z Wami teraz wędruję. A jest to szalona i cudowna podróż.

Polecamy inne książki

Gayle Forman

Willem stracił kontrolę nad swoim życiem. Boleśnie zraniony śmiercią ojca obawia się kolejnej miłości i kolejnej (być może) straty. Nie potrafi jednak zapomnieć dnia spędzonego w Paryżu z pewną niezwykłą dziewczyną. Czuje, że musi ją odnaleźć, chociaż nie zna nawet jej prawdziwego imienia. Mimo to będzie próbował. W najbliższym roku czeka go kilka ważnych decyzji. Czy zaryzykuje? Czy otrzyma dar od losu i ponownie spotka Allyson?

Ten jeden rok to kontynuacja książki *Ten jeden dzień*. Romantyczna i wciągająca opowieść o miłości, podróży i zbiegach okoliczności, które zmieniają całe życie.

Premiera już we wrześniu.

Światowy bestseller przetłumaczony na ponad trzydzieści języków, na którego podstawie powstał wzruszający film z Chloë Grace Moretz i Jamiem Blackleyem w rolach głównych.

Mia straciła wszystko. Czy miłość pokona śmierć?

Po tragicznym wypadku, w którym zginęli jej najbliżsi, Mia trwa w stanie dziwnego zawieszenia. Musi podjąć decyzję, czy walczyć o odzyskanie przytomności, czy też poddać się i umrzeć. Próbując rozstrzygnąć ten dylemat, wspomina dotychczasowe życie.

Poruszająca książka o dającej wsparcie rodzinie, przyjaźni, samotności i znajdowaniu swego miejsca na ziemi, o umiejętności żegnania się z przeszłością i przyjmowania tego, co nadchodzi. *Zostań, jeśli kochasz* opowiada o potędze miłości i wyborach, których każdy z nas musi dokonać.

Ciąg dalszy losów Mii i Adama, bohaterów *Zostań, jeśli kochasz*.

Minęły trzy lata od tragicznego wypadku, który na zawsze zmienił życie Mii. Chociaż dziewczyna straciła rodziców i młodszego brata, postanowiła żyć dalej. Obudziła się ze śpiączki... ale zniknęła z życia Adama. Teraz żyją osobno po dwóch stronach Ameryki – Mia jako wschodząca gwiazda wśród wiolonczelistek, Adam jako rockman, idol nastolatek i obiekt zainteresowania tabloidów. Pewnego dnia los daje im drugą szansę... Przemierzając ulice Nowego Jorku, miasta, które stało się nowym domem Mii, wyruszą w podróż w przeszłość. Czy uda im się odnaleźć miłość? Czy Mię i Adama czeka wspólna przyszłość?

Wydawnictwo NASZA KSIĘGARNIA Sp. z o.o.
02-868 Warszawa, ul. Sarabandy 24c
tel.: 22 643 93 89, 22 331 91 49
faks: 22 643 70 28
e-mail: naszaksiegarnia@nk.com.pl

Dział Handlowy
tel.: 22 331 91 55, tel./faks: 22 643 64 42
Sprzedaż wysyłkowa
tel.: 22 641 56 32
e-mail: sklep.wysylkowy@nk.com.pl **www.nk.com.pl**

Książkę wydrukowano na papierze
Ecco-Book Cream 60 g/m² wol. 2,0.

Redaktor prowadzący *Katarzyna Piętka*
Opieka merytoryczna *Magdalena Korobkiewicz*
Redakcja *Magdalena Adamska*
Korekta *Katarzyna Sobiepanek-Szczęsna, Baharat Joanna Morawska, Roma Sachnowska*
Opracowanie DTP, redakcja techniczna *Joanna Piotrowska*

ISBN 978-83-10-12881-2

PRINTED IN POLAND

Wydawnictwo „Nasza Księgarnia", Warszawa 2015 r.
Wydanie pierwsze
Druk: POZKAL, Inowrocław